法兰西情人

LOVE IN FRANCE (A NOVEL IN SIMPLIFIED CHINESE CHARACTERS)

B杜

British Library Cataloguing-in-Publication Data. A CIP catalogue record for this book is available from the British Library.

ISBN 978-1-913080-07-5 (ebook)
ISBN 978-1-913080-06-8(print)

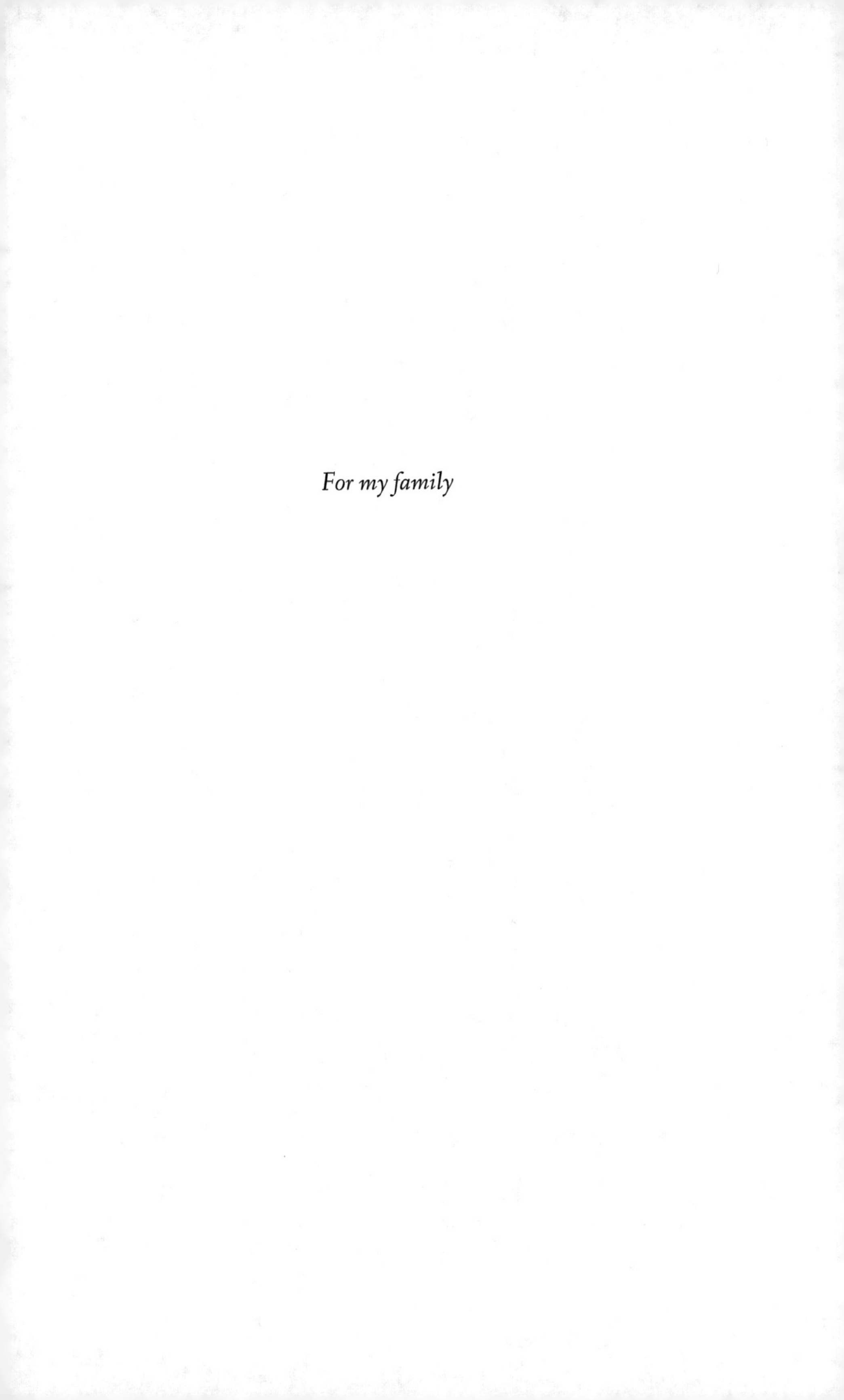

For my family

第一章/爱在巴黎

如果你够幸运，在年轻的时候来过巴黎，那么巴黎将会永远跟着你，因为巴黎是一席流动的宴席。

——海明威

我沿着塞纳河奔跑，今天又下起绵绵细雨，河的风景也变得阴郁。放眼望去，河面停了许多游艇，换作平日，我会停下脚步，瞻仰那些有钱人家，幻想自己也是其中一员，可惜今日不一样，我得给罗宋汤送炭笔。

罗宋汤不是"那个"罗宋汤，他姓罗，名宋，二字名，但谁让乌克兰的"罗宋汤"名闻遐迩，罗宋有幸和它攀了点儿关系，便顺理成章地从二字名变成三字名。

"嘟……嘟嘟……"手机响了，我按下接听键。

"依依，妳在哪儿？"

听到罗宋的声音，我赶紧加速："快……快到了，看……看到尖塔了。"

我从6区的拉丁区，也就是有名的左岸跑向12区的圣母院，为的是给什么都带齐，惟独缺画笔的罗宋送炭笔。

好不容易我终于跳上爱之锁桥往胜利奔去，不禁有种跑完马拉松的欣喜，相较于我的"大功告成"，罗宋却是一副"错过高考"的衰样。

"谁让妳跑来？"他又腰质问我。

"你……你啊……你不是要炭笔？"我边把笔递给他边弯腰喘气。

"我是说，妳为什么不坐车？"

问得好，我认不得路、看不懂法文、也不知车往哪里开，怎么坐车？

罗宋犯嘀咕，他说我来法国都一个多月了，难道还……

"你就非得说些打击我的话不可吗？我还不是为了给你送笔。"我满腹委屈。

罗宋显得无奈，他说是我把笔拿走的。

"只是借用一下嘛！又不是故意的。"我作势要哭。

"好了，好了，不哭，"他大手一揽，拥我入怀，"我是心疼妳跑那么远的路。"

躺在爱人怀里，我又闻到他身上的烟味，画画时他总爱抽上几口，说是激发灵感。

"你又抽烟了。"我推他一把，顺便抱怨。

"今天的第一根，因为等妳，错过了中国旅行团，一大票人哪！有老有小，好可惜！"

听他这么一说，我很懊恼，如果不是昨晚发神经想画几笔

"神来之笔"，并且忘了"物归原主"，现在的罗宋早已赚到两只烤鸡或一大盘焗蜗牛了。

"对不起。"我说。

"没事，我有预感，待会儿会有港澳台的旅行团过来。天黑前，我还有机会赚到今晚的晚餐。"他安慰我。

噢！忘了自我介绍，我叫马依依，Z大中文系毕业生，职业—汉语教师。罗宋是我男友，他正在巴黎美术学院学习油画，周末、假日或闲暇时会到圣母院前的广场摆摊，他帮游客画像，素色的€20/张，彩色的€30/张。

找他画的人不多，因为竞争很激烈，但他的"好孩子"形象吸引了中国大妈，无形中为他拉来客源，这也是他偏好中国旅行团的原因。

我在罗宋面前坐下，他开始帮我画今生的第一百零一张素描。

没有人比他更了解我的五官，在游人聚集前，他已经在做最后的修饰。

"好像啊！"

"简直就是一个模子刻出来的。"

"连笑容都画得那么逼真！"

……

围观的群众叽叽喳喳地发表意见，并且一边倒地赞赏。

"马上就好，谁是下一位？"罗宋喊着。

～

趁着罗宋在赚我们的晚餐钱，我信步走向圣母院。这个法国文豪雨果笔下的"石头的交响乐"，经过几代工匠、雕刻师傅的前仆后继，以接近完美无瑕的哥特式建筑迎接我。

瞧！教堂上方是双塔造型，正门四周布满雕像，一层接着一层。拱门上方为众王廊，陈列旧约时期的28位君王像，两侧为石质中棂窗子，中间是彩色玻璃窗，有方形也有圆形，其中最大的圆形俗称"玫瑰玻璃窗"，其富丽堂皇的设计最令人赞叹。

瞻仰过这个耗时180年才建造完成的旷世杰作，我又走上爱之锁桥，就在圣母院旁。

刚才急匆匆给罗宋送笔，没来得及看我和罗宋的"连心锁"，所以赶紧上前查看是否安在？

刚来法国时，罗宋曾告诉我，欧洲有个传说，只要在桥上挂上锁，然后将锁的钥匙丢进河里，情侣间的爱情就可以天长地久。于是我俩很诚心地在中国城的五金行选了个结实的好锁，誓必生生世世都要锁住彼此。

"哈！在这里。"我几乎毫不费力就找到。

这都得感谢我们选了一把少见的琵琶造型铜锁，上面还被罗宋用小刀刻上一行小字：**罗马不是一天造成的**（取他的罗姓和我的马姓）。

我们的确不是一天造成的，我们已经相爱五年了。

时间往前推去，我和罗宋都是Z大的，毕业后我修读汉办的汉语教师班，顺利拿到教师证，也有了两年教外国人汉语的经验；罗宋则是在大四时决定赴法留学，临时恶补了几个月法语，加上他过硬的20份作品集，毫无意外地击败众多申请者，进入巴黎美术学院。

我们都来自中等家庭，他又想当孝子，所以俩人的生活一直过得紧巴巴，这次来法国的路费，还是我缩衣节食省下来的。

"依依～依依～"罗宋背着画具在桥的那端呼唤我。

"画完了？"我走向他。

"嗯！画了一老一小，一白二黑，外加一条狗，妳老公今天赚到两人份的海鲜大餐了！"

我们没有吃海鲜。

跨过爱之锁桥，我和罗宋来到摩洛哥小哥的烤肉摊，叫了两份卷饼，是用北非大饼卷上薯条、烤肉、生菜，最后加上一勺浓稠的烤肉汁而成，香味四溢，好吃得不得了。

"说了好几次请妳吃海鲜都没去成。"罗宋很抱歉。

"我喜欢吃这个，况且我对海鲜过敏。"

我当然对海鲜不过敏，罗宋也知道。他握了握我的手，我感受到他的爱意，像太阳一样温暖。

吃完烤肉大饼，他执意给我买一个冰淇淋，我选了香草口味的。

"你怎么只买一个？"我拿着卷成一朵花的冰淇淋问。

"我对冰淇淋过敏。"他答。

我毫不迟疑地把冰淇淋往他的嘴巴送，他舔了一口，说："好甜。"

我们相视而笑。

第二章/吃人不吐骨头

我跟汉语学校请了三个月的假，教务主任臭着一张脸："估计妳回来后，学生都改朝换代了。"

我没理会她，转身着手打包。

一来罗宋为我申请的是访友签证，与一般30天的旅游签证不同，前者可待三个月；二来我对眼前的这份工作有了倦怠感，一个课时60元，外加好多的行政工作，主管又经常摆脸色，我都快抑郁了；三来我对巴黎花都有不可救药的遐想，好不容易攒下路费，总得玩到尽兴为止。

只是我还是太高估我和罗宋的钱包，到了法国，没多久就火烧屁股，逼得我不得不重操旧业，当起法国人的汉语老师。

补习班丢给我的是一个二十岁左右，想到中国留学的大学生。说好的在补习班上课，临时他致电给我说想喝咖啡，边喝边上课，约在左岸。

想到左岸是艺术家的精神乐园，是伏尔泰、西蒙、海明威、毕卡索等名人曾经伫足的殿堂，二话不说，我风尘仆仆地赶到圣米歇尔大街，又在众多的咖啡馆中找到蒙帕纳斯大道71号的"丁香小花"，那个据说是海明威未成名前经常流连的地方。

天知道我临时恶补的法文及一口烂法语是怎么找到的？！

没想到那个没教养的学生非但没体贴我的不易，反而批评我："妳用的是中国时间吗？迟到了十五分钟。"

我不想第一天见面就摆脸孔，遂压住怒火，马上坐下来上课。

Didier学过两年汉语，大概就是HSK四级的水平。很好，不用从拼音教起，但他的问题实在太多了，有时我真不知如何作答。

"'了'是什么意思？"他问。

"动作完成的意思。"

"'吃过'的'过'是什么意思？"他又问。

"也是完成的意思，代表吃这个动作完成了或经历了。"

"那'吃过了'是什么意思？"他接着问。

"就是……就是'吃过了'的意思啊！已经做完吃的动作了。"我觉得莫名其妙。

"'过'和'了'都是动作完成，为什么要使用两次？"

"语气加强，你也可以说'吃过'或'吃了'。"

"意思完全一样吗？"

"也……也不是完全一样。"

"哪里不一样？"

"哪里不一样？那个……嗯……"

可以想见我这个老师当得有多尴尬，全程都是类似的对话，叫我冷汗直流。

"别难过，妳比我上一个老师好多了，至少妳还试图解释，那个王老师只会一句'背起来'，意思是她也不懂。"

我干笑两声，搞不清楚他是褒还是贬？

此时罗宋给我来电话，让我替他送笔，恰好下课时间也到了，我说了句："À la prochaine fois."

Didier递给我€40，我正想答"Merci."，他以迅雷不及掩耳的速度抽走了€15。

"这是Espresso的咖啡钱。"他答得理直气壮。

啥？是他说想喝咖啡，我竟然要替自己的咖啡买单？！

可以想见，我选择"跑步送快递"是有那么点儿气愤在，气学生小气，也气自己愚蠢，€15可以买好多支炭笔了！

巴黎分为五环，两环之内称为小巴黎，在小巴黎坐地铁Metro，不论多远，统一票价；两环之外称为大巴黎，得坐地铁RER，票价根据远近有所不同。也就是说住的离市中心远，虽然省了房租，但贵了交通。

罗宋考虑再三，还是决定在美术学院所在的5区租房，离学校近不说，离"兼职"的圣母院也不远，即使13区的中国城，步行半小时也能到，对于经常开伙的他非常方便，但是有利必有弊……

"我有两位室友，一位来自哈尔滨，另一位是地道的欧罗巴人。"罗宋到机场接我时，兴致勃勃地说。

转了好多趟地铁，又坐了一次公交，终于来到一条石板路巷子里。

"依依，这就是我们的家。"罗宋指着一栋三层楼的灰色公寓说。

他有三把钥匙，第一把钥匙打开大门，里面类似中国的天井，左手边有一整排的邮箱，可想而知，第一个门的钥匙，邮差先生也会有；第二个门是内门，只有住户才能进；第三个门才是自家大门。

"请进。"罗宋打开第三个门。

这是个约五十平米大小的典型法式公寓，有小巧的阳台和落地长窗，浴室很大，有个超大浴缸，房间很小，摆了床和衣柜，基本只容转身。

"面北的那间是小尤的，朝东的是欧罗巴的。"罗宋宣布。

"这里只有两间房，你的呢？你的是哪间？"我迷糊了。

他张开双手："喏！就是这里，凌晨12点过后，整个客厅都是我的。"

我怔住了。

"妳老公负责打扫卫生，每周的租金只要€100。"他补上一句，然后等着我表扬。

孰料我捂住嘴哭了起来："原来……原来你过得这么苦。"

"宝贝儿，不哭，"他见状将我拥入怀里，"乖，我一点儿也不苦，哪天我出名了，让小尤、欧罗巴人睡客厅，妳和我各睡一间。"

说得我破涕为笑："谁理你！"

既然罗宋连个像样的房间也没有，那就别幻想我们的重逢会有多浪漫。通常的情况是耳鬓厮磨过后，他喃喃地对我说："路口有家宾馆，以小时计。"

我不想在美丽的花都草草做了那事，所以来到法国一个多月，我们还像室友般纯洁，难怪最近罗宋"兼职"得很勤快，他说要租一个开间，和我大开裸体派对。

~

补习班的陈校长要我过去详谈，大概是谈我的去留。

我在法国的第一次试教以"惨烈"收场，所以对接下来的谈话信心全无。

"Didier对妳的评价不高，他说妳没有守时观念，答疑也多所犹豫，中文底子不够。"陈校长一字不落地转述。

听到"中文底子不够"这六个字，让我怒火中烧，我承认也许我的表达能力有待加强，但我不承认中文底子不够，好歹我也是Z大中文系的毕业生。

"我说了妳别生气，现在的大学生一抓一大把，混文凭的多得是。"陈校长向我挥刀。

如果有人对你说："我说了你别生气……"，意思是你听了绝对会非常、非常生气，好比现在，我生气到想把陈校长碎尸万段。

"既然这样，那没什么好说的，我不过是想要有海外教学经验，教一次和教一百次，对我来说都一样，好歹我也算有过一次经验，不算太糟，就这样了，au revoir."我站起身。

"坐下，坐下，年轻人这么急躁怎么行？"那个年过半百的胖女人开口挽留，让我又看到一线曙光。

我重新坐了下来。

"华夫人……"陈校长特意看了我一眼，确认我不知此为何人后，继续开讲，"华夫人替她的公子找中文家教，一个月€3000，怎么样，感兴趣吗？"

一个月€3000？这……实在太好了，我和罗宋马上可以开裸体派对了。

"包食宿。"陈校长补充。

"包食即可，我自己找住的地方。"

我很客气，但不知为什么，陈校长竟笑岔了气。

"呵呵……呵呵呵……妳自己找住的地？妳知道卢瓦尔河谷有的只是古堡，要嘛妳富可敌国买一座，要嘛妳挥金如土租一间，两者都不是€3000能打发的。"

陈校长所言，信息量很大：

一、华夫人住在城堡里，代表她很有钱。

二、她花重金替儿子找家教，可见这个宝贝儿一定是块朽木。

三、我若入住学生家里，而这个家又在遥远的地方，注定我和罗宋又要"人生不相见，动如参与商"。

"不了，我还是想待在巴黎。"我果断拒绝。

陈校长一听，很失望的样子，她喃喃自语："华夫人已经来了好几回了，再没有老师，她会对我的办事能力存疑……"

我心想，她对妳存疑，干我何事？

谁知她话锋一转，说："这样吧！补习班帮妳办工作签证一年，妳去教半年就好。半年一到，如果不愿继续教下去，我不勉强，妳仍然保有剩下的半年签证，我也会如此跟政府机关报备。"

也就是说，我只要忍耐半年，就能赚到€18000，相当于人民币十三万元，顺便还多出半年的签证。

"条件是不错，但为什么别的老师不愿意去呢？"我问。

"不是不愿意去，而是携家带眷的，哪能说走就走？也只有妳未婚，我才推荐妳，不然本校中文底子棒的老师多得是。"

最讨厌这种人了，给你苹果吃，还得先在上面吐口水。

我也来气，声明先把一年的工作签证办出来再说，还有，半年的工资在开课前一次性付给我。

陈校长恶狠狠地看着我，问："妳知道什么叫吃人不吐骨头？"

"彼此彼此，我是向妳学习的。"我一吐为快。

第三章/不明白的事

我跟罗宋说有个住城堡的女王在给王子找老师。

"是找老师还是找奶妈？别是当丫鬟去了。"他答。

能赚€3000/月的丫鬟也不多，我打算忍耐半年，然后租个开间给罗宋，我讨厌自己的男人过得像个小媳妇似的。

我跟小尤说罗宋不续租了，下礼拜就搬。

"这小子闷声大发财，也不早说，临时让我上哪儿找租客？！"他火冒三丈。

"罗宋也不知道他要搬，是我自作主张，再说了，把客厅租给租客本来就是违法行为。"看小尤脸上怏怏的，我又加了几句："当然，有需求就有供给，罗宋也有错，咱们各退一步，好聚好散吧！"

我说得合情合理，小尤紧绷的脸终于松懈下来。

"也罢，让情侣睡客厅的确太不人道了，想搬就搬吧！不过……那件事我还是希望妳考虑一下。"他说。

小尤是个自由摄影师，他的作品经常发表在国际杂志上，如：The Face、Vision、B&W……等。国内的《今日人像》和《中国摄影家》也看得到他的足迹，是摄影界新兴的一颗明星。

"你应该找洋人拍，尤其是法国人，他们不会介意在镜头前袒胸露背。"我建议。

小尤说他就是想找个保守的东方人拍尺度大的写真，绝对会把我拍得美美的，我不也看过他拍的东西？

我的确看过小尤的作品，很不错，有股颓废的美感。

"想想吧！当妳人老珠黄或成一抔黄土时，妳二十岁时的美照依然存在，人生有几个最美的时光？"他继续游说。

从小我就是个乖乖女，但骨子里总想着有朝一日一定要干一件惊世骇俗的事，那么就从拍艺术照开始吧！至少还不那么猥琐。

"好，我答应你，就这个星期五吧！因为星期日下午我得搭火车到图尔上班。"

"找到工作了？恭喜！不过我不能确定星期五行不行，得看那天的光线定夺，光线不对，再好的摄影技巧也徒呼负负。"他答。

~

我在离旧公寓两个 BLOCK 远的地方租了个大开间，房子有个小储藏室，罗宋可以把他的画作和颜料放在里面，而不是像垃圾似地堆放在墙角及洗衣房内。

将男友的东西都搬到新家后，我才发短信给他：**罗宋同学，我在 43Av.beauxarte 租了个钟点房，已经开始计时**

了，速到！

我猜他一定是插上了翅膀，否则怎么可能一刻钟不到就出现在楼下？

"依依，这不是酒店，妳搞什么鬼？"罗宋打手机给我。

"等等，我马上下来。"

拿上钥匙，我心里暗笑，捉弄男友真是天底下最好玩的事。

我觉得好玩，罗宋可不这么认为，实际上他非常恼怒！

"谁说妳可以去图尔上班？谁又说妳可以乱搬我东西？"

我很少看到罗宋如此生气。

"人家……人家只是想给你一个惊喜嘛！"我像只撒娇的猫。

罗宋说他银行的存款不足以应付生活费和一个 30 平米的开间。

"来，你坐下。"我把他拉到床上，"闭上眼睛。"

"妳又想变什么把戏？"他问。

"嘘～别说话。"我捂住他的嘴，再捂住他的眼，让他安静下来。

等到确定他没偷看，我转身翻包。

"快点儿！"他催促。

"知道了，偷看是小狗。"我再次给予警告。

拿上东西后，我蹑手蹑脚地走向罗宋。

"Surprise！"我大喊。

我的男人睁开眼，看见花花绿绿的钞票从天而降，愣了几秒钟。

"妳抢银行了？"他问。

我笑着弯腰拾起地上的纸钞，再给罗宋下最后一场雨。

"女王给的，"我跨坐在罗宋身上，给他一个吻，"是我半年的卖身钱，被我特意从银行取出来，就想着有朝一日能在钱堆里做爱。"

罗宋回吻我，把我的下嘴唇都吸进他嘴里后，才想起一件大事。

"怎么办？我刚吃了大蒜。"他说。

"没事，我刚刷了牙，用的是薄荷味的牙膏，让我帮你洗洗牙。"我边说边和罗宋滚进床单里。

巴黎北部的蒙马特原来是一片布满葡萄园和磨坊风车的乡间村落，1860年才划为巴黎市，可以说是巴黎最年轻的一个区。这里有风景如画的蜿蜒小径、有高大莊严的圣心教堂、有画家聚集的小丘广场、有香艳四射的红磨坊、还有写满爱情的巴黎爱墙，是一个极具特色的观光胜地，而小尤竟然要我在这里宽衣解带。

"No way."我想都不想，直接说不。

"是在天朦胧亮的时候拍，观光客没那么早起。"小尤解释，紧接着跟我阐述他的拍摄理念—将人和上帝之间的枢纽打开。

听他这么一说，我能猜到他要我在圣心教堂对着上帝光屁股。

"太大不敬了，我不想死后下地狱。"我还是拒绝。

小尤说这就是症结所在，上帝造人，我们把祂的创作以美的形态献给祂，有什么大不敬？相反的，这是对祂最大的礼赞！

他的这段话把我唬得一愣一愣的。

"我好像成了祭坛上的供品了。"

"妳绝对会是史上独一无二的完美祭品。"他笑了，露出脸颊上浅浅的酒窝。

我想了一下，伸头一刀，缩头也是一刀。

"好吧！大祭司，我豁出去了，但你一定得把我美美地献给上帝才行。"我说。

～

我跟罗宋撒了谎，说明天想晨跑，还特意买了跑步鞋，隔天……

"这么早就出门？天还是黑的。"罗宋半坐起，揉揉睡眼说。

"嗯！跑一跑，天就亮了。"我弯腰系鞋带。

"哎～就是爱折腾！"他重新躺回床上。

～

我半跪在圣心教堂的台阶上，背对镜头，身上只披了件白色薄纱，长发被小尤用红色麻绳松松地打了个海军结。

相机在我背后咔嚓咔嚓地猛拍。

"很好……美极了……侧身……抬头……手搁在下巴……凝望……想像穹苍……"

小尤边拍边念念有词，我却心神不宁，除了冷得打哆嗦外，右前方有个溜狗的老爷爷在对我行注目礼，如果我没瞎的话，教堂的彩色玻璃后，还有一双修士的大眼睛。

"上帝，请饶恕我吧！"我皱了皱眉，内心祈祷着。

好不容易拍完，小尤把防风衣丢给我，我马上裹在身。老爷爷看大势已去，牵着狗走了，我转身向后，玻璃后的眼睛也不见了。

"我能不能得哈姆丹国际摄影奖就靠妳了，奖金有12万美元。"小尤说。

"这么多？！得奖了，可别忘了分我一半。"

他答顶多在致辞时感谢我一下，在摄影界里，照片属于拍照者，而非被拍者。

"不早说？！早说我就收费了。"我懊恼着。

"太晚了，"小尤又露出他的小酒窝，"不论如何，照片洗出来，我会送妳一张，现在让大师掌镜，起码要妳三个月的工资。"

我说照片送不送没关系，因为我只是想做一件惊世骇俗的事罢了，不过请别告诉罗宋，因为他的脑子里住着一位清朝的老先生。

"呵呵！不只他的脑子里住着一位老先生，如果我的女友当着别的男人的面轻解罗衫，我也会跟人拼命，因为……因为即使像我这种专业的摄影师，生理上也是会有反应的。"

"那可一点儿也不专业啊！"我吐槽。

小尤卸责，他说谁让我有性感的肩胛骨及坚挺的乳房，里面充满了乳汁。

我纠正他只有分娩后的女人才有乳汁。

他更加来劲："每个男人的脑子里还住着一个小男孩，总想吃母亲的奶。"

"Stop."我做了足球裁判喊停的手势，"色聊到此为止。"

"哈！就喜欢东方女子的风情，欲迎还拒，妳……符合我对异性的所有遐想。"

我开始把衣服一件件地套回去，没好气地说想做惊世骇俗的事就得付出代价，这包括满足一位摄影师的异想天开……

大概我的脸色很不好看，小尤忽然严肃起来，问："罗宋汤难道没有告诉妳？"

"告诉我什么？"我套上羊毛衫。

小尤答他是Gay，如果刚才的谈话有任何冒犯之处，请见谅，他不过是在赞赏一位女性的美丽胴体罢了。

"你……你是Gay？"我太惊讶了，"可……可是为什么你会有反应？"

"这也是我搞不明白的地方。"小尤苦笑，看不见他的酒窝。

第四章/华夫人

卢瓦尔河河谷的中心城市是图尔，从巴黎的奥斯特立兹火车站开出，两个多小时便可抵达。华夫人的城堡在图尔附近的 La Rochelle，火车站没有直达的公交，但我不担心，因为华夫人会派管家过来接我。

下了火车，从北门走出来，我发现东西两侧也有出入口，东侧有个指示，上面写着火星文：**Rue Édouard Vaillant**；西侧则为有轨电车（还好我认出 Tramway 这个法文）。

怎么办？我该在哪里等？

极目所见都是高大的洋人，只有我这株瘦小的狗尾巴草夹杂其中，司机应该不会认不出我来吧？！

" Bonjour."一位儒雅的亚裔中年男士上前和我打招呼。

他身着藏青色呢大衣，脖子上系了条苏格兰羊绒围巾，头上戴了一顶米色贝雷帽。

" Bonjour."我也跟他道好，但心里犯嘀咕，可别向我问路啊！我也是初来乍到。

"妳是马老师吗？"他说着一口字正腔圆的京片子。

"噢！是……是，是，是。"我点头如捣蒜。

他不卑不亢地说华夫人让他来接我，大家都叫他管叔。

"你好，管叔。"我微笑，"我就是马老师。"

"太好了，终于接对人了，上次阴错阳差地把一位中国游客带回古堡，让真正的老师在寒风中等了大半天。"他兴奋非常。

这么说，我不是第一个上门的家教，心里因此喀噔了一下，想着这个小少爷一定不好惹。

"那么，我们走吧！车子就停在转角处。"管叔指着前方说。

我随他坐上一辆被擦得光亮的银色老爷车，驾驶盘上印有VETERAN的标志。

"好特别的车啊！"我说。

虽然座椅有点儿硬，坐起来不是很舒服，但是车子的工艺水平高，一看就知道所费不赀。

管叔解释这是1918年产的元老牌，是当时汽车界的翘楚，几年前华夫人以五百万法朗竞拍得到。

哇！这个华夫人真是富得流油，连个座车也要三千多万人民币，还附带一个好看的男司机。

"古堡远吗？"我问。

"不算远。"他答，然后驾驶盘一转，上了乡间小路。

果然不到二十分钟，我看到一座白墙灰瓦的古城堡，它的左右两翼跨着支河，河水反映城堡的倒影，好像童话故事似的。

"好美啊！"我赞叹着。

管叔顺着我的眼光望过去："的确很美。"

"没想到华夫人这么有钱。"我心生羡慕。

"她是很有钱，但在法国，我们尽量不谈论别人的经济状况。"他说。

我红着脸道歉。

管叔笑笑，要我别放在心上。

哪知老爷车经过城堡后，非但不停留，反而渐行渐远，我急了，问："难道不去华夫人家？"

"去，当然去，再一个多小时就到了。"

"噢！我还以为刚刚经过的城堡是华夫人家。"

管叔看了我两眼，很轻蔑地说："开什么玩笑？！刚刚那座是舍农索城堡，现在是梅尼尔家族的产业。"

尽管很想知道梅尼尔家族是什么来历，但怕管叔会再次鄙视我，只能把话吞下肚，并且心生疑问，陈校长明明说华夫人住在古堡里，难道她是胡诌的？

见我闷不吭声，管叔开口了："华夫人的华堡没舍农索大，但也很豪华，妳待会儿就知道，是以舍韦尼城堡为原型，模仿建造的，连家具也特地请木匠依样画葫芦。"

"模仿建造？"

"是的，卢瓦尔河谷的城堡很多都是非卖品，有钱也买不到，Guillaume爵士只好从自己的领地中划出一大块来大兴土木，取名'华堡'。"

我问Guillaume爵士是何方神圣？管叔答他是华堡的主人。

"等等，我搞迷糊了，我以为华夫人才是华堡的主人。"我还是管不住自己的好奇心。

管叔沉思了一会儿，似乎琢磨该如何回答，最后他打了个比方，如果华夫人是公司的CEO，那么Guillaume爵士就是背后的金主。

刚开始我以为Guillaume爵士是华夫人的老公，但听管叔这么一解释，感觉两人就是合作伙伴关系。

"那么华夫人的老公也住在华堡里吗？"我开始挖我雇主的隐私。

"华夫人的老公也住在华堡里吗？"管叔以夸张的声调重复我的问题。

我问有什么不对吗？

他失笑，喃喃自语："哈！华夫人的老公，呵呵！华夫人的老公……"

~

沿途我们又经过几座美到令人窒息的古堡，但我不再闹笑话。总结的结果是：只要看到旅游大巴停在那儿的，肯定不是华堡；占地太小，看起来"年久失修"的也不是。

我在找一座"作旧"了的崭新城堡，能配得上一位雍容的贵妇。

果然，前方就有一座矗立在大片绿色草坪上的宏伟建筑，墙面是玉石般洁白的大理石，屋顶则是倒扣的半球形，蓝灰色。

"到了。"管叔边宣布边将老爷车弯进一条长长的私家林荫小道。

到了城堡正门，两位穿着女佣服的洋人已站在门口迎接。

"*%#？+\¥!^……"管叔说了几句优美的法语，女佣便过来将我的行李拿走。

"矮的那个叫Manon，胖的那个叫Clara，妳跟着她们上楼，休息一下，下午四点到Drawing Room和华夫人喝下午茶。"

Drawing Room？画画的房间？我想问清楚，但管叔已转身和园丁打扮的人交头接耳，无奈之下，我只好随着一矮一胖跨进那个有四个人宽的大门。

当厚重的铁门在我身后哐的一声关上时，我竟然还能听到回音，顿时有种被监禁了的恐惧感……

第五章/小猴子BRUNO

一矮一胖带我上二楼，楼梯吱吱作响。

这是栋仿古的新楼，难不成连"作旧"也如此逼真？

来到一扇胡桃木门前，Clara转身对我吧吧拉，吧吧拉……

我一句也听不懂，只能微笑。

她转开古铜色的门把，和矮个子一起把我的行李提进去。

" @？ %*！&+……"这次换成Manon对我吧吧拉。

" D'accord."我说。

那两人很满意地走了。

天知道我为什么要回答OK，一点儿都不OK，好吗？但是坐了五、六个小时的交通工具，我极需休养生息。

我在带顶棚的大床上坐了下来，床罩是用手工织上去的，上面有大朵白花黄蕊的波斯菊。我用手指抚着花，依稀能闻到花香，没错，是花香。我抬头四望，发现角落的花几上摆了一盆法国国花—鸢尾花，味道很淡，像……像香奈儿的邂逅淡香水（没错，罗宋也会搞送女友香水的小把戏，这是我惟一拥有的名牌香水）。

因为花，我立马喜欢上我的小房间（说它小，其实也不小，有二十几平米大，少了厨房、卫生间和客厅，看着很宽敞）。除了床和楠木做的衣柜外，窗台下还摆了张书桌，桌上有个复古造型的枱灯，没事我可以写写字，风花雪月一番。

~

管叔说下午四点喝下午茶，但他不知道，今早我除了喝了杯黑咖啡，咬了块荞麦面包外，就再也没进食过，现在正饥肠辘辘。

看了一眼时间，虽然还有一刻钟才喝下午茶，但古堡这么大，也不知道哪个才是"画画的房间"，所以我打算以"探险家"的精神，先把华堡观光一遍。

我在二楼走了一圈，看似"高大上"的房门，我都不敢进，因为印象中"画画的房间"应该有很多阳光，很清新、很古朴，然而二楼几乎都是昂贵的橡木门，上面还雕刻了繁复的花鸟鱼虫，只有我的房门是胡桃木，而且无任何装饰。

这个新发现让我很气馁，有种被踩在脚底下的挫败感。

我又踩着吱吱作响的楼梯上到三楼，还好这一层不那么"高大上"，有很多素面的胡桃木门，顿时我又从挫败中站了起来。

"嗑~"什么东西掉在地上的声音。

我寻声走向那个圆拱门。

"扣、扣、"我敲了两下，无人应门，正想转身。

"嗑~"又有个东西掉下来。

我说过我总想做点儿惊世骇俗的事，这句话的解读是：**我总**

想跨越世俗的条条框框，然后在枪林弹雨中求生。

这不，我没经过同意就开门进去，成了"不速之客"。

一推开门，我不禁喜出望外，终于找到"画画的房间"了，里面不仅有大大小小的石膏头像，还有散落四处的画布框，有的已完成，有的画到一半。

我走了进去，这里摸摸，那里瞧瞧，我认出石膏头像中的两个—《大卫》和《荷马》，以及临摹的画作—梵高的《向日葵》和塞尚的《浴女们》，这都得感谢我有个学画的男友。

长条桌上有塑料仿真水果，它们被塞在一个木制的水果盆里，我顺手拿起一粒橙子，谁知竟被一只毛绒绒的灰白色小手给抢走了。

"啊～"我尖叫一声。

" Silence."一个细细小小的声音从角落传过来。

我转过头去，一个穿白袍的少年就坐在画架后面，神情很淡漠。

" Tu……You……你……"我语无伦次。

老天！我在说什么？

"妳吓坏它了。"他面无表情地说。

少年把小猴子抱在怀里，小猴子边注视我边啃起抢来的橙子。

惊吓过后，我开始懂得抱怨："你怎么闷不吭声？吓死人了。"

" 是妳闯进来，不是我请妳进来，这有本质上的差异。"少年很老成地回答我。

呃……好像真是这样，这么说是我的错？

“我……我敲门了，以……以为里面没人。”我还在作困兽之斗。

少年执拗地说他没听到我的道歉。

“Well，我是不对，但是……All right，道歉也可以，désolée.”识时务者为俊杰，我匆忙道了歉。

“好，我接受，但妳还没跟Bruno道歉。”他说。

唤Bruno的小猴子此刻正用无辜的眼神望着我。

“但是……它也吓到我了。”我不服气。

此时，Bruno跳离主人的怀抱，走到我面前，把沾满口水的塑料橙递给我。

“Merci.”我对猴子说。

“好了，我想Bruno已经原谅妳了。”少年说完，继续手中的绘画。

我在房间里又待了会儿，才想起我的下午茶，很明显，这个Drawing Room不是“那个”Drawing Room。

“请问……Drawing Room在哪里？华夫人约了我喝下午茶。”

少年答底层楼梯口左侧的休息室便是，红茶的香气会告诉我在哪里。

说完，他不再看我。

～

下到底层，我果然闻到红茶的香气。

“马老师，妳上哪儿去了？华夫人等了十多分钟了。”管叔一见到我，话匣子马上打开。

“我……迷路了。”

"迷路了？这……"他愣了一会儿后，马上恢复管家的嘴脸，"快到休息室吧！别让华夫人好等。"

我赶紧尾随他进入"Drawing Room"。

华夫人在我的杯口上置了滤匙，然后用典雅的骨瓷茶壶帮我斟了七分满的红茶。

"要柠檬还是奶？"她问。

"柠檬，谢谢。"

于是华夫人递给我一个小碟，上面整齐摆放了柠檬切片，我用银制镊子夹了一小片到杯里。

"Sucre？"华夫人又递给我一个小巧的糖罐。

"不，谢谢。"

我呷了一口茶，的确甘醇，但心里多少有点儿失望，我以为会有三层瓷盘装盛的点心招待，第一层放三明治、第二层放Scone、第三层放蛋糕及水果塔，当然，由于身处法国，我也把一直想吃而吃不起的"马卡龙"加入幻想名单内。没想到洛可可风的台架桌上，除了精致典雅的杯具外，空荡荡一片，即使女主人盛装出席，以无懈可击的妆容及迷人的笑脸迎接我这个"小"老师，仍难以抚慰我饥饿已久的脾胃。

华夫人大概听到我的心声，她开口了："我个人偏好英式下午茶，有黄瓜三明治和手卷点心，但管叔建议呈上法式下午茶，所以我交待厨子准备甜樱桃可丽饼及土豆吞拿鱼。"

说完，她对站在一旁的Manon及Clara点一下头，她俩立马转身离开休息室，回来时双手各捧着金边大盘。

"一甜一咸，希望妳会喜欢。"她说。

我以风卷残云的速度把眼前的美食一扫而光。

"看来妳很喜欢法式下午茶点心。"

我的眼光扫向华夫人的盘子，她的饼还剩下大半个，土豆没碰，鱼吃了几口，我因此担心她会不会以为我是饿死鬼投胎？

"我喜欢看年轻女孩吃东西，这代表健康，何况妳不胖。"她又说。

这下子我担心的不是自己狂吃的丑态，而是眼前的这位贵妇是否有读心术了？

还好此时华夫人转了话题："听陈校长说，妳是补习班重金从中国挖来的语言专家。"

这叫我如何回答？陈校长要嘛把我踩在脚底下，要嘛把我捧上天，两者都无法让我安全着陆。

"陈校长过奖了，我还有很多需要学习的地方。"我答。

还是虚怀若谷为佳，这个比较不讨人嫌。

"雅各对学习汉语很抵触，以前的老师对他太严格，让他提不起兴趣，我希望妳能多点儿耐心给他，他……他是个敏感的孩子。"

"我会的，"我信心满满地说，"读大学时我接了很多小学生的家教工作，完全了解儿童的心理。"

"咳、咳、"华夫人捂住嘴，"对不起，呛到了，那个……雅各已经不算儿童，他十六岁了。"

十六岁？华夫人看起来很年轻，不像有一个16岁儿子的女人。

我很快稳住自己："噢！对不起，我搞错了，十六岁……那就是高一，正要准备考大学，学校汉语教科书用的是哪个版本？"

华夫人有些窘迫，她答雅各不上学，他在家学习。

我一时语塞，脑中突然闪过一个影子，遂问穿白袍的少年莫非就是雅各？

华夫人笑了："对，他就是雅各，他喜欢画画。"

"他的猴子好可爱啊！"我讨好地说。

"什么？！妳说什么？"华夫人脸色大变。

"那个……有一只小猴子在他的画室里……"我手指西边的方向。

她一听，惊慌失措地冲出房外，大喊着："管叔，管叔……"

我不明所以，像个木头人似地愣在那里。

第六章/讨救兵

管叔告诉我，雅各是血友病患者，是一种遗传性凝血功能障碍的疾病。换言之，一点点的小伤口，很可能让他血流不止，急救若不及时，甚至会丧命。

"雅各上过学，但经常被淘气的同学欺负，自从头上破了个洞，险些一命呜呼，华夫人便不再让他上学，而是请家教到家里来教。"他进一步解释。

原来如此，难怪华夫人对小猴子的反应会如此激烈，一来野生动物可能携带病菌，二来它的尖锐爪子可能抓伤雅各。

"那么你们会如何处置Bruno？"我问。

管叔说Bruno会被园丁带到东边的丛林里放生。

我想此刻的雅各一定很伤心，以前我也曾养过一只比熊犬，后来走丢了，废寝忘食找了一个多月后才放弃，从此便不再养宠物，因为那种失去"亲人"的疼痛太刻骨铭心了。

"他在哪里？"我指的是雅各。

管叔答那孩子躺在床上，谁也不理。

雅各的房门上有一只秃鹰，我击打那只秃鹰两下："扣、扣、"

果然无人应门，我转开门把。

"出去！"雅各背对着我下逐客令。

"我听说了，Bruno回到它丛林的家。"我走进房内。

"Bruno的家在这里，它是我的朋友，我惟一的朋友。"雅各气呼呼地说。

我在床旁的法式扶手椅上坐了下来，天鹅绒的座垫非常舒服。

"我完全能理解你的愤怒和伤心，也许愤怒还是针对我，但我只能说抱歉，如果早一点儿知道你的病情，我会管好自己的嘴，我知道失去朋友的痛苦。"

"妳知道什么？妳什么都不知道，上次也是汉语老师告的密，Bruno已经被赶出去一次，还好它认得路，自己又偷偷跑回来。这次他们一定会把它带到更远的地方，我这辈子再也见不到它了。"

我安慰他不会见不到，管叔说Bruno被带到东边的丛林里，有地点就好找。

"妳……"雅各翻身坐起，"妳是哪一边？"

我笑了，说我站在他这一边。

雅各深深看我一眼后，问："妳叫什么名字？"

"马依依。"

"马-依-依-"他喃喃道，"Cheval的马吗？"

Cheval是啥？我赶紧情境教学。

"马，四只脚，跑得很快，会嘶～嘿儿嘿儿地叫。"我学马叫声。

"呵呵！妳很有趣，我喜欢妳。"

虽然知道法国人表达感情的方式很直接，但被一个初识的男孩当面说喜欢还是头一遭，所以有些诧异。

"谢谢，既然不讨厌我，我们何时上课？"我乘胜追击。

"等Bruno回来，我们就开始。"他答。

我真是给自己找罪受，但雅各不是说着玩的，上课时间一到，他完全当我是空气，自顾自地在素描本上画画。

"你母亲付我很多钱，你现在在浪费她的钱。"我说。

"我家最不缺的就是钱。"他头抬也不抬。

"你母亲会炒我鱿鱼。"我放低姿态，希望唤醒他的慈悲心。

"妳走了，还会有下一个马老师，Je m'en fiche。"

因为雅各无所谓的态度，所以我猜最后那句法语的意思是～我不在乎。

想到这里，我怒火中烧，熊孩子就是熊孩子，一点儿教养也没有，既然这样……

"你不想上课也行，我们来玩接龙游戏，谁接不下去就算输，输的人必须无条件满足赢的人的愿望。"我说。

雅各不置可否，依旧低头画画。

我不理会他，继续："我说个语词，你以最后一个字为首，讲另一个语词，不可重复，我先来。"

"喜欢。"我说。

"……欢喜。"雅各接龙了。

"喜好。"

"好吃。"

"吃完。"

"完美。"

"美玉。"

"玉石。"

"石猴。"

"猴子。"

"子……子……子……"

糟糕！"子"什么，我接不下去了。

雅各抬起头，胜利一笑："三天后，把猴子交还给我。"

说完，他又低下头画画，我这才发现他画的是Bruno。

我十万火急地跟罗宋讨救兵。

"怎么办？找不回猴子，我就要回家吃自己了。"我很苦恼。

罗宋在手机那头气定神闲地说："那就回来吧！妳才走了两天，我就开始想妳了。"

我也想念罗宋，但是那个老奸巨猾的陈校长让我签了但书，教不满半年离职，工资全数归还及立即取消工作签证，也就是说我分分钟会被"驱逐出境"。

罗宋问这是不是意味着他马上又得回到小尤的客厅去寄人篱下？

"没错，救我也算救你。"我把他拖下水。

"嗯……"他陷入沉思，"找猴子得有车，总不能徒步走，我能想到的是小尤，他有一辆八九年的雪铁龙，但这小子很小气，不见得借得到。"

没想到隔天下午，罗宋和小尤便一起来到华堡，当我看到那辆破旧的雪铁龙，简直就像看到久违的亲人。

"怎么来的？"我问。

"我没课，"罗宋解释，"刚好今天光线不好，小尤不想拍照，所以约了一起来。"

小尤跟着下车，他摘下太阳眼镜，仰望："这就是贵妇的城堡？"

"嗯！她叫华夫人。"我心不在焉地回答。

看到罗宋和小尤，我当然高兴，但上班才两天，我就带进来两个陌生客，华夫人会怎么想？我有些担心。

～

"你们是马老师的朋友？"华夫人在客厅接见他俩。

"是的，我是依依的男朋友，这位是我以前的室友，我们来看看依依工作的地方。"罗宋回答。

"华堡不接待陌生人。"华夫人不假辞色。

"我能理解，我们只要求能将车子停在城堡内，一来是安全问题，二来天气越来越冷，有城墙护着，多少温暖些，我和小尤可以睡在车内。"

华夫人沉默了一会儿后承认天气的确越来越冷，她可不希望有人冻死在车内，这样吧！马老师的朋友可以睡在屠宰室旁的佣人房里，那里空很久了，打扫一下还能住人。

我早听说华堡有自己养的牛羊，没想到还有专用的屠宰室，真是"自给自足"啊！

"没问题，有的住就行。"罗宋像个顶天立地的男子汉。

我们很快起身告别，离去前……

"如果是我邀请你们，待遇将会完全不同。"华夫人凭空来上一句。

话是说给罗宋和小尤听，但她的眼光却只落在罗宋身上，让人很不舒服。

"罗宋，快走吧！别耽误华夫人的时间。"我催促着。

那两个男生向华夫人点个头后，开门走了，我随后跟上。

第七章/欢迎回家

打开松木门，我随着罗宋和小尤来到佣人房，这是我第一次踏足，所以有些期待，但令人失望的是里面除了两张简易的床，别无长物，倒是天花板上有一大张蜘蛛网。

"怎么到处都是灰尘？"小尤伸手摸了一下凹凸不平的墙面，又用长铁勺勾了一下壁炉内缘，"估计这里没人住过，壁炉里连烧过柴火的痕迹也没有。"

"还好有一扇镂花窗枢，阳光能洒进来，不算太坏。"罗宋苦中作乐。

我感到抱歉，因为没料到房间如此简陋。男友安慰我没事，男子汉哪里不能睡？

"我就不能睡，"小尤提出异议，"我宁愿睡雪铁龙。"

听他这么一说，我更内疚了，若不是自己捅了个篓子，今晚他俩铁定能睡在自己的席梦思床上。

" Pardonnez-moi， @$&*%#^～......"Manon和Clara抱着雪白的棉被和枕头进来，并且妳一言我一语地解释。

"她们说什么？"我压低声音问罗宋。

"她们说华夫人让她们过来铺床及打扫，并且给壁炉加柴火。"

原来华夫人这么心善，看来我错怪她了。

" $+=%>^......"Clara走过来对两个男生说话，说完，指了指厨房的方向。

"她又说什么？"我又问罗宋。

"她说厨房里有热汤和裸麦面包，我们若肚子饿，可以过去吃。"

"华夫人真好。"我说。

"好什么？"小尤呛声，"我原以为今晚可以在城堡里大啖鱼子酱和香煎鹅肝呢！"

待两个饥饿的人喝了热汤、吃了面包，回到看似干净、整齐的房间里，我终于觑了个空，交待明天的任务。

我描述了猴子的长相，又把雅各画的图像给他们看。

"它叫Bruno，对了，"我从包里拿出塑料橙，"这是信物，Bruno认得出。"

"信物？"小尤笑得好大声，"怎么像是去寻找我失散多年的未婚妻？"

"对，你们要像找老婆一样地找Bruno，找不回来就单身一辈子，所以一定......一定得找到，"我做了fighting的手势，"加油！我相信你们！"

罗宋和小尤像看到怪物似地看着我。

还是男友先开口："时候不早了，我陪妳走回去吧！"

他将我往外推。

我们还没走出屠宰室，背后就传来小尤的声音："依依是不是疯了？"

~

"妳还剩下一天。"雅各提醒我。

"我知道。"我有气无力地答。

因为雅各的不合作，上课时，我俩大眼瞪小眼。到了下午，我实在忍不住，想着也许今天是我在华堡的最后一天，索性问他想怎么熬过这剩下的几小时？雅各答他想画我。

我当人体模特儿的经验非常丰富，这都得感谢男友请不起模特儿，我只好亲自粉墨上场的缘故。

画架后的雅各非常专注，不知他会把我画成什么模样？

"即使没把我画成白雪公主，也请别画成后母，尤其当她变成卖苹果的老妪时。"我说。

雅各笑着答不会，他正在画我性感的肩胛骨及坚挺的乳房……

这……这不是小尤说过的话吗？

小尤是社会人士，偶尔疯言疯语，听听也就算了，但是雅各这个小屁孩竟然也开起黄腔，我正想拿出老师的威严训他两句时，耳中传来轻快的意大利口哨歌曲《How do you do?》。

这是我和罗宋的暗号，我喜出望外地夺门而出。

"怎么找到的？"我把Bruno接过手，上气不接下气地问。

小尤抢着回答，说他们拿出我所谓的信物，在丛林里不停地唤着Bruno，Bruno……妈的，连个鬼影子也没，于是改变方针，把昨晚从华堡厨房偷来的大串香蕉拿出来，两人边剥边吃，还特意沿路扔香蕉皮，等到把车停下来休息时，赫然发现这个小家伙已经立在车顶上，也不知道待多久了。

"呵呵！太好了，雅各会高兴坏了。"我笑着说。

"那就好，妳不用被驱逐出境了。"罗宋摸摸我的头，无限爱怜。

"那个人是雅各吗？"

听小尤这么一问，我顺着他的眼光望过去，雅各正抚着推开的窗户往下看。

"是的。"我边答边把猴子高高举起，对准那个窗口，"Bruno回家了。"

谁知雅各的眼光竟然越过Bruno和我，落在我身后。

我转过头去，小尤也正仰头向上望，他没有笑，我却看到他的酒窝。

第八章/看门狗

因为Bruno的安全归来，我在雅各心目中的满意指数蹭蹭蹭地往上冲，所以当他提议到屋外走走时，我感觉我们的关系又近了一步。

"马老师，天气有点儿冷，所以散步时间请别太长。"管叔提醒我。

"知道了。"我弯腰系鞋带。

待我站定，恰好目击到管叔侍候雅各穿衣。这个管家真是尽责，穿好衣服后，又帮着系上红色围巾，再把擦得倍儿亮的牛津鞋摆好，雅各的脚一伸进去，鞋拔子一拔，大功告成。

"￥@#*%&……"管叔边说法语边用刷毛器去除小主人大衣上的毛球。

雅各小声地答："Je sais."

从管叔身上，我看到仆役对主人的忠诚。

"管叔待你真好！"一离开管叔的视线，我有感而发。

"唠唠叨叨个没完，真烦！"

没想到这是雅各对管叔的评价。

当我们信步走到雅各房间的屋楼底下时，他抬头看着窗口，用力吹了声口哨，我看见Bruno的小脑袋瓜伸出半开的窗。它看到主人非常高兴，以快速、敏捷的动作，从二楼窗户沿着排水管下到地面。

"Bon garçon."雅各对猴子说。

不用猜也知道，讲的必定是赞扬的话。

"原来我是你的借口。"我有种被利用的屈辱感。

"别误会，我很想跟妳散步、聊天，"雅各把猴子放在他的肩膀上，"顺便带上Bruno。"

"好吧！估且相信你。"我表现大度。

我们默默无语地走了十多分钟，说想和我聊天的雅各却一句话也没说。

"你想聊什么？"走到大到需要三人合抱的古树旁，我问。

此时Bruno跳下雅各的肩膀，咚咚咚地爬上大树，并且不知捡到什么好东西似地啃了起来。

"那天……哪个是妳男友？"

我想了一下，雅各说的是Bruno失而复得的那一天。

"最帅的那一个。"我答。

"两个都很帅。"

"Well……高的那一个。"

雅各停了一会儿，问："你们认识多久了？"

"五年。"

"那么该做的都做了。"他下结论。

什么叫"该做的都做了"？虽然我不是老古板，但师生间还是得讲礼数，这个小屁孩竟然没大没小起来，看我如何教训他！

"雅各，听着，你……"

"如果妳要训人，我们的谈话到此为止。我已经16岁了，在法国，16岁是成人，可以开车、喝酒、抽烟……甚至结婚，"他转头直视我，"妳必须像对待大人一样地对待我。"

说得我哑口无言。

"OK，把你视为大人也可以，那我们谈谈现实问题，你打算读大学吗？"我不忘老师的职责。

"可读可不读，看我到时的心情。"

啥？实在任性得可以。

见我不吱声，雅各做了补充："我的任务不是读大学，而是平平安安地活下来，直到完成生育下一代的任务。"

雅各竟然把繁衍子孙说成"任务"。

"我以为那是男欢女爱必然的结果。"我说。

"能男欢女爱当然好，但不能男欢女爱也得把孩子生出来就不妙了。"

我不知道雅各为什么这么悲观，他才16岁，以法国的浪漫氛围及对性的纵容，他想生一打都没问题。

"我想我是活不到有人喊我爸爸的时候。"他感慨。

看雅各如此消沉，我只好把网上搜索来的资料一倾而出，告诉他只要饮食、作息正常，有一定的保护意识及急救常识，血友病患者也能像正常人一样的生活，甚至养儿育女。

"哎～"雅各听了非但没有欣喜，反而长叹一口气，"看来妳还是不了解我，算了，这个世界还有谁能了解谁，我又何必强求？"

他对着树上的Bruno吹了一声口哨，小猴子咚咚咚地从树上下来，跳上雅各的肩膀。

"回去吧！"他说。

我们一路无语地回到城堡。

~

每个月的月底，我会有四天长假，方便我回到巴黎做想做的事。我想做的事无非是和罗宋见面，做做好吃的东西，谈谈有趣的话题，然后在阳光里疯狂做爱……

老实说，我才来华堡十多天，整天就想着月底要做的事，因为幻想给我带来希望，否则待在与世隔绝的城堡里，每天一成不变的，光无聊就能把人逼疯，直到有一天……

一辆林肯牌加长形礼车从城门直喇喇地开进来，因为承重力的不同，车轮碾过石头路发出的声音也不同，我因此判断来者是客，遂望向窗外。

"是Guillaume爵士。"管叔在我背后答疑，意思是金主来了。

我看见Manon和Clara神情紧张地冲向门口，不只她俩，连园丁、厨子也排排站。

"马老师，请移驾到门口迎接贵客。"管叔提醒我。

什么？连我也得加入欢迎的队伍？

~

我站在最边边的位置，好冷眼旁观。

管叔走过去开门，一只光亮的鳄鱼皮皮鞋先下了地，然后我看到灰蓝色的丝质裤管，接着是同布料的合身西服，再然后是灰黑色条形毡帽，还有帽檐下一张俊朗的脸孔。

"Bonjour.€#^*+? #……"管叔鞠了个躬。

"Bonjour.$:@？ ^%*……"爵士说了几句。

"Oui."管叔点头称是。

虚应完的爵士，无视立于两旁的我们，大踏步走上阶梯，那气势仿佛国王出巡。

我一直想抑制打喷嚏的冲动，尤其在这个紧要关头，可惜鼻子还是出卖我，不仅打了个特响的喷嚏，还连打三个，管都管不住。

"Je suis désolée."我红了脸。

爵士停下脚步看着我，管叔马上上前和他耳语一番。

"God bless you."他操着流利的伦敦口音。

"……Thank you."我一时迷惑该用英语道谢还是法语道谢。

GUILLAUME爵士一进屋，大家便作鸟兽散，当然，除了管叔之外。他一直随侍在侧，直到打扮得艳光四射的华夫人从楼上下来。

看佳人来到，爵士站了起来。

"Bonjour."华夫人快步向前，并把纤纤小手递给他。

"Bonjour."爵士亲吻小手，又给了华夫人贴面礼，"Long time no see."

接着，华夫人巧笑倩兮地把来者带进客厅。

一时我又迷惑了，这个爵士是法国的？英国的？还是美国的？

"马老师还有事？"管叔问我。

"没，没事。"我有些无措。

"没事请回。"他难得严厉，"在华堡，我们围着Guillaume爵士和华夫人打转，因为他们是我们的衣食父母，但这不表示包括偷窥。"

"我没偷窥。"我扬起声。

"正大光明地看也不允许，那是不礼貌的。"他不假辞色。

我说我只是好奇。

"好奇害死猫，还是收拾起妳的好奇心吧！"

说完，他走过去把客厅的门关上，并且立在门外，仿佛怕我会偷听似的，让人为之气结。

"不过是只看门狗，有什么好骄傲的？！"我心想，扭头就走。

第九章/开瓶器

自从第一天和华夫人用过下午茶后，我便不再与她同桌而食，因为城堡里的上下阶级很分明，我被归为劳工，劳工的意思是得和Manon、Clara……等一起在厨房内的大长桌上用餐。

我一点儿也不介意，因为他们都是和善的一群，会教我简易的法语。

"妳昨天中午吃什么？"我们刚上完上午的课，雅各问我。

我答蔬菜汤加咸面包。

"那前天中午吃什么？"他又追问。

我想了一下："焗蜗牛和青蛙腿。"

"那大前天中午吃什么？"

"大前天……大前天……想不起来了，你为什么问这个？"

雅各答因为他不想和母亲及爵士一起用餐，他想吃我吃的。

我把雅各带进厨房，立刻引起骚动。

"&$-@*€#……"

"？ &@:+=%……"

"￥{%|+。@……"

雅各大声要在场者坐下，但佣人和园丁还是离席，只有厨子很窘迫，他不知道该留下来服务还是依据礼节闪人？

"On voudrait quelque chose a manger."雅各对他说。

厨子很快冷静下来，回答："D'accord."

没多久，他捧来两盘西红柿鸡肉泥，又到酒窖拿来一瓶九五年的波尔多白酒，为我们斟上后，很识相地走人。

"原来你们在这里用餐。"雅各说。

"嗯……"我有些担心那些吃到一半的人，"不知道Clara他们吃饱了没？"

"没吃饱就喝下午茶嘛！"

雅各说得理直气壮，让我想起晋惠帝说过的历史名句："何不食肉糜？"

他不知道劳力者的下午茶很可能只是一杯红茶加上消化饼干，和他想的，有高级瓷盘盛的各色糕点有所不同。

我闷着头吃饭，心里堵得慌。

"这就是你们每天吃的？"雅各用叉子挑起碎成泥的鸡肉问。

"你如果不喜欢吃，大可不吃，没人強迫你。"说完，我大口大口地吃着鸡肉糜，仿佛跟谁赌气似的。

"抱歉，我没别的意思。"

他收起轻佻的态度，开始认真吃起午餐，反倒让我内疚，他不过是个胡髭都还没长齐的孩子啊！

"好吃吗？"我释放善意。

"嗯！"他举起高脚杯，"Cul sec."

由于他用的是年轻人间会用的"干杯"词语，而不是硬悕悕、很正式的 A votre santé，让我觉得他不过是想轻松地吃个饭而已。

"Cul sec."我举起杯子，给他一个微笑。

"马老师，听说中午妳带雅各进厨房用餐。"管叔一副山雨欲来之势。

"是的，我应他的要求。"

"妳应他的要求？"管叔扬起声，"妳知不知道Guillaume爵士和华夫人等了多长时间？"

"不知道，没人告诉我。"

管叔摇摇头，说看来他得跟我上上课。

"不必，"我反击，"你做好你管家的工作，我做好我家教的工作，咱们互不相干。"

他听了很生气，说我造反了。

我紧接着火上加油："如果雅各不想赴约，一定有理由，他这个年纪需要吃饭，不吃饭或吃不下饭对他的病情一点儿帮助也没有。"

管叔气得七窍生烟，他警告我，水可载舟亦可覆舟，他跟陈校长很熟……

"呵呵！我跟陈校长不熟，你想告状？Go ahead，大不了我买张机票飞回中国！"

我能感觉眼前人正极力压抑他的怒火，这可以从他紧握的拳头看出。

时间一分一秒地流逝，一、二、三……七、八、九……

"Well，"他放开拳头，似乎已经把怒气压下去，"一码归一码，我不做背后捅刀的小人行径。反正我已经交待下去，雅各不能再踏入厨房，他只有两个选择：吃或不吃，吃就只能在正式餐桌上吃。好了，我走了，跟妳谈话很有趣，Au revoir."

看着远去的管叔，我不得不佩服他的绅士风度，绅士生起气来，果然文明多了。

～

我和雅各住在城堡的西翼，西翼有画室、兵器室、图书馆和乐器室，但依我看，他应该和华夫人一样住在东翼，因为听说那里的房间更大、更豪华，每间都有起居室及独立卫浴，当然还有不可或缺的警报装置（一按下警报器，华堡的警卫室及图尔警察局都能收到讯号），其舒适性和安全性不是西翼所能及。

"我才不住那边，会坏了我母亲的好事。"雅各说。

我不完全明白他说的意思，但多少能猜出。

华夫人是宴会女王，她总爱在东翼大厅开派对，觥筹交错、冠盖云集的场合，对一个内向且敏感的少年来说过于沉重，雅各会选择逃避也就不足为奇了。

这不，今晚又是派对之夜，小提琴悠扬的声音从东而西传了过来，夹杂客人的嬉闹声，想安静地读本书都觉得心浮气躁的。

我决定到花园走走，远离喧嚣。

～

说要远离喧嚣，但走到底层中庭，看见厨子们合力抬着一头烤乳猪进到宴会厅，我还是嘴馋地跟了过去。

华堡宴会厅的地板是棋盘式设计，天花板彩绘了无俦无神图，图的中央有座华丽的水晶灯饰，而最最特别的是，它模仿凡尔赛宫的镜厅，墙壁上贴满落地长镜，猛一看，人山人海的。

站在厅口好一会儿，触目所及都是盛装的男女，独缺华夫人，我很快便觉得无趣而退了出来。

走没几步，我瞥见Manon和Clara正鬼鬼祟祟上楼的身影。

"她俩去哪里？"我心想。

再往前走几步，我看见管叔站在走廊尽头，手里拿着瓶香槟，左顾右盼，很着急的样子。

他看到我，虚应一下："马老师，妳也来参加派对？"

"不是，看看而已，你在找什么？"我问。

"我在找Manon和Clara，她们把开瓶器拿走了。"

"我刚看到她们上楼……"我指着楼梯的方向。

此时厨子走过来和管叔交头接耳，管叔听完后把香槟硬塞给我，匆忙和厨子往厨房的方向走去。

我看了一眼手中的香槟，觉得上楼拿个开瓶器也不是事儿，何况两天前才因雅各缺席午餐的约会，和管叔有了小小的不愉快，正好借此机会修补修补，于是我拿着香槟上楼……

第十章/对不起

我很讶异地发现东翼的楼梯并不会吱吱作响，仿佛耕作的牛少了铜铃般，让人很不习惯。

上到二楼，我还能听到楼下宴会厅传来的吵杂声。

"还好我住在西翼，否则每天都得黑着眼圈上课。"我心想。

二楼的过道铺有深蓝底拼花地毯，踩在上面非常柔软舒适；两侧墙壁贴了米色云母片壁纸，有几幅油画点缀其间；壁灯是下垂的百合花造型，光线淡雅柔和；空气中飘浮着栀子花的香气，浓郁而不腻……我仿佛一下子跌进时光隧道，走向中世纪宫廷。

可惜我把宫廷全走遍了，连个鬼影子也没见着。

"%#*£¥#……"是Clara的声音，来自三楼。

我赶紧往上走。

三楼虽不若二楼奢华，但很雅致，是我喜欢的清新风格，连地毯也换上浅绿色，上面有白色小花，仿佛走在原野上。

我踩着"草坪"走到走廊尽头，不料却成了叉路，该往左还是往右？

"※#乀ʔ ＃—ϕ……"

这次是Manon的声音，我往右走去，那里有一长排的房间，不知她们在哪一间？

还好就在一扇虚掩的房门后，我发现了那一矮一胖的身影，她们趴在地上，屁股撅起，样子很诡异。

" Pardonnez-moi……"我走进去。

Manon和Clara听见我的声音，吓得从地上跳起，一前一后地落荒而逃。

" Excusez……"我冲着她们的背影喊，那两人跑得更快。

"真是奇怪！"我犯嘀咕。

这是一间工具室，里面有吸尘器、拖把、抹布、厕纸、清洁剂……等等，Manon和Clara趴着的位置在工作枱下方。

我犹豫了一下，还是抵挡不住好奇心的驱使，把手中的香槟随手放在枱面上，人跪下去，像Manon和Clara一样，做了同样的不雅动作。

离地面二十公分的高度，有个直径五公分的小洞，像是被人刻意挖的，我把眼睛凑上去，想看个仔细。

因为光线的关系，花了我好几秒钟才适应黑暗。等眼睛能聚焦，我看到床头柜，上面有蒂凡尼的彩色玻璃灯座，暗黄色的光线很是暧昧。

我往右移，看到大红床单，再往右，终于看到如绸缎般的青丝以及青丝下一脸怪异妆容的华夫人。

她的脸上扑了厚重的白粉，像日本艺伎似的，额心画了三片粉红花瓣，眉毛剃了，只剩中段，嘴巴是真正的樱桃小口，因为血红唇膏只涂了人中下方的位置。

沿着脖子往下瞧，这次我看到了吹弹可破的香肩及像山一樣鼓起的乳房，一個鬆垮的中年男子身軀正背對著我騎在華夫人身上，巧妙地遮住私密部位。

"真是变态！"我离开洞口，骂人也骂自己，怎么就成了偷窥狂?

当我正准备起身离去，一连串模糊的呢喃声传来，我又回到洞口。

这次华夫人趴着，屁股像我一样撅起，男子抱着它，猛力撞击，华夫人低声唤着f，h，d……的尾音，也不知道说的是什么。

我一直趴在那里，直到男子起身离开，华夫人把床单拉过来裸睡为止。

"真是变态！"我又再次骂人也骂自己，只是这次大声了点儿，吓得我赶紧捂住嘴。

屋漏偏逢连夜雨，就在匆忙起身之际，我的小脑袋瓜撞击到枱面，让上面的香槟以自由落体的速度着地，发出哐啷一声。

完了！

望着眼前的狼藉，我选择像Manon及Clara一样，落荒而逃。

~

"马老师，香槟呢？"隔天管叔遇见我，劈头就问。

"香槟?……什么香槟?"我装傻。

"昨晚我塞给妳一瓶香槟，不记得了？"

"噢……那个香槟……"我看见Manon走过来，并且在下一秒做出逃跑的动作，"你可以问问Manon，我把香槟放在中式玄关台上了。"

"Manon～"管叔对她招手。

那个可怜人像只受惊的小鸡，缩着头走过来。

管叔比了个香槟酒瓶的大小，问她看见了没?

Manon无辜地摇摇头，管叔大手一挥，让她走人。

"哎！那瓶是限量版的Perrier-Jouet，要价€6ooo。"

"对不起，我现在马上过去，看它还在不在? "我也想逃。

管叔要我不用去了，哪里不好放，竟然摆在玄关处，昨晚那么多客人，识货的准拿走了，还会留到现在?

"Jesu! 我是怎么了? 这个月赚的全上缴了。"他转为自责。

我再次表达歉意。

"算了，人生不如意十之八九，就当上了一课。"

他很失望地走开。

"Je suis vraiment désolée."我对着管叔的背影深深一鞠躬，说着法语"对不起"中的最高级，绝对诚意十足。

第十一章/分离

我给雅各上《中国文学史》，他问我中国的第一本小说为何？我答《山海经》，它是中国最早的神话故事。

雅各对神话故事敬谢不敏，他对情色小说感兴趣。

我告诉他中国也有情色小说，譬如《金瓶梅》，里面有性描写，但更多是写市井人物的生活，所以还是有文学价值在。

"看过《L'amant de Lady Chatterley》吗？"雅各问我。

"那是什么？"

"英国情色小说。"

"你看过？"

"看过。"

"里面讲什么？"

"讲欲女的故事，不过很有深度，不是每个人都看得懂。"

雅各说不是每个人都看得懂，我认为他是影射我看不懂，是可忍孰不可忍？当晚我便上网把该书的电子版找来。原来

《L'amant de Lady Chatterley》，中文翻译为《查泰莱夫人的情人》，是英国作家劳伦斯的最后一部长篇小说，因书中有大量对性爱的描写，被多国列为禁书。

此书的内容很繁琐，简单地说，女主角是个贵妇，老公因战受伤，夫妻从此没有性生活。某天，贵妇在森林里遇见阶级低贱的林园看守人，两人干柴烈火，从此一发不可收拾……

合上书，我咋舌，原来性也可以玩那么多花样。

我的脑中迅速闪过红色床单上的华夫人，感觉她就是查泰莱夫人的化身，和她比，我简直就是高原上的纯情牧羊女。

还有两天就可以回巴黎，我高兴地手舞足蹈，连走路都蹦蹦跳跳的。

这一天，处于亢奋状态的我，边走边想着该不该给罗宋带点儿惊喜？冷不防一头撞上正下到底层的男士。

"Je suis désolée."我赶紧低头道歉。

"Never mind."是伦敦口音。

我抬起头来，看到Guillaume爵士正冲着我笑，赶紧又低下头去："Je suis désolée."

"I said—never mind."那个中年男子好脾气地说。

"Je……I……"我的法语和英语都不太行。

"You have the most beautiful eyes I have ever seen."

What? 爵士竟然说我有一双他看过的最美丽的眼睛，把我惊得下巴都快掉下来。

"You are also the most beautiful girl I have ever seen."爵士继续给糖吃，这次他直接说我是他见过最美的女孩。

魔镜，魔镜，魔镜，谁是世界上最美丽的女人？当魔镜回答"白雪公主"时，坏心肠的王后决定斩草除根……

"Honey."华夫人下楼来。

她的深绿色连衣裙在我看来就是一身戎服，手上的雨伞则是穿甲剑，她就要扬手给我致命的一击……

"Don't forget your umbrella."她微笑着把伞交给爵士，转身换了张脸孔，"马老师，雅各最近的表现如何？"

"很好，越来越好。"

"好听的话，谁都会说，请把他的作业拿给我看，还有，今晚我要亲自考考他，确保自己的钱没打水漂。"

华夫人从头到尾没讲一句丑话，但杀伤力十足，杀得我尸首异处。

"好的，没问题。"我维持最后的一点儿尊严，"那……我走了。"

我不忘对爵士点一下头，然后快速离开。

喜悦的心情瞬间被泼了冷水，我的心 DOWN 到谷底，还好后天就能见到罗宋，我要跟他讲三天三夜的话，把华夫人骂得狗血淋头，直到完全泄愤为止。

"妳怎么了？脸色很难看。"雅各问我。

"没什么，你赶紧把作文完成，这样就有十篇了，你母亲要看，顺便进行口试。"

"什么时候？"

"今晚。"

"今晚？"

"是的。"

雅各笑说他妈是吓唬我的，她既没时间看作文更遑论口试，因为她每晚都有约会。

"跟谁？Guillaume爵士？"我想起一早给我糖吃的好看男人。

"今天星期几？"雅各没回答我，反而问起风马牛不相及的问题。

我答星期三。

"星期三？……星期三是贝律师。"

贝律师？中国人？

"晚上见律师，肯定有重要的事。"我一本正经地说。

"呵呵！重要的事？"雅各失笑，"对他们来说，的确很重要。"

我一下火车就看到罗宋。

"你怎么来了？我说了可以自己回家。"

罗宋把我的行李接过去，说："想早点儿看到妳。"

他的一句话把所有的阴霾一扫而光，我甚至觉得可以为他两肋插刀，只要他过得好。

回到家，我发现罗宋不仅把家里打扫得窗明几净，餐桌上还有数十个白白胖胖的生饺子。

"饺子皮是我擀的，比现成的好吃。"他说。

"什么馅儿？"我闻到韭菜香。

"韭菜猪肉，我还加了点儿香干。"

我搂着罗宋的腰，问他怎么知道我就爱吃韭菜猪肉饺？

他答因为昨晚我托梦了……

"怎么办？待会儿吃完饺子，接吻会有味道。"我忽然想起韭菜的冲鼻味。

"那还等什么？"

罗宋脱了上衣，我把窗帘拉上。

我背对罗宋，他的手环抱着我，吻我的肩膀，一遍又一遍，口中呢喃着："妳今天怎么了？"

"什么怎么了？"

"妳……很主动。"

"不好吗？"

"好，不过有点儿奇怪，是不是……"

"是不是什么？"

他答没事，翻身回到自己的床上。

我想了想，主动去抱他："罗宋，Je t'aime."

不知为什么，我宁愿用法语也不用普通话说"我爱你"。

罗宋拥着我，用法语轻轻唱起一首旋律悠美的歌。

我问他唱的是什么？他答情歌。

"我听不懂，怎能算是情歌？"

于是罗宋即兴将歌词翻译出来，美得像首诗。

他们两人犹如花藤，

攀结于一株榛树上，

试图分离他们的人，

将令榛树夭亡。

美丽的恋人啊！你我便是如此，

你不能没有我，我不能没有你。

"罗宋～"

"嗯？"

"你认为会有人试图分离我们吗？"我问。

"谁？谁会分离我们？"

"不知道，"我把头埋进他怀里，"也许是时间，也许是距离，也或许是……我们自己。"

第十二章／感动

我睁开眼睛，看到罗宋搬了张椅子坐在床边，他的双脚踩着床沿，大腿上置了画板，他在画我。

"你正在侵犯我的肖像权。"我说。

"给大师画像是至高无上的荣耀，想像一下，当妳人老珠黄或成一抔黄土时，妳二十岁时的美画依然存在，人生有几个最美的时光？"

咦～这不是小尤说过的话？

"小尤最近怎样？"我顺便一提。

"怎么问起小尤来了？他最近在帮人拍婚纱照。"

婚纱照？我以为他是有个性的摄影师。

罗宋说有个性的摄影师也需要吃饭。

"怎么，他吃不起饭？"

"也不是，他把欧罗巴人赶走，将房间用来做暗房。妳想呀！我走了，欧罗巴人也走了，他得独力负担房租，人一下子变穷了。"罗宋边涂抹画作边答。

我问小尤的照片以前是怎么洗出来的？

"让专业的人洗呗！但他不满意，想要亲手接生自己的孩子。"

呃！艺术创作者的力求完美，真让我甘拜下风。

"你今天不上课？"我忽然想到。

"上，等我把画完成。"

听他这么一答，我从床上爬起，绕过画板看大师的半成品。

"你怎么把我画成人体解剖图？"我问。

罗宋说我不懂，这是后现代主义的画法，接着命令我回去躺好。

我乖乖地躺回自己的位子，心里想着："什么是'后现代'？该不会也有'前现代'或者'超现代'吧？！"

罗宋和我约在圣母院见面，他说下午四点，阳光隐去前，他还可以赚五十个饺子，所以我躺回床上睡回笼觉，直到近中午才起。

胡乱吃过早午餐，我披上罗宋的军大衣，沿着塞纳河慢慢踱步而去。

沿着河岸有很多卖旧书、旧海报的小摊，你也可以在此买张明信片寄回家乡报平安。我就曾买来一张色情明信片寄给爸妈，没办法，骨子里想做点儿"惊世骇俗"的想法又在作祟，希望别太吓坏那两位可怜的老人才好。

"Bonjour."一艘观光船在河面上驶过，船上的游客正挥手向我道日安。

"Bonjour."我不吝给出祝福。

挥手过后，我心情愉悦地到处溜达，碰巧看到前方的一对新人正离开桥头去补妆。

"依依～"

听见有人唤我，我转过头去，原来那个蓄满络腮胡的摄影师是小尤，他一下子老了十岁。

我问他怎么在这里？他答帮瞎折腾的新人拍照，还问我怎么也在这里？罗宋汤呢？

"我休假四天回来看看，罗宋上课去了，和他约了四点在圣母院见面。"我解释。

"这样啊～"小尤看看表，"都两点了，本来想把照片给妳……"

我说明天吧！明天罗宋去普罗旺斯画薰衣草，带队教授是中国人，不允许携家带眷。

"呵呵！妳真好玩。"小尤笑了，我看不见他的酒窝，因为藏在胡子里。

此时补完妆的新人回来了，小尤边摇头边感慨又要为五斗米折腰了。

"你继续折腰吧！我也得走了，祝你今天愉快！"

我一直走到爱之锁桥才回头，此时小尤躺在石板上，镜头向上，正在仰拍一对造作的新人。

由于没和小尤约好时间，我不知道这个艺术家是不是夜猫型，所以迟迟不敢上门。

"嘟……嘟嘟……"我的手机响了。

"Allo."

"依依，妳怎么还没来？"小尤问。

"我以为你日上三竿才起床。"

小尤说他早闻鸡起舞了，问我在哪里？我答在家。

"我煮了红烧肉，妳赶快过来。"

想起油汪汪的红烧肉，我二话不说，双脚跳进新买的靴子里。

～

小尤开门，我吓了一大跳。

"胡子呢？"我问。

他答昨晚被精灵一根根拔起。

"那不痛死了？"我脱下大衣，小尤接了去。

"谁说不是？我躲在棉被里呜呜呜地哭。"

"Soigne-toi bien."我抚着他的臂膀要他多保重。

没想到他一下子跳弹开来，让我很吃惊。

"……抱歉，我的手扭伤了。"他解释。

"扭伤了？看医生了没？"

"没，过几天会好的。"小尤借口挂大衣，我们避开了这个话题。

～

"这就是哈姆丹国际摄影奖的参赛作品？"我抚着实木相框问，里面是张5o寸蓝灰色色调的照片。

"嗯! 我能不能一炮而红就靠它了。"

我的眼光再次回到照片，披白色薄纱的我，宛如出水芙蓉。

"怎么拍的？"我又问。

"把人物抠出来再做背景，色调先黑白，再蓝灰，把色相的饱和度降低，建立蒙板，再把不要的部分剔除。"他说着专业术语。

"我是问，你怎么把我拍得这么美？我都快认不出自己来。"

"呵呵! 妳是很美啊！有性感的肩胛骨和……"

"坚挺的乳房，里面充满了乳汁。"我替他把话接下去。

小尤好生尴尬，转而问我想不想看暗房？

我对暗房的印象还停留在电影里，真正面对面还是头一遭，哪有不看的道理？

小尤说为了达到密闭不透光的效果，他把墙壁全部涂成哑光黑，所以里面很暗，问我怕不怕？

"不怕。"我答。

"为什么暗房里只开红色灯？"一进到暗房，我问。

小尤解释感光底片对红光比较不敏感，但即使再纯净的红光也会使底片反应，所以光线仍要尽可能的暗。

在有些暧昧的红光下，我看到双层厚重的黑色窗帘、大水槽、空气净化器、净水设备、工作枱、药品存放柜，还有钢丝上挂着的些许底片，我伸手过去……

"别碰！"小尤大喊。

我赶紧收手。

"对不起，吓到妳了，底片还没干呢！"

"没事，"我环顾四周，"暗房已经看得差不多了，我们走吧！"

"等等，妳……能让我抱抱吗？"

什么？！小尤是不是吃错药了？

为了不让我误会，他主动解释自从上次帮我拍照后，他……不确定，所以想再次确认一下。

"你的意思是想确认自己是不是同性恋者？"我问。

他点头。

我不放心，问他是不是只要抱抱？

小尤笑出声来："放心，只是抱抱。"

于是我上前给他友谊的一抱，他拥着我，脸埋在我的发丝里。

"有反应吗？"

"时间太短，再等等。"

于是我们在暗红色的狭窄空间里，抱了十多分钟，是小尤先放的手。

"没反应。"他答，用手划了一下眼角。

"太好了，可是……"我看着他的眼睛，"你哭什么？"

"感动。"

"感动什么？"

"感动我终于有能力去爱人和被爱。"

这是啥跟啥？

我想问清楚，但被小尤推到暗房外。

第十三章/留宿

我很喜欢小尤替我拍的照片，但它实在太大了，肯定会被罗宋发现。

"这样吧！我洗张小的送妳。"小尤提出解决方案。

"不，我喜欢大的，大的有气势。"

"那么只好邮寄回中国啰！相框需要特殊包装，这个尺寸的邮费不便宜。"

我想起中国那对思想还停留在五〇年代的保守父母，寄色情明信片给他们已经够吓人了，若再把他们宝贝女儿的裸照空运过去，我怕会出人命。

"不了，让我把它带到华堡吧！以后的事……以后再说。"

于是当场和小尤拍板定案：他先替照片做个木架，再用油纸包裹起来塞进后车厢里，然后等着后天下午送我回华堡，顺便把照片神不知鬼不觉地运送进去。

我答太麻烦他了。

"快别这么说，我没付妳当模特儿的钱，这个……就算抵工资吧！"

～

罗宋从普罗旺斯回来，兴奋得不得了，他不停地说着那里有多迷人。

"真是太美了，我第一次看到如此茂盛的薰衣草田，纯粹的紫色在高高低低的田园里绽放，空气中、头发里、肌肤上……到处沾满了薰衣草的味道，那种沉静、甜蜜，我一辈子也忘不了。"

"真那么美？哪天我们一起去？"我兴致勃勃地提议。

罗宋没接话，反而走到画架后面摆上布框、备好油彩……

"你想干嘛？"我问。

"我想抓住那抹紫……"

我提醒他，现在已接近午夜12点。

"我知道，我不困，妳先睡。"

我难以置信地躺回床上。

死罗宋！我好不容易回来一趟，就是为了看你画画的背影吗？

我翻了个身，击打罗宋的枕头，想将他一拳打醒。

～

不知罗宋几点上床，反正我起床时，他鼾声大作。

我蹑手蹑脚地起床、梳洗、吃了谷物当早餐，然后轻轻地带上门。

从封闭的城堡里走出来，再怎么着，也得好好利用得来不易的假期。我打算上中国城逛逛，顺便采买食材，因为在外面吃实在太贵了，中式餐馆的三菜一汤，足够我们买一个星期的菜。

～

"我才眯个眼，妳就把超市搬回家了。"罗宋一脸欣喜。

放下手中物，我往沙发上一躺："搬运工的工作到此结束，现在是厨子上场，我想吃好吃的。"

罗宋看了袋中物，如数家珍："红烧牛腩、芋头炖小排、凉拌黄瓜，饭后水果是葡萄，饭后点心是绿豆糕。"

"这么厉害！该开个中国餐馆。"我有气无力地答。

罗宋说我的提议挺不错的，但他得先把画卖出去，才有钱买面条卖炒面。

说这话是因为罗宋两个月后将开学生画展，他正紧锣密鼓地准备着。

"希望到时能得到伯乐的青睐。"我喃喃道。

我的男友信心十足地答一定会，他有预感。

～

"妳确定不要我送？"罗宋问。

"不用，小尤载我去就行，你专心准备画展。"

不要罗宋送，其实是为了雪铁龙后车厢的照片，我不想让男友误会我是暴露狂。

"那好，到了华堡打个电话给我。"他说。

～

我和小尤在下午一点离开巴黎，预计五点能抵达华堡，但人算不如天算，小车开出去没多久便逢上难得的大暴雨，视线很不好，我们只能以龟速前行。抵达华堡时已接近晚上九点，偏偏雨还一直下，伴随着闪电。

"怎么办？天那么黑，雨又那么大，回去很危险。"

小尤把包了油纸的照片交给我，说："能怎么办？我不想再睡那个小房间，阴气太重，少了罗宋，我怕遇见鬼。"

我还是觉得不妥，但小尤执意要走，我也只能暗自祷告。没想到开了八个小时的雪铁龙不干了，它嘟囔两声后，来个大罢工。

"妈的，屋漏偏逢连夜雨！"

面对小尤的牢骚，我侥幸地想着：时间那么晚了，四下又无人，何不……

"到我房里睡吧！"我提议。

小尤问我难道不怕被他吃了？我答不怕，因为他是Gay。

"那个……我……"

"别犹豫了，帮我把行李拿上楼。"

我环抱着大照片先行一步，小尤考虑了几秒钟，默默跟上。

第十四章/敏感而富才气的灵魂

我和小尤蹑手蹑脚地上楼，楼梯还是吱吱作响，我好害怕遇见认识的人，以为我带男人回房做不可描述的事。

"唧唧……唧唧唧……"Bruno不知何时竟然站在楼梯扶手上，由上而下俯视我们，很开心的样子。

这下子我担心的不只是小尤，还有眼前这只被视为杀手的猴子。

"Bruno, go, bon garçon."我压低声音，英、法语并用。

可惜Bruno听不懂，并且误会我在鼓励它，咚咚咚地沿着扶手下来，围着我打转。

"哪来的猴子？"小尤问。

"城堡少爷的。"

Bruno对我手上的东西极感兴趣，它用鼻子闻了闻不说，竟然动手扒起油纸来。

"Stop, Bruno."我喝止。

它充耳不闻，甚至加快扒的速度。

我只好把照片高高举起，哪知那泼猴竟沿着我的大腿往上爬，跳上肩膀，再一跃而上，直接矗立在照片上……

"Bruno, arrêtés."

我抬起头，猴主人正站在二楼楼梯口，一脸严肃。

Bruno听到雅各唤它，从高处一跃而下，再咚咚咚地上楼梯，一头扑进主人的怀里。

"那个……我回来了。"我解释。

雅各看了我一眼，又看小尤一眼，冷酷地说："上来吧！"

他让出楼梯口的位置，于是我和小尤吃力地拿着手中物往上爬。

上到二楼，Bruno不见了，仿佛变魔术似的。

"我以为妳的男友是高的那一个。"雅各问。

"是高的那一个啊～"我的余光扫过身旁的男人，大梦初醒，"噢！他不是我男友，他是我男友的前室友，他开车送我回来。"

然后两个正式见面的男人开始自我介绍。

"Bonjour.我叫小尤。"

"Bonjour.我是雅各。"

此时屋外传来一声巨雷，雅各说着废话："天气很不好。"

小尤望向窗外，雨淅沥沥地倾盆而下，他同意天气不好。

"待会儿你是否开车回去？"那孩子问。

小尤转头看我，我赶紧接了去："雅各，你看到了，天气很糟糕，小尤如果开车回去，很危险的。"

"我了解，但……你们打算同居一室？"

看另一个当事人保持沉默，我只好又代答："小尤可以睡沙发。"

雅各说我在考验人性，我竟哑口无言。

"你说得对，"事件男主角开口了，"千万别考验人性，我放下行李就走。"

小尤帮我把行李放进房内。

我向他道谢，说要不是他，我肯定在火车站过夜，因为没有出租车会愿意在风雨中跑那么一趟远路。

"别放在心上，妳若没安全抵达，我也睡不安稳。对了，刚刚猴子有没有抓坏照片？"他问。

想到我们大老远运送的照片可能受损，我三两下扒开油纸，还好，它完美如初。

"那只猴子真淘气！"小尤说。

"可不是？"我凝视着照片中的我，"我该把照片挂在哪里？"

听我这么一问，小尤很认真地打量起房间。

"挂这里吧！"他指着一面墙，"正对着床，妳一睁开眼就能看见，而且阳光照不到，不容易变色。"

"好，听你的。"

于是小尤把原本挂在墙上的花卉油画移开，换上我的裸照。

他倒退一步，问："现在是不是很有感觉？"

我再次欣赏眼前的艺术照，的确，和这个房间的装饰很般配。

我们的眼光同时落在裸露的胴体上，时间一分一秒地流逝，气氛也变得越来越诡异……

"依依～"小尤唤我，我的心跳得好快。

"扣、扣、"

敲门声响起，我和小尤同时转头过去。

"怎么办？"我吓得要死。

"扣、扣、"又是两下敲门声。

小尤说还是开门吧！

他不知道我一进城堡就被告诫：**绝不允许留宿客人。**

当我正左右为难时……

"马老师，开门。"

是雅各的声音，我松了一口气，走过去开门。

"那个……天气很不好。"雅各又讲废话了。

我答我知道天气很不好。

"我想……小尤可以跟我挤一晚，我是主人，没人敢说话。"他提出解决办法。

这……小尤是成年人，雅各是懵懂少年，我是老师，老师保护学生责无旁贷。

"不行，小尤得走，马上！"我不假辞色。

小尤也婉拒了："谢谢你，我正要走，因为挂照片，耽搁了点儿时间。"

"照片？"雅各往里探了探头。

"进来吧！"我侧身，"小尤帮我拍了照。"

那孩子走了进来，然后我们三人同时望向那张裸照。

"拍得很美，你是摄影师？"雅各转头问小尤。

小尤很谦虚地表示不过混口饭吃。

"才不只是混口饭吃，小尤是个有名气的摄影师，很多中外杂志都用他的作品。"我补充说明。

这次雅各没拐弯抹角，他直接拜师，请小尤教他摄影。

"恐怕不行，巴黎到这里有四个小时车程，时间就是金钱。"小尤答。

面对拒绝，雅各不动声色。

"也是，你是初入门，先自己摸索看看，等达到一定的程度，小尤可以偶尔指导你一下，是不是？"我望向小尤，希望他不要太伤一颗少年的心。

"是的，偶尔指导一下是可以的。"他附合。

雅各没接话，反而回到一开始的话题："这样吧！客人可以睡画室，没人会到那里去，因为我下了命令：闯入者，杀无赦！"

我想起第一天就误闯禁地的我。

"谢谢！"我代小尤回答，顺便感谢少爷的不杀之恩。

雅各没理会我，转而面对小尤："明天一早我亲自带你下楼，没人敢说什么。"

"谢谢！"这次小尤亲自道谢。

半梦半醒间，我听到汽车发动的声音，一睁开眼，阳光已洒了一地。

"还好，雨停了。"我想。

这次是车子驶离的声音，我又想了一下，突然跳起，冲到窗口时刚好看到雪铁龙的车屁股。

妈的，这小子连个再见也没说！

"Merci."是雅各的声音。

我低下头去，那孩子正向一个手持扳手的人道谢。

"Je vous en pris."工人用敬语答"不用谢"。

然后我看到雅各转头望着远去的车辆，直至看不见为止。

" 把李白的《静夜思》背给我听。"我坐下来上课，第一件事就是检查功课。

"床前明月光……低头思故乡。"

"很好，接着……"

雅各突然截断我的话，他问我李白是不是很有才气？

"嗯！他是诗仙。"我答。

"那么他一定是un homosexuel."

我问那是什么意思？他答李白一定是男同性恋者。

啥？这个人小鬼大的雅各！

"历史上无此一说。"我塘塞了一下。

雅各拒绝塘塞，他说伟大的创作者都是同性恋者，远的有达芬奇、米开朗基罗、近代则有英国流行乐之父Elton John及中国作家白先勇……

我说他以偏盖全。

"不管妳信不信，反正我是信了，每个同性恋者都有敏感而富才气的灵魂。"

"呵呵！我男友就不是，他很有才。"

"也许他的才气还不够。"雅各迎头一击，让我为之气结。

"Well，今天的上课主题是唐诗……"我把他抓回到课本上。

孰料雅各旧话又重提，他说想跟小尤学摄影。

我无奈地放下课本："世界上不只有小尤这个摄影师。"

"但是……他有敏感而富才气的灵魂。"雅各答。

第十五章/摄影老师

我刚上完课就接到罗宋的电话。

"今天下午我看到小尤的雪铁龙了。"

"So？"

"他昨晚在华堡过夜。"

我解释天那么黑，雨又那么大，开车回去很危险。

"小尤没睡在那个恐怖的房间里。"

"因为恐怖，所以没睡，罗宋，你到底想问什么？"我冒起无名火。

"我想问……"

"没有。"我直接丢出答案。

"什么？"

"我没跟他上床，他是Gay，你不知道吗？"

罗宋在手机那端停顿了一会儿后，终于开口道歉。

我叹了口气答没事，这样很好，有误会马上澄清。

"侬侬～"

"嗯？"

"我……爱妳。"

"罗宋，我……也爱你。"

这是我们第一次用普通话说"我爱你"，感觉有些羞涩，不若其他语言来得大方。

挂上电话，我有种幸福感，就是那种刚喝完水，发现杯子还是满的感觉，毕竟物质不充裕，我们有的也只剩精神上的小确幸了。

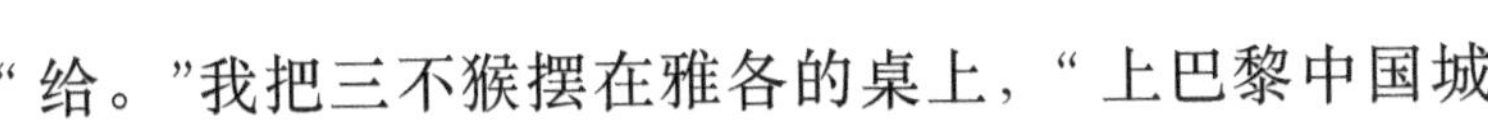

"给。"我把三不猴摆在雅各的桌上，"上巴黎中国城特地买给你的。"

"谢谢，"他把玩那三只猴，"我已经有一只真正的猴子了。"

我说这三只猴不一样，然后把"非礼勿言、非礼勿视、非礼勿听"的出处和典故告诉他。

没想到雅各的结论是：这个不行，那个也不行，中国人活得真累。

"礼数还是要讲的，不然都成了野蛮人了。"我说。

雅各沉默了一会儿后，问："如果对方已经明显拒绝，我若再试一次，这合礼数吗？"

我答那得视情况而定，当拒绝的理由不再成为理由，对方就不会再拒绝了。

雅各豁然开朗："谢谢，我知道了。"

当老师的职责就是传道、授业、解惑，看雅各似乎解了心中的结，我颇感欣慰。

"今天我们上宋词，宋词是一种相对于古体诗的新体诗歌，是宋代文学的最高成就，宋词句子有长有短，便于歌唱，又称曲子词……"

雅各很认真地听讲。

~

"马老师，请留步。"

吃完饭，我正想回房小憩一下，没想到在无花果树下被管叔叫住。

"有事吗？"我问。

"雅各说想学摄影。"

呃！这小子该不会把小尤留宿华堡的事给说出来了吧？

"很好啊！"我答。

"不好，他说他喜欢的老师住在巴黎，他想搬到巴黎去。"

这……雅各也太任性了，说风就是雨，不过话说回来，如果雅各搬到巴黎，我就不用和罗宋相隔两地，岂不美哉？

谁知管叔斩钉截铁地表示雅各留在城堡是最后底线，其他可以商量。

我问华夫人怎么想？毕竟她才有话语权。

"她当然答不，结果雅各说学不成摄影，中文他也不想学了。"

什么？竟然波及到我？

"雅各太孩子气了，但我不明白你为什么要告诉我这些？干我何事？"我问。

管叔答因为摄影师是我的朋友，雅各说的。

这个雅各真是"不见黄河心不死"，还有，什么"解惑"嘛！明明是绕圈子套我的话！

"没错，他是我朋友。"我无奈承认。

管叔松了口气，说："那就好，妳帮忙传个话，就说华夫人想聘他为家教。"

我说没用的，他是个有名气的摄影师，巴黎离这里太远，时间就是金钱……

"华夫人说了，只要他愿意接受这份工作，一个月€20，000。"

什么？！竟然是我薪水的6倍多，顿时我像只泄了气的皮球。

"早知道读什么中文系，一早去影楼当学徒多好！"我的"酸葡萄心理"开始发酵。

管叔要我别感慨了，他在华堡当了二十年的管家，一个月的薪水只够买一瓶叫得上年份的酒，他是半百老人，我是年轻人，该知足了。再说，雅各学东西一向三分钟热度，很难坚持下去，我朋友若能教他半年，算久的了。

我联系小尤，他在手机那端沉默一会儿后，问："一个月€20，000？"

"是的。"

"包食宿？"

"是的。"

"一个月有四天休假？"

"是的。"

"嗯……"

我知道小尤正在被"利诱"，而且眼看就要上钩，不得不提醒他："管叔说了，雅各学东西一向三分钟热度，很难坚持下去，你若能教他半年，算久的了。"

没想到小尤听了反而宽心，他答那样更好，华夫人开出的条件很诱人，但他想做个真正的摄影师，而不是某个人的教师，既然那孩子没定性，他就权当赚快钱，毕竟摄影器材很烧钱……

我没想到事情这么容易就解决了，感觉很不真实。

"妳怎么想？"他问。

"其实你能来挺好的，在这个封闭的城堡里，一点点儿的变化都能成为生活的调味品，何况……"

"何况什么？"他问。

我答没什么。

挂上手机，我望着小尤替我拍的照片发怔……

"何况我一点儿也不讨厌你，甚至还有点儿喜欢呢！"我喃喃道。

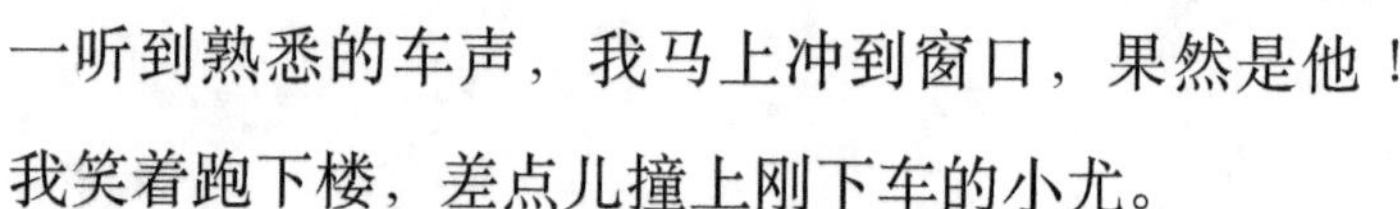

一听到熟悉的车声，我马上冲到窗口，果然是他！

我笑着跑下楼，差点儿撞上刚下车的小尤。

"嘿！妳吃错药了？"小尤很惊讶。

"才没呢！看到你很开心，你呢？看到我，开不开心？"

小尤答当然开心，能赚那么多钱，还是我牵的线，怎能不开心？

原来当我是中介！我伸出手跟他讨要中介费，被他一手打掉。

"先欠着，月底请妳吃好吃的。"他说。

"一定喔！我想吃西柠鸡、蚝油牛肉，炒……"

我看见小尤的眼光不在我身上，他直勾勾地往上瞧……是雅各，他正倚着窗口。

"Hi，雅各，"我向他挥手，"你的摄影老师驾到。"

我以为雅各会很高兴，但他一脸寒霜地退回屋内，让我好生尴尬。

"那个……"

"没事，青春期的孩子都这样，阴阳怪气的。"

见我还是快快，小尤替我打鸡血："我的作品入围了，就是那幅裸照。"

"真的？我太高兴了，恭喜！"我上前拥抱他表示祝贺。

他也抱住我，只是我想松手时，他仍紧抱我，为了挣脱他，我费了好些力气。

"Well，我的房间在哪里？"他像什么事也没发生似的。

"来，我带你去！"

于是我们踩着吱吱作响的楼梯上楼。

第十六章/意外之旅

由于小尤是初来乍到，我责无旁贷地担任起"导游"的工作，把华堡内的各个位置、设施一一介绍给他，包括一些规矩。

"不要留宿客人？"小尤喃喃复诵。

"是的。"

"所以上次我是犯禁忌？"

"没错，押上我的身家性命。"

大概我的声音过于严肃，小尤没接话，我们沉默地走过喷水池，又走过石头砌成的磨坊。

"那是教堂吗？"他指着前方问。

华堡的教堂不大，就在城堡的南边，藏在花团锦簇中，是个典型哥特式建筑，有白色的花岗岩、拱门、绘有圣经故事的花窗玻璃、尖尖的高塔……当然，为了有别一般的建筑物，正门上的十字架必不可少。

"是的。每到周日，华堡上下成员都得来此做礼拜，因为华夫人是虔诚的教徒，呃！我是说……表面上是。"

小尤问我可以不做礼拜吗？他是无神论者。

我答还是入乡随俗吧！把它视为公关活动，唱唱圣歌，听听布道，最后讲句"阿门"就结束了。

"这样啊～"他凝视教堂好一会儿，"能进去坐坐吗？"

"可以。"

说完，我先行一步走向教堂。

~

雅各似乎很喜欢他的摄影课，经常见他摆弄相机。

这一天，我从窗口往外看去，小尤正指导雅各拍摄白蜡，此时已是秋末，树叶早掉光了，光秃秃一片。

大概雅各的仰角位置不对，他试了几次还是不行，小尤把相机接了过去，亲自替他找最佳角度。就在此时，诡异的一幕出现了，我看见雅各的身体靠了过去，他把手环在小尤的腰际上，小尤缓慢地放下相机，转头看他……

我赶紧离开窗口，心跳得好快，好像看到什么见不得人的事。

等我再次往窗外探去，却只看到孤独的白蜡和两个远去的身影，不禁有些惆怅。

~

"明天我不上课。"

我刚布完明天的功课，我的学生直喇喇地宣布他休假。

"为什么？"我问。

雅各答他要跟小尤到巴黎买相机。

"你不是已经有了？"

"那是老款的，我需要最新型，而且很多配备也得买。"

我很想告诉他新手练练手不需要好的机子，但再一想，他家不缺钱，何必帮他省？遂问他去多久？他答一整天。

"就你和他？"

"当然，不然还会有谁？"雅各投來询问的眼神。

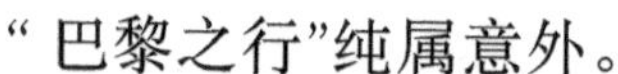

"巴黎之行"纯属意外。

昨天下午雅各一通知我隔天不上课，我马上在晚餐时间质问小尤，那个男人很无辜地表示自己也是临时被通知到，即使他告诉学生初入门不必用太好的相机，Canon 550D 单反相机已经足够，但雅各还是坚持买专业摄影工具，并且找他当参谋。没办法，拿人薪水就得为人办事，他也不想跑那么一趟远路啊！

"看来我错怪你了，以为你想趁机玩玩。"我边吃熏肉塔边开玩笑。

小尤说要玩也不找小屁孩玩，他想跟我玩。

"什么？"我一脸惊恐。

"别误会，"他马上解释，"反正顺路，妳又没课，我把妳人肉快递给罗宋汤一天，如何？"

"说什么啊你！"我嘴巴怪嗔，但心早已飞到罗宋身边。

在取得管叔同意后，隔天我很高兴地上了雪铁龙，哪知那孩子一脸的不开心（即使知道我只是偷闲会男友而已）。

"到了巴黎，我在哪儿放妳下车？"小尤问。

"凡尔赛宫御花园。"

我一和罗宋联系上，他很快与我约在那里见面。

" 买完东西来接妳，Bye."小尤说完，雪铁龙呼啸而去。

这是我第一次上凡尔赛宫，据说它的御花园是世界上最大的宫廷园林。放眼望去，道路、树木、水池、亭台、花圃、喷泉等均呈几何图形，不仅走道宽敞、绿树成荫，连草坪和树木也被修剪得整整齐齐的。

我走走停停，照片拍个没完，真的，处处是美景，随便一抓，都是拍婚纱照的绝佳背景。

" 到了御花园，妳找一个美女马身雕像，妳不会错过的，雕像上面还坐了个白白胖胖的天使。"

我记起罗宋说的。

偏偏我还是错过了，我找到美女、找到骏马、找到可爱天使，偏偏没找到他们的综合体。

" 依依，妳到了吗？"是罗宋的来电。

" 到了，可是找不到你说的雕像。"

" 别心急，告诉我四周围有什么，我过去找妳。"

我描述一番后，罗宋挂上手机。

约莫一刻钟后，我看到罗宋背个画架小跑步过来。他的头发长了，在风中飞舞，但眼睛在笑，嘴巴也在笑。

" 今天写生？"我问。

" 嗯！期中作业，"他牵起我的手，" 饿了吧？我带妳去吃好吃的鳗鱼饭。"

第十七章/雨过天晴

这是个家庭日式料理店，主打鳗鱼饭，鳗鱼又肥又大，酱汁酸甜浓稠，饭粒颗颗饱满，上面的海苔片还是现烤的。

"嗯！好好吃！"我塞满一大口的饭，含糊不清地说。

"就知道妳喜欢。"

罗宋把他碗里的一片鳗鱼夹给我，他总共也就只有三片。

"你吃，别给我。"

我正要夹还给他，被他阻止了。

"我喜欢看妳吃，把妳喂得白白胖胖的，是我的职责，我能给妳的不多，有的也只有这些了。"

"罗宋～"我感动地说不出话来。

想当初，父母、朋友知道我交了个美术系男友，纷纷给我建言，不外学艺术的人邋邋遢遢、对感情朝秦慕楚、就业难……等等。我的确也见过穿人字拖、衣服皱巴巴的美术系男生；也听过他们当中一些始乱终弃的可恶例子，但这都不是罗宋的写照。

我的罗宋就像个勤勉的公务员，安分地做着份内的工作，日复一日，给我踏实、安稳的感觉。

"毕业后，我打算回母校教书，工作个几年，然后贷款买个房子，给妳和孩子一个家。"他不急不徐地说。

这……这是在求婚吗？不会吧？！

见我一脸惊讶，罗宋又作了说明："也许我该买束花，单膝跪在凡尔赛宫前，以天地为鉴，和妳约好生生世世，但我更愿意在这个家庭食堂里和妳讲接下来五十年的计划。妳应该不是那种活在象牙塔里的女人，所以我也不替妳织些不切实际的梦。"

话说得没错，但我毕竟是女人，会幻想一个别开生面的求婚场景。罗宋呀罗宋，你也太不了解女人的心思了！

由于罗宋像讲"手机欠费"或者"转角新开了家牛肉面馆"似地谈论我们的人生大事，让我心情低落，一路闷闷不乐。

"怎么了？"他也察觉不对劲。

"没什么，大姨妈来了。"

"听说大姨妈来了，吃点儿巧克力会好很多。"

奇怪，明明是关心的话语，听在耳里却感到厌烦。

"那你去买啊！为什么不去？就只会说说说，为什么不做？"我的脾气还是爆发了。

"依依，妳怎么了？刚刚还是大晴天，怎么一下子就变脸了？"罗宋把画架往地上一搁，"妳站在这里别动，我这就给妳买去。"

"不用了。"我对着他的背影喊，但他跑得更快。

"嘟……嘟嘟嘟……"手机响了，我接听。

"依依，妳在哪里？"又是小尤的声音。

在御花园里时，小尤打了第一通，我说迷路了，他说要赶过来，被我阻止了；第二通是在日式料理店，他问我吃什么？我答鳗鱼饭。他说我吃的这一家一般般，他知道有家更好的，发薪水时带我去吃；第三通是在厕所里，我说小尤你烦不烦？连上个厕所也不让上；第四通就是这一通，他照例问我在哪里？

"在床上，正跟罗宋温存着！"我心中有气，胡言乱语。

"妳……这么快就回罗宋家了？"

我说干嘛回罗宋家？这里到处都是酒店、宾馆什么的。

不知为什么，小尤不似先前那么兴致高昂，我问一句，他才答一句。

"雅各买到照相机了吗？"我问。

"买到了。"

"你能来接我吗？"

"好。"

"我在凡尔赛宫地铁站附近。"

"十分钟。"他一句废话也无。

挂上手机，我正好迎上气喘吁吁的罗宋。

"帮妳买来了。"他交给我一个深褐色小盒，我一看是Godiva。

这个牌子的巧克力很贵，我心疼死了。

罗宋说他也知道很贵，但是我心情不好，也许看到精致可口的巧克力，心情会好点儿。

哎！这个实心汉子的爱情就是这么实诚。

"罗宋，"我主动去拉他的手，"小尤待会儿来接我。"

他很吃惊我这么快就要走了。

我答回去的路上不好开，也不想太晚回去，因为冬天天黑得早。

"也对，安全最重要，还是早点儿回去。"他说。

"罗宋，"我把他拉向我，对着他的耳朵呢喃，"对不起，下次不再乱发脾气了。"

"没事，妳好好的就好。"他的鼻子磨擦我的鼻子，酥酥痒痒的。

我试着推开他，反而被搂得更紧，我们像所有在巴黎铁塔下的情侣一样，毫不避讳地接起吻来。

"叭叭……叭叭叭……叭叭叭叭……"

在法国是不能随便乱按喇叭的，是哪个没礼貌的家伙正在大按特按？

"Hi，小尤，你来了。"罗宋喊。

原来是小尤，这个路段不允许停车，我得赶紧上车，免得他吃罚单。

"小尤，请把我老婆安全送回去。"罗宋把头伸进车内交待，然后对我微笑，"到了打电话给我。"

"知道了。"我边答边系上安全带。

小尤一句话也没吭，脚踩加油，我们往华堡驶去。

第十八章/妳的容颜

下午茶时间，我泡了杯热可可，坐在小尤对面。

"天气不太好，看样子今晚要下雪了。"我说。

"不清楚，我不是气象台。"他答。

我看到他拿了Souffle（又称蛋奶酥，是一种法式蛋糕）当点心。

"你的Souffle看起来很可口。"我讨好着说。

"太甜了。"

"甜才好。"

谁知小尤把Souffle往我的方向推："给妳吃，我不吃了。"

看他离去的背影，我感到莫名其妙，默默喝着热可可，又吃了一口小尤的Souffle，果然甜得腻口。

都说吃甜食会让人身心愉悦，此时的我却像吃了黄莲似的，苦不堪言。

~

一切都变了，小尤不再和我"嘻笑怒骂"，他很冷，冷得像屋外的天气。

我试着回想那次的"巴黎之行"，不认为自己有冒犯小尤之处，何况我们一向打闹惯了，也从未见他有不豫的脸色，所以他的刻意疏远，着实让我一头雾水。

再说雅各，那天他买了个号称"全可见色域"的PaPaLaB相机（拥有1068万像素的传感器，是世界上最精密的机子），可是他全无快乐的神情，反而比以前更闭塞。

"你写的句子都太简单了，比如：'他穿着一条长裤'，你可以写'他穿着一条黑色的长裤'或'英俊的他，穿着一条黑色条纹的毛呢长裤'，是不是更好、更仔细呢？"我对雅各写的诗做出评论。

他闷不吭声，把本子拿回去，刷刷刷地重写，三两下功夫，重新递给我。

本子上写着：

眼带忧郁的他，

穿着一条斜纹羊毛裤，

瘦削的脸庞努力挤出笑容，

他的笑没有了酒窝，

是世界上最苦闷的微笑。

我很讶异，雅各竟能写出这么凄美的诗，正想开口赞美他几句，谁知他把本子抽回去，刷刷刷地又写。

这次我没了惊喜，持着本子的手微微颤抖，因为……

态度模棱的她，

穿着一条白色铅笔裤，

丰腴的脸颊上有幸福的笑容，

她的笑充满了诱惑，

是世界上最残忍的微笑。

"写得好吗？"雅各似笑非笑地问。

"不错，很有寓意。"

"谢谢。"他把玩着桌上的三不猴，很不在意的样子。

我忍不住问他写的东西是否有针对性？譬如针对某个人。

"诗反映人生，人生就在诗里。"他像个禅师般地回答我。

"扣、扣、"有人敲门。

"Entrez."雅各说。

来者是管叔。

"马老师，不好意思打扰了，雅各的牙医来了，他好不容易来一趟，能暂停上课吗？"他问。

"当然。"

我放学生去洗牙，一个人默默坐在书房里发愣。

想起小尤的酒窝和我现在穿着的白色铅笔裤，难道只是巧合？对比小尤最近的反常举动，的确有些端倪，我决定亲自问个明白。

"扣、扣、"

"Entrez."

我开门进去，道了声："Hi."

小尤坐在桌前，案上摆了好多四方图片，他看是我，继续手中的动作。

"你在干嘛？"我走过去。

他反问："妳说我在干嘛？"

小尤看着像在玩拼图，这张图移过去，再把那张图移过来。

"我说你以忙碌为理由，借口逃避。"

"不知道妳在说什么？"他还是一副死样子。

我把学生的诗作递过去，说是雅各写的。

小尤停止手中的动作，眼光落在那些不太整齐的字上。

"不错，"他把本子还我，"假以时日会是第二个缪塞。"

"就这样？"我很讶异，"你不认为他在影射你和我？"

"我和妳？呵呵，想太多了，那不过是少年的无病呻吟罢了。"

竟然说成无病呻吟？！

"好吧！既然这样，没什么好说的，我以为……算了，你继续阴阳怪气，我继续明哲保身吧！"

"我阴阳怪气？"小尤扬起声。

"是的，从巴黎回来后，一直都是。"我答。

他沉默许久后，无力地说："知道了……抱歉！"

我问知道什么？又抱歉什么？

小尤答知道他阴阳怪气，抱歉让我不开心。

"我是不开心，你开心吗？"

"妳不开心，我怎么会开心？"

"既然知道我会不开心，干嘛还让我不开心？"

小尤恼怒地把手中的图片往桌上扔，责问我是否一定要绕口令才开心？

我也觉得幼稚，遂说不绕了，想跟他回到从前。

"好，回到从前。"

听他这么一说，我的心豁然开朗，也有心情打量他的桌上物。那些被切割成5公分见方的图片，清一色的蓝、灰、白，就在一张张的浏览中，我赫然发现其中一张有个用红色麻绳打的结头，那是海军结。

"妳的照片。"他没拐弯抹角。

我问他为什么要把照片给剪了？他答因为想把它拼成原来的样子。

"奇怪，你不剪不就好了？"

"我想知道自己是不是已经记住妳的容颜。"

说完，他把我手中的图片抢去，一张张认真地拼起来。

第十九章/解惑

穿着黑色Casaque的神父正在圣坛上用法语带领大家做最后的祷告：*€#^？……¥+^%～--$？ @+～……!@&$……

我看见第一排正中的雅各从做礼拜的一开始就一直低着头，很无奈的样子。他的身旁坐着华夫人，头发高高盘起，右鬓插了朵蓝星花，高贵中带着俏皮。

"华夫人旁边那个男的是谁？"小尤压低声音问。

"Guillaume爵士。"我小声回答。

今天的小尤又西装革履，只是领带不是上次那一条；我也是，穿上了惟一的套装，只是衬衫换成黄色的。

"法国男人会调情的多，但没几个好看的。"小尤又说。

"我觉得爵士算好看的，虽然年过半百，还是很有魅力。"我又答。

"嘘～""嘘～""嘘～"

华堡上下对我们嘘声四起，吓得我和小尤赶紧闭嘴。

礼拜结束后，神父照例站在教堂大门口欢送大家并话家常，我和小尤因长着一副亚洲脸孔，微笑点个头，神父便放行，没啰啰嗦嗦。

我们正庆幸逃过一劫，没想到小尤被华夫人叫住，两人谈论起雅各的学习状况。我走也不是，不走也不是，只好在他们的视线范围内踱步，因为小尤约了我一起去食堂吃饭。

"Hi."爵士冷不防在我背后出现。

"Hi."我努力挤出笑容。

这次的意外会面，爵士问了我很多问题，包括家庭背景、学历、婚姻状况、有无小孩……等等，我一一答复同时迷惑不已，因为法国人向来不问别人的个人信息，除非是雇佣关系。

" How much do you earn per month？ "爵士问了个极隐私的问题。

我感觉非常不舒服，但还是诚实回答，没想到爵士竟然批评华夫人是吸血鬼，怎么可以让这么可爱的女孩赚这么少的钱？

我不知如何作答，只能干笑。

" Work for me."他说," I can pay you much more."

什么？！爵士竟然要我替他工作，而且薪水比华夫人给的要多得多。

我讶异地看着他，想确认这不是在说笑，然而他却哈哈大笑离去，让我抓不着头绪。

"依依，怎么了？"小尤向我走来，并且多看了错身而过的爵士两眼。

"没……没什么，"我的眼光离开那个好看的中年男人，"对了，华夫人找你有事？"

"她说雅各抱怨我上课心不在焉，又要求他母亲给我加薪水……"

我一时仿佛喝了冷热水，不知该喊冷还是热？我以为一个心不在焉的老师，其下场是被炒鱿鱼，再不济也得损两句，没想到竟然是加薪！

"我也觉得奇怪，虽然我不喜欢当老师，但每次上课也是尽心尽力，或许……有那么几秒钟，脑子开小差，但大部分的时间，我是很清醒的，反而雅各心不在焉，问他懂了没，沉默得紧，作业倒是交了，照片也拍得不错。"

"那就好。"

"不好，现在华夫人每月多给我€10，000，我觉得怪，但又说不上怪在哪里，好像有人抱怨我煮的东西不好吃，但天天上我家吃饭还加价，妳说我是煮还是不煮？"

我同意这件事很怪，话说回来，我倒宁愿雅各也抱怨我教得不好，然后让他母亲给我加薪水……

小尤笑了，他说我真有趣。

"是真的，我有老公要养。"我一本正经地说。

罗宋还是学生，虽然偶尔帮人作画有进账，但学费及生活费，我多少还是得资助一下。

没想到我无意间的一句话，让小尤认了真，他问我钱还缺多少？他口袋有，可以先拿去用。

我赶紧拒绝，说我们尚可"自给自足"。

"那就好，不够妳说。"

"好的。"

讲到罗宋、讲到我的经济窘迫，我们的谈话迅速冷场。

"天气越来越冷了。"我讲了双关语。

"是冷，希望中午有热汤喝。"他答。

我们很有默契地往厨房走去。

～

"马老师，能问妳个问题吗？"

我正收拾东西准备离开，雅各开口了。

"问。"

他问我会和现在的男友结婚吗？我答有此打算。

"中国女人结婚后可以有外遇吗？"我的学生又问。

"如果你问的是'可不可以'，那当然是'不可以'，但我知道有人婚内出轨。"

雅各咬着笔头说："法国人就不一样，他们对出轨很包容，甚至认为偶尔出轨对家庭的稳定性有帮助。"

果然是"浪漫"之国，婚后勾三搭四，竟然还得到"鼓励"。

"我铁定不会包容我老公出轨。"我很确定。

"意思是结婚后妳也不会多看别的男人一眼？"

"那当然。"

"包括小尤？"

我表情严肃地说小尤不一样。

"哪里不一样？"

"他……他是我闺蜜。"

话一说完，我终于帮小尤找到定位，原来……原来我把他视为"闺蜜"。

"谢谢，"雅各很满意，"妳成功地解答我所有的疑惑。"

第二十章/柳暗花明

雅各曾说他的母亲每晚都有约会，由于我很少到东翼，所以也无从得知，直到有一天……

"Guillaume爵士和华夫人是什么关系？"吃完晚餐，小尤问我。

我答大概是某种合作关系，这城堡是爵士盖的，但使用者却是华夫人，具体我也不太清楚。

"据我的观察，Guillaume爵士总在周末来，他的座车是林肯牌的加长型礼车；星期三则是个戴眼镜的华人，他自己开车来，开的是红色Maserati；其余的日子，来的人都不固定，有一次我竟然看到政府高官，那架势就像国家元首。"

"真的假的？"我笑了，"何以见得是高官？"

小尤答有保镖，个个高头大马，戴墨镜，穿深色西装，就像电视上看到的一样。

我说我不信，小尤说他有证据。

"这就是证据！"小尤把一大沓的照片丢在桌上。

我把它们一一拾起，果然看到Guillaume爵士还有一个戴眼镜的华人及其他政商名流，我甚至还看到穿长袍的中东人。

"你好大胆，敢拍照。"我咋舌。

小尤说这是他的职业。

"No，你的职业是雅各的摄影老师，这些……"我指着照片，"还是销毁吧！免得带来麻烦。"

"我会的，别担心。"

我坐在小尤的椅子上，他则躺在床上呈大字形，夜黑风高，是该离开的时候……

"依依～"小尤唤我。

"什么？"

"罗宋汤对妳好吗？"

我答好，罗宋很疼我。

"那就好，"他从床上坐起，"如果有一天他对妳不好，妳第一时间通知我。"

"怎么，你要揍他？"

"差不多。"

我笑了："好，我答应你。"

然而好气氛一眨眼就消失，小尤忽然脸色大变，他像箭似地冲向门口，用力将门打开。

"听够了没？"小尤没好气地问。

"我……给你看我拍的照片，是用你教的多重曝光法。"

雅各将照片递过去，小尤没接，非常拒人千里之外地说："我明天看，你也该休息，小孩子的睡眠很重要。"

"我不是小孩子。"

"好吧！不是小孩子的小孩，现在赶紧回房睡觉！"

此时雅各的余光扫到我，像看到救命稻草。

"马老师，我有作文需要修饰，妳能指导我一下吗？"

我正要回答，被小尤截了去："马老师累了，她哪里也不去，小屁孩快走，是不是要我通知管叔？"

雅各很愠怒，扭头就走。

"你对他太严厉了。"看雅各受伤的神情，我忍不住说。

小尤表示雅各偷听已经不只一、两次，他都忍了下来，没想到今晚还是，让他的脾气一下子爆发出来。

"可是……雅各毕竟是雇主的儿子。"

"知道了，下次我会注意的。"

他信步走向窗口，望着窗外白茫茫的一片，喃喃自语："下雪了，不知哈尔滨下没下？"

相较于他对大自然的感伤，我比较在意的是人。

"雅各那孩子怪怪的，我是指对你。"

"没错，"小尤像抓到什么把柄，"有次上课，我不小心弄断指甲，那孩子竟然把它捡起，放进胶片盒里。我问他干嘛？他答留作纪念。妈的，他是不是有恋物癖？"

听小尤这么一说，我心如明镜了。

～

"马老师，请留步。"

这么巧？管叔又在无花果树下将我拦截，只是树已剩枯枝。

"有事吗？"外面正在下雪，我冷得打哆嗦。

"华夫人约妳喝下午茶。"

真是怪了，两个多月过去后，她才想起跟我喝"第二次"下午茶。

"我……跟小尤有约。"

"马老师，这不是问句，而是命令句。"管叔一脸寒霜。

看来我只能服从命令。

今天喝的是英式下午茶，三层点心瓷盘上已摆满了垂涎欲滴的糕点，下层放黄瓜及火腿三明治、中间层放司康及马芬、上层放了蛋糕及水果塔。

"马老师，请用。"华夫人递给我一杯芳香四溢的大吉岭红茶。

"谢谢。"我呷了一口，依然甘醇。

华夫人微笑看我，今天的她是天使。

"谢谢妳指导雅各学习中文，辛苦了。"她说。

"哪里，应该的。"

"陈校长说得没错，妳是语言专家，让妳教一对一，太大材小用了。"

"我不算专家，我也喜欢当雅各的家庭教师。"我慢慢地说，心里犯嘀咕。

华夫人优雅地就着白玉瓷杯，小小地呡一口后，说她已跟陈校长说了，请她另派个合适的人过来，因为把人摆在不对的位置上，是用人大忌……

原来这是场鸿门宴，我被fired了。

此时华夫人的小天使形象也瞬间瓦解，成了面容狰狞的魔鬼。

放下瓷杯，我的声音发干，说："我不知道雅各这么不满意我的教学。"

"他没不满意，只是爵士和我商量了，我们另有要务交给妳。"她说。

什么？！竟然又柳暗花明了。

我问是什么要务？她答是至关重要的工作，必须借重我的长才。

"什么长才？"

华夫人的微笑加深了，意味深长地说："今天就谈到这里，来日方长。"

她夹了块脆皮蛋糕到我盘里，和善得宛如御前的红衣主教。

第二十一章/鸠占鹊巢

华夫人说另有要务交给我，但一个礼拜过去了，全无动静。我是说，太阳照样升起；华夫人照样神神秘秘；我照样给雅各上课；而小尤……照样像大哥哥似地照顾我。

"其实我可以载妳去火车站。"小尤说。

此时，我和小尤站在雪地里，大雪纷飞，管叔正将铁链加在老爷车的轮子上，以免行驶中打滑。

"没事，你还得上课，雅各等着你呢！"我抬头看雅各的窗口，可惜窗户紧闭。

这是管叔的刻意安排，他让我和小尤分开来休假，如此一来，雅各每天都有课上。

"到了巴黎火车站，罗宋汤会去接妳吗？"小尤问。

"会，他说会。"

"那就好，到了打个电话给我。"

"嗯！"

我上了车，小尤对我摆摆手，我又看到他略带忧愁的酒窝。

我在火车站等了一个多小时，仍不见罗宋的身影，打他的手机却得到已停机的语音提示，我的心情也由愤怒转为担心，他该不会出了什么事吧？！

"依……依依……"

罗宋一跨进火车站大厅，马上向我飞奔而来，脸颊红扑扑的，好像参加了马拉松长跑。

"你该不会是跑来的吧？！"我努力压抑心中怒火。

"嗯！从学校跑到这里，跑死我了。"

我问他是否今天地铁罢工兼电信故障了？

他想了想，答："应该没有。"

"那你……"我正准备大发雷霆。

罗宋赶紧解释他没钱买地铁票，手机则是今天一早停机的。

"没钱？"我扬起声，"我给了你€6000。"

罗宋要我别生气，教授推荐他参加美国的 Alexander Rutsch Award and Exhibition，所以他把钱拿去买颜料了。

"€6000的颜料？"我不信。

"还有……雇模特儿的钱及教授私下的指导费。"

看罗宋一副做错事的样子，我把骂人的话硬生生地吞下肚，问："还剩多少？"

他没回答我的问话，只说两天没吃饭了。

我带罗宋到就近的肯德基，看他一副狼吞虎咽的样子，我感到鼻酸。

"学生画展办得怎样？"我问。

"很好。"他边大口吃着炸鸡边答。

我又问有人买画没？他答有，但不是他的。

"一张都没卖掉？"我喉咙发干。

"一张都没卖掉。"

我一下子没了力气。

"别担心，会卖掉的，梵高生前才卖出一幅，我身强力壮，入土前一定卖出不止一幅。"他很乐观地说。

哎呀～我的老祖宗，就算两幅画被卖掉好了，难道我们这辈子就靠那两幅过活？

想到"钱"途茫茫，我的眼眶发热，忍不住耸动一下鼻翼，免得鼻水流下来，就是这个动作，让我闻到类似流浪汉身上的臭味。

"你多久没洗澡了？"我问罗宋。

"只有三天，因为没钱交瓦斯费。"

我无力地问家里有水电吗？

"目前还有。"他答。

我在ATM机上又汇了€6000给他。

"谢谢！"罗宋头低低的。

"一切都会好的。"

"没错，一切都会好的。"他苦笑。

我主动去拉罗宋的手，他拖着我的行李，我们往地铁站走去。

~

给了罗宋€6ooo，我只剩下不到€1ooo，下个月的房租怎么办？

在寸土寸金的巴黎独立负担一个开间，果真太过浪漫而不切实际。也罢，毕竟做过一场梦，虽然昂贵了些。

"还是把房退了吧！我可以到偏远一点儿的地方租房。"罗宋说。

我不同意，这个想法我们以前就讨论过，虽然便宜了租金，却贵了交通，得不偿失。

"那怎么办？哎……我不参加比赛就好了。"他很懊恼。

"去，去参加，"我像只保护小鸡的母鸡，"能得到教授的推荐是至高无上的荣耀，钱的事……我来解决。"

~

钱的压力实在太大了，以致于在巴黎的四天，我和罗宋深居简出，就怕多花了一欧元。我们甚至无心做爱，因为买不起保险套了。

"今天是妳的安全期吗？"罗宋从后抱住我，亲吻我耳朵。

"那个不准。"我知道他想干嘛。

"应该不会那么好运。"

"错，那叫霉运，"我将他推开，"我们现在绝对、绝对不能有小孩。"

还好我的理智战胜性欲，离开巴黎前，我们都没有越雷池一步，躲过了我说的霉运。

~

回到华堡，感觉不一样了，说不上为什么，就是怪。

我把行李拖上二楼，找到那扇胡桃木门，再将钥匙插进门孔。奇怪，竟然转不开，这明明是我的房间啊！

"请问……"一个戴眼镜的中国大妈开口了，"妳在干嘛？"

我注意到她的怀里有几本汉语书。

"我……这是我的房间。"我答。

她说我一定是搞错了，这才是她的房间，然后她将她的钥匙插进门孔，三、两下便打开了。

"请问……"我正想开口询问，她却关上房门，一副拒绝交谈的样子。

当我不知所措时，从某个房间走出来的Clara看到我，高兴地叽叽喳喳起来："Bonjour.*€£+=%#>¥……"

"De quoi parlez-vous？"我不明所以。

她见我一头雾水，转而去抢我的行李。

"Arrêtés."我赶紧追了上去。

第二十二章/犹豫不决

我走入红色客厅，到处摆满了鲜花，墙上挂着拿破仑的大型油画像，沙发和茶几是成套的，都是乳白色镶金边的巴洛克式风格，座椅座面是纺织面料，上面绣了花卉及几何图案。

卧室在左侧，以黄色为基调。我走了进去，看到带顶棚的大床紧靠着墙，床上覆盖着红色波斯绣花绸缎；角落有个路易十四的壁橱，里面挂满了华丽的晚礼服；台桌上有各种珍品，如：小巧的西洋古董钟、中国的青花瓷瓶及富丽堂皇的掐丝珐琅工艺品等。

我不知道为什么Clara要带我来这里，直到发现自己的私人用品正安静地躺在大床旁边的纸箱里，这才恍然大悟，原来我"搬家"了，搬到东翼，与华夫人比邻而居。

"扣、扣、"门开着，管叔还是礼貌性地敲门。

"管叔，你来的正好，为什么我搬家了？我不喜欢住这里，我要搬回去。"

管叔一头雾水，他以为华夫人已经跟我谈妥了。

我答她是谈了一些，但没谈到搬家，也没说这么快就给雅各换老师。

"这……我想妳还是亲自去问华夫人及贝律师吧！他们在会客室等妳。"管叔说。

~

我读着用简体中文打出来的契约书，手微微地颤抖着。

"薪水还可以商议，对于工作内容，妳有什么疑问或要补充的？"贝律师推了推他厚重的眼镜说。

"那个……接待华人政军商是什么意思？"我问。

贝律师解释很多华人会来法国投资或与法国政府高层谈话，白天他们奔波劳碌，到了晚上就需要休息、娱乐，我的工作就是让他们彻底放松，以便隔天有更多的精力做事。

"彻底放松是什么意思？"我锲而不舍。

贝律师还想进一步说明，被华夫人截了去："就是说他们想听的话、做他们想要妳做的事、不违背他们的意思、满足他们的需求。换言之，妳是他们的忠仆。"

听起来很诡异。

"我不习惯当仆人，我也做不好，你们找错人了。"我板起脸孔。

"不会错的，Guillaume爵士很有信心妳能担任这个工作。"华夫人说。

"那个……"我看了一眼贝律师，不知该不该当着他的面问。

华夫人马上心领神会，她请贝律师移驾到欧风阁，那里已备好他要的雪茄和Whiskey……

贝律师一离开，华夫人马上要我敞开来说，非常豪爽。

我深呼吸一口气后，直白地表示自己不是天真无邪的小红帽，这个工作不若表面堂皇，说白了，就是嫖客和妓女间的交易。

"我说对了吗？"我问。

华夫人深深地看着我，答："爵士果真没看错人，妳的确聪明，但我不认同这是嫖客和妓女间的交易，我认为妳做的是外交工作，是神圣的。让我这样说吧！有时要那些政客签字或巨商掏钱，难如登天，但经过温柔乡的洗礼后，事情就顺利多了。我们是在替国家办事，跟一般的淫窟不一样。"

话说得好听，不过是换个包装而已。

"华夫人，被妳和爵士看上，我不认为是种荣誉，反而是耻辱，我是老师，不是站街女，今天的谈话到此为止，我会将它们通通忘掉。"我把契约书扔桌上。

"呵呵……呵呵呵……妳竟然以为……以为是妳上阵？呵呵呵……"华夫人非常没有礼貌地大笑起来。

"什么意思？"我很不悦。

"Je suis désolée.通常我不会这么失态，但妳说了个笑话，"她停顿了一下，态度转为严肃，"不，不是妳上阵，妳不够媚，也放不开，我们有个花名册，里面环肥燕瘦，都是顶级的。"

这下子我迷糊了，既然这样，何需有我？

华夫人说，华人对性这种原始需求比较道貌岸然，根据她的经验，总要造作个几天，才会摘下面具，她没这个时间耗，所以需要我。如果我接待时，发现对方守身如玉，那好，就做好我管家的工作；但凡对方有一点儿心猿意马，我便帮他挑个合适的女孩……

原来，原来我成了老鸨。

"可是……为什么是我？"我很疑惑。

"因为妳有书卷气，能替我们的公关工作做很好的掩饰。"她答。

～

华夫人给我三天的时间考虑，我挣扎了很久，在做与不做之间徘徊。做，有违我长期的自我期许；不做，金钱的压力如磐石般沉重，我该怎么办？

"依依，我找妳很久了，听说妳搬到东翼。"小尤看见我，向我飞奔而来。

"嗯！"我低下头去。

他问我为什么搬？连雅各也换老师了。

我答华夫人另外派了工作给我。

"什么工作？"他问。

什么工作？我想起自己签了保密协议，不论接或不接这份工作，都不能向外吐露一个字，否则……照华夫人的说法，她会下全球追杀令。

"秘书，当华夫人的秘书。"我答。

"这太好了，薪水一定不少吧？！"

讲到薪水，这也是让我犹豫不决的原因，接下这份工作，我非但买得起昂贵的衣服和鞋包，还能在巴黎市中心给罗宋租个两居。

"不多，还可以。"我又低下头去。

"这么说，妳已经决定接下新工作了？"小尤问。

"还没决定，正在考虑。"

"那好，妳边考虑，我边带妳去个好地方。"

我问哪里？他答去了就知道。

第二十三章/见习生

小尤带着我走出华堡，我有种"离家出走"的兴奋感。

"你确定我们不需要向管叔报备一下？"我问。

小尤反问报备什么？我脚下的地也是Guillaume爵士的，我们不过是从他家客厅走到阳台。

然而这个"阳台"老远，走得我脚底板发冻，因为没穿袜子的缘故。

"妳怎么不穿袜子？这么冷的天。"他责备我。

我说我以为只是到楼下吹吹风，没想到出走。

"不行，"他弯腰脱下自己的袜子，并且将袜子由內往外翻，"我没香港脚，但这样穿比较卫生。"

我赶紧推辞，但小尤面对我跪了下来，将袜子套在我光裸的脚上，再将它们塞进雪靴里。

"谢谢。"

"不用谢。"小尤站起身，拍拍身上的积雪，"走吧！"

一路上，我都能感受到小尤的羊毛袜带来的暖意，像个小火炉似的。

~

"这就是你说的好地方？"我仰头望着这个约五层楼高的褐色建筑物问。

"嗯！这是碉堡，原来作为军事用途，战争结束后，一度成为水果仓库，现在则空置着，走，进去看看。"

小尤口中的碉堡呈圆筒状，由混凝土建成，里面有两座交叉而上的阶梯。我们拾级而上，空气中飘浮着尘埃，我忍不住打了几个喷嚏。

"快来看！"小尤立在炮口前向我招手，我走了过去。

其实进入碉堡后，我已隐约听到海涛声，也闻到海风的气息，但一旦看到那蓝得像宝石一样的海水时，还是得到不小的震撼。

"真美！"我说。

"是美，也惟有看到大自然的鬼斧神工，才能感觉人类的渺小，那些恩恩怨怨，不过是沧海一粟罢了。"

我说他好伤感，没想到他继续伤感："我来不及恨一个人，因为时间不多;我也来不及爱一个人太多，因为时间永远不够。"

"那么你到底来得及做什么？"我顺着他的思路走。

小尤说他还来得及告诉那个人—我爱你。

"你说了吗？"我问。

"我……"他深深地看着我，"正在酝酿说的勇气。"

"那得赶紧了，人生苦短。对了，你是怎么发现这个好地方？"我问。

他说有人带他来，我问是谁？他答雅各。

雅各？竟然是雅各！

"那么雅各有没有像你一样，面对大海发表'伤感宣言'？"

"他……"小尤停顿了一下，"他说-我来不及恨一个人，因为时间不多；我也来不及爱一个人太多，因为时间永远不够，但愿在有生之年，我有足够的勇气对他说—我爱你。"

∼

华夫人给我三天的考虑时间，但在第二天下午，事情便产生变化，因为华堡迎来一位超重量级的贵宾，这可以从跟随在后的车队看出，洋洋洒洒十多辆黑色奔驰车。

"马老师，请移驾东瀛阁。"管叔说。

"为什么？"我问。

管叔答他不清楚，是华夫人交待的。于是我跟随他上到二楼，就在走廊尽头，我看见那里有个玄关桌，上面摆了个紫砂花盆。管叔把最右边的一朵蓝色鸢尾花拿起，玄关桌连同墙壁便整个旋转起来，留出一人宽的缝隙，让我惊讶不已。

"马老师，请。"管叔不忘"女士优先"。

我迟疑了一下，侧身进入密道。

∼

原来密道里有四个房间，分别为"明月阁"、"东瀛阁"、"欧风阁"以及"情色阁"，管叔带我进入第二间。

"贝律师，你的客人到了。"管叔敲门后说。

"请进。"

我脱鞋走进这个和式房间，地面铺上了用灯芯草做成的榻榻米，整个空间被拉窗及两面纸糊的障子门所围绕，竹制的灯饰散发出柔和的光芒，给人朴素典雅的感觉。

贝律师坐在矮几前品酩日本茶，看见我来，他指指对面的座位，我在一张绘有樱花的座垫上坐了下来。

"我以为是华夫人找我。"我说。

"华夫人正在接待杨将军。"

"杨将军？"

贝律师不想谈论客人，他直接问我那件事考虑得怎样？

我说华夫人给了我三天的考虑时间。

"看来妳多所犹豫，正如华夫人所猜想的一样，既然如此，何不见习一下？"他说。

我问见习什么？他答待会儿华夫人会把杨将军带到这里，我的背后有一扇拉门，纸糊的，模模糊糊还能辨识，我就待在里面观摩华夫人是怎么接待客人的，这有助我下决定。

"这个嘛……"我面露难色。

"先见习一下总比仓促上场来得好。"他继续游说。

我思考片刻，觉得不无道理。

于是贝律师发了条短信，没多久，短信被回复了。

"就现在，他们已经喝完下午茶，正往这边走来。"贝律师说。

我的心跳得好快。

贝律师让我躲进身后的小房间里，对我做个"嘘声"的动作后，拉上纸糊门离去。

我……彻底被丢进黑暗之中。

第二十四章/新工作

大概等了十多分钟，我才听到唏唏嗖嗖的走路声。

"这房间真清幽。"

"是的，特别为您准备的。"华夫人说。

他们两人坐了下来。

"您喝什么茶？"华夫人柔声问道。

杨将军答不喝了，刚刚才吃完下午茶，喝的够多了。

"那么我帮您捏捏脚，让脚透透气。"

"也好。"

我看到华夫人跪在杨将军面前，开始为他足底按摩。

"我刚下飞机就急着来看妳。"将军讨好着说。

华夫人答那是她的荣幸。

"我老婆可恶得很，怀疑东怀疑西，就差没让我穿上贞操带。"

"那是她爱您的方式，如果不爱您，何苦找罪受？"

"还有……"

杨将军光讲他老婆的事就讲了一个多小时。

"将军，明天您跟谁会面？"华夫人问。

"国防部长Guy de Maupassant。"

"听说他很固执、倔强。"

"何止固执、倔强？简直是厕所里的石头，又臭又硬，每次跟他见面，讲没五分钟就吵，想到就头疼。"

"那么别想了，我让Sakula来服侍您。"

"Sakula？她不是回日本了？"

"想您，所以又回来了。"

"呵呵！想我？好，让Sakula过来！"

可想而知，这将会是个怎样的夜晚。我躲在纸糊门后面，看得口干舌燥、热血偾张，直到那两人大战方休，我才扶墙而出……

~

贝律师说见习一下有助我下决定，果真如此，我已下定决心说不。

"嘟……嘟嘟嘟……"手机响了，是罗宋。

"你怎么想到给我打电话？"

罗宋说因为他有心电感应，觉得我需要他。

"我的确需要你，我……"

本来想巧妙地告诉他，华夫人给我派了个恶心的工作，而我将大义凛然地拂袖而去，没想到……

"依依，我也需要妳。"

需要我？

然后罗宋告诉我一个惊天动地的消息，原来他的学弟出了车祸，医院告诉他查不到伤者的保险记录，需要付现。罗宋想着同为中国人，学校又替每位学生买了保险，以为是系统出了问题，于是代垫了手术费，没想到学弟是旁听生，没有学籍的那一种，学校当然也不可能帮他买保险……

"还剩多少？"我咽下一口口水问。

"不到€500，今天还……还收到了房东催缴房租的通知。"

我觉得自己像站在悬崖上，不知该不该往下跳？

"等学弟清醒了，我会跟他提钱的事。"罗宋很内疚，马上做了弥补。

哎～那也远水救不了近火呀！

我深呼吸一口气，像个从容赴义的勇士："没事，我来解决。"

"依依～"

"什么都别说，好好作画就是。"

挂上手机，我已经决定接下那个恶心的工作。

华夫人说外交工作是讲门面及内里的，所谓门面就是外表及着装，内里便是学识和谈吐。针对后者，她帮我安排了课程，务必在短时间内拿得出手。

至于门面问题……她带我上Rapha Perrier工作室剪发，据说此人是国际顶级的美发大师，连续四年获得世界美发大赛冠军。

他摸了一下我略显粗糙的发，问清楚我的职业及意见后，刷刷刷地剪起来，仿佛剪刀手爱德华。

不出意料，他帮我剪了个时尚短发，然后染上亚麻色。看着镜中的自己，我一度认不出来，柔和中带着干练，不愧是高手。

"I like it."我对他比出thumbs up的手势。

Rapha Perrier很欣然地接受了。

剪完头发，华夫人带我上购物商场采买了大量的化妆品、护肤品以及香水。回到华堡后，她亲自教我化妆。

"好了，"华夫人大功告成，"今天化的是裸妆，以后还会教妳根据不同的场合化出合宜的妆容。"

我再次凝视镜中人，她像从画报里走出来，融合可爱、性感、知性于一身的女子，和印象中的马侬侬有段距离。

"不像我。"我说。

"妳以为妳应该是什么模样？这是条不归路，一旦做了外交工作，妳就不可能是原来的妳。"华夫人意味深长地表示。

~

我跟在小尤及雅各身后有一段时间了，他们在拍教堂，从各个角度。

"加滤镜，"小尤提醒学生，"阳光虽然不强，但雪会反射光线，为避免曝光，你一定要加滤镜。"

"知道了。"

雅各正蹲在教堂前，由下往上仰拍，非常专注。

小尤叉着腰，观察学生的身体角度是否正确，我正想离开，一群麻雀突然从教堂后的树林往我的方向飞过来，吱吱喳喳的声音响彻云霄。

小尤的眼光跟随麻雀的身影移动，毫无意外地落在枯枝下的我，他两眼发亮地向我奔来。

"妳怎么来了？"他笑开了脸。

"来看看你……和雅各。"

"妳剪头发了，"他端详我一会儿，"还涂眼影。"

"嗯！工作需要，会不会太艳？"我问。

"不会，刚刚好。"

此时雅各也跑过来，他责问我为什么不教了？

"我当你妈妈的秘书了。"我答。

雅各说他要跟他妈说去，让我回来教他。

我苦笑着表示那是不可能的事，因为我已经收钱了。

提到钱，小尤对我投来奇怪的眼神。

"那么……让我帮妳拍张照，我要把它挂在房里，没事想妳一下。"雅各说。

"好的。"我微笑。

那孩子帮我拍了好几张照片，足够他想的了。

"现在帮我和马老师拍张照，没事我也想她一下。"小尤说完，把手环在我的肩膀上。

雅各看着我们好一会儿，迟迟不按快门。

"快拍啊！"小尤催促。

雅各无奈拿起相机，匆匆拍了一张后，转身走人。

"也许底片用光了。"我找台阶下。

"这个混小子！"小尤很气愤，"他的眼里只有妳。"

"只有我？"

"是啊！看我们两人靠得这么近，他不爽了。"

小尤，你是真不知还是假不知？那孩子喜欢的是你。

我终究没说出口，自己的事已经够烦人，还是保持表面的和谐吧！

"依依，明天起我休假四天。"小尤忽然提起。

"真的？恭喜了。"

他问我是否需要托带什么东西给男友？

我想了想，请他帮我带句话给罗宋，就说……我汇了€10,000给他。

第二十五章/拨云见日

"€10，000？那妳身上还剩多少钱？"小尤问。

我答这是个人隐私，无需回答。

"依依，妳的经济情况我大致了解，一下子给罗宋汤€10，000，妳打算喝西北风？"

"没错，我就打算喝西北风。"被人戳中痛处，我来气。

小尤看我生气，举手投降："Fine，我太杞人忧天了，妳打算喝西北风，请便！我会把话带到，Au revoir。"

他转身走了。

～

华夫人替我安排了法语、英语、政治、心理学、礼仪、马术、茶道……等课程，这些都是硬课，我得绞尽脑汁学习，忙到好几天没到西翼，也不知华堡以外的世界，但这不表示我神经大条。

小尤回巴黎后，我以为罗宋会在收到口信的第一时间打电话给我，结果没有。

第一天没有，第二天没有，到现在一个礼拜过去了，他一通电话也没打来。

"是不是太忙了？"我自问自答，"不可能，再怎么忙也应该有时间打电话。"

趁着中午休息时间，我到楼梯间打电话给罗宋，电话响了好几声他才接，而且口气很不对。

"你怎么了？好几天没打电话给我。"我问。

"我在生气。"

生气？我问为什么？

"小尤说我堂堂一个大男人，却用女人的钱，让女人喝西北风，这是件可耻的事。"

什么？小尤竟然这么说，太不可原谅了！

"罗宋，是这样的……"我试着解释。

"不跟妳说了，餐厅老板看了我好几眼，再不挂，工作恐怕保不住。放心，妳的钱我没用，很安全地躺在银行里。"

我还想说什么，但罗宋已先一步挂了，让我很错愕，这不是我要的，再想到小尤的"好管闲事"，我一肚子火，立马到西翼兴师问罪。

我敲了门，无人回应，正想离开，看见不远处的画室，门虚掩着，遂走了过去。

"扣、扣、"

"Va t'en."雅各要我滚。

我推开门，把头探进去："怎么了？吃了炸药？"

雅各看是我，又低头作画，脸色微愠。

我走了进去，Bruno一跃跳入我怀里，我只好抱着它。

"好久不见，连Bruno也变重了。"我说。

"是好久不见，每天都度日如年，难受死了。"

"我以为你至少喜欢上摄影课。"

雅各说他是喜欢，但没老师怎么上？

"没老师？"

"小尤的眼睛受伤了，他已经一个星期没来上课。"

有这事？我竟然完全不知情。

"他在哪里？"我问。

"巴黎，打从休假到现在，小尤就没回来过。"雅各答。

我打给小尤，他不接，我心很忐忑。

"怎么了？马老师。"华夫人关心地问。

我现在和华夫人同桌而食，她顺便教我餐桌礼仪，有时Guillaume爵士或贝律师也会在场，他们轮番给我上课，意思是连吃饭时间，我也无法真正放松。

"没什么。"我低头吃春鸡，它的肚子被厨子塞满蔬菜和香料，非常味美多汁。

"别忘了，识别客人的情绪是我的工作，妳肯定有事。"华夫人一语道破。

我用餐巾擦拭嘴角，并等嘴巴里的鸡肉完全咽下肚后，才缓慢地说小尤的眼睛受伤了，人在巴黎，我很担心他。

华夫人表示她也听说了，这样吧！让管叔载我去巴黎，别坐火车了，开往巴黎的火车经常误点。

"这么容易就放行？"我太吃惊了。

"我不让妳去，妳也静不下心学习，我何不做个顺水人情？"她答。

"谢谢！"我笑了，"Thank you……Merci."

"呵呵！一连给我三种不同语言的感谢，真是受宠若惊啊！"华夫人也笑了。

我请管叔将车子停在小尤公寓的楼下。

老实说，我不确定他在家（尤其在不接我电话的情况下），但好运来时，挡都挡不住。我看见有个人从路口走过来，手里抱着一个大纸袋，一条法棍从袋里露出头来。

"Bonjour.请问小尤先生是不是住这里？"我问。

"小尤昨天病故，刚火化。"他答。

"何必自己咒自己？"

"何必大老远跑来？"

我说来看看他，问他眼睛好点儿了没？

他答好很多了，但是视力还没完全恢复，开车有问题。

我又问他是怎么摔的？他答不是摔跤，而是跟人打架。

打架？

想到罗宋的反常表现，该不会……

"罗宋的右钩拳很厉害，直接将我打倒在地。"小尤主动掀开谜底。

～

我和罗宋约在太湖餐厅外见面，他上五点的班，我四点半就到，他晚了五分钟。

"怎么回事？"我劈头就问。

他答心里郁闷，打了架。

"小尤的眼睛差点儿瞎了，你出手就这么狠？"

"你关心他？"

"我……我关心你，万一他真瞎了，你不得坐牢？"

"坐牢总比戴绿帽好。"

什么？！这是什么话？我的心被撕成碎片。

"没想到你会不分青红皂白地给人乱扣帽子。"我既愤怒又难过。

"我没有乱扣帽子，小尤指责我的神情就像在护卫自己的女友。我问他为什么在乎？他答妳是他生命的一部分，所以我给了他一记拳头。"

不，不是这样的，于是我把和小尤在暗房里拥抱，他噙着泪水说没反应一事供出。

"如果真要界定我和他的关系，大概就是闺蜜或者哥哥对妹妹的爱护，他责备你用我的钱，也是因为这个原因。"我补充说明。

罗宋听完，很是懊恼："他怎么不早说？我出拳也太重了。"

我说他应该道歉。

"那肯定要，对了，妳能待到明天吗？明天中午我煮好吃的，妳请小尤过来，我郑重向他道歉。"

眼看就要拨云见日，哪有拒绝的道理？

"好，我马上打电话给他！"我答。

第二十六章/赔礼饭

为了准备赔礼饭，罗宋算是卯足了劲儿，五点不到就喊我起床，我们一起到市场街采购。

把大包小包的食材搬回家后，罗宋当大厨，我当下手，忙得不亦乐乎，终于在11:30前把几道菜都端上桌。

"生鲜沙拉、奶油蘑菇、芦笋鲜虾球、清炖鱼头汤、炒扇贝、铁板牛柳、红烧肉，中西合璧，总有小尤喜欢的。"罗宋信心十足地说。

我忽然想到好菜得配好酒，刚刚怎么就没在市场街买上一瓶？

罗宋摇摇头表示酒中的酒精极易刺激视神经，使传导功能降低，小尤的眼睛已经受损，不宜再受刺激。

原来如此。

我和罗宋脱下围裙，面对一桌子的好菜，坐等客人来到。

"你在中国餐厅打什么工？"既然闲着也是闲着，我无话找话。

"我当二厨，其实我的厨艺比大厨好。"他答。

我说当二厨倒不如帮人画像，既自由又不用纳税。

"大小姐，冬天到了，谁会在冰雪里坐着让你画？"

对啊！已经冬天了。

"这样太辛苦了，还是把重心放在课业上，€10，000你拿去用，别省着。"

"依依，"罗宋的声音转为严肃，"我把小尤的话重新思考了一遍，他说得没错，大男人总不能让女人养着，妳有妳的日子要过，还好现在学校放圣诞长假，我若在餐厅打全职工，下学期来临前，应该能解决所有的经济问题。"

我很想告诉罗宋，我现在是有钱人，养得起他，但话终究太伤人，我选择沉默以对。

"嘟……嘟嘟……"

是小尤打来的，我高兴地下楼迎接。

"小尤，"罗宋起身，"我以果汁代酒，很诚心地向你道歉，你大人不记小人过，我先干为敬。"

他一饮而尽。

"快别这么说，"小尤跟着起身，"我也有错，越俎代疱，犯大忌了。"

罗宋拍拍小尤的肩膀："那么我们一笑泯恩仇，嗯？"

这餐饭我们吃到下午四点，直到宾主尽欢，我才记起得回华堡。

"别，眼看就要天黑，还是明天再走吧！"罗宋对我说。

我答不行，华夫人已经额外给了我一天，不能再拖……

小尤接话，他说已经十多天没给雅各上课，如果不是视力尚未恢复，他很想开车和我一道回去……

"那好，"罗宋放下筷子，"就这样，你们两人都打包好，我开小尤的车护送你们回华堡。"

我们三人在夜里 12 点左右抵达华堡。

当罗宋想帮我把行李送上楼时，被我阻止。

"罗宋，我不住西翼，改住东翼了。"

"为什么？"

我告诉他，华夫人另派了秘书的工作给我……

对罗宋撒谎情非得已，我感到内疚。

"这么说，你们两人不住同一栋楼？"他问。

我无奈称是。

不知为什么，罗宋喜形于色。

"兄弟，现在怎么办？你睡哪里？"小尤问了迫切的问题。

不消说时间已经这么晚，天气又冷，罗宋即使硬着头皮开回去，小尤的二手车也不干，肯定在半路上熄火。再说了，那是小尤的车，罗宋把它开走，小尤怎么用车？

"睡雅各的画室吧！那里有张小床。"我发号施令。

想起前阵子罗宋还曾因小尤晚归而吃飞醋，殊不知后者就是在画室里度过一宿的。

"可是……我们不能留宿客人。"小尤提起华堡的"规定"。

"明天一早，我会向华夫人报备。"我把责任一肩扛起。

于是我们三人互道晚安，然后往各自的房间走去。

第二十七章/嗤之以鼻

"马老师，妳回来了，小尤的眼睛好点儿了吗？"华夫人在早餐桌上问我。

"好很多了，昨天夜里他已经和我一起回来。"

"是吗？他开车？"华夫人咬了口可颂问。

我回答小尤的视力还没完全恢复，是我男朋友开车送我们回来的，也因为此事，我得向她汇报，当时很晚了，所以我自作主张让男友睡在雅各的画室里，那里有张床……

"雅各恐怕不会高兴，妳问过他了吗？"华夫人放下可颂，声音像闪着寒光的匕首，"我也不高兴，是谁给妳权利自作主张？"

"没人给我权利，我也不敢要求权利，"我把头低得不能再低，"但已经夜里12点了，我怕吵醒您或管叔。"

华夫人不置一语，专心吃起她的培根和香肠，我的心七上八下，全无胃口。

"他现在在哪里？……我是说妳男友。"

我答可能起床了，他睡得浅。

"把他叫来。"

"什么？"

"把妳男朋友叫来一起吃早餐。"华夫人用刀切开荷包蛋，浓稠的蛋黄溢了出来。

~

"你叫什么名字？上回忘了问。"

"罗宋，罗马的罗，宋朝的宋，二字名。"

"你是马老师的男朋友，两人认识多久了？"

"认识五年了。"

"五年？够久的了。"

罗宋尴尬称是。

然后华夫人一边劝罗宋用餐，一边把他从哇哇坠地以来的历史全挖出来。

"原来你是巴黎美术学院的学生，中国老一辈的画家，如：徐悲鸿、潘玉良就是从那里毕业的。"

罗宋表示他听说了。

华夫人又说她想让人画幅像，和真人一样大小，问这样一幅需要多久时间完成？

"真人大小？"罗宋思考一下，"那至少得200*150cm，作画时间可长可短，达芬奇的《蒙娜丽莎的微笑》画了4年才完成。"

"那么现在就开始吧！雅各的画室有材料，不够的让管叔买去。"华夫人说。

"现在？！"我和罗宋同时惊叫。

相对我们的慌张，华夫人倒是一脸淡定，她说罗宋正在放假，不正好？三楼有的是房间，随便挑一间住下，准备好就到她房里来。

说完，华夫人起身离座。

我和罗宋有好一阵子都说不出话来。

"别去，"还是我先开口，"待会儿我请管叔载你到火车站，你坐最早的那班回巴黎。"

"依依～"

听罗宋唤我，我的心开始往下坠。

他说他需要养家活口，至少得养活他这张口。以华夫人的实力，她的出价肯定不低，动作快一点儿，开课前他可以把接下来两年的学费和生活费都挣到。

"你不需要养家活口，你可以用我的钱。"

"我就是不想用妳的钱，妳还不明白吗？我不是吃软饭的！"

看他如此生气，我反而弱了下来，问："你打算就这么留下来？巴黎的公寓怎么办？中国餐厅的工作又怎么办？"

罗宋思考了一下，说他再去问个仔细，看价钱够不够让他放弃这些。

~

"我没想到华夫人这么慷慨，一平方尺给我€2，500，意即3平方米的画，妳老公将赚€80，000，哈哈！五十多万人民币哪！我不敢想象有朝一日自己也能赚这么多！"罗宋一进门就大声嚷嚷，然后躺在我床上，望着天花板傻笑。

我泼他冷水，说太容易得到的，一定有鬼！

罗宋不认同我的说法，他说3平方米是大画，不好画，何况华夫人也说了，成品得让她满意才行，不满意，她一分钱也不付。

"瞧！这就是陷阱。"我抓到把柄。

"不会的，妳老公还是有两把刷子，我有信心赚到€80,000。对了，"他翻身坐起，"为什么我提要和妳住同一间房，华夫人说妳的工作会经常加夜班，为了避免吵架，还是分开来住比较好？"

"这……因……因为我要接待华夫人的客人，他们的夜生活比……比较精彩，所以……"我吞吞吐吐地答。

"也罢，我搬到三楼，有空我还是会偷偷下来找妳。"

罗宋用"偷偷"二字，让人浮想联翩。

我嘟着嘴说他不下来也行，我一个人挺好的。

"真的？"罗宋一把抱住我，"我以为阴阳调和才会好。"

我又闻到罗宋身上浓郁的男性荷尔蒙味道，问他昨晚洗澡了没？

"哪有时间洗？待会儿完事再洗。"

罗宋靠近我，我闭上了眼睛。

～

华夫人要罗宋马上动笔，但等罗宋万事具备，她却飞去瑞士。

"也好，我回家拿换洗衣物及随身用品，公寓就不退了，我的画作及杂物太多……哎呀！还得上太湖餐厅把欠我的工资给要回来。"罗宋说。

我没发表太多意见，因为自己的课程被安排得满满的，注意力一分散，我也难理罗宋的作息，还好我们同桌吃饭，可以不时见面。

~

华夫人从瑞士飞回来后，我听说罗宋已经帮她画过一次像了。

"马老师，法语学得怎样？"华夫人在餐桌上关心地问。

我答马马虎虎。

"￥+&@%t……"华夫人忽然操起优美流利的法语。

"Pardon？"我请她再讲一次。

罗宋反而截足先登："+*^%#￥£€<……"

华夫人笑了，用英语说："Naughty boy。"

这次我听懂了，华夫人说罗宋是"淘气男孩"。

可恶！那两人欺负我不懂法语，当着我的面调情，是可忍孰不可忍？我暗自发誓，一定要把法语学好！

此时，那一男一女的笑声又像狂浪般袭来，仿佛对我的誓言嗤之以鼻。

第二十八章/大事不妙

罗宋第一次进我房间时，也许急于告诉我那即将到手的巨额收入，所以没留意到墙上挂着的女人胴体，让我侥幸逃过一劫，但他说了，有空会"偷偷"下来找我，让我警觉到该把自己的裸照隐藏起来，可是该藏哪里呢？

我想破头也找不到安全的地方，直到上三楼找罗宋，发现那些熟悉的瓶瓶罐罐时，灵光乍现，何不把相框上的透明亚克力板涂上颜料，不就看不出光身子的我了？

想到做到，我毫不费力地从罗宋那里借来油彩，大手一挥，我的裸照顷刻间成了一幅日本国旗，和整个房间的气质严重不符，但也只能这样了，谁让我眼高手低，画不出更复杂的了。

~

华夫人说有些客人喜欢附庸风雅，为了迎合这类需求，她为我请来女茶师，上课地点就在东瀛阁，一个我死也忘不了的地方。

开课的第一天就让我印象深刻，因为女茶师竟然身穿和服，脚踩木屐前来。

"Ko ni chi wa."她颔首向我打招呼。

"Ko ni chi wa."我也向她鞠躬。

原来茶道有一个繁琐的过程，不仅要求茶叶精细、茶具干净，连茶师的动作也有规范，既要掌握舞蹈般的节奏感，举手投足间还得精准到位。

光是碾茶叶，我就学了三天，还总不能让带我的师傅满意，她老要我再试一次。我觉得自己就像月亮上的玉兔，跪地不停地捣长生不老药。

终于在一个礼拜后，我碾出令人满意的茶叶。

"Sugoi."我的师傅很难得地称赞我。

正当我觉得可以大松一口气时，她却拿出一套精致的茶具，嘱咐我"洗干净"。根据我对日本人的了解，这个"洗干净"绝对是最高标准，尤其用在他们引以为傲的茶道上。

果不其然，我又陷入周而复始的轮回中……

坐在喷水池边，我望着冻成溜冰场的池子发呆。

"依依～"小尤小跑步过来，"好久不见。"

我觉得很不可思议，华堡上下遇见我，几乎都会说声"好久不见"，即使我们的住处就近在咫尺。也难怪，我的课程安排得太满，就是学习、学习、再学习，像现在这样"偷得浮生半日闲"的机会并不多见。

"嗯！好久不见。"我丢了颗石子进池里，它弹跳了几下，落到池子外面。

"最近忙什么？"他问。

我说瞎忙。

他又问罗宋忙什么？

我答忙着给华夫人作画。

"给华夫人作画？什么时候的事？"他很惊讶。

我只好把故事从头说起。

谁料小尤意有所指地说华夫人一点儿也看不出有个16岁大的儿子……她的皮肤吹弹可破，满满的胶原蛋白……没有小女孩的羞涩，却有熟女的魅力……

"你到底想说什么？"我没好气地问。

"我想说别火烧屁股了，才想起要灭火。"他答。

其实我早注意到，刚开始的几天，每当夜黑人静，罗宋天天下来找我。

"你烦不烦？"

"不烦，在城堡里做爱，让我兴致高涨。"

没过几天，大概新鲜感淡了，他来的次数越来越少，我也不以为意，想着高烧的人总有退烧的时候，但今天听小尤这么一提，我开始有了危机感，马上起身走人。

"妳去哪里？"小尤对着我的背影喊。

"去灭火。"我头也不回地答。

～

罗宋一向在华夫人的房间里作画，我当然不可能冒冒失失地闯进去，只好"守株待兔"，到他的房里等人。

他曾给我一把钥匙，嘱咐我想他时可以进来，如今这把钥匙起到了作用，我三两下打开房门。

我的男友还是秉持处女座的性格，不仅东西各就各位，连床都铺得平平整整，看不出有人睡过的痕迹。

"犯案现场"太干净可不是好事，因为找不到把柄，还好在桌上的瓶瓶罐罐中，我发现嫌疑物1号‐罗宋的素描本。

我慌忙打开，里面都是针对华堡的写生，有宏伟的建筑，宽阔的园林，佣人们的表情动作……我甚至还看到华夫人的脸部特写，在罗宋的画笔下，她美得不可方物。

没找到可疑的线索，让我心情微快。

"妳有病啊！难道希望罗宋和华夫人之间真有什么？"我捶一下自己的笨脑袋。

正因为这一捶，我记起我的马术课，赶紧跳起往马场奔去。

我曾问过华夫人为什么要学骑马？她答很多客人来到城堡就想做点儿原始的运动，如果我能陪着一起马上驰骋，会让客人很受用，因为单骑挺无趣的。

对于这项高级且昂贵的运动，我有不可救药的遐想，内心祈祷上课教练是个又高又帅的男人，最好骑着白马前来，没想到……

Azzo是个矮个子的意大利人，据说他以前是赛马骑师，而男骑师的身高一般不能超过160公分，且体重得控制在50公斤以下，这是为了不给马匹增添负担，以便追求更快的速度。

既然我的马术教练不高也不帅，骑的还是黑不溜秋且一脸凶相的马，我很快收拾起浪漫情怀，将精力摆在学习上。

我已经上过几堂课，包括上马、下马、右转、左转、后退……等。Azzo给我选的马是匹上了年纪的淑女，动作慢吞吞的，确保我不会从马上掉下来，然而今天的马儿不一样，活泼好动得很。

在肢体语言及少量英语的沟通下，我才知道原来淑女昨晚暴毙了。

"I am sorry."我表示哀悼。

"I am sorry，too.I guess you will have a hard time today."Azzo含蓄地表示我今天不好过了。

"嘶～嘿儿嘿儿……"那匹叫做Jason的马儿忽然抬高前腿，对我嘶鸣起来。

我有了不妙的感觉。

第二十九章/失落

Azzo抚着马脖子安抚它，Jason这才稍微平静下来，但仍然焦躁，不停地摇头、顿足、扫尾巴。

我觉得不妥，提议取消上课，但Azzo不这么想，只是一再重复"No problem"。既然专业骑师说没问题，我还有什么话好说？只能硬着头皮上场。

" Jason，good boy......good boy."

我一上马就不停地跟着说好话，竭尽谄媚之能事，但它不甩我也就罢了，竟然还原地打转，让人不明所以。

Azzo见状只能拉着马绳，让马围绕着他做例行的小跑步。

一开始还不错，跑得很有精神（我是说跟前任比），没想到它越跑越带劲，已经不是小跑了，简直在做百米冲刺，连当圆心的Azzo都看得眼花缭乱。

" Stop......Stop......"Azzo喊停。

Jason果然慢了下来，谁知突来的割草机发动声惊动了马儿，它边嘶鸣边把前腿抬高120度，让我结结实实从马背上摔下来，脸部朝下，顿时失去知觉。

～

我用力睁开双眼，模模糊糊中看到好多张人脸，紧接着听到叽叽喳喳的交谈声。

"依依，妳醒了？……太好了。"罗宋抓住我的手，很是激动。

"我……我怎么了？"

"妳从马背上摔下来。"管叔抢答。

于是我注意到站在罗宋身后的若干人马：管叔、小尤、雅各、Azzo、还有一个穿白大褂的洋人。

此时洋医生走上前来，他先检查一下我的瞳孔，再轻轻摆动我的头颅，然后口吐一连串的法语，在场者大概只有我这个当事人不知道他在说些什么。

"Merci."罗宋向医生道谢。

洋医生接着又发话，众人听了之后作鸟兽散，只剩罗宋。

"医生说什么？"我问。

"他说这几天需要观察一下，如果有呕吐或其他不适，得到大医院照CT。还有，他开了止疼药，如果鼻子还疼，可以吃点儿。"

"鼻子？"

"嗯！缝了十多针。"

我下意识去摸鼻子，果然贴了大块纱布。

"怎么办？破相了。"我很懊恼。

罗宋说破相算小事，还好我戴了头盔，否则头破个大洞，人可能就没了。

"你担心吗？"我问。

他答当然担心，而且担心死了。

想起稍早前，我还怀疑他和华夫人之间有暧昧发生，看来我错了。

"华夫人和爵士也曾来看望妳，但妳在昏迷中，他们逗留一会儿后才走。"罗宋解释。

原来他们两人这么有情有义，果然患难见真情，这包括我男友。

"依依，想吃点儿什么或喝点儿什么吗？"男友柔声问我。

"什么都不要，只要你陪我。"

"那好，我陪妳。"

罗宋握着我的手，嘴巴讲着琐事，迷迷糊糊中，我又睡着了。

罗宋一连照顾了我好几天，帮我喂食、更衣，还扶我上厕所，简直是24小时看护。

"罗宋，我现在好多了，你去画画吧！假期所剩不多了。"

"的确不多了。"

我问他画作完成多少？他答还在画脸，我说那怎么来得及？

他要我别担心，如果没画完，周末他还可以来华堡继续作画，华夫人会派专车接送。

这么说，华夫人是有心完成画像，否则动也不动地坐上几小时，那是很累人的事。

"这样吧！你去把画赶出来，我这边不需要你了，我可以自己照顾自己。"

"真的？"他问。

我用力点一下头，他才放心离去。

~

我又开始上课了，当然，马术课除外。

这一天上完心理学，我的老师离开前给我一个小盒子，说："Merry Christmas."

什么？圣诞节到了？

我尴尬地表示自己没准备礼物，Sorry。

她要我别放在心上，我还受着伤，送我礼物，顺便祝我早日康复。

我上前拥抱她，给了她无声的祝福与感谢。

~

受伤后，我一直在房内单独用餐。

其实我老早可以下楼，但因鼻子上还贴着纱布，我羞于见人。

今天洋医生终于过来帮我拆线，让我第一次看到浩劫后的鼻子。

"You have a new birthmark."洋医生很幽默地说我有个新胎记。

我听了想哭，鼻子本来就不高，现在鼻头上还留了个月牙形的疤痕，岂不更丑？

~

为了参加圣诞节晚餐，我画了宴会妆并在鼻子上大费周章，又是遮瑕膏，又是粉饼的，想把月牙给盖住。

我的路易I4壁厨里有多件晚礼服，那是华夫人替我准备的工作服，此时正好派上用场。我选了件白色露肩曳地长裙，把头发高高挽起，总算有点儿贵妇人的样子。

一进餐厅，我就感受到节日气氛，除了一株闪着光芒的圣诞树外，每个人都喜气洋洋。

"给。"罗宋递给我一顶红色圣诞帽，顺便盯着我的脸瞧，"妳的鼻子看起来很正常。"

我睨了他一眼，同时发现连一向高冷的华夫人和Guillaume爵士也戴上了应景的圣诞帽。

"马老师终于下来跟我们一起用餐了，我以为妳会错过圣诞晚餐。"华夫人说。

"当然不。"

我戴上圣诞帽，并给在场的每个人一个微笑，给了华夫人，给了爵士，给了罗宋，给了……等等，雅各和小尤呢？

华夫人解释那两人去戛纳取景了，本来她要雅各圣诞节后再去，他偏不听。

噢! 原来取景去了，可是临行前小尤怎么不跟我说一声?

我有些惆怅。

第三十章/减压

吃完圣诞大餐，罗宋送我回房。一进房间，他就动手脱衣裤。

"你干嘛？"我趴在床上斜眼看他。

"送妳圣诞礼物。"

我含糊不清地说自己很累，想睡觉。

"做了就不累。"他一丝不挂地趴在我身上。

我闭上眼睛，像条死鱼似的，罗宋却兴致高昂，接连变了好几个花样。

~

我半夜惊醒，因为排山倒海而来的恶心感。

跳下床，我冲向厕所，果然大吐特吐，一定是昨晚贪嘴又贪杯的结果。

就着水龙头，我喝了好几口水，才算舒坦些。

回到卧室，看见罗宋赤裸裸地趴在床上，我走过去帮他盖好被子，然后坐在床上发呆……

皎洁的月光从窗口渗了进来，四周安静无声，我突然有些感伤，眼看一年又要过去，我仍一事无成，而男友的事业也不明朗，毕竟没没无名的画家一大把。

几年后，罗宋大概会娶我，我大概会嫁他，我们大概会有小孩和一个需要还贷三十年的家，然后呢？

我对罗宋没了精神上的激情，罗宋也是，但他还有肉体上的激情，可是我却没了，每次都像打卡式的急就章，想起来就怕，我还得跟他过接下来的五十年或更久呢！

闭上双眼，我突然想哭，为什么不呢？罗宋睡死了，即使我哭得再大声，他也听不见。

于是在白色的、庄严的圣诞夜里，我就这么让自己泪流成河、肝肠寸断……

~

"起来了，小懒猪。"罗宋给了我一个清晨之吻。

我揉揉双眼，不确定昨晚的伤感是否存在，亦或是黄粱一梦？

"几点了？"我问。

"八点，得下楼拆礼物。"

原来圣诞节拆礼物是当天一大早的事，拆完礼物再吃早餐。

"我不去，没给大家买礼物，尴尬死了。"我说。

罗宋表示他也没准备礼物，这华堡就像个封闭社会，他既没车，也没时间，上哪儿买去？但华夫人说她不介意，要我们赶紧下楼拆礼物。

我真不觉得这是公平的，但既然女主人开口了，不去反而无礼，我只好硬着头皮和罗宋一起下楼。

"睡得好吗？"华夫人问。

"很好。"我和罗宋齐答。

"你们昨晚一起睡？"

嗯……唉……这真令人难为情。

华夫人说昨晚她辗转难眠，因为半夜听到奇怪的声音，问我们是否也听到了？

"什……什么声音？"我问。

（做爱的声音还是我的哭声？两者都让人脸红。）

华夫人想了想，摇头表示大概自己听错了，也可能是迷迷糊糊睡着做的梦，别提了，还是去拆礼物吧！

我和罗宋一起走向圣诞树，那里已经摆满大大小小的礼盒，我找到写着我名字的盒子，打开一看，是条粉红色的Gucci丝巾，署名Guillaume爵士。

我走过去给他一个亲吻："Merci。"

"I need 9 more kisses。"爵士说他还需要另外9个吻，我一时无法意会。

"依依，"罗宋举起盒子，"这里还有妳的礼物。"

原来我总共得到20个礼物，10个来自爵士，另外10个来自华夫人。罗宋也一样，他得到的礼物小山也似的高。

我一一将礼物拆开，不外衣服、鞋、包、首饰、小玩偶……足够满足一个小女孩的幻想。

于是我满心欢喜地走向爵士，一连给他九个亲吻，正想也走向华夫人向她致谢……

"喜欢吗？特地为你挑的。"那个柔情似水的女人边耳语边帮罗宋系上一条爱马仕领带，红得刺眼。

红色爱马仕事件后，我能感觉到我和罗宋之间出现了裂痕，他的"夜不归宿"成了有力的证据。

"昨晚你没来找我。"我坐在罗宋床上质问他。

"忙。"

"前晚你也没来找我。"

"还是忙。"

"大前晚……"

"依依，"罗宋放下画笔，"我赶画，妳看不出来吗？"

我红着脸说我以为……以为那个之后，他会更画思泉涌。

罗宋答那得天时、地利、人和才行，最近他的压力大，只想静静作画。

压力大？什么压力？

罗宋告诉我，华夫人给他画了个大饼，但是眼看快开课了，他的画连1/4都没完成，如何付学校的注册费及其他？更糟糕的是，万一画像让华夫人不满意，他的努力和时间都将打水漂。

"没事的，你一定能如期完成。"我安慰他。

"所以别再给我压力了。"

"人家……人家还不是为了给你减压嘛！"我说。

然而罗宋看也不看我一眼，一门心思在画上，我只好闭上嘴，默默走开。

第三十一章/你追我跑

罗宋忙着作画。

虽然我也很忙，但停下来时，总想找个人说说话，偏偏不可得，于是我上网查"戛纳"，想从蛛丝马迹中臆想那对师生现在在做什么？

"原来那么好，难怪跑去那里取景！"我读着网页上对戛纳的介绍，有些醋意地想着。

此时熟悉的车声传来，由远及近，我兴奋地冲下楼，再从东翼跑向西翼。

"回来了。"我笑看那两个大男生。

雅各下车，一脸欣喜，像吃了什么神仙妙丹，亮得发光；小尤就不一样了，人整个萎缩，像瞬间老了十岁。

"马老师，Happy New Year."雅各说。

圣诞节过后，的确该说新年快乐，于是我也奉上祝福："Happy New Year."

反观小尤，他只跟我道了声Hi，然后默默拖上行李往二楼去。

"小尤老师怎么了？"我问我的学生。

"他……"雅各看着远去的背影，"重生了。"

雅各说小尤重生了，我以为重生是欢喜的，怎么反倒凄凄惨惨戚戚？

我决定问个明白。

"扣、扣、"

"Entrez."小尤说。

"Hi，是我。"

他看见我，很冷默的样子。

我走了进去，在惟二的椅子上坐下来："听说你们去戛纳取景了，那边好玩吗？"

"还行。"小尤翻看摄影杂志，心不在焉的。

我说雅各从戛纳回来后，不一样了。

他停止翻页，问我哪里不一样？

我答好像……好像久旱逢甘霖。

"哈！"他嗤之以鼻，"久旱逢甘霖？！"

"你也不一样了。"

这次小尤对准我的脸，问哪里不一样？

我答好像……好像一夜白头。

"一夜白头？好个一夜白头，真他妈的对极了。"

小尤是怎么了？这里面绝对有故事，我央求他告诉我。

"如果我能告诉别人，还烦恼什么？"

"那就别烦恼，告诉我嘛！"

小尤叹了口气，说"道可道，非常道"，他有不能说的秘密。

看"闺蜜"如此消沈，我决定先改变氛围再谋策略，提议到屋外堆雪人。

此刻雪停了，阳光初露，是堆雪人的好时机。

小尤答好幼稚，不去！

"我想去，你陪我，求你啦！"我像只撒娇的猫。

小尤看着我，像看到怪物，问我能不能正常点儿说话？

"不能，"我嘻皮笑脸，"除非你陪我堆雪人。"

我和小尤围绕着雪人做各种的四连拍，从互动中，我能感觉到"我的小尤"回来了，不再是那个死气沉沉的老头儿。

"小尤，welcome home。"我说。

"说什么傻话？我是回家了啊！"

我懒得解释，抓起地上的雪便往他身上扔。

他没料到我会使阴招，很快也抓起雪，打算"以暴制暴"。

我们遂在冰天雪地中展开一场你追我跑的游戏……

第三十二章/逃课

日子在平淡中度过，罗宋仍然在赶画，我仍然在学习，而小尤和雅各仍然……

说不清这对师生是怎么回事，有时见两人腻在一起讨论摄影问题；又有时两人打起冷战，谁也不理谁。

这可不是好现象，所以当他们又阴阳怪气时，我忍不住问缘由。

"因为……"小尤看着我，慢慢地说，"因为我不喜欢雅各……的眼睛。"

"不喜欢雅各的眼睛？雅各的眼睛怎么了？"

"他总是无时无刻不盯着我瞧，好像一双吃人的眼睛。"

吃人的眼睛？我试着回想雅各的眼睛，不觉得和常人的有什么不同。

"那我的眼睛呢？吃人吗？"我问。

小尤凝视我良久，我笑着推他一把："干嘛啊!你在做雷射扫描？"

他收回目光，喃喃地说道："妳的眼睛也吃人，但我不介意被妳吃。"

～

我问小尤想怎么庆祝他的生日？

"我曾答应领薪水时请妳吃好吃的鳗鱼饭，可惜一直没成行。就让我在生日这一天实现诺言吧！"他说。

于是我们坐进他的雪铁龙，往巴黎五区开去。

"我带妳去的这一家是米其林一颗星，主打鳗鱼饭，妳吃了就知道，绝对比罗宋带妳去的那家好。"

小尤提起罗宋，我忽然想到要不要外带一份给他？但一想到他会盘问，所以……还是算了吧！

"想什么？"大概我想得入神，小尤感到好奇。

"我在想……跑那么一段长路，回到华堡几点了？"

小尤答恐怕得晚上了，来回起码八小时。

那真糟糕！我的政治课和茶道课怎么办？

小尤说打个电话改期就好。

他不了解上课老师和茶师都是外地请来的，现在肯定在路上，何况我也没有他们的联系方式，现在若打给管叔或华夫人肯定挨一顿骂，不如……

我看了小尤一眼，他已经一扫这些日子以来的阴郁，恢复阳光男子的风采。不行，今天是他的生日，我不能坏了寿星的兴致，于是决定做一件非常冲动且不负责任的事—逃课。

"哈！逃课？这个我喜欢，在我三十岁生日的这一天，终于可以做点儿出格的事，哪～"他兴奋地脚踩油门，雪铁龙低吼一声，像子弹似地飞了出去。

这家法式日料店坐落在巴黎五区，食物融合了法式和日式的美食风情，做出的料理非常特别，不过价格真是贵，鳗鱼饭就要40欧元。

"我吃鳗鱼饭就好，其他不要。"我得帮小尤省钱。

他睨了我一眼，唤来服务员，手指着菜单，点来点去。

"月底别向我借钱。"服务员走后，我赶紧声明。

小尤很笃定地说他从不跟女人借钱。

话题冷了下来，我借机观察四周，看到了巧克力色的原木桌椅、棋盘式的地砖、纸糊的灯、美浓烧的餐具……

"怎么发现这么个好地方？"我问。

"我……男朋友带我来的。"

小尤第一次提起他的男朋友。

"噢！人呢？"

"回中国结婚了，有个刚出生不久的儿子。"

"I am sorry."除了遗憾，我表达不出别的。

小尤很自弃地表示也许过几年他也会飞回中国草草结婚。

"不可以，"我急了，"你一定要跟心爱的人结婚，婚姻不能草率马虎。"

"心爱的人？"他想了一下，"心爱的人有心爱的人怎么办？"

"那你当面问他爱不爱你？愿不愿意走在一起？"

小尤低头沉思后，突然抬头："依依，妳……"

"Hi，Su Mi Ma Sen."

服务员操着日语说"打扰了"，然后把食物端上桌，有鳗鱼饭、鱼生、寿司、甜不辣、炸物、味噌汤、外加甜点和菓子。

我心算了一下，没有€300，我们走不出餐厅大门。

"你这是跟钱过不去。"我说。

小尤把筷子伸向鳗鱼："快乐这么少，能够用钱买快乐，怎么算都便宜。"

他一口把€10吞下肚，还频频点头说好吃。

看他大快朵颐的样子，我也不客气地下箸，天哪！原来和好吃的比，罗宋带我去吃的那家，简直是狗屎！

"好吃吧？"他问。

"嗯！太好吃了。"我嘴巴塞满食物，含糊不清地答。

第三十三章/安全到家

吃完饭，我们马不停蹄地开回华堡。

"这就是任性，来回开八个小时，就为了吃上一口饭。"我说。

"妳认为值吗？"

"偶一为之还可以啦！"我不得不承认美食的魅力。

车外的雪越下越大，雪铁龙的雨刷摆个不停，我开始担心起这辆破车。

"没事，我开慢一点儿。"小尤说。

然而我担心的事还是发生了，雪铁龙又大罢工，好死不死就停在路中央。

为了安全起见，我们下车合力把车子挪到路旁，再重新回到车内。

"这下子麻烦了，"小尤嘀咕着，顺便把暖气开到最大，然而一点儿效果也没有，"妈的，连暖气也出问题。"

我思考了一下，决定还是打给管叔，他会有办法的。

"别打，"他捂住我的手机，"我打给'道路救援'。"

道路救援说雪下得太大，等小一点儿，会派人过来。

"怎么办？干等？"我问。

"也只能这样了。"

我们嘴里聊着琐事，试图淡化焦虑，但车内实在太冷了，我缩着身子，想把自己缩成最小。

小尤见状，翻身到后座，然后对我喊："过来，一起取暖。"

"不用了，我……很好。"

"那……算妳可怜可怜我，我已经冻僵了。"

我转头看他，他果真有些脸色发青。

"可是……"

"没什么可是，难道妳想要道路救援赶到时发现两具冻尸？"

天那么黑，雪又那么大，汽车抛锚，暖气还故障，偏偏小尤此时提到"冻尸"，害我毛骨悚然。

"啊～"小尤忽然指着窗外大叫。

我吓得翻身到后座，躲进小尤怀里："还在吗？走了没？"

他语气平淡地答走了。

我慢慢睁开眼往窗外望去，黑漆漆的，除了雪，什么也没有。

"到底是什么？"我问。

"北极熊，"小尤比出一个壮硕的身躯，"刚刚有一只这么大的北极熊，趴在我们的车体上。"

北极熊？巴黎郊区的公路上有北极熊？

我啐他一脸："你唬我？"

"就唬妳，否则妳怎么会过来和我一起取暖？"他大手一揽，将我拥入怀里。

人的体温正常为37度，在这么寒冷的天气下，小尤是我的小火炉，而我也是他的小火炉。

"还冷吗？"他问。

我答冷，但是好多了。

我们就这样相拥而眠，直到有人击打车窗……

小尤下车和"道路救援"交涉，雪铁龙很快被拖吊车带走，我们也被救援人员安全护送回华堡。

第三十四章/祸从天降

远远的，我看见管叔裹着毛毯站在城堡门口，心中有了不祥的预感。

"管叔，对不起，车子路上抛锚了。"下了车，我急急跑向他。

管叔的脸就像扑克牌里的老K，让人望而生畏。

"马老师，这里不是大学生宿舍。"他冷冷地说。

"我知道。"我低下头去。

"还有，华夫人对妳的恶意缺课很不满意，妳最好想想怎样逃过处罚。"

处罚？什么处罚？

管叔不理会我，他转向小尤："华夫人同样不满意你没上课，让雅各无所事事。"

"我会补课的。"

"补课是一定的，但提前告知是礼貌，也是一个人的教养。"

管叔一句丑话也无，却让我和小尤面红耳赤。

我忽然想到罗宋，在我和小尤消失的十几个小时里，他找过我吗？

管叔答罗宋问过我的行踪，样子很沮丧。

"罗宋很沮丧？为什么？"我问。

"这我不清楚，"管叔看看我，又看看小尤，"年轻人的世界，我是真心看不懂。"

他摇摇头，转身离开。

看着那身离去的背影，我有感而发："任性的确需要付出代价。"

"而且妳还得好好安抚罗宋。"小尤提醒我。

想到这儿，我也沮丧了。

趁着吃早餐前的这段时间，我赶紧上三楼安抚罗宋。

"扣、扣、"

无人回应，我转开门把，还好没锁。

罗宋躺在床上，看见我进来，用被子盖住头部。

我在床沿坐了下来，不知该从何说起。

"那个……管叔说你找我……我不知道……应该提早说的……其实也没什么……"

"没什么？！"罗宋掀开被子，"我花了那么多那么多的时间、费了那么多那么多的精力，还付了那么多那么多的钱，妈的连个入围也没有，我是怎么了？呵呵！肯定是天分不够，我看还是封笔算了，回家耕田去！"

这是什么跟什么？我一时迷糊了。

通过断断续续的谈话，我终于明白罗宋讲的是美国Alexander Rutsch Award and Exhibition绘画比赛，第一轮他就被刷下来。

对罗宋而言，这的确是一大打击，但人生就是这样，谁没跌倒过？

"世界上的绘画比赛多的是，这次没入围，不代表其他比赛也会败北，只能说这次的评审不喜欢你的画风而已。"我安慰他。

"妳呢？妳喜欢我的画风吗？"

我很快答喜欢，而且喜欢得不得了，他是我的偶像。

"那就好。"罗宋从床上坐起。

看他不那么沮丧了，我赶紧催他起床梳洗，因为吃早餐的时间到了。

~

很明显，罗宋不知道我和小尤失踪一整天的事，这让我大松一口气。

走进早餐室，华夫人已经就座，我和罗宋向她道过早安后，分别在自己的老位子上坐了下来，只是我的桌上空荡荡一片，没有杯碗盘，更没有刀叉，反观罗宋和华夫人的桌上却是一应俱全。

我感到迷惑。

"马老师，几点到的？"华夫人问我。

"那个……"我看了一眼罗宋，不知该坦白到什么程度。

"管叔说车子抛锚了，妳和小尤是早上六点多到的。"华夫人直接点破。

哎～全毁了。

"让政治学和茶道老师好等，完全没有尽到提早告知的义务，两人在外待了一整天，能告诉我，你们都上哪儿玩去了吗？"她继续捅刀。

罗宋对我投来凌厉的眼神，我瞬间被万箭穿心。

"昨天是小尤的生日，我们上巴黎吃饭，然后就回来了，哪里也没去。"

我又看了罗宋一眼，他凌厉的眼神依旧，我压低声音说："是真的。"

华夫人说真真假假，她没兴趣判断，不过做错事肯定得受处罚，从今天起十天，我没早餐吃。說完，她转向站在身旁的管叔，问："雅各呢？都这个点了，怎么还不下来吃早餐？"

管叔弯下身和华夫人耳语一番，她皱了一下眉头后，很快克制住自己的情绪。

"看来早餐的约会只剩我和罗宋了。"华夫人举起橙汁向罗宋做敬酒的动作。

罗宋也举起杯子，两人一饮而尽。

看此情景，我默默起身离开早餐室。

～

没吃早餐不算什么，但罗宋凌厉的眼神杀得我体无完肤，我打算早餐结束后再向他负荆请罪。

走出东翼，我往西翼走去，不要问我为什么往西不往东？往东我会经过早餐室，而我不想让里面的两人看到我孤独的身影。

走着走着，我忽然看见前方雪地上有一滩血，吓坏我了，赶紧飞奔过去，这才发现那不是血，而是红色颜料水，可是谁会在雪地上洒颜料水呢？

我抬头往上看，那是雅各的画室窗口，难道是雅各洒的？

正当我大惑不解时，有人奕奕然走来。

"管叔，"我迎上前去，"雅各今天为什么没下来吃早餐？"

"他……心情不好。"

"那滩红色颜料水，"我指着地上，"是雅各洒的吗？"

看管叔支支吾吾的，我大概能猜出一二。

"哎～心情不好也不能乱洒东西，还好没洒到人。"

没料到管叔的脸上闪过一丝难堪，这么说，洒到人了，是谁？

想到今晨和我一起到家的小尤，我撇下管叔，往二楼奔去……

第三十五章/州官和百姓

我敲打小尤的房门，无人回应，门又锁着，我转而往那扇有秃鹰雕刻的房门走去……

"扣、扣、"

还是无人回应，但门没锁，我直接开门进去。

"妳又一次没经过允许就进入我的私人空间。"雅各说。

他正对着墙上射飞镖。

"小尤呢？"我不理会雅各的抱怨，直接开口要人。

"大概在洗澡。"

他的语气不急不徐，像日出日落一样自然，我决定问个明白。

"雅各，外面的红色颜料水是你洒的吗？小尤是不是被洒中了？你是有意还是无意的？"

"我是洒他，但没想到就洒中了，妳说是有意还是无意？"他反问我。

这个坏小子，真是不可理喻！

"为什么恶作剧？"我责问他。

"妳何不自己问他？"雅各瞄准靶心，使劲一射，正中红心，"和妳的义愤填膺比，小尤淡定得很。"

等了一小会儿，终于见到小尤从公共洗澡间出来，我一路尾随他进房。

"说，怎么回事？"我关上房门问。

小尤拿着大浴巾搓弄他的头发，很不当一回事地说是小孩子开的玩笑。

正如雅各所言，小尤淡定得很。

"你们两个一定有鬼。"我投去怀疑的眼神。

"好奇害死猫，妳还是关心妳的罗宋汤吧！"他面无表情地说。

提到罗宋，我忽然想起还没负荆请罪呢！

"这件事还没完，我回头找你！"

说完，我往东翼走去。

罗宋的房门大开，他正在收拾瓶瓶罐罐。

我轻声喊他，他不动声色，没有停下手中的动作。

"我说的是真的，我和小尤只是去吃个饭就回来了。"我重复早餐桌上说过的话。

"吃个饭吃到早上六点多？"

我再次解释因为车子在路上抛锚的缘故。

"几点抛的锚？"他开始盘问。

"大概……"我试着回想，"昨夜十一、二点。"

"也就是说妳和他孤男寡女地待在车内至少六个小时。"

"也就待着，没什么啊！"我说。

罗宋放下手中物，逼问我是不是和小尤衣冠整齐地大眼瞪小眼度过六个小时？

"不是大眼瞪小眼，我们还讲了话。"

"呵呵～"他仰天大笑，"妳跟他还真有话聊……不跟妳说了，我赶着给华夫人画像。"

他背着画袋，两手吃力地抬着画布框，它足足有一人高。

"我帮你。"我伸出手。

"别碰！"罗宋严辞拒绝，气冲冲地把画送出一人宽的房门。

当他将画倾斜时，我看到了华夫人美丽的脸庞和……一丝不挂的胴体。

华夫人没说画裸像，我却坚定地以为她必定是把自己严严实实地包裹起来，然后正襟危坐，没想到……

罗宋也画过我的裸像，他总说我的骨架小，但有黄金比例，是小号的维纳斯，现在他找到大号的维纳斯了！

我气得拿不稳茶壶，让茶水溢出杯外好几次，连日本茶师都关心地问："大丈夫ですか？"

"大丈夫です"我对她笑了笑，把罗宋和华夫人恨得牙痒痒。

~

上完课我就在罗宋房里等着，本来还有愧疚感，但现在的我却是一副兴师问罪的坦然。

罗宋开了门，看见我在床上，没有惊喜，反而一脸不耐烦。

他把一人高的画布框抬了进来，放在角落，正面朝里，然后放下画袋，把里面的瓶瓶罐罐归位。

"你没说华夫人画的是裸像。"我丢出第一枚炸弹。

"妳没问。"

"面对如此佳人，你不心动？"

罗宋说他画裸像又不是第一回，学校还帮他们请了人体模特儿，全裸的。

我答那是大课，不一样，现在他和华夫人孤男寡女待在一间房……

"我不也帮妳画过裸像，也是孤男寡女待在一间房？"

"可是……我们的第一次也是从那时开始的。"我红着脸说。

当年在Z大，罗宋跟我打招呼，说想找个模特儿，而我非常符合他的要求。刚开始我是抗拒的，但他给我看他的画作，画得真是不错。我是爱才之人，没考虑很久就答应了，一来二去，彼此有了好感，所以当他说想画我的裸像时，基于对他的信任，我很快就点头同意了，也正因如此，罗宋把我从女孩变成了女人。

"那个……"罗宋也脸红，"妳答应了的。"

乖乖，是不是华夫人答应，他也可以上？

罗宋要我别想歪了，他们两人纯粹是雇佣关系，何况华夫人的年纪可以当他妈了。

"问题是她一点儿也不像妈。"

"依依，别无理取闹好吗？后天我得回学校，能不能离去前都别吵架？"

后天？这么快？我问他画完成了吗？

他答还没，所以周末还得来。

"罗宋～"我走过去，跨坐在他的大腿上，把他的脸孔扳正，"我不许你对别的女人心猿意马，只许看我，不许看别人，听到没？"

他笑了，说我只许州官放火，不许百姓点灯。

我耍起无赖："没错，我是官，你是百姓，官说的话，百姓都得听。"

"这么霸道？"罗宋边说边把头埋入我两乳之间，用牙齿拉开上衣的拉链。

我问他干嘛？

"想知道是官听百姓的话，还是百姓听官的话？"他呢喃道。

最后……百姓还是点了灯，州官允许了。

第三十六章/失眠

我回头找小尤，那对师生又恢复邦交，让我这个局外人雾里看花。

也罢，我还是把心思放在学习上吧！

罗宋今天走，他把随身物放进管叔车内后，过来拥抱我："我会想妳的。"

"我也是。"我给了他一个离别之吻。

本来我打了个如意算盘，如果能提早休假，那么今天我就可以和罗宋一起回巴黎，但是提议到了华夫人那里被打回票，我猜想她还在为我的恶意缺课而生气。如此一来，下周五一早我去巴黎，罗宋当晚就得启身来华堡替华夫人画像，一直待到周日晚上，而周一下午我得赶回华堡，一个假期被切割得支离破碎，我心有不甘。

即使选择待在华堡也无济于事，罗宋画起画来六亲不认，他又是完美主义者，等于我陪在他身边看他画画，怎么算我都亏，尤其平日的学习安排得太紧凑，休假对我来说如晨星般珍贵，我才不想随便浪费掉！

就这么凑巧，雅各想到马赛取景，时间订在下周五，并且已得到华夫人的首肯。

我一马当先报上名，把被切割得支离破碎的假期告诉小尤，可怜兮兮地请求他带我上路，他很豪爽，一口答应。

罗宋这边就不开心了，可是当我告诉他这是三人假期，包括雅各时，他无可无不可地说："妳开心就好。"

一件棘手的事被我完美地解决，不禁踌躇满志，走路有风。

我没料到小尤竟然出发前才告诉雅各，那个情绪起伏很大的少年马上垮下脸来，一副山雨欲来之势。

"别吵，我不去了。"我把自己的行李从后车厢取出。

"我也不去了。"这次是小尤，他也把行李取出。

雅各叉着腰，威胁酒店已订好了。

"那取消得了，要不然你自己去！"小尤答。

那孩子气急败坏地问为什么最后才通知他？能尊重他一下吗？

小尤承认自己做得不对，现在只剩两条路可选，一条是取消马赛之行，他带我四处逛逛；另一条按照原计划进行。

"我尊重你，由你选择。"小尤说。

雅各怒视着我和小尤好一会儿，最后一语不发地上车。我和小尤见状，赶紧把行李塞回去，一路向南。

马赛是法国的第二大城市和最大海港，同时也是最古老的城市。伊夫岛、贾尔德圣母院、马赛美术馆、马赛旧港……等，都是观光景点，而小尤和雅各此行的目的地正是马赛旧港。

车子左拐右绕后，我们很快来到 Sofitel 酒店，就在旧港中心。

华夫人订了两间客房给那对师生，我当然不在名单上。问了一下价钱，虽是淡季，依旧小贵，不过尚在我能负担的范围内，所以决定奢侈一下。

前台很贴心，给了我们相邻的三间房，我选了中间那一间，另外两位男士无异议。

安顿好行李，我们走出酒店直奔 La Daurade，它位于 St-Saens 路上，是一家颇富盛名的餐厅，最有名的菜首推普罗旺斯鱼汤。该料理是将海鱼与根茎类蔬菜一起熬煮，然后加入黄油、橄榄油和香料，原本是渔民的妻子为下海的丈夫所准备的暖身汤菜，现在已成了马赛地区的招牌菜，虽然价格略贵，但份量很足，我们三人吃得热汗淋漓、大呼痛快。

吃完晚餐，我们踩着月色回酒店，因为那对师生隔天得早起拍"渔港的一天"。

~

早上九点醒来，发现小尤给我发来短信，原来他们已经出发取景了。

我又在床上赖了半小时，直到早餐快结束，才匆忙梳洗下楼，因为房钱包括自助早餐，我可不想错过。

吃完早餐，我信步走向码头，这里有一长排的鱼市场，热闹非常。鱼贩们纷纷用动听且快速的语调怂恿主妇买鱼，不远处泊满了小渔船及小艇，空气中飘浮着海洋的气息，走在人来人往的鱼市场，非常接地气。

我走走停停，像刘姥姥逛大观园，处处新奇。看见有人卖水煮虾，我也应景地买了一公斤，谁知那个北非小贩误以为是一袋，给了我大号塑料袋大小的"一袋"，足足有五公斤重。

" No, No, Non, Non, one kilogram, un......"我伸出一根手指头，并且英法语并用。

可惜那个貌似突尼斯人的小贩硬是用他的母语和我对话，鸡同鸭讲，没办法，只能付钱走人。

正当我为这一大袋的虾子发愁时......

" 依依～"

听到有人唤我，我转过头去，是小尤，他站在一条舢舨船上向我挥手。

"原来你们在这里呀！"我跳上船。

"妳没看到清晨船进港的盛况，鱼呀！虾呀！蟹呀！一筐筐的，个头都好肥大，没想到地中海这么好养人，在这里光吃海鲜就足够。"小尤兴奋地说。

如果小尤是动的，那么雅各就是静的，沉默的如同哑巴。

" Hi，雅各，今天收获如何？有没有拍到好照片？ "我转而问他。

" 也就那样，今天光线不太好。"他意兴阑珊地答。

的确不太好，有点儿阴。

" 要不要休息一下？我买了水煮虾。"我摊开袋子说。

有了食物当借口，小尤下船买来饮用水和黑麦面包，我们三人就着水煮虾在舢舨船上野餐起来。

小船随波荡漾，海风轻拂，我们嘴里吃着海鲜，人生呀！夫复何求？

～

吃完午饭，我成了那对师生的小跟班，因为我一现身，久未露面的太阳就露脸了，可见我是个 lucky girl。

"大福星，跟着我们，晚上请妳吃好吃的。"小尤补上几句。

他没有食言，晚上我们在马赛惟一的三星米其林餐厅Le Petit Nice-Passadat用餐，它矗立在海湾的一隅，内部装修一般，但简洁明亮，看得出工作人员都经过专门的训练，服务很到位。

酒足饭饱后，我们各自回房。

因为在外溜达了一整天，我很早就上床，想必小尤和雅各也是，瞧他们睡眼惺忪的样子。

～

半夜起床找水喝，想必是晚餐吃多了酱料的缘故。

我边喝水边凝视窗外，虽然拉上了窗帘，但月光皎洁，我还能依稀看到窗帘后婆娑的树影。也正因如此，当一个高瘦的影子从右手边像做贼似地偷偷摸摸走向左手边时，我几乎可以断定那就是雅各。

我们住的是酒店顶层，三间房原本可以打通做为三居室使用，现在各自上锁分别住进三位房客，可想而知，阳台是互通的，也就是说我可以从阳台进入小尤或雅各的房内，如果他们打开落地窗的话。

我蹑手蹑脚地靠近阳台，听到隔壁玻璃被敲打的声音，然后……落地窗打开了，人进去了，落地窗又合上了。

怪就怪在酒店隔音效果太好，即使我把耳朵贴紧墙壁，仍然听不到任何声音。

我的脑中开始出现各种妖精打架的画面，为了雅各和小尤，我……失眠了。

法兰西情人

我的脑中开始出现各种妖精打架的画面，为了雅各和小尤，我……失眠了。

第三十七章/走马上任

一夜无眠，我早早去吃早餐，喝到第三杯黑咖啡后，小尤和雅各一起进入餐厅。

我冷眼旁观这两人，想从一些蛛丝马迹中印证我的猜测。

"妳怎么了？好大的黑眼圈，"小尤坐了下来，"昨晚睡得好吗？"

昨晚睡得好吗？亏他问得出口，要不是他们两人做出龌龊事，我何庸顶着黑眼圈？

"很好，"我微笑，"你……们昨晚睡得好吗？"

"很好，一觉到天亮。"小尤答。

我望向雅各，他把嘴巴内的可颂嚼完后，说："跟小尤一样，一觉到天亮。"

呵呵！好个"跟小尤一样的一觉到天亮"，这分明是同处一室度春宵。

我用力撕下黑面包的一角，愤怒地塞进嘴里。

～

小尤说今天他们打算去卡朗格峡湾拍照，问我去不去？

我故意问雅各："你希望我去吗？"

他耸耸肩答随便我，到山顶有一大段路要步行，他们需要人背摄影器材，让我为之气结。

果然通往观景台的路十分漫长，刚开始的一小段还是水泥路，到后面就全是石头路了。

小尤算好心，只让我提一袋胶片盒及其他小东西，饶是这样，也够累人的，更不用说那两位背着摄像架及专业照相机的大男生了。

卡朗格峡湾介于马赛和卡西斯之间，是一片小巧而秀美的天然岩石峡湾群，绵延起伏达数十公里。

想要欣赏这美丽的峡湾景色，可以选择坐船或登山，没想到他们选择比较困难的那一个，害我大汗淋漓、气喘吁吁。

好不容易登顶，从观景台往下看，碧蓝的海水让我有往下跳的冲动，真是太……太美了！

"其实水不是蓝色的，而是深浅不一的绿色，据说上面还飘浮着小水母。"小尤说。

小水母？我瞬间打消游泳的念头（可不想被它蜇上一口呀！）。

看小尤和雅各又忙着取景拍摄，我索性坐在岩石上，打算和大自然深情对话。

"嘟……嘟嘟……"手机响了。

"依依，妳在哪里？"原来是罗宋。

"在卡朗格峡湾。"

他问我好玩吗？我答好玩，反问他在哪里？

"在家。"他说。

今天星期日，他应该在华堡替华夫人作画，怎么会在家？

罗宋解释华夫人重感冒了。

原来如此。

我们又聊了些琐事才互道再见。

"嘟……嘟嘟……"

我刚挂上，手机又响。

"马老师，妳在哪里？"原来是管叔。

"在卡朗格峡湾。"

他问我好玩吗？我答好玩，反问他在哪里？

"在往卡朗格峡湾的路上。"

我问为什么。

"华夫人重感冒了，她要我马上接妳回华堡，因为杨将军临时更改行程，明天一早抵达巴黎。"

"杨将军更改行程干我何事？"

"华夫人生病了，如何接待？当然由妳顶替。"

什么？！我太惊讶了。

"我……我还是实习生。"我嗫嗫地答。

"在战场上，有时年幼的孩子还得冲锋陷阵，何况实习生？妳没得选，只能往前冲！"

管叔说得对，我已经没有选择的余地。

挂上电话，我望向平静深邃的地中海，忽然很想纵身一跳，一了百了。

回到华堡，我马上补眠，次日一早便紧锣密鼓地准备，做了头发、画好妆、穿上LV深蓝色套装，让自己看起来干练一点儿。

趁客人还未到，我翻看华夫人做的笔记，里面有杨将军的简介、个人喜恶及对女人的品味。根据上一次的经验，我知道他喜欢日本女人Sakula，这次也让她来吧！省事。

"嗡嗡嗡……嗡嗡嗡……"

从天际传来超大号苍蝇飞来的声音，由远及近。我跑到窗口一看，乖乖，那不是直升机吗？

"扣、扣、"

来者是管叔，他神色紧张地说："马老师，快，客人到了。"

我匆匆披上Burberry羊绒大衣，赶赴现场。

第三十八章/说得好

头上好像有个巨大的电风扇在吹，我闭上眼睛，任凭发丝啪啪啪地打在脸上，一早精心做的头发算白废了。

杨将军从绿色直升机上跨步下来，我马上迎了上去。

"杨将军好，我是马依依，"我伸出手，"您的贴身管家。"

杨将军打量我好一会儿，问："华夫人呢？"

我尴尬地把手收回："华夫人生病了，所以由我来接待您。"

"生病了？前几天还好好的。"他一副怀疑的表情。

"是真的，"管叔上前，"华夫人得了重感冒，不想传染给您，所以……"

"哎～不早说，害我兴冲冲地来……"

我上前一步请他放心，说自己是华夫人的徒弟，服务还是一样的。

"呵呵！服务还是一样的，"他环顾四周围的人群，"好，这个我喜欢！"

"那么，杨将军这边请！"我做了个"请"的动作，然后随侍在后。

～

杨将军说想看部带中文字幕的外国电影。

根据华夫人的笔记，杨将军的学历不高，爬到这个位置全凭小聪明及机运（包括娶了个家世显赫的老婆），外语能力很差，有低级趣味……

学历不高加低级趣味，这表示得选一部"好懂"的片子。

我到家庭影院的碟片室找片子，目标-喜剧片，因为任谁都不会拒绝让自己快乐的机会，所以当我看到憨豆系列时，笑开了脸。

虽然我不认为片子是低级趣味，但杨将军应该看得懂，并且会开怀大笑，于是我把《憨豆特工》取下，放进影碟机里。

～

杨将军坐在影院正中的位子，他的前后左右都坐了保镖，我替他准备好果汁和轻食后，与管叔坐在靠近出入口的座位上。

影片一开始就吸人眼球，看杨将军很投入的样子，我遂放下心中石块。没想到二十分钟后，他打了个大哈欠，五分钟后，又接连打了好几个小哈欠。

"马老师，换片子。"管叔压低声音提醒我。

我大梦初醒，赶紧直奔碟片室。

"带中文字幕……低级趣味……外国片……"我喃喃复诵。

谁知管叔从左上角的柜子里随意抽了一张碟片放进影碟机里。

"那个没有字幕……"

话没说完，屏幕上已经跳出画面，伴随着暧昧的音乐，我已经知道是什么片子，这个……何需字幕？

我气馁地走出家庭影院，原来这就是"低级趣味"？还真……低级啊！

管叔随后也从影院里走出来，我意气消沉地问他："你说我做的是什么工作？"

他答每个人有每个人的品味，影碟室里不也有品味高的得奖作品？不能以偏概全。

"这份工作应该由你来做，不是我。"我赌气地说。

"妳刚试水，华夫人不放心，吩咐我照看一下，其实没有我，妳一样做得好，而且……有些工作，女人做比较合适。"

过没几分钟，保镖一一走出来，管叔看了我一眼，我马上意会，拨通Sakula的手机，要她速速前来。

~

还好有Sakula，她陪杨将军看片子，又和他在明月阁用了中式晚餐，然后是漫漫长夜……

我要做的是交待厨子准备可口的饭菜及整理完事后的现场（我现在终于明白管叔说"有些工作，女人做比较合适"的意思了）。

隔天一早，我俯首对即将离去的Sakula表达谢意，没想到那个可爱娇小的女人也同样俯首对我说"辛苦了"之类的客套话，让人很受用。

日本女人离开后，我服侍将军用早餐，又替他读了会儿报纸。期间他接了通电话，通话完毕，他表示要寄快递，我赶紧联系UPS，不到半小时，东西已寄出。

"妳干得不错！"杨将军点头。

"谢谢！是师傅教得好。"我赶紧把顶上的皇冠摘下，戴在华夫人头上。

"待会儿我去开会，今晚……别让Sakula来，我累了。"

这个嫖客竟然也会累？

"好的。"我低下头去。

杨将军直到近午夜才醉醺醺地回到华堡，我努力睁开疲惫到不行的眼皮，侍候他入寝。

"妳……妳是谁？怎……怎么没见过？"他手指着我，站都站不稳。

"我是马依依，您的贴身管家，早上见过的。"我面无表情地替将军开床。

"别……别骗我，妳……妳是间谍。"他依旧指着我。

"我不是间谍，我是依依。"

然后我帮将军脱下外衣，扶他上床。

床上的他还是不闭嘴，巨细靡遗地诉说他不幸的童年、凶悍的妻子以及曾经做过的缺德事，简直把我当成告解的神父。

我想起华夫人的笔记上写着：**对付杨将军得柔软地顺着他的思路走。**

于是我开口："你有不幸的童年和凶悍的妻子，真令人同情，至于那些……事，已经过去了，就别再想了。"

谁知杨将军指责我跟华夫人一样，不讲真话。

"讲真话不一定动听，讲了也没多大意义。"我答。

"讲，"他从床上坐起，"我命令妳讲，不讲我毙了妳！"

我不相信他会真毙了我，倒是眼前人处于醉酒状态，隔天一早肯定忘了今晚发生的一切，遂大起胆子，将他骂得狗血淋头。

"呜呜……呜呜呜……就知道在你们眼中，我猪狗不如。"他一把鼻涕一把泪。

"的确猪狗不如，不，猪狗还比你高尚，你想过那些被你残害的家庭吗？因为你的私欲，他们家破人亡、流离失所，人怎么可以这样？你不知道有轮回吗？……"

我洋洋洒洒地一吐为快，直到鼾声大作而止。

哎！真是命好，作恶多端也睡得着。

拉来被子帮他盖好后，我正想离去，背后传来一句："說得好。"

我赶紧回头，杨将军翻了个身又沉沉睡去。

他……真醉了吗？

怀着忐忑不安的心情，我默默回到自己的房间。

第三十九章/忐忑不安

隔天一早，杨将军飞往美国，连早餐都没来得及吃。

"谢谢妳的招待。"上机前，他递给我一个包装精美的小盒子。

"不用客气，这是我的工作。"我收下盒子。

待绿色直升机嗡嗡嗡地飞走，我举起盒子问管叔："应该上缴给华夫人吗？"

"这倒不必，杨将军指名给妳，就是妳的了。"

我很雀跃，恨不得当着管叔的面拆开。

"马老师，吃过早餐后，请到华夫人房间，她有话对你说。"管叔交待。

我猜想必是工作顺利完成，我的雇主想当面嘉奖我之故，所以爽快地答应了。

～

吃完早餐，我去敲华夫人的门。

"扣、扣、"

"Entrez."浓重的鼻音传来。

这是我第一次进入华夫人的香闺，因为是罗宋"工作"的地方，所以特别仔细打量一番。

"我在这里。"

听女主人唤我，我赶紧走向睡房，此时的她正坐在床上，身上裹着珊瑚绒被，床的一角露出床单颜色，红色的。

原来这就是我偷窥华夫人做爱的房间。

我的眼光往左移，认出罗宋画里的那张金色贵妃躺椅。躺椅和床的距离就一个大跨步，这实在太危险了……

"坐。"华夫人说。

我走向正对着她的扶手椅上坐下。

"听说杨将军今早飞美国。"她问。

我答是，连早餐都没来得及吃。

"你也算是圆满达成任务，bien fait."她说我干得好

"Merci."我很不好意思地低下头去。

"不过……不包括昨晚那一幕，咳、咳、"华夫人捂住嘴，"妳……不够内敛，太表露内心情感会给自己带来麻烦。"

看来华夫人的感冒还没好，可是……昨晚？昨晚怎么了？

看我一脸狐疑，华夫人开口了："想不起来吗？妳大骂杨将军那一幕够精采的了。"

什么？！华夫人竟然派人偷听？

她大笑两声，说偷听多费劲啊！

难道……不是？

华夫人指示我按下墙上孔雀皮雕上的黑眼珠，我照做，然后一台液晶显示屏从天而降，我随即看到惊人的一幕，不仅有华堡各个角落的监控视频，还有清晰的收音效果。

"这是违法的，妳侵犯个人的隐私权！"我怒视她。

"本来不该给妳看的，但既然妳是成员之一，有必要让妳知道谨言慎行的重要性，至于违不违法？I don't care.妳不也偷窥过我？"

原来……原来一切的一切都在华夫人的掌控之中，我以为自己是孙行者，做得神不知鬼不觉，殊不知终究逃不过如来佛的手掌心。

这下子岂不是24小时被人监视着？

看我面露尴尬与不悦，华夫人说了："放心，妳、罗宋和小尤的房间是安全的，因为你们对我不构成威胁。"

嘘~我松了一口气，总算可以抬头做人了。

大概谈话内容过于沉重，华夫人转而问我杨将军送了什么好东西？我把手镯递上去。

她仔细观察过后还给我："是Tiffany的手镯，看样子杨将军挺喜欢妳的，好好加油，我会陆续把客户带给妳。"

我不知是否该道谢，所以只是点一下头，表示知道了。

～

走出华夫人的房间，一时不知何去何从，想着小尤和雅各应该已经回来，所以信步走向西翼。

"咔嚓、咔嚓……"小尤从窗口伸出照相机，用长镜头对准我，一连拍了好几张照。

我以荣获环球小姐冠军的姿态，边走边挥手。

"妳等等，我下来。"小尤对着我喊。

他很快冲下楼来，兴奋地说："Guess what？"

"What？"

"得奖了，我替妳拍的那张照片得奖了，Can you believe it？竟然得奖了，呵呵……"

小尤像忽然得到一屋子糖果的小男孩，激动不已。

"恭喜你！"我上前拥抱他。

孰料他捧起我的脸，说我是他的大福星，然后俯首和我接起吻来，嘴对嘴。

一、二、三、……十、十一、十二……

够久的了，我用力推开他。

"依依，我……"

"得奖的这个比赛有名吗？"我空中拦截。

小尤骄傲地答是摄影界的number one。

这么说，罗宋应该很快会知道，我忐忑不已。

第四十章/附合

今天星期五，一大早我就坐立不安，因为男友今晚到，我不知他会作何反应。

我的裸照已经铺天盖地而来，对小尤的采访也是一个接着一个，罗宋会不知道吗？

当老爷车的引擎声传来，我赶紧下楼。

"依依，吃过饭没？"罗宋一跨出车门，开朗地问我。

"还没到七点，七点才开伙。"我答。

"那好，肚子饿得很。"

看到罗宋的笑容，我确定他还不知情，仿佛逃过一劫般，我开心地说："赶紧上楼把行李放下，我帮你。"

我和罗宋手牵手走向餐桌，今天我们吃法国菜，有我最喜欢的白汁烩小牛肉。

"罗宋你终于来了，我病了好几天，你……想我吗？"

刚吃了一口小牛肉，华夫人就来这一招，害我食不下咽。

"想，连做梦都想。"罗宋答。

这下子，已下肚的牛肉让我反胃到想吐。

我恶狠狠地望向男友，他坦荡荡地又开口了："华夫人就像我的母亲，母亲生病了，我当然会担心。"

雅各听了噗嗤一笑，华夫人则笑不出来，她说自己没那么好命当罗宋的妈，何况美容师帮她做过测试，她的肌肤年龄也就三十岁。

"您的确年轻，和雅各站在一起，就像一对姐弟，是我高攀了，如果上辈子拯救了全人类，这辈子大概能跟您沾上点儿关系。"

看得出罗宋在做危机处理，但听进耳里却像打官腔，让人很不舒服。

"你是和我沾上了点儿关系，你是我的画师，不是吗？"华夫人睨了他一眼。

"是，是，是……"罗宋点头如捣蒜。

～

用完餐，我原本打算和罗宋到花园里散散步、互诉衷情，谁知华夫人说上礼拜没作画，想尽快完成，早早把罗宋叫走。想到那个女人又要对着罗宋轻解罗衫，我恨得将地上枯枝一一拾起，再啪啪啪地折断好几根。

"妳看起来很愤怒。"是雅各的声音。

"没有，"我把乱发抚顺，免得像个疯婆子，"晚餐吃太多，练一下臂力减肥。"

那孩子说练臂力不会减肥，反而会使手臂粗壮。

"呵呵！"我笑得很勉强，"刚好让我成为女汉子。"

我的笑容还未褪去，雅各紧接着问："小尤喜欢妳吗？"

啥？这是什么烂问题？

"小尤当然喜欢我，我也喜欢他，不然我们怎么成为闺蜜？"我答得理所当然。

雅各要我告诉他，男闺蜜和男朋友的差别在哪里？

我答差别可大了，很多事可以跟闺蜜说，男朋友却不一定。

"为什么？"

"因为闺蜜是心理治疗师，而男朋友是……"

"肉体治疗师。"他抢答。

这个小屁孩！太不懂规矩了。

"Well，那只是部分啦！"我强拗，"毕竟男朋友有可能成为我未来的老公，然后我们合力创造宇宙继起之生命。"

"说到底，男闺蜜不和你生小孩，男朋友会跟你生小孩。"

"哎！虽不中，亦不远矣。"

"我知道了。"雅各转身走人。

老实说，我对两者的界限还模糊不清，他却说他知道了，知道个啥？

"喂！雅各。"我对着他的背影喊。

他头也不回地和我挥手道再见。

我躺在罗宋床上玩魔术方块，最佳纪录是有两个面同色，还花了我两个小时。

"Hi."罗宋开门进来，他在找笔。

我跳下床，问："还画？"

罗宋答爵士感冒了，今晚没来，华夫人说她很寂寞，要他陪她。

"什么？！陪她？"

"不，不，不，表达错误，一边作画一边陪她。"

我心疼罗宋，人不是机器，总得休息。

"再一会儿就好，"他亲吻我脸颊，"脱光衣服帮我暖被子，我马上来。"

罗宋一走，我马上把衣服脱了，钻进被窝里。

一个小时过去了，两个小时过去了，三个小时……

我愤而把衣服一件件穿回去，然后甩门而出。

罗宋，你这个大话王，被子被我暖得像个小火炉似的，你却连个鬼影子也没有，这是拿我当猴耍吗？

~

睡到半夜，我听到小小的敲门声："扣、扣……扣、扣……扣、扣……"

我赤着脚去开门，发现是罗宋，他的样子有点儿狼狈，我因心中有气，下意识去关门，反被他推开。

"你干嘛？"我没好气地问。

"妳说我想干嘛？"

然后他动手脱我衣裤，动作很粗暴，不像平常的他。

~

昨晚忘了拉窗帘，清晨的阳光毫无遮掩地洒落进来。

"该起床吃早餐了。"我亲吻男友的裸背。

罗宋呢喃着说不吃。

想到昨天他作画到很晚，便不再吵他。

我把窗帘拉上，梳洗一下后，安静地下楼。

"罗宋呢？怎么不见他下来？……管叔，你去叫他。"华夫人吩咐。

我赶紧阻止，说罗宋昨天很晚才睡，让他多睡会儿。

"他在妳房里？"华夫人挑起眉梢问。

我有些难为情地承认。

"行啊！都那么晚了，还……"她慌忙住嘴，转向雅各，"最近中文课上得怎么样？"

雅各说还行，不好不坏。

"摄影课呢？"华夫人接着问。

雅各答很好，学到不少东西。

"看来改天我得好好谢谢小尤老师……"

"别，"雅各愤而放下刀叉，恶狠狠地看着他母亲，"谁都可以，小尤不行，绝对不可以！"

"呵……呵呵……"华夫人用笑声掩饰尴尬，"今天的水煮蛋真好吃，昨天的煮得太老了，是不是？马老师。"

我不记得昨天吃了水煮蛋，但还是附合着说："是呀！"

第四十一章/平民餐

我从早餐桌上顺手抓了块面包。

"起床了，罗宋，"我打了一下他的屁股，"给你带了块面包。"

罗宋挪动了一下身子，嘟囔着不吃。

我说不吃也得起床，他还得帮华夫人作画呢！

"不画。"

罗宋不起床、不吃早餐，我可以理解他工作太累，但他现在把工作也晾在一旁，加上昨晚的"粗暴"表现，我认为事有蹊跷，遂故意说："华夫人要你二十分钟内到她的房间报到。"

他一听，整个人跳了起来，像只无头苍蝇似的，一边抓头一边来回踱步，他抓头的速度越来越快，脚步也越走越快……

"妈的！"

终于爆发了，他把我梳妆台上的瓶瓶罐罐通通扫到地上，连我喝到一半的水杯也不能幸免。

看着狼藉一片，我冷冷地问他发泄够了没？

这次他坐了下来，眼光看着地板，无语。

"怎么了？"我帮他把一头乱发抚平，"昨晚你就怪怪的。"

"没什么，压力过大，依依，"他抓住我的手，"等这幅画画完，我们拿着€80，000去瑞士隐居，什么人都不理，什么事都不做，只当闲云野鹤，好不？"

我很想告诉他€80，000在瑞士不到一年就会花光，但看罗宋如此兴致勃勃，我不忍泼他冷水，遂用高昂的声音说："好啊！好啊！我想登少女峰、游日内瓦湖、到班霍夫大街购物、观莱茵瀑布、吃粘稠的起司火锅、还有……买一个瑞士牛铃。"

"瑞士牛铃？"

我向他解释每个国家都有自己的代表性标志，瑞士也不例外，那就是牛铃。在瑞士，牛被视为神的使者，每逢传统节日，牛铃必不可少，与其说是一种乐器，倒不如说是民族的象征。他们甚至会聚集起来举办一场牛铃比赛，以声音是否悦耳清脆为评判标准。

"好，我买个又大又重的牛铃给妳！"

"神经！"我推他一把，"又不是越大越重的牛铃声音最响亮，再说了，谁家的牛会戴一个又大又重的铃铛？还让牛走不走路？"

～

罗宋在我的鼓励下又上工去了，我也重拾荒废已久的马术课，只是这次换了马，也换了教练，多练几次后，我的恐惧感消失不少，人也有了自信。

上完马术课，我急着回房把骑马装卸下。

"依依，妳去哪里？"小尤赶上我。

"刚上完马术课，想把衣服卸下来。"我边走边说。

"妳等等，"他抓住我的手，" 《La Gazettede France》想采访我，同时会会照片中的女人……"

我松开他的手答不去，还想留张脸面做人呢！

"妳不能做人吗？我把妳拍得那么美……"他瞪大眼睛，很受伤的样子。

我解释不是这个意思，而是罗宋很大男人，我的父母也保守，事情若闹得人尽皆知，我怕他们接受不了。

"哈！这个妳放心，首先，妳父母应该看不懂法文报，至于罗宋嘛……根据和我同住一个屋檐下的观察，他也不看报，所以……妳安全了。"

我还是觉得不妥，但小尤说《La Gazettede France》是法国发行量最大的日报，这有助他在法国打开知名度，同时也替即将到来的摄影展提前做宣传。

看他热切的眼神，又想到父母连二十六个英文字母都认不全，遑论法文？罗宋也一样，在国内就从不看报，很多新闻还是由我转述的。

"那好吧！在哪儿采访？什么时候？"我问。

"明天早上11:00，地点在我的房间。"他答。

想着今天下午罗宋就会回巴黎，肯定遇不上，于是大事敲定，小尤放我回房换衣服。

～

《La Gazettede France》派了一个金发碧眼的尤物来采访，一进门她就脱下外套，露出里面的白色紧身衣，胸口挖了个大洞，整个采访过程，小尤的眼睛都不知往哪儿搁，煞是有趣。

"&$;@!? *%#......"尤物这次面对我。

啥？

"她说妳是欧洲男人票选最美的东方胴体。"小尤帮我翻译。

"Merci."我道谢。

呵呵！最美的东方胴体？罗宋要是知道了，肯定乐得飞上天。

金发碧眼又问了几道问题，我都蜻蜓点水式地一语带过。

采访最后，报社派来的摄影师替我们仨拍了张合影做为结束。

基于礼貌，我们护送那两人离开，临上车前，记者又抛来一个问题，这次小尤面有难色，三言两语打发她走。

"刚刚她问你什么？"看车子远去，我问小尤。

"没什么。"他转身回屋。

没什么就是有什么，我打算打破砂锅。

"到底她问你什么？"回到小尤房内，我仍锲而不舍。

"都跟妳说了没什么。"小尤躺回床上。

我也跟着上床，嗲声嗲气地问："就告诉我嘛！小尤哥哥。"

他提醒我还是下床吧！省得罗宋疑神疑鬼。

"我偏不，除非你告诉我那个有两个巨大胸器的女人到底问了什么？"

"得，"小尤从床上坐起，"就告诉妳，她问......面对东方最美的胴体，我是否蠢蠢欲动？"

哈！法国女人真的什么都敢问。

"你答什么？"我很好奇。

"我答-无可奉告。"

我问他干嘛不告诉记者他是Gay，法国人可以接受同性恋。

小尤说法国人是可以接受同性恋，但他的家人不能，他得考虑他们的感受，况且是不是同性恋？现在他也迷糊了……

"迷糊？迷糊什么？"

小尤看了我一眼，很不耐烦地答："说了妳也不懂，妳走吧！都这个点了，该吃午餐了。"

我忽然想起厨房的"粗糙"美食，遂说："今天就让我当一回平民，跟你去吃平民餐。"

"的确是贫民啊！一箪食，一瓢饮，在陋巷，人不堪其忧，小尤也不改其乐，贤哉小尤也。"

哈！他真会苦中作乐。

"我的平民是平常的平，普通老百姓的意思，不是贫穷的贫。"我拉起小尤，"走！去吃平民餐。"

他无可无不可地跟着我进厨房。

第四十二章/笑中有泪

华夫人说会陆续把客户带给我，果然没错。

今天她招待了美国某公司的执行官，无法分身，只好把马来西亚的华裔拿督丢给我，为此，我还特地上网查了"拿督"这个封号。

原来"拿督"是马来西亚对一些有功人士所授与的头衔，必须由皇室成员或政府推荐才行，它不具世袭和封邑的权力，是一种象征性的终身荣誉身份。

话说华夫人到马来西亚公干时曾受到李拿督的热情招待，所以投桃报李，邀请他到华堡作客，刚好拿督有私事要办，所以接受了邀请。

下午四点，李拿督的座车开进华堡，我和管叔早已在大门口恭候。车子一驶近，我赶忙去开门，一个衣着非常体面的花白老人下了车，手里拿着枴杖，气宇轩昂，很有皇室派头。

"李拿督，您好，我是负责接待您的贴身管家马依依。一路辛苦了，容我带您进会客室小憩一下。"

"好的，麻烦妳了。"李拿督操着闽南口音，很有礼地对我说。

～

我为客人准备了水果，包括榴莲、山竹、红毛丹和荔枝。

李拿督看了很欢喜："呵呵！哪里来的好东西？从马来西亚空运而来？"

"这倒不是，是我向地中海沿岸的水果市场预定的，一到岸就快马加鞭送过来，几个小时前，它们还在树上活蹦乱跳呢！"

李拿督接过我剥好的山竹，说："这么有心，而且妳讲话真趣味，我喜欢。"

这是我在课堂上学到的，老人外表虽老，但内心像个孩子，所以把自己变成孩童，才能跟他们做有效的沟通。

我同时还做了功课，对李拿督有了大概的了解，他本是福建人，三十年代跑船到马来西亚后便留了下来。刚开始他只是个割胶工人，凭着吃苦耐劳的精神当上工头，攒了几年钱后，终于买下第一个橡胶厂，然后两个、三个、四个……接着涉足酒店和房地产，从此事业一帆风顺。

我比较感兴趣的是李拿督终身未娶，膝下当然也无儿无女，那么这么大的产业将来要留给谁？

其实我是多虑了，很多富人开始裸捐，这没什么大不了的，可是……

"依依，妳帮我看看这相片上的人像不像我？"

李拿督递过来一张老照片，上面有一个金发女人，怀里抱着个约三、四岁的孩童，混血儿模样。

我端详再端详，除了鼻子有点儿像之外，其他看不出来。

"这个嘛……"我面有难色。

"那么这一张呢？"他递给我另一张比较新的照片，那是个大腹便便的中年男人，穿着很寒碜的西装。

"我……我觉得不像，也许你再问问别人。"

"嘘～"李拿督做出噤声的动作，"别告诉别人，这件事要偷偷进行。"

"什么事要偷偷进行？"我压低声音问。

"照片中的男人是我儿子。"他不急不徐地讲了个八卦。

什么？！我的资料竟然是错的，人家明明有个儿子，而且还是知天命的年纪。

李拿督笑了，他说我的资料没错，让他把故事从头说起。

原来当李拿督还是割胶工人时，有一次在橡胶林里听到女人的惨叫声，他飞奔过去，一个混账东西正在欺负一位弱女子，他拿起胶刀和那个马来人干架，慌忙中捅了他一刀，那人哀嚎一声逃走了。

他转身面向那女子，她衣不蔽体，不停地抖着……

后来他们断断续续有联系，即使她回到故乡-法国。

就在一年前，他收到一位名叫Leo的来信，信中附上两张照片及一张讣文，讣文上是一位法国老妇去世的消息。

Leo在信上写着母亲从小告诉他，父亲在马来西亚，两人因为某些原因无法在一起，她希望儿子不要打扰父亲，因为父亲现在是有名望的人，不能有私生子这类的丑闻发生……

"这次来法国是因为Leo？"我问。

"是的，我想看看Eva的孩子，也想到她坟前看看，妳能陪我去吗？"

我答乐意之至。

Leo住在法国西北部的雷恩市，离华堡约四～五个小时，房子属于排屋，处在正中，所以只有两面采光。

我上前敲门，一个有纺锤体体型的矮胖女人来开门，我看到立在她背后的男人-Leo。

短暂的寒暄过后，我们在拥挤的客厅坐下，Leo拿出相簿，把他和母亲相依为命的记录，一一拿出来与李拿督分享。我看到那个耄耋老人在拭泪，Leo和妻子也泪眼婆娑。

叙完旧，Leo夫妇带着李拿督去看望Eva，就在步行范围内的天主教墓园里。

我把事先准备好的白色康乃馨交给李拿督，他把花摆在墓前，然后蹲下身抚摸着白色墓碑，口气很温柔地低語著。

离开墓园后，李拿督分别与Leo及他的妻子拥抱，然后坐车离去。

在我看来，这对五十多年未见的父子实在太"冷静"了，虽然我不认为他们会抱头痛哭，但儿子邀请父亲同住一宿并不过分，但Leo问都没问一声，这亲子关系也够冷淡的了。

接下来的几天，我基本是导游的身份，带着李拿督去了依云小镇、安纳西、罗丹美术馆、卢森堡……等景点。

"依依的世界是美好的，所以介绍起景点都是溢美之辞。"李拿督笑着说。

"本来就美，我怎么可能把美的东西说成丑的？"我有些怪嗔地答。

隔天一早，李拿督就要飞回马来西亚，今晚他把我叫进他房内。

"麻烦妳把这个交给Leo。"他说。

我低头一看，是一张五百万欧元的支票。

"妳想Leo会接受吗？"他问

我可以理解，这是一位父亲为了弥补五十多年来的缺席所做的补偿。

"应该会。虽然在他的成长过程中缺乏您的陪伴，但至少他的父亲是光荣的而不是罪犯，这点很重要。"

"依依，"李拿督叹了一口气，"我不是Leo的父亲，我不知道为什么Eva要这么对儿子说，也许是给他一个希望吧！"

"那他的父亲是……"我的心跳得好快。

"没错，就是那个马来人，当初我曾劝Eva把孩子打掉，但她于心不忍，所以……"

听到这，"肃然起敬"是我对李拿督的评价，他不仅救了手无缚鸡之力的女子，也没拆穿Eva的谎言，甚至还给毫无血缘关系的Leo五百万欧元……

"依依，我没妳想的那么好。"

"不，您就是那么好，换作别人……"

他截断我的话："别人并没有杀死Leo的父亲。"

什么？！我有没有听错？

大概我的表情太惊恐，他接着解释："当初我捅了那个马来人一刀，他跑走了。过了几天，我在树林里发现他的尸体，应该是流血过多致死。我挖了个坑把他埋了，这件事就这么过去，我从未对任何人提起过。"

剧情急转直下，我的脑筋一时没反应过来。

"所以我不是个好人。"他很消沉地说。

"不，也许法律上您有罪，但于情于理，您无罪，即使到了上帝那里，我相信您依然不会受到审判。"

"谢谢妳，依依，"李拿督笑了，笑中有泪，"妳是上帝派来的天使。"

我是天使吗？也许只有良善的人才能看到……天使。

第四十三章/忠心耿耿

又是星期五，罗宋今晚到。

"妳高兴吗？"雅各在早餐桌上问我。

我答没什么高不高兴，都老夫老妻了。

"难怪我妈不结婚，她得每天处在恋爱的亢奋中，否则就提不起劲来。像你们这样一夫一妻地度过五年，对她来说很不可思议。"

不知道为什么，华夫人到现在还没下楼来，所以雅各可以如此大放厥词。

"那你父亲……"

糟糕！踩到地雷了。

"我父亲？"他低头玩起桌上的刀叉，"我也不知道我父亲是谁，从小就是父不详。"

"I am sorry."

他抬起头问我为什么要说遗憾？没父亲的他还不是活得好好的？与其有个不入流的爹，倒不如只和他妈相依为命。

"话说得没错，可是……"

"老实说，我怀疑自己是被领养的，"他抛来重磅炸弹，"因为我妈最在乎的是她的美貌和身材，听说生完小孩，女人的肚皮会松弛，乳房会下垂，这对她来言，不啻晴天霹雳。"

"不会的，虽然华夫人保养得很好，不像有你这么大的儿子，但你们两人的眼睛很像，如出一辙，肯定是母子关系。"

"谢谢，妳是天使。"雅各微笑。

想起李拿督也说我是天使，我是吗？大概我撒旦的部分隐藏得太好，让人看不出来。

"雅各，Bonjour."华夫人走了进来，她亲吻雅各的脸颊后，对我点一下头，"Bonjour，马老师。"

"Bonjour."我回礼。

我注意到华夫人是一个人进来的，管叔呢？他一向在旁侍候我们用餐。

"管叔……今早受了点儿伤，我让他在医务室里休息。"她打开餐巾宣布。

"受伤了？怎么受的伤？"我问。

"具体我也不清楚，小伤，没什么大碍，"华夫人喝了一口果汁，"今天的橙汁特别好喝，是不是？雅各。"

雅各没回答他母亲的问话，反而说出我想说的："吃完早餐，我去看望一下管叔。"

"那么待会儿我们一起去！"我对雅各说。

华夫人小小叹息一声，不再说话。

〜

"扣、扣、"

"Entrez."是管叔的声音。

我们开门进去，管叔正在输液。

"雅……少爷，坐。"他的眼睛闪着光芒，一动也不动地看着雅各。

管叔看不见我，让我觉得自己是多余的，不免有些怏怏。

"我和马老师一起来看你。"还是雅各体贴。

"噢！"管叔终于注意到我，"马老师，妳也坐。"

我和雅各分别坐下，终于能好好打量管叔了。

他的脸色苍白，下嘴唇肿了、呈乌黑的颜色，其他看不出有何异常，但他却在输液。

"嘴唇怎么了？"雅各问。

管叔摸了一下自己的嘴巴，苦笑着答没什么，被蜜蜂蜇的。

"肯定是大黄蜂，这种蜂很凶猛。"雅各说。

"是的，是大黄蜂。"管叔点头。

被大黄蜂蜇的？ 这实在太奇怪了，现在是冬末初春，花都还没开，哪来的大黄蜂？

趁雅各和管叔聊得正好，我有机会观察整个医务室。这是一个药味十足的小房间，被两张单人床、一张桌子、两把椅子及整面的医药柜给塞满，角落有个小号垃圾桶，里面有个被撕开的纸盒，上面写着：**Facteur de coagulation**。

"是不是？马老师。"雅各问我。

"什么？"我大梦初醒。

"我说马老师急着见男朋友，管叔这一受伤，最难过的莫过于马老师，因为见不着爱人了。"

这个小屁孩！

"见不着就见不着，我乐得一个人逍遥自在。"我口是心非。

管叔要我放心，他输输液，下午就能正常工作了。

"他在撒谎，根本没有什么大黄蜂。"一走出医务室，雅各就戳破管叔的谎言。

"我也这么认为，他嘴唇的颜色太奇怪了，不像被蜂蜇的……对了，什么是Facteur de coagulation？"

"Facteur de coagulation？"雅各皱起眉头。

我说我在垃圾桶里发现一个打开的纸盒，上面写了这几个字。

雅各听完，脸色发青，噢！不，他在发抖。

我扶住他，问他怎么了？

"马老师，我不舒服，你能扶我回房吗？"

"当然。"

我不仅扶雅各回房，还通知了华堡的家庭医生，他住在图尔市，离华堡有一个小时的车程。我在电话中用不流利的英语描述雅各的症状，医生初步判断是天气变化引起的不适，他要我先让雅各躺下，多喝开水，他马上启程。

"马老师，我没事了，妳打电话要医生别来。"躺在床上的雅各说。

"怎么会没事？你的样子吓坏我了。"我说。

"真没事，可能是中暑了。"

这也不无可能，一般人以为中暑只发生在夏季，其实不然，这是体温调节紊乱所带来的不适，也就是说，室内温度高或空气流通性差也会引发"冬季中暑"。

"那我帮你刮痧。"我建议。

"算了，"他一副生无可恋的样子，"我还是等医生来吧！"

~

医生检查完雅各的身体后，说不出个所以然，只开了些营养剂和维生素给他。

"告诉过妳没事，白浪费我妈的钱。"雅各责怪我。

"宁愿花小钱也不愿花大钱，万一你真有什么，我得提着头颅见你妈。"见雅各好多了，我也有心情开玩笑。

~

我又听到老爷车的引擎声，跐上面包鞋，我兴奋地往楼下冲。

"马老师，我把妳爱人送到。"管叔笑嘻嘻地说。

"讨厌，"我瞪了他一眼，"什么爱人？！"

经过半天的休养，管叔的气色好多了，只是嘴唇还肿得厉害。

"管叔的嘴巴怎么了？"罗宋一下车就问我。

我压低声音说是给大黄蜂蜇的。

"大黄蜂？"罗宋很狐疑。

我懒得解释，转而问正把行李取出来的管叔："你的嘴巴好点了吗？"

"谢谢关心，好很多了。"

我说那就好，早上离开医务室后，雅各脸色发青，我想是太担心他的缘故。

"脸色发青？怎么会这样？看医生了没？"管叔很着急。

我答医生来过，说没什么，又回去了。

"怎么会没什么，这还是不是医生？不行，我去看看他。"

管叔脚步飞快地往雅各房间走去。

"管叔太忠心了，根本不像仆役。"罗宋望着管叔离去的背影说。

不是仆役是什么？

我想起Facteur de coagulation，这到底是什么药？

第四十四章/对号入座

我倚着罗宋的臂膀，问他会爱我多久？

罗宋亲吻我的发，答："直到天荒地老。"

"如果有一天我不再爱你，你还会爱我吗？"

"可能不会，因为爱需要相互付出。"

我很泄气，以为他会说即使我不再爱他，他依然爱我。

晚餐过后，华夫人和罗宋又进房作画。

我很无聊，尤其屋外风雪大作，就更觉得凄凉，所以决定到罗宋房间等他，因为这种天气需要两个人的体温。

睡到半夜被冻醒，屋内黑漆漆的，好不容易才找到灯源。

"搞什么，谁把暖气关了？"我问。

罗宋没回应，我这才发现他不在床上，而墙上挂钟显示○○:15。

这么晚了还作画？我越想越不对劲，越想越不安，越想越……对号入座。

罗宋，我还能相信你吗？

关上门，我打开手机的照明灯，一步步往华夫人的房间走去……

东翼的地板不会吱吱作响，但我觉得自己的膝关节在吱吱作响。其实不止膝关节，我全身的骨头都在吱吱作响，连心脏也卟通卟通地跳。

站在房外，我屏住呼吸，不想漏掉任何一点儿声息，可惜传到耳朵依旧是悄然无声。

我灵光乍现，三步并作两步地上楼。

用手机光源找到工作枱后，我毫不犹豫地趴了下去，可惜那个直径约五公分的小洞已被水泥封住，想必是华夫人"亡羊补牢"的结果。

我失落极了，拿着手机照明上下左右晃动，借以发泄沮丧的心情，等等，那是什么？

沿着墙面有一排工具柜，最上层摆放了厕纸，都是非常整齐地一卷一卷叠上去，惟独最靠墙角的部分是胡乱放上去的，一副摇摇欲坠的样子。

我不费吹灰之力就找到工作梯，架好后，一步步踩上去，接着把那堆不整齐的厕纸一卷卷取下，当我取下第五卷厕纸时，Bingo，一个新凿开的洞赫然在目。

哈！"道高一尺，魔高一丈"，华夫人再怎么"亡羊补牢"，仍抵挡不住偷窥狂的激进。

我垫起脚尖往洞口内望去，这次没看到床头柜，也没看到蒂凡尼的彩色玻璃灯座，但是暗黄色的光线依旧，同样的暖昧。我开始移动头部，想找出一个绝佳的角度，果然没多久就让我看到红色床单上一双毛茸茸的腿和一双光滑细腻的腿，它们正交缠在一起……

是罗宋吗？我想看个仔细，于是又往右移。

这次我看到男人的裸背和女人的脸部特写，女人无疑是华夫人，她顶着个大浓妆，但没像上回一样画得很怪异。

我好奇的是那个男的，尽管来回看着裸背，仍看不出个所以然，所以打算再往右移，只要看到男人的头发，我就能"抓奸在床"，因为罗宋留平头，整个华堡的男人，只有他是这种发型。

就这么不凑巧，当我一门心思在寻找奸夫上时，一脚不慎踩空，从梯子上跌下去，又那么狗屎好运，倒下的梯子结结实实打在我头上，我顿时失去知觉。

第四十五章/合理怀疑

睁开双眼，我看到罗宋。

"依依，妳醒了？太好了，我还以为妳醒不过来了。"

"我怎么了？"

"妳不知在工具室里躺了多久，是Clara发现的，尖叫声把整个华堡都唤醒了。"罗宋梳理一下我的乱发，"半夜不睡觉，妳跑到工具室做什么？"

我躺在工具室里？……对了，我是去"抓奸"的。

"我……我去拿厕纸，厕所里没厕纸了。"我答。

"没厕纸妳可以叫我，黑漆漆的，妳不害怕？"他问。

我当然怕，但我更怕看到自己的枕边人出轨。

"你昨晚作画到几点？"我开始审问。

"十一、二点吧？！没仔细看，因为太累了，连画具都没收就到妳房里……"

"到我房里？"

"嗯！我倒头就睡，也不知妳几点起床拿厕纸，反正我是被Clara的尖叫声给叫醒的。"

这么说，昨晚我在罗宋房里，而罗宋在我房里，那么华夫人房间里的那个男人是谁？他有一双毛茸茸的腿……

我翻身下床，把罗宋的裤脚往上提。

"妳干嘛？"罗宋下意识往里缩。

我越想看，他越不让看，想着一不做二不休，便动手去解他的裤头，然而罗宋却误会我的意思。

"大白天的……"他有些羞涩，但还是三两下扒光自己的衣裤，接着动手扒我的。

"不，不是，不要……不要……"我拼命摇头。

罗宋的嘴堵住我的嘴，我们滚进床单里……

罗宋也有一双毛茸茸的腿，我边抚摸他的腿边与凌晨的记忆相对照。

"有这么长吗？……好像有……毛色一样吗？密度一样吗？……看不出来……好像一样……"

我的脑中做着各种问答题，怪就怪在那个洞口太小，屋内光线又昏暗，让人看不真切。

"妳好像对我的腿很感兴趣。"罗宋闭着眼睛问。

我说他有一双毛茸茸的腿。

罗宋答很多男人的腿都是毛茸茸的。

对啊！很多男人的腿都是毛茸茸的，很难以此为判断标准。

"转过去，"我推他，"让我看看你的背。"

罗宋动也不动地说他的背没什么特别的，除了腰际有个杯口大小的青色胎记外。

真的？认识五年，我竟然没注意到。

"快转过去让我瞧瞧！"我催促。

他很无奈地翻身过去，我果然看到那个胎记，有一个马克杯的杯口大。

那男人的腰际有胎记吗？

当时光线不佳，又有大面积阴影，很可能胎记处在阴影下，也可能那个人根本就不是罗宋……

"想什么？"罗宋翻身面对我，"妳今天怪怪的。"

我问哪里怪？不过是对他的身体感到好奇。

"都五年了，还好奇？说妳怪还真怪。"他笑了。

"好了，鉴定完毕，今天还画吗？"我问。

"画，估计再几个工作天就完工了。"罗宋把头埋入我胸前，"到时买个瑞士牛铃给妳，嗯？"

大风雪过后，碧空如洗。

看着管叔将罗宋载走，我在屋外又伫足了一会儿。

"依依，妳还好吗？"小尤忽然在我身后现身。

我答很好，问他为什么这么问？

"吃午餐时，Clara说今晨她去拿工具，看到妳晕倒在工具室里。"

"噢！那个……"我很尴尬，"没什么，大概贫血了。"

"贫血了？妳经常这样吗？那可不行，得吃含铁质的食物。"

我答没什么啦！习惯就好。

"我是说真的，妳得爱惜身体。"

"是的，遵命！"我向他行军礼，"二等兵马依依现在要去上马术课，容我下课后再向将军汇报！"

小尤笑着允许我离开。

上完马术课，回房时看见房门外有个纸袋，里面有葡萄、樱桃和奇异果。

我把夹在里面的纸条拿出来看，上面写着："这些是我从厨房里拿来的，含有丰富的铁质，记得吃。"

没有署名，但我知道是谁，心里暖烘烘的。

"马老师。"

听见管叔唤我，我转过头去，他说华夫人有事找我。

"很重要吗？"我问，因为看他神色有异。

"嗯！华夫人现在想见妳。"

第四十六章/拂袖而去

华夫人眼神锐利地看着我，像要将我开肠破肚："我知道妳为什么会晕倒在工具室里，别告诉我，妳半夜想打扫卫生。"

糟糕！我忘记华夫人的房间里有监控系统，她肯定发现我又偷偷摸摸上了工具室。

"我不是打扫卫生，只是去拿厕纸，不巧看到……"

我还想刺她一下（因为依旧怀疑她和我的男人有染），没想到华夫人马上拿出盾牌保护自己。

"和贝律师是个意外，妳别到处乱说。"

什么？！原来是贝律师，我还以为……

"贝律师的老婆是我闺蜜，后台很硬的。"她补充说明。

知道罗宋没说谎，我半吊着的心终于可以放下，赶紧给华夫人吃定心丸，说自己服膺"个人自扫门前雪，莫管他人床上事"这句名言，所以……请放心。

"那好，时间晚了，妳也该休息，À demain." 华夫人下逐客令。

～

自从小尤知道我"贫血"后，经常从厨房里"顺"走一些东西，水果就不说了，有时还见水煮蛋或煮好的动物内脏，殊不知我的伙食比他的好，山珍海味是家常便饭。

"小尤，以后别再给我这些东西，与华夫人一起吃还会差吗？"

"我知道妳餐桌上的好东西不少，但也得吃下肚才算数，"他从纸袋里挑出三个杏子塞进我手里，"吃，很少看到这么大个儿的。"

望着手中黄澄澄的杏子，我突然感到厌烦，问他怎么这么啰嗦？他是我爸还是我妈？就算是我父母，我也有权利吃什么、不吃什么！

"依依，妳……"

我粗鲁地把杏子塞回纸袋内："谢谢你的好意，别再给我送吃的，我不习惯有个24小时看护，小尤妈妈。"

我以为开了个无伤大雅的玩笑话，孰料却落在小尤的禁区内。

"马依依，妳听好，我如果再关心妳，我他妈的就是条狗。妳爱晕倒就晕倒，别指望我背妳回家！"他气呼呼地走了。

"小尤～"我心虚地喊着。

那个火冒三丈的人懒得理我，很快消失在走廊尽头。

～

我们很安静地吃着晚餐，太安静了，只有刀叉碰撞的声音。

"夫人，晚餐还合您的意吗？"管叔问。

"很好，"华夫人动手切牛排，"为什么这么问？"

管叔说因为我们都不交谈，他以为是餐点出了问题。

"呵呵！我尽想着工作上的事，一时入了神，"华夫人分别看雅各和我一眼，"你们怎么也不说话？"

"我……我也在想学习上的事。"我答，其实心里想的是拂袖而去的小尤。

雅各却直喇喇地说他在想小尤，因为那个人已经两天不吃饭了。

"不吃饭？为什么？"华夫人问出我想问的。

"这个……马老师知道，妳问她。"

我？我怎么会知道？

不，等等，小尤会不会还在生我的气，所以……

我猛地站起身说自己这就去问缘由，待会儿回来跟大家报告，然后一溜烟跑了。

第四十七章/贝夫人驾到

春天来了，小草探出头，花儿吐露着芬芳，连枯树也开始长出新芽……

小尤架起摄像机，正捕捉春的气息。

我站了约莫十几分钟，他依然自顾自的，仿佛看不见我似的。

"我说……矢车菊开得挺好的，你怎么不照一张？"

"什么矢车菊？这里没有矢车菊，而且妳是谁？我们认识吗？"小尤背对着我说话，把我降为"路人甲"。

"雅各说你两天没吃饭了。"我恬不知耻地粘上去。

"我吃不吃饭干他何事？又干妳何事？"

两天了，他的火气依旧没有降下来。

"Sorry，我对自己的不当言行跟你道歉。"

"妳没错，是我热脸贴冷屁股，咎由自取！"他继续冷嘲热讽。

我走上前去，很诚心地说："你不原谅我，我能理解，只想告诉你，我错了，不该忽视一个朋友对我的关心，失去你是我这辈子最大的损失。"

看他还是无动于衷，我决定不再惹人厌，转身想走……

"头还晕不晕？"他问。

"不晕了，不晕了。"我急急地说。

"那么陪我到厨房用餐，饿死我了。"

"好。"我像个丫鬟似地跟在他身后。

今天的午餐有法式鱼卷、巴黎卷心菜及鸡肉丸子汤。由于已近午餐结束时间，份量只剩少许，但小尤还是将它们一分为二。

"我不吃，你吃。"我把盘子推给他。

其实我从午餐桌上溜出来时，肚子已经半饱了。

"吃，"小尤又把盘子推给我，"妳就是这样，难怪会贫血。"

我不想又在自己的"谎言"中打转，只好拿起刀叉。

"五月四日。"他说。

"什么？"

"我的摄影展订在五月四日，地点在巴黎大皇宫美术馆。"

我答太好了，这是他扬名立万的大好机会，我等不及要看他成为大师级的人物。

"呵！大师？"小尤笑了，露出迷人的酒窝，"我不敢想像。妳没看过真正摄影大师的作品，那才叫个精彩，在他们面前，我变得很低很低，低到尘埃里。"

我问这是啥意思？

小尤解释这原本出自张爱玲给胡兰成的一张照片，其背面写着：见了他，她变得很低很低，低到尘埃里，但她心里是欢喜的，从尘埃里开出花来。

"作家就是不一样，写出来的东西好有意境。"

"我也这么认为……妳有变得很低很低的时候吗？"他问。

我认真地想了想，还真有。初中时，我暗恋过我的数学老师，他有长长的腿和阳光般的笑脸，但我的数学成绩实在太烂了，即使爱情的力量也无法力挽狂澜，我因此变得很低很低，低到恨不得挖个地洞把自己给埋了……

"呵呵……呵呵呵……依依，妳真有趣。"小尤哈哈大笑。

我转而问他有没有很低很低的时候？

"我……"他止住笑，"有，低到很没原则地当了一条狗。"

低到很没原则地当了一条狗？我问这是啥意思？

"就是……哎！没什么……我再去帮妳盛碗汤。"他站起身来。

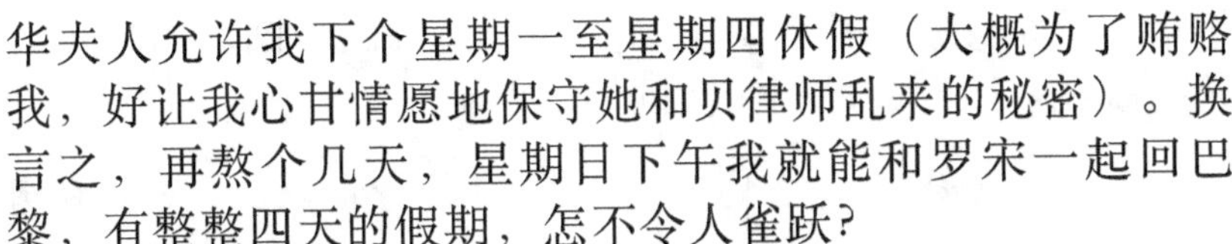

华夫人允许我下个星期一至星期四休假（大概为了贿赂我，好让我心甘情愿地保守她和贝律师乱来的秘密）。换言之，再熬个几天，星期日下午我就能和罗宋一起回巴黎，有整整四天的假期，怎不令人雀跃？

所以当管叔告诉我，明天有个客人需要我接待时，我以高昂的声音回答No problem。

"我都还没说是谁，妳就答应下来？"管叔很吃惊。

"我答不答应有有差别吗？"

"也对，妳没得选。"

等我知道来者是贝律师的老婆时，吓出一身冷汗，这是来兴师问罪的吗？眼前尽是刀光剑影、杀气腾腾。

"华夫人呢？她怎么不亲自接待？"我问。

"说也奇怪，贝夫人和华夫人一向走得近，当贝夫人来华堡时，都是华夫人亲自接待，可是这次她竟然临时决定去巴黎小住两天……"

也就是说，这周末罗宋不会来华堡了？

管叔作实我的猜测。

哎～好好的计划又泡汤了。

"没事，贝夫人只待两天，所以妳还来得及会爱人。"

"讨厌，"我直跺脚，"管叔就会欺负我！"

"谁让华堡的新鲜事太少，欺负妳成了生活中的调味品。"他乐呵呵地笑。

~

星期五，11:15AM，一辆黄色Lexus滑进华堡，我赶忙过去迎接。

下车的是个矮胖的中年妇女，什么都是圆的，圆圆的脸、圆圆的眼镜、圆圆的肚腩、圆圆的萝卜腿……

"贝夫人，您好，我是马依依，您的贴身管家。"我对她鞠了个躬。

她上下打量我，问："妳就是马依依？"

"是的。"

"哈！"她仰天失笑，"这老贝够可以的了。"

贝夫人像风一样地早我一步进入城堡，我随后小跑步跟上。

第四十八章/咬牙切齿

贝夫人先是抱怨她的房间潮湿，我给她换了房，她又说光线不好。

"贝夫人，您看这间如何？朝南，阳光充足，当然也就不潮湿，还有，窗口正对着喷水池，潺潺流水声能让人心情平静……"

贝夫人环顾一下四周，摇摇头："我不喜欢，我喜欢华夫人住的那一间。"

果然是来找茬的，炮口对准华夫人。

"这个恐怕有困难，因为那是华夫人的私人空间。"我说。

"那怎么办？"贝夫人一副挑衅的模样，"我就想睡别人的私人空间，否则睡不着觉。"

我心里咒骂着，但仍耐着性子说："容我向华夫人请示一下。"

没想到手机那端的华夫人想都不想就答应了，害我灰头土脸的。

~

我把贝夫人的行李拿到华夫人的房间，并把一件件的华服整整齐齐地挂在衣柜里（华夫人的衣服只好暂时收进储藏室）。

等一切都各就各位后，我请贝夫人稍作休息，再过一刻钟就开饭了。

她坐在贵妃椅上，眼睛望着窗外，对我一挥手，像赶走一只可恶的苍蝇，我立马讨厌起眼前这个肥婆！

"什么嘛！故作姿态，难怪贝律师要偷腥！"我愤恨地想。

~

和华夫人一比，贝夫人啥都不是，除了显赫的家世。

据说贝夫人的曾祖父曾是民国时期的大军阀，趁着战乱，该刮的刮、该搜的搜，全给运到香港，再化整为零分散到世界各个银行，直到贝夫人的父亲这一辈才结束东迁西徙，彻底在法国扎根。

可想而知，凭着雄厚的资本，她的家族既能在此地的华人圈子里呼风唤雨，也能在法国政商界说得上话，黑白两道通吃，没有办不到的事。

和贝夫人的娘家一比，贝律师家显然逊色不少。他是当年的中国公派留学生之一，被贝夫人的父亲一眼相中纳为女婿，说是凤凰男，一点儿也不为过。

虽然贝律师本人有两把刷子，但悬殊的背景是硬伤，女强男弱的结果，他的家庭地位不会太高，基本听老婆的。也就是说，出轨事件是向老天爷借胆，在太岁头上动土。

我开始担心起华夫人，虽然她适时地逃离暴风圈，但逃得了一时，逃不了一辈子，况且贝夫人来势凶凶，华夫人恐怕很难"全身而退"。

"这是什么？"贝夫人用筷子指着一团油汪汪的肥肉。

"这是您最爱吃的东坡肉。"我答。

"拿走，不知道我胆固醇高吗？还让我吃高脂肪的食物，这是变相谋杀！"

我赶紧将东坡肉给撤了。

"这又是什么？"贝夫人的筷子这次指向冒着热气的砂锅。

"这是清炖鲫鱼汤，炖了一上午，汤呈奶白色，可好喝了。"我做着广告。

"鲫鱼有刺吗？"她问。

呃！我还不知道这世界上有没刺的鱼，即便是柔软的鳗鱼，除了脊柱那根大刺外，还有很多Y型刺。

"有的。"我据实以报。

"这么说，刺有可能卡在我喉咙里不上不下的？"

我答是有这个可能，但她都这么大岁数了，又不是小孩子……

"妳到底会不会说话？什么叫这么大岁数了？我还比华夫人小两岁呢！"

噢！还真没看出来。

"那一团黑漆麻乌的东西是啥……炒饭的蛋炒得太老了……椒盐虾怎么不剥壳……西瓜汁是兑水的……椰奶糕没有椰奶味……"她喋喋不休地抱怨。

我告诉她，我们的厨子是拿过奖的，没想到她这么不满意，现在怎么办？想吃蔬菜沙拉吗？菜是华堡菜园自家种的，保证新鲜，若不加酱，那就更低卡无脂，绝对符合她养生的需求……

贝夫人听完，愤而把筷子甩了："这就是你们的待客之道？

喂客人吃草？"

我还想说两句，被管叔抢了先："贝夫人，您消消气，马管家是新手，还不熟悉夫人的口味，要不，我让厨子过来，您亲自指导他做菜，如何？"

"管叔说话我爱听，新人就得学着点儿，别眼睛长在头顶上。"贝夫人睨了我一眼，然后拿起勺子喝了一口汤，"这味道还可以，咱们不好打击厨子的信心，指导的事下回再说，我……勉为其难将就这一餐吧！"

管叔忙点头称是。

我站在边上，心里堵得慌，这是怎么回事？贝夫人找不到华夫人发泄，转而把我当沙包使，我成了名副其实的出气桶了。

~

吃完午餐，贝夫人说想小憩一下，我把白纱窗帘拉上，开了空气净化器，然后请她入睡。

我估计肥婆这一睡要到下午三、四点钟，遂走到户外呼吸新鲜空气。

不知为什么，贝夫人身上有油腻的味道，让我无法呼吸。

"原来妳在这儿，怎么一副愁眉不展的样子？"

看来者是雅各，我放下戒心："嗯！今天的客人很难对付，头疼。"

"久了就习惯了，不是每个客人都会给你出难题。"

说的也是，尤其我是代罪羔羊，也许贝夫人对我本人并无恶意……

想到此，我释然了。

"我妈去巴黎了。"雅各忽然提起。

我答我知道，她逃难去了。

"逃难？"

"噢！不是，说错话了，华夫人大概购物去了。"我赶紧纠正。

雅各答没错，他妈现在在Lafayette，买了很多东西，还帮罗宋买了一整套的Armani西装。

"罗宋？"我扬起声。

"没错，我妈是这么说的。"

我把雅各晾在一边，匆忙拨打罗宋的手机号，响了十几声他才接。

"罗宋，你在哪里？"我劈头就问。

果然在Lafayette。

"你在那里干嘛？"

他答华夫人在试衣服，让他帮着给意见。

给意见？给什么意见？我听见手机里传来细碎的声音，罗宋讲了Petit，意思是"小"。

"华夫人的什么东西小了？"我问。

"她在买胸罩，我觉得尺寸小了点儿，憋得难受。"

什么？！华夫人拉着罗宋去买胸罩？这么私密的事，竟然抓我的男人当顾问？是可忍孰不可忍？

"罗宋，听着，我要你马上离开，听见没？马上！"我河东狮吼。

罗宋说他的手上都是华夫人的战利品，还有一套他的西装，根本走不开呀！

"我不管，你不走，我们……我们分手！"

他停顿了一下，说："依依，妳太歇斯底里了，等妳冷静下来，我们再谈。"

然后生平头一遭，罗宋挂我手机。

好大的胆子，竟然挂我手机？！

我马上回拨，手机那头却传来关机的提示，我气得咀咒罗宋的祖宗八代。

"干嘛这么生气？我妈好歹还穿了内衣，换作平时作画，岂不是更糟？"

雅各竟然没走？

"那不一样，工作是工作，现在是非工作时间。"

"非工作时间？"雅各皱紧眉头，"我明明看见一人高的画布框被塞进七人座的别克轿车内。"

什么？！我以为作画取消，原来华夫人直接人肉速递给罗宋了。

我气得咬牙切齿。

第四十九章/情色

贝夫人在下午四点钟醒来，我在花园的葡萄藤下摆上桌椅，为她准备下午茶。

Twinings伯爵茶加上巧克力蛋糕是糕点师傅的点子，我相信即使心情欠佳的贝夫人也会莞尔一笑，没想到她继续给我出难题。

"我不喜欢巧克力，还有，家庭医生建议我别喝含咖啡因的饮料，因为我有低血糖。"

"那太好了，巧克力蛋糕是我的大爱，而含咖啡因的伯爵茶是我的必备热饮，

"妳还真不矫情啊！"贝夫人出言讽刺。

我谢了她，说这是我的本色演出。

"我真服了妳们这些女孩子，仗着年轻、有几分姿色就到处勾引男人，"她俯下身，低语，"告诉妳，老贝离不开我，离开我代表他过去的努力都白费了，他不会想回到社会底层，做一个没没无名的小人物。"

这个肥婆有着强烈的不安全感，所以才会用财富、名望来捆绑贝律师。可怜的男人啊！年近半百仍是个扯线娃娃。

"妳怎么不说话？默认了吧？"她挑衅。

"默认什么？我又没勾引妳老公。"我说得理直气壮。

贝夫人看了我好一会儿后，冷冷地丢出证据："上星期六晚上，华夫人十万火急地把我老公叫来华堡，说什么生意上的事要商量。隔天清晨老贝才到家，一上床就迫不及待和我做爱，还接连变了好多花样，直觉告诉我，他出轨了，对象要嘛华夫人，要嘛新进人员，譬如……妳，因为他对洋人不感兴趣，觉得她们身上有股骚味。"

这可怎么办？我不能出卖华夫人，但也不能两肋插刀地帮雇主顶罪，所以打算先摸清对方底细再说。

"你们……房事和谐吗？"我问。

"干妳何事？"贝夫人的口气很冲，代表防备心很强。

我答当然干我事，她怀疑我，我得打消她的疑虑，如果她坦白告知，兴许我可以找出问题症结所在。

贝夫人忘了家庭医生的忠告，端起我喝过的茶，一饮而尽，然后保持沉默，似乎琢磨着该不该对一个年轻女孩开诚布公？

我得想法子让她心安，遂说："贝夫人，我不是心理医生，但专家有条条框框的限制，这个不能说，那个不能讲，反倒没受过训练的人，看事情更直接、更能一针见血。"

她还是不说话。

"那行，"我站起身，"我只是想帮忙，既然……那算了，您慢慢享用Twinings茶吧！那是英国皇室御用茶。"

"坐下。"贝夫人命令我。

我听话地坐了下来。

"我从小在天主教女校就读，守贞是信条。不瞒妳说，结婚前我还是处女之身。至于老贝……他从落后的乡村走出来，所有的精力和时间都花在学习上，男女之事他也很懵懂，所以我们的房事一直很制式化。"

也就是说，他们还没享受过真正的鱼水之欢？

贝夫人回答没有比较，她不知道快乐能达到什么程度。

我想了想，说："贝夫人，请跟我来。"

我把贝夫人带到家庭影院，请她坐在正中央的位子，再到碟片室挑了几张重口味的影碟。

这不是我第一次看黄片，却是第一次将东西方黄片放在一起做比较。西方拍得比较原始，就是动物的本能，没什么剧情；东方的就比较有故事性，有时还穿插一些乱七八糟、违反伦理的情节，反正怎么离经叛道就怎么来……

趁着男主角在偷窥女主角沐浴，我的眼光离开屏幕落在贝夫人身上，她很投入，目不转睛的。

"太……太震撼了。"贝夫人走出家庭影院，连路都走不稳。

我过去扶她，她反而用力抓住我的手："告诉我，妳是不是也像影片中那样？"

那样？哪样？等我想起那些养眼镜头，顿时红了脸。

"也……也不是经常那样，偶一为之啦！"

"难怪……难怪老贝像出了闸的猛兽，外面的诱惑实在太多了。"她喃喃自语。

"那么您把诱惑留在家里得了，府上也设个家庭影院，一边看一边做，活生生的教材，肯定事半功倍。"

"依依，"贝夫人停下脚步，语气转为严肃，"妳没跟我家老贝怎么了吧？！"

什么怎么了？……噢！那个……

"没有，绝对没有，我可以对天发誓。"

"那么华夫人……"她把矛头指向另一个嫌疑犯。

"这个我就不清楚了，"我打起太极拳，"但是……为什么您非认定贝律师与某人巫山云雨不可？华堡的家庭影院24小时开放，什么咸湿口味的片子都有，贝律师进去观摩一下也不无可能。"

贝夫人一听，恍然大悟："是啊！"

"所以根本原因出在你们夫妻身上，床第之欢得互相配合才行，有好的性事，才会有好的生活品质……"我像个性学大师似地侃侃而谈。

待我发表完毕，贝夫人笑了，她说我是天使。

我又成了天使？最近就没做过魔鬼。

"能请妳帮个忙吗？"贝夫人给糖吃后不忘索取回报。

"请说。"

她附在我耳边讲起悄悄话。

"没问题。"我拍胸脯保证。

见我答应，她的眼角笑成弯月形。

呵呵！我不会告诉你，贝夫人要我拷贝华堡影院里所有的色情影碟给她；当然更不会告诉你，她要我代购情趣用品，就像影片中看到的一模一样……

第五十章/一夜无眠

贝夫人成了最好接待的客人，不仅对食物无一丝抱怨，甚至邀请我同桌共食。

"今天的晚餐真好吃。"她说。

"和昨天的厨子是同一人。"我答。

贝夫人很尴尬，我忍不住笑出声来。

"讨厌鬼！"她埋怨一句。

隔天一早，贝夫人邀我一起骑马。

"我先声明，我的骑术不好，只能算是幼儿园程度。"我说。

"那更好，我们慢慢骑，边骑边聊天。"

没想到贝夫人话匣子一打开，那真叫个没完没了。

"妳一定很寂寞。"我下结论，"平时您肯定找不到说话的人，才会憋了这么久。"

"一点儿也没错，我和老贝是二十多年的夫妻，但两人一直说不上话，加上我们没有孩子，连可以有的话题也腰斩了，我当然不可能抓着家里的佣人猛唠嗑，所以……"

哎～寂寞真是杯无味的白开水。

我问她有没有想过领养孩子？

"想过，可惜一蹉跎就错过当妈妈的最好时机。转眼年纪大了，带不了小小孩，如果领养个大的，又怕跟我不亲。"

说的也是。

我和贝夫人骑马环绕华堡一周，直到下午茶时间才回来。

"怎么办？您是用正式的餐点还是轻食？"我问。

"给我来壶茶加三明治吧！吃完我上巴黎转转。"

"巴黎？！"我喊。

贝夫人问我怎么了？我答我将坐晚上八点的火车到巴黎会男友。

"坐什么火车？待会儿吃完三明治，我们一起走！"她说。

星期日，20:10，司机将我载到罗宋公寓外。

"就送到这儿，下回有机会，见见妳男友。"贝夫人说。

"一定。"我答。

黄色Lexus呼啸而去。

我没有告诉罗宋我提前到，除了他挂我手机让我很不爽外，我还想看看他措手不及的样子。

刷开房门，久违的小窝依旧，我的心很是欢喜，可是……罗宋在哪里呢？

我看到玄关挂衣架上有一套新西装，Armani的。往前走去，水槽里有没洗的杯盘，冰箱里有红烧肉及切开的哈密瓜，还有一瓶已开封的酒，瓶身镶满水晶，上面写着Alizé，直觉告诉我，这酒不便宜。

将酒放回冰箱后，我的眼光重新回到水槽里未洗的碗盘上：**两个碗、两个盘子、两个杯子、两双筷子……**

我顿时灵光乍现，华夫人来过这里，她和罗宋共进晚餐过。

想到这，我怒火中烧，立马跳上床，像猎犬般闻着床单和被褥，果然闻到罗宋的体味和……香奈儿5号（该香水的气味香浓多变，被喻为情妇香水）。

华夫人有多款香水，偏偏见罗宋就喷上情妇香水，简直是司马昭之心，路人皆知。

我急得在房间内来回踱步，都近九点了，罗宋还没回来，他明知我今晚到，人呢？去了哪里？

时间一分一秒地流逝，我的耐心也一点一滴地磨光，我一会儿咒骂那对奸夫淫妇，一会儿又怪罪自己想太多；一会儿抱怨遇人不淑，一会儿又相信罗宋只爱我一人，患得患失，简直到了"精神分裂症"边缘。

"妳来了。"罗宋开门进来。

我气得拿起沙发上的靠垫扔向他，他挨了一记，很是愤怒，责问我怎么了？有病吗？

"为什么关机？为什么收华夫人的礼物？为什么带她去买胸罩？为什么煮饭给她吃？为什么让她躺在我床上？为什么？

为什么？为什么？罗宋你倒是给我说清楚！"我披头散发，像个疯婆子似地嘶吼。

"坐下，坐下，"罗宋拉我坐在沙发上，又递给我一杯水，"喝口水，冷静冷静。"

"冷静个屁！"我抢过水，碰的一声搁桌上。

"妳不需要冷静，我需要。"他拿起水杯一饮而尽，停了十几秒后，"好了，让我告诉妳是怎么回事？"

原来华夫人临时上巴黎来，说想买件衣服，找罗宋当参谋。

"女为悦己者容，我需要一个男人的眼光，确保自己买对东西了。"华夫人是这么对罗宋说的。

买完裙子，经过Armani专柜，华夫人执意给罗宋买套西装，感谢他一天的陪伴。罗宋试着推辞，没用，他被押着去试衣间……

买内衣也是纯属偶然，因为不巧经过Victoria's Secret专柜。

再说请吃饭，那就更躺枪了，罗宋刚煮好一人份的晚餐，华夫人就带着酒和中国餐馆的外卖上门，他只好把即将到口的红烧肉搁在一旁。

"别告诉我，昨晚你们酒足饭饱后，双双滚到床上去了。"我双手叉腰，恶狠狠地看着他。

"华夫人是上了床，但我睡在沙发上，把骨头都给睡散了。"他解释。

"谁信你？！"我把脸撇向一旁。

"妳不信也没办法，我总不能把心挖出来给妳看是红的还是黑的吧？！"

老实说，我就想看看罗宋的心是红的还是黑的？于是跳到他身上，动手扯他的衬衫。

"别，"他双手护胸，"这是我最好的一件。"

"撕破了，给你买件新的。"

我加大撕扯的力道。

"我的心是红的还是黑的？"罗宋躺在床上问我。

我答紫的。

"紫的？"

"嗯！红加黑等于紫色。"

"呵呵！怎么妳的脑袋瓜尽是这些异想天开？"他支起头，饶富趣味地看着我。

测试一个男人的心，床上表现是项指标，刚刚罗宋有点儿力不从心，我不免怀疑起他的忠诚度。

"我爱妳，依依。"他给了我一个吻，轻轻的。

"我也爱你……"我翻了个身，不再看他。

罗宋拥着我，很快打起鼾来，我却一夜无眠。

第五十一章/扫地出门

我睁开眼，看见罗宋赤裸裸地站在落地镜前，手里拿着 ARMANI 西装上下左右比划着。

"你干嘛？"我问。

"今天我担任奥塞博物馆的解说员，它是我最喜欢的博物馆之一，不像卢浮宫，巨大得有点儿欺负人的感觉。"

我半坐起，问了个现实的问题："有钱拿吗？"

"有，不多，但有免费早餐吃。"他边穿衣边回答我。

罗宋身上的 Armani 是灰色丝质面西装加浅蓝色衬衫，领带则是去年圣诞节华夫人送的红色爱马仕。

"你全身上下，除了内裤、袜子和皮鞋，全部都是华夫人买的。"我总结。

罗宋听完闷不吭声，样子有点儿窘迫。

不会吧？！难不成……

我跳下床打开衣柜，又冲向入口处的鞋柜查看，惊讶不已。

"我说过不要的……"他嗫嗫地说。

"什么时候的事？"

"前天晚上，华夫人提着外卖过来，顺便……"

好个顺便，谁"顺便"会买CK男用内裤、Falke男袜和Berluti男鞋？

很明显，华夫人正一步步蚕食鲸吞我的王国，而那个没主见的国王眼看就要举白旗……

"都脱了。"我下令。

"什么？！"

"我说都脱了，你一个学生干嘛穿名牌？与身份严重不符。"

罗宋凝视镜中的自己，最后同意的确太招摇，他是去当解说员，不是去参加高峰会议。

我很满意他采纳了我的意见，所以当他问我愿不愿意和他一起去奥塞博物馆顶层的Cafe Des Hauteurs吃早餐时，我一口答应，然后奔向浴室梳洗。

～

Cafe Des Hauteurs的视野绝佳，把塞纳河、卢浮宫和杜伊勒里花园都纳入眼底，虽然提供的是大陆早餐（不外面包、果酱、水煮蛋加上冷热饮），但艺术氛围浓厚，让人忽略了餐饮的不足。

我优雅地喝着热可可，罗宋却把面包囫囵吞下肚，再把espresso一饮而尽。

"不早了，我得下去，妳今天有什么计划？"他问。

"随便逛逛。"

"那好，我四点下班，妳来接我，嗯？"

说完，罗宋蜻蜓点水似地在我嘴上小啄一下，然后行色冲冲地下楼去。

我又在位子上发呆了半小时才起身。

"Pardonnez-moi."一个腰系黑色围裙的服务员叫住我，同时递给我一本素描本。

我打开一看，果然是罗宋的，赶紧跟他道谢，他却对我神秘一笑，很是奇怪。

下到底层，我刚好看到罗宋正对着一群小学生解释罗丹的雕塑《地狱之门》。本来我想把素描本还给他，但想想时间点不对，还是别打扰他吧！于是带上素描本离开博物馆。

法国真是浪漫之都，即便是最简单的散步，也有闲适的心情，瞧！到处是叫得出年份的建筑，每个阳台都缀满了鲜花。我看到大街上接吻的恋人和溜狗的老奶奶，也看到偷闲坐在咖啡座上一边看报一边喝热饮的人们……

信步经过书报摊、鲜花店、水果店……我来到商店林立的香榭丽舍大道。

作为世界上最著名的景点之一，它的街面虽旧，却透出历史的沧桑感，全长1800米，西段是购物天堂，充斥着大大小小的高端品牌店，价格都不便宜，但依旧人潮涌动、喧嚣不已;东段则以自然风光为主，是城市中心不可多得的绿地。

我往西走，没多久便发现排队人群，上前一探，原来是著名的甜品店Ladurée，它是"马卡龙"最早的发源地。

想当然尔，我也加入排队大军之中，十几分钟后，终于买到各种糖果色的马卡龙。我兴冲冲地拿起粉红色轻咬一口，怎么说呢？只觉得甜，没有传说中的味美，也许加上一杯咖啡会好些，于是我到星巴克外带一杯热拿铁。

~

坐在树荫下，我喝着咖啡、吃着马卡龙，果然咖啡的苦味冲淡了马卡龙的甜腻，在味蕾上形成平衡，这才是正确吃法。

吃饱喝足后，我又看了会儿过往人群，直到感觉无聊才想起背包里的素描本，既然闲着也是闲着……

罗宋有好几本素描本，我手上的这一本大概是新近画的，以前没见过。

翻开本子，前几页是静物，有蔬菜、水果、桌椅、文具……等，紧接着是动物，有小猫、小狗、鱼、乌龟……我甚至还看到蜘蛛及蜥蜴。

再翻页，终于看到我，罗宋把我的各种姿态和微表情一一捕捉到，连我生气时的泼辣相也不放过。奇怪，我不记得曾乖乖坐下来给罗宋当模特儿，想必是凭记忆画的，真是了得。

我翻页再翻页，洋洋洒洒十几页都是对我的素描，心里美滋滋的，直到看到不想看到的人……

我一页一页地翻，越翻越快，越翻越恼火，华夫人摆弄各种不雅姿势、做出各种消魂表情，简直堪比春宫图。

现在我知道为什么那个服务员会对我暧昧一笑了。

我把素描本用力掼下，心情跌到谷底。

毕卡索曾说过："在我的心中，谁也不会占据真正重要的地位，对我来说，女人就像飘浮在阳光里的尘粒，只需挥动一下扫帚，它们就得飞出门外。"

罗宋啊罗宋，你该不会没有毕卡索的天分，却学会他的风流吧？！

我心伤，就像飘浮在阳光里的尘粒，害怕被人扫地出门。

第五十二章/洪水猛兽

罗宋跟奥塞博物馆的工作人员道别，然后兴冲冲走向我。

"工作结束了，妳想去哪里玩？"他问。

我没回答，默默把素描本还给他。

"哈！原来在妳这里，我还以为搞丢了呢！是不是被我遗落在咖啡厅里？"

我还是没回答，转身就走。

罗宋默默跟着我，窒息的压迫感压着我，也压着他，终于在一个小公园里，我停下脚步。

"为什么不说话？"我转头问他。

"因为妳在生气。"

"我为什么生气？"

"因为……妳看了我的素描本。"

算他聪明！

我在公园內的长条椅上坐了下来，罗宋像个犯错的小学生似地跟着坐下。

"我没想到你这么龌龊！"我拉起弓，射中男友红心。

"龌龊？"他摇头失笑，"奥地利艺术家克里姆特一生画过数千张的情色图像，但这无损他在美术界的成就。他的《阿德勒.布罗赫-鲍尔夫人》于2004年以1.35亿美元卖出，力压毕卡索的《拿烟斗的男孩》，一度打破单幅绘画售价的世界纪录。"

呵呵！罗宋想说什么？难道为了白花花的银子，他要挤身情色画家之列？我毫不留情地质问他。

"不是的，当达到一定的高度，财富自会降临，我不会为了金钱哗众取宠，只是想挑战自己的极限，扩展自己的画风，如此而已。"

"那些……是你臆想的，还是华夫人……"

"我把想法告诉她，她很支持，二话不说就照做了。"

原来不是凭空想象。

"其实……我也可以的。"我赌气地说。

没想到他直言我不够媚，也放不开，很多动作做不出来。

被罗宋一口否定，我转为挑刺儿："你们……你们什么时候开始的？这不是一天、两天的事。"

"有时……华夫人想换个姿势时，我会提醒她。"罗宋答。

也就是说，在华夫人的香闺里，时不时上演着情欲大片。

"罗宋，别再去华堡了，"我捂住脸，"放弃吧！我怕你会把持不住自己。"

"这是所有艺术创作者必经的关卡，况且快到尾声了，£80,000很快就能入袋。"

如果我没记错，克里姆特一生情人不断，光私生子就有14名之多；再说毕卡索，结婚结了六次；连中国的张大千、徐悲鸿也有几段情史……

"什么必经的关卡？大师们都没能克制住自己的情欲，凭什么你罗宋就是柳下惠？"

"我无法跟妳谈这个，妳不了解我，也不了解我的梦想，我们是生活中的伴侣，却是精神上的殊途者。我累了，能不能谈点儿别的？"

看他如此消沉，我收起自己的任性，毕竟一切只是捕风捉影，没有实锤。

~

"马老师，妳回来了。"管叔看见我，很高兴的样子，"贝夫人送了个包裹给妳，就放在妳房外。"

贝夫人送东西给我？为什么？

我三、两步上到二楼，果然看到房门外有个包装精美的盒子，我把它抱进房内。

~

这个身穿新疆传统服饰的娃娃衣着华丽，紫色的薄纱罩头，绛红色的袍子上缀满彩珠和各色亮片，脸色白里透红，眼睛炯炯有神，嘴唇是可口的果冻唇，仿佛下一秒就要吐出字句。

我翻开说明书，原来这是Enchanted Doll，翻译成中文就是"被施了魔法的娃娃"，被誉为奢侈娃娃品牌，可说是娃娃中的爱马仕。

"贝夫人为什么要送娃娃给我？"我心想。

虽然眼前的娃娃非常华美精致，但从小我就听多了娃娃的鬼故事，对这类赋予神秘诡异色彩的玩意儿敬谢不敏，没想到年近三十，还能收到小女孩才会收到的礼物。

"嘟……嘟嘟……"是贝夫人的来电，她问我收到礼物了没？

"收到了，可是……为什么要送我礼物？"

"因为……呵呵……说来真令人难为情，我现在夜夜都得到高潮，老贝也是，我们觉得这都是妳的功劳，所以……"

噢！原来如此，可是为什么送娃娃？我好奇一问。

"一位法国侨领送我的，他是新疆人，可惜从小我就害怕娃娃，收到礼物后只能束之高阁，现在终于能让它重见天日了。"

呃！这是什么跟什么？贝夫人竟然把她不要的礼物送我？！

"妳若喜欢最好，不喜欢的话，把它往ebay一送，最新的拍卖价是4万欧元一个。"

什么？！折合人民币近三十万元？贝夫人一出手果然大方。

"妳喜欢这个礼物吗？"她接着问。

"喜欢，喜欢。"我忙不迭点头。

"喜欢就好，只要妳一心一意对我，我还会给你更多惊喜。"

一心一意对她？这是什么意思？

贝夫人没多做解释，反而开始讲起她养的小猫、偷懒的佣人以及未来的度假计划……

我躺在床上摆了一个最舒服的姿势，因为我知道贝夫人一旦开讲，必是洪水猛兽，止也止不住。

第五十三章/华诺

日子又回到寻常的轨道，我继续学习各门课程，为突然造访的客人作准备。

华夫人还是很忙碌，尤其天气渐渐回暖，停了一个冬天的派对又开始了，几乎夜夜笙歌。

我不参加派对，除了有"人群恐惧症"外，自己蹩脚的法语才是主因。

这一天晚上，早已过了十一点，楼下还是像菜市场一样闹哄哄。奇怪，通常是曲终人散的时候，怎么一点儿散场的意思也没有？搞得我无法入眠，索性下楼来。

刚下到底层，一位手拿香槟的高大男士急急从宴会厅走出来，我俩呈90度撞上，他的香槟洒了我一身。

" Je suis désolé." 他说，然后恭恭敬敬地呈上西装口袋内的手帕。

" Ce n'est pas grave."我答，但仍接过手帕，擦拭被香槟弄湿的白裙子。

" *@&+￥%*……"那个有着东方脸孔的男人对我吐出一连串的法语。

真是糟糕，法语用时方恨少，我只能对着他傻笑。

" Can you speak Mandarin？ "他转而用英语问我会不会说普通话？

"Yes，Yes，会，会。"不知道为什么，我兴奋非常。

" 对不起，洒了妳一身，我应该更小心点儿。"

" 没关系。"我又重申。

他提议赔我一条白裙子，问我穿几号？

我答真的不用，待会儿回到楼上，将裙子打上肥皂就没事。

" 回到楼上？妳住这里？"他问。

" 是的，我替华夫人工作。"

" Nice to meet you."他递上一张名片，" 我叫Bonnot，中文名华诺，请多多指教。"

我收下他的名片，同时歉然地表示自已没有名片。

" 怎么称呼？ "

" 马依依。"

" 马-依-依-，嗯！我记住了。"

此时一位身穿华服的女子从宴会厅里走了出来：" Bonnot，￡+%#￥>？ +……"

" D'accord."华诺转过头来，" 马小姐，我有事，先走一步。"

" 你去忙吧！"

叫华诺的人刚走，我才想起手中还握着人家的手帕。

" Pardonnez-moi."我喊。

可惜他已走远。

我把手帕摊开，这是一条乳黄色的丝质手帕，上面有淡淡的栀子花香味，右下角有深蓝色哥特式字体—B.H.

对照他名片上的名字Bonnot Hua，Hua？华？难道和华夫人有亲戚关系？

我将名片翻面，上面有法、英、中三国文字，我直接跳到中文那一栏，上面写着"股票经纪人"。

这是什么玩意儿？

～

百度上对股票经纪人的描述是：在证券交易中代理客户买卖证券的个人或机构，当买价和卖价一致时，促成双方买卖的成交，并向两方收取佣金。

原来如此。

我把白裙子脱下，用洗衣液浸泡起来，连同那条手帕（虽然我不认为会再次遇见原主人，但还是洗了它），没想到……

"Bonjour，马小姐。"我一进早餐室，华诺便用清亮的声音向我道早安。

"Bon……Bonjour."我太惊讶了。

"看来你们早已认识。"华夫人饶富趣味地看着我们。

华诺解释昨晚他不小心把我的裙子弄湿了。

"是这样的吗？马老师。"华夫人转头问我。

我把餐巾打开，点头承认。

"马老师？妳是老师？教什么的？"华诺问。

我解释我原本是雅各的中文老师，现在则是华夫人的……秘书。

"这样啊！有空能教我中文吗？我想拓宽客户的层面，多一些中国买家。"他说。

雅各先我一步："我把蒋老师让给你好了，她一板一眼的，绝对能让你的中文水平很快得到提升，至于马老师……还是回来教我吧！"

"不成，马老师有另外的工作要做，"华夫人把方案否绝掉，转而面向华诺，"你若想学中文，我让蒋老师额外教你。"

"这倒不用，我不喜欢一板一眼的老师。"他答。

雅各噗嗤一笑，说只有他是可怜虫。

华夫人忙着找台阶下："一板一眼好，一板一眼才容易学到东西。"

从餐桌上的闲聊中，我了解到华诺是华夫人已去世姐姐的儿子，但为什么也姓华？原来华家两位千金都未婚生子，孩子都随母姓。

我还知道华诺住在法国东南部的尼斯，为了准备今年六月的CFA考试，千里迢迢来到华堡闭关苦读。

"什么是CFA考试？"我问。

"它是全世界公认的金融证券业最高认证书。"华诺答。

"那一定很难啰！"

"肯定是，不然我不会跑来这儿发愤图强。"

此时雅各的嘴角浮现一抹难以解释的笑容，被我捕捉到。

"你笑什么？"我问雅各。

"……噢！因为今天的早餐很可口。"他答。

" 的确可口，"华诺拿起切片法棍轻咬一口，" 马小姐不这么认为？"

我很想说今天的早餐和昨天的没什么两样，但话到嘴边却成了："没错，很可口。"

原来不知不觉中我已被训练成"口是心非"了。

" 那就多吃点儿，我喜欢好胃口的女人。"华诺说，顺便对我俏皮一眨眼。

这是公然的调情，但华夫人和雅各却无任何表示，反而专心吃起早餐，仿佛今天的餐点是无以伦比的美味……

第五十四章/晨跑

上完课回到房内，我听到隔壁传来《西贡小姐》音乐剧的歌声，很是哀怨。

我已经猜出华诺搬到我隔壁，有个邻居不是坏事，但是……

这是我偶然发现的，我房间的通风孔和隔壁相通，也许当初的设计是做成一个大房间，不知何故，后来改成两个小房间，这也没什么，问题是隔音就差很多，几乎是声气相通。好比现在，我仿佛置身杜比环绕音效当中，从《Revelation》听到《Kim's nightmare》，再听到隔壁的敲门声，然后是管叔字正腔圆的声音："华少爷，下午茶时间是4点到5点。"

我不想喝下午茶，因为最近胖了想减肥；华诺似乎对喝茶也不感兴趣，送走管叔后，他重新按下play，让我把《西贡小姐》的后半场也给听完了。

~

晚上又有派对，通常这时候华夫人是不吃晚餐的，因为派对上有各种鸡尾酒加小点心。

一杯葡萄酒的热量相当于一块蛋糕，而一品脱的啤酒则等同一个汉堡包，加上伴随饮酒而来的食欲大增，很能让人发胖，所以华夫人不吃晚餐，情有可原。

"今天又是我和妳进行晚餐的约会。"雅各说。

"是啊！"

"妳说我若把小尤叫来一起吃，我妈会不会发现？"他问。

我答大概不会，不过人多嘴杂，小尤也不见得好吃这一口，所以……还是别惹麻烦吧！

"小尤越来越瘦，我猜是食堂的伙食不好。"他用叉子玩弄着盘里的食物，似乎没有吃的欲望。

不会吧？！虽然和东翼的比，小尤的伙食是粗糙了点儿，但也很可口，法国菜错不了的。

雅各答除了这个，他想不到别的。

"其实，你也瘦了。"我说。

"呵呵！我一直都很瘦呀！妳有没有发现当今上流社会很少有胖子，但是社会底层就经常有，尤其很胖很胖那一种。"

听他这么一提，好像的确如此。

"安全感，上流社会有安全感，什么时候想吃都有热腾腾的饭菜，但劳力阶级不一样，他们会担心有这餐无那餐，加上淀粉类食物比较便宜，所以只要一开吃就会吃很多，胖子自然就多了。"

我说他的观点很有意思，这样一来，我也得向上流社会看齐，保持苗条身材。

"不，我希望妳胖一点儿，因为小尤不喜欢胖子。"

我正想问他什么意思，华诺走了进来："饿死我了，今天没喝下午茶。"

他一坐下，Manon就递上沙拉、海鲜汤和今天的主盘-西冷牛排。

"Merci."华诺对她微笑。

Manon红了脸，快速离开。

"你待会儿参加派对吗？"我问。

"当然参加，我阿姨是派对女王，我就是派对王子，很多客户都是我从派对中拉来的。"

我又看到雅各那抹神秘的微笑，但这次我没问为什么。

看华诺狼吞虎咽的样子，我提醒他派对上有吃的也有喝的。

"So what？光管住嘴是没用的，还得运动。我刚刚听到你们的谈话，如果不介意的话，马小姐可以跟着我晨跑，能快速减肥。"

"晨跑？"

"是的，明天早上五点半，我去找妳！"他说。

~

"碰！"有人甩门进房，然后是一对男女高亢的声音。

我将被子盖住头，想赶快再次进入梦乡，无奈隔壁的谈话一声高过一声，还夹杂着爆笑，犹如魔音传脑，把我的睡神都给吓跑了。

我气得冲到隔壁房门口，愤怒地举起手又放下，放下又举起，最后还是忍住没敲。

第一晚就闹得不愉快，如何睦邻？

软弱的我重新躺回床上，睁眼到邻居摆完龙门阵为止。

~

"扣、扣、"

谁这么早敲门？我睁着惺忪的双眼去开门。

"马小姐，晨跑时间到了。"

华诺一身运动服打扮，我认出他脚上穿的是今年Mizuno的火爆款，网上售价一万多元人民币一双。

"我不去了，Sorry."我有气无力地说。

"妳昨晚干什么去了？一副无精打采的样子，这可不行，我目测妳有……120斤。"

"胡说！"我吓得魂都飞了，"没有的事。"

华诺答肯定有，还问我多久没量体重了？再这么胖下去，没人敢追我。

我老神在在地表示自己有男友了。

"那更糟糕，再不运动，妳就快失去他了。"华诺低头看表，"我在楼下等妳，妳有十分钟。"

"神经病！"我嘴里骂着，但动手去拿跑步鞋。

我们沿着华堡四周跑了两圈。

"不，不行了。"我气喘如牛、大汗淋漓。

"才两圈而已，大姐。"华诺原地跑步。

"我是真的不行了，I give up."

"成，妳看着我跑。"

他果真弃我而去。

我坐在草地上大喘气，十几分钟后，他跑回来问我OK不OK？

"Fine."

又经过十几分钟……

"Are you OK？"他又问。

"Fine，Fine."我很不耐烦。

"都休息那么久了，还不够？看来妳不是大姐，而是老奶奶。"

太可气了，竟然叫我老奶奶？！看来老虎不发威，他以为我是病猫。

我突地站起身："就不信跑不赢你！"

洗完澡，我进早餐室。

"Bonjour，我的女友。"华诺乐不可支。

我睨了他一眼，闷不吭声。

"你们去晨跑了？"雅各问。

华诺答没错，马小姐还因此阵亡了。

"阵亡了？"华夫人很迷惑。

"她……"

我赶紧抢话："华诺，我警告你，你斗胆讲一句，我让你生不如死。"

"All right，"他举手投降，"I shut up."

接下来他们三人边用早餐边话家常，只有我还沉浸在稍早前的屈辱中……

当我们第二次跑步经过厨房时，食堂帮工Lena（一位满头银发的老太太）放下手中的蔬果，问我们介不介意让她加入？

结果……华诺和她跑在前面，我在后面追赶，不可思议的是，他们竟然数度超越我，我跑两圈时，他们已经跑了五圈。

" **€£#%～……"Lena对我叽哩哇啦。

华诺点头称是。

待Lena走远，我喘着气问："她说什么？"

"她说我的女友需要锻炼，不然生孩子时会很辛苦。"

什么？！竟然乱点鸳鸯谱，还提到生产，简直不像话！

华诺乘胜追击："噢！对了，不能再称呼妳为老奶奶，那是侮辱老人，连老人都跑得比妳快……"

我愤而拿起地上石头想扔他，他转身一溜烟跑了，而我连追他的力气也没有。

第五十五章/雅各的要求

雅各说得没错，小尤越来越瘦了，他站在花园里拍照，裸露的胳膊不比树枝粗多少。

"你有没有吃饭？雅各怀疑食堂的伙食不好。"我站在小尤身后问。

"当然有吃饭，"他放下相机，转身面对我，"只是吃的不多。"

我问原因，他答因为摄影展的事，压力过大，他害怕自己不够优秀……

"你绝对不能这么想，越是重要时刻，越要以平常心对待。老实说，我最近的压力也很大，因为体重直线上升。"

"呵呵！这也能构成压力？况且妳一点儿也不胖。"

"那是因为我开始控制饮食及晨跑的缘故。"

"晨跑？"

我把新进成员华诺介绍给他。

"我不知道雅各还有个表哥。"小尤说。

"谁说不是？而且这个表哥品味还挺高的，只听歌剧，不听靡靡之音。"

"我不听歌剧，只听靡靡之音，这算品味不高吗？"

我正想回答，雅各跑了过来，很着急的样子："照片曝光了。"

小尤问他控制快门的时间和光圈值了吗？

"都照你说的做了。"

"肯定哪里出错了，我看看……"

趁着他们师生在研究，我默默走开。

凡事坚持下去就是胜利，对于晨跑，我开始有倒吃甘蔗的感觉。

"不错嘛！"华诺停下脚步，弯腰抚着腿，"妳现在跑五圈没问题了。"

我拿起脖子上的毛巾拭汗："当然没问题，我的目标是十圈。"

"我不行了，口渴，"他直起腰来，"我到厨房拿水喝，妳要吗？"

"要。"

我边做柔软体操边等华诺送水来，所在的位置恰巧能看到西翼以及雅各的窗口，所以当我发现小尤的头从那个窗口伸出来时，着实吓了一跳，他甚至……甚至赤裸着上身。

"妳在看什么？"华诺递给我一瓶水。

"没什么。"我赶紧转身。

"那个人是谁？为什么一直盯着我们瞧？"

"都说了没什么，快，再不跑，错过早餐时间了。"

我开步往相反的方向跑，远离小尤的视线。

早餐桌上一如往常，雅各没有异样，但我的鼻子很灵敏，闻出他身上男性荷尔蒙的味道。

"我觉得马老师自从晨跑后，整个人容光焕发，看来我也该运动运动。"华夫人说。

"阿姨不运动也容光焕发，倒是雅各需要运动。"华诺将目标对准自己的表弟。

"我不运动，运动会增加我出血的机率。"

雅各不说，我差点儿忘了他是血友病患者。

"缺乏运动的人生多乏味呀！"华诺感慨。

"缺乏爱的人生才乏味，我宁愿一天不运动，也不愿一天无爱。"雅各答。

"说得好，"华诺鼓掌，"但对我而言，缺乏性的人生更乏味，我宁愿一天无爱，也不愿一天无性。"

乖乖，早餐桌上竟然谈性说爱，法国人都这么开放吗？

"马老师，妳同不同意我的观点？"华诺抓我"群聊"。

"我不参加这个讨论。"我表明立场。

华夫人赶紧转话题，说她的好姐妹想买股票，问华诺可有什么好建议？

"科技股不错，有上扬的趋势，我可以登门拜访，做一个好的Plan……"

华夫人和华诺讨论正烈，我拿起橙汁喝了一口，不巧发现雅各的嘴角上场，让我想起赤裸上身的小尤，心中隐隐感觉不妙。

～

今天星期五，罗宋晚上到。

"这个礼拜就能收工，华夫人的画只需做最后的修饰。"男友在电话中告诉我。

我很高兴长期以来的担忧就要彻底结束，一旦拿到£8○，○○○，只要省着点儿花，罗宋回国前的学费和生活费都解决了，即使现在让我离开华堡也云淡风轻，无一丝压力。

"妳怎么了？很开心的样子。"华诺边跑边问我。

"我是很开心，我男朋友今天到。"

"妳的男朋友是那一位吗？"他指着前方雪松下瘦高的人影问。

"不，不是的，"我想了一下，"华诺，你继续跑，别管我。"

他果然在雪松前拐了弯，我则跑向小尤。

"这么早就起床？"我问。

"没有妳早。"小尤看着远去的背影，"他就是华夫人的侄子？"

"嗯！他叫华诺，告诉过你的。"

他转而问我最近过得如何？

"不坏，你呢？"

"不太好……"

我问怎么了？

"雅各对我的要求越来越多，我怕满足不了。"

要求？什么要求？

原来雅各说他的睡眠不好，需要搂着人睡觉才能入眠。小尤觉得怪，拒绝了几次，后来看雅各的精神越来越不济……

"我承认自己的立场不够坚定，有妇人之仁，没想到有一就有二，有二就有三，我怕哪一天事情会失控。"他很懊恼。

原来如此，这可以解释为什么马赛之行雅各会半夜进入小尤房间以及昨天早上小尤在雅各的窗口出现……

"那么你对雅各……"

"没有，我对他没有特殊的情感。"

看他一副笃定的样子，我大松一口气，告诉他以后别再和那孩子搂着睡，早晚会出问题，他们是师生关系，亲疏的度得掌握好，下次雅各若再提同样的要求，就说不习惯和人搂着睡，正常人都能理解……

"知道了，"小尤微笑，"妳果然是可以谈话的人，如果没有妳，我在华堡的日子会很灰暗。"

我正想答我也有同感时，华诺跑了过来："马小姐，还跑吗？"

我看了小尤一眼，他对我点点头。

"那拜了！"我笑着和他挥手，转身随华诺而去。

第五十六章/血染的窗口

今天上课老师迟到，下课时间因此往后延，回到房内时，罗宋已经在床上等我。

"你来了。"我把课本放下，"今天老师迟到四个小时，因为她的孩子在学校惹祸，所以……"

"没事，我在妳房里挺好的。"他答。

我忽然觉得空气有点儿闷，遂走向窗口。

"别开窗户，我不想我们的谈话被别人听见。"

看他表情凝重，我狐疑地坐下来，问他怎么回事？

罗宋的眼光落在我身后，我转过头去，不知何时，那幅丑陋的日本国旗已被拭去油彩，我的大裸照毫无遮掩地示人。

"感谢妳的老师迟到得够久，让我无聊到把妳房间内所有的东西都侦察一遍。我早看那个狗皮膏药不顺眼，但一直没细察，今天才发现原来是某人在亚克力版上作画。我把亚克力版取下，Bingo，阿里巴巴的宝藏赫然在目。"

罗宋讲着笑话，在我听来，却像小刀划过玻璃般的刺耳，尤其他的脸上无一丝笑容，让人不寒而栗。

"那是艺术照，艺术……你懂的……"我小声地说。

"我不懂，妳告诉我！"他的语气很冲，仿佛扇了我一耳光。

我觉得不平，罗宋每天面对无数个裸露的胴体，我不过是做了回人体模特儿就十恶不赦？况且我和小尤之间，什么事都没发生……

罗宋愤恨地说果然是小尤，他早该想到，还责问我们眉来眼去、暗渡陈仓多久了？

"没有，什么都没有，只是拍个照，你若不信，可以当面问他。"我急了。

"呵呵！妳不跟我说实话，他会跟我说？还有，妳拍照问过我同意没？"

果然是大男人主义。

"我的身体我作主，干你罗宋何事？"我也来气。

"既然这样，那没什么好说的了。"罗宋甩门而去。

~

我以为这个礼拜是 HAPPY ENDING，没想到男友和我闹别扭，我的心因此被压上一块大石头。

"那天树下的男人是谁？"早餐桌上华诺问我。

我心不在焉地答小尤，雅各的摄影老师。

"就是他啊～"华诺把尾音拉得老长。

"你认识？"

"不认识，但我知道妳今天为什么不开心。"华诺对我眨眼睛，仿佛千言万语。

“马老师，”华夫人突然问，“罗宋怎么没下来吃早餐？”

罗宋没下来吃早餐，让我更确信他是真的生气了。

“我……不知道，也许睡过头了，我去叫他。”我站起来。

“不用，妳坐下，”华夫人用餐巾擦了嘴，“我去叫他。”

让主人去叫实在过意不去，但既然她已起身，我只好又坐了下来。

华夫人走后，我依旧心事重重，而今天的雅各看起来也心情不佳，但华诺毕竟是公关老手，他很快就把场面炒热，连我也不得不虚应一下，这有助我短暂离开阴郁的氛围，以致忘了华夫人离去后就没再回到早餐室，连同罗宋也没了影子。

~

今天星期六，有马术课。

我在上课，华诺骑着骏马在四周来回奔跑，很是烦人，趁着中场休息，我走了过去。

“你能不能别在这里骑？华堡多的是地方。”我说。

他答他就爱在这里骑，好看我出洋相。

“你真够直接的了。”

“好说，还有多久下课？”他问。

我答还有半小时。

“那么，待会儿见。”

说完，他骑着马飞奔而去。

~

我们骑马走了约五公里，直到华堡的影子在地球的那一端缩成一个小黑点。

"看妳骑马就知道是半路出家，我六岁就开始马上驰骋了。"华诺骄傲地说。

我闷闷不乐地答同人不同命，当他玩着乐高时，我玩着泥巴，但玩泥巴不见得就比较不快乐。

"Désolé，我没别的意思。"

"不用抱歉，我心情不好，不关你事。"我把头撇向一旁。

谁知华诺毫无预警地表示我的男友太小心眼了，如果他的女友拍艺术照，他一点儿都不介意。

"你……"我很吃惊。

"我们的通风孔是相通的，连妳呼吸的声音，我都听得一清二楚。"

原来华诺也发现了。

"你说我该怎么做，罗宋才会原谅我？"我想听另一个男人的建议。

"什么都不用做，如果他爱妳，还会回头找妳。"

我问如果不爱了呢？

"如果不爱了，这就是个好借口，可以趁机把妳给甩了。"

华诺不说还好，一说直接把我打入十八层地狱。

见我郁郁寡欢，他转而安慰我："如果恋情这么不堪一击，那也没什么好留恋。"

"你说的都对，但我还没做好被甩的准备……"我的眼泪滴了下来。

华诺见状下马，将左手递给我。

我一下马，他就将我拥入怀里，我抱着他嚎啕大哭。

"嘘～别哭，别哭了，好吗？"

我又哭了一阵，直到口干舌燥才抬起头来。

没想到他一低头给我荒漠甘泉，而我......没有拒绝。

我一直无法解释为什么那么容易就和一个不熟的男人接吻，难道只是一时头昏脑热？

而他呢？只因见不得女人掉眼泪？所以接吻是施舍也是安慰？

夜深了，我还在想念那个吻，和罗宋的粗鲁不一样，华诺的吻很柔、很轻，像薄纱掠过嘴唇......

没想到隔天一早见到华诺，他完全没事似的船过水无痕。

"妳今天没那么有精神，估计跑五圈都有问题。"他边跑边说。

"谁说的？不到最后关头，还不知鹿死谁手呢！"我赌气地答。

我们跑步经过西翼，头顶突然传来一声尖叫，一个女人紧接着出现在窗口，她歇斯底里地向外喊，我认出是Clara，她的手和白围裙上满是鲜血，而那个窗口是雅各的。

华诺撇下我，以跑百米的速度冲进西翼，华堡整个沸腾起来，只有我不明所以。

"这是怎么回事？"我的心纠了起来。

第五十七章/遗书

虽然我很想知道是怎么回事，但华堡上下已乱成一团，我不想成为障碍物，所以站得远远的，作壁上观。

没多久，我看见脸色苍白的雅各被佣人抬了出来，他的身上满是血迹，左手被管叔高高举起，手腕处有个冰袋，并且用弹性绷带固定住。

华夫人身穿睡衣，素颜，口中唤着："雅各，坚持住，妈妈在这里……"

一行人很快进入面包车内，管叔跳上驾驶座加速驶离。

待车远去，我走向华诺，问："怎么回事？"

"雅各割腕自杀了。"

虽然早已猜到，但真的落实了，还是很震惊。

"为什么？"

"我也想知道为什么？"华诺递给我一张纸，"在雅各书桌上发现的，也许这就是原因。"

· · ·

夜深了，

我等待你的敲门声，

扣、扣两声，不会错的。

后来，你不来了，

即使我哀求，你还是残忍地拒绝。

你的眼里看不到温柔，你的声音像铡刀一样锋利，

你已不再是你，

对我只是陌生人的客气。

我怀念你的味道还有激情过后均匀的呼吸声。

惟有在你怀里，我才能安详入睡，像个襁褓中的婴孩。

我想知道，

当我成为一具冰冷的尸体时，

你会不会对我做最后一分钟的拥抱？

读完，我倒吸一口气，没想到雅各的爱来得如此猛烈和偏执。

"看来，妳知道谁是始作俑者。"华诺意有所指。

"没有始作俑者，这是雅各一厢情愿的想法。"

"没有始作俑者，这是雅各一厢情愿的想法？"华诺扬起声，把我手中的纸抢了去，指着其中一行，"妳念念，这是什么？'……还有激情过后均匀的呼吸声'，妳是汉语老师，告诉我什么是激情？"

是啊！这分明已经是真枪实弹了。

"可是……小尤明明說……"

"雅各没有一厢情愿，是妳的朋友对妳说了谎。一个17岁大的孩子，初恋就等于全世界，哎～"

相对于华诺的叹息，我则是愤怒，而且愤怒到了极点，小尤竟然欺骗我？！

我感觉两颊火辣辣地热了起来。

"扣、扣、"

"Entrez."

罗宋开了门，但没进来，他站在房门口。

我看着他，等他出招。

"华夫人有事，今天不画了，改成下礼拜。"我的男友像在做会报。

"噢！"

"我……想回巴黎。"

"现在？"

"嗯！今天没人载我回家，我得坐火车，还是早点儿出发，学校还有功课要交。"

"噢！"

"那……我走了。"

"嗯！"

我以为他会走过来给我一个吻别，然而他只是点个头，转身就走，还不忘带上门。

难道正如华诺所言，罗宋不爱我了，正好拿裸照当借口，趁机把我给甩了？

我趴在桌上，泣不成声。

~

我仍然晨跑、学习、吃饭、睡觉……做生活中所有有规律的事。

华诺还是听歌剧，只是有时会加上新闻广播，我听不懂，但可以猜出是讲严肃的事，一本正经的。

至于小尤……他仿佛人间蒸发了，我不找他，他也没来找我。

华夫人和管叔同样消失好几天，直到今天，我才在早餐桌上看到女主人。

"Bonjour，各位。"她坐了下来。

"Bonjour."我和华诺先后道早安。

"今天的早餐看起来很可口。"她拿起刀叉。

我因为拿不准分寸，乖乖闭上嘴，倒是华夫人先戳破那层窗户纸："雅各昨晚回家了，人还很虚弱，你们如果想探视，请控制好时间。"

雅各回来了？我等不及想见他。

~

"扣、扣、"

"Entrez."我边找上课用书边答。

开门进来的是小尤，我立马提高警觉。

"依依，我需要跟妳谈谈。"他说。

"谈什么？"我故作忙碌，"我马上要上课了。"

"能跟我一起去看雅各吗？我不知该如何面对他。"

我说我不想介入，某人不跟我说实话，我为什么要像个傻子似地替他遮掩兼壮胆？

"妳在说什么？我完全迷糊了。"

看小尤还在演戏，我把雅各的"遗书"找出来，塞进他手里："你自己慢慢看，我真的得走了。"

我像风一样，赶着去上政治课。

第五十八章/视而不见

上完政治课，我直接上雅各房里，不巧他正在如厕，管叔要我等等。

几分钟后，管叔小心翼翼地扶着雅各从厕所出来，再服侍他躺下，接着帮他打点滴。

看他熟门熟路的，我问管叔以前是不是医护人员？

"不是，"他的眼光落在流量调节器上，边看边对照手表上的秒针，"久病成良医，久了就会了。"

久病成良医？管叔看起来好好的呀！

"管叔，"雅各哑着嗓子，"这点滴大概能滴一、两个小时，你能帮我到图尔的美术用品店买稀释剂和调色剂吗？你知道我惯用的牌子。"

"好的，少爷，我这就去。"他很快答应。

待管叔离开，我问雅各是否又想画画了？

"现在不想，只是派个工作给他做，否则他会时常进房啰嗦，让人不得安宁。"

没想到管叔的尽忠职守竟换来"烦人"的标签，我不由得同情起他来。

"你的气色好多了。"我说。

"为什么你们都说这些有的没的？什么气色好多了、看起来不错、精神很好……只有我自己清楚，我现在是形如槁木、万念俱灰。"

雅各说得没错，他的确看起来状态不佳，但探病的人总不能说些不中听的话，这岂不是雪上加霜？

那孩子听了，默认我的说法。

"谁来探望过你？"我问。

"该来的来了，不该来的也来了……"

"小尤来过吗？"

他的脸抽搐了一下，很受伤的样子。

"你想见他吗？"我柔声地问。

雅各的眼光落到窗外，无力地说："我最想见的就是他，我以为这辈子再也见不到他了……"

"雅各，"我握住他没打针的那只手，"告诉我，你们亲密到什么程度？"

"我们……"他迟疑了一下，"我们一起睡觉。"

"然后呢？有没有……"我不知道该怎么说才委婉。

"在梦里，我和他数度缠绵。"

在梦里？也就是说他们不曾"真枪实弹"过。

真是糟糕，我误会小尤了。

"扣、扣、"小尤的门户洞开，但我还是礼貌性地敲门。

他正在打包，房间里一片狼藉，散落大大小小的纸箱。

"你这是准备逃难？"我问。

"准备离开伤心地。"他更正。

我在他的椅子上坐下："我刚刚去看过雅各，他的精神还可以，需要我陪你去看他吗？"

小尤摇头表示看不看已不重要，看只为了心安，不看是为了给彼此重新出发的机会。

"雅各想见你。"我动之以情。

"我被开除了，华夫人命令我太阳下山前消失,妳說这时去看雅各合适吗？"

消息来得太突然，让人措手不及。

"小尤，我……"

"什么都别说了，我会好好的。"

"不，我必须说，对不起，我误会你了，你和雅各之间正如你所说，我已经求证过了。"

他回答很好，又继续手中的动作。

"你……还在生气吗？"我问。

"没有。"

"有。"

"没有。"

"有，你明明还在生气，所以冷淡对我。"我觉得委屈。

小尤无奈叹息："我还能怎么重视妳？告诉我。"

我要他别阴阳怪气的，我不喜欢。

"很抱歉，我也有自己的情绪要照顾，如果妳能帮我整理行李，也许坏情绪会早点儿消失。"

于是我动手帮他打包。

我们合力把最后一个纸箱塞进后车座。

"到了打个电话给我。"我说。

小尤向我点个头，然后对华堡做最后一次的张望，似乎要在脑海中拍下照片。

"拜了。"他过来拥抱我，然后坐进驾驶座。

大概很久没开，雪铁龙又开始不合作。小尤试了几次都熄火，就在束手无策之际，雅各穿着睡衣冲了下来，手上有白色胶带，肯定是把针头给拔了。

"你这是做什么？"雅各质问。

小尤铁青着脸，一句话也不说。

"小尤要回巴黎了。"我代答。

"为什么回去？我不允许，你下来，我有话跟你说。"

大概料到雅各会去扳车门，小尤的动作比他还快，马上将车门上锁。

那孩子急得出手捶打车体，这样的大动作对刚从鬼门关走一遭的人很伤，尤其他是血友病患者，禁不起再一次出血，我赶紧上前制止。

"雅各，Stop,你母亲把小尤开除了，他不得不走。"

"我母亲？"雅各转而朝屋内喊，"管叔～管叔～"

那个忠心的仆役马上从屋里冲了出来。

"你把小尤看好，不许他离开华堡半步，我这就去找我妈，问她还要折磨我多久？！"他气冲冲地走了。

小尤见状，又去发动车子，依然未果，他气得捶打驾驶盘。

此时管叔走上前示意他开门，两人走到角落谈话。

都是管叔在讲，小尤在听，后者偶尔点一下头，面色凝重。

没多久华诺从屋内走出来，跟管叔及小尤耳语一番后，管叔开始动手将雪铁龙上的行李搬下来，小尤则灰头土脸地跟在华诺身后，对我投来的询问眼光视而不见。

第五十九章/采菊东篱下

"今天星期五。"华诺说。

"So？"

"上个星期五妳很开心。"

我加速跑过喷水池，华诺随后赶上。

"怎么不说话？"他问。

"没什么好说的。对了，华夫人怎么又让小尤留下来？"

"还能是什么，害怕雅各二度想不开呗！"

我说这可不好，会成习惯性自杀。

"依依，"华诺喘着气，"妳能跟雅各谈谈吗？他还年轻，对爱情很懵懂，需要有人引导。"

自从我和华诺接吻后，我就从"马小姐"变成"马依依"，亲密度上升一级。

"好，今天找个时间。"我答。

~

我没有喝下午茶，直接上雅各房里，他还在输液。

"觉得如何？"我问。

"还活着。"他答。

"小尤留下来了。"

雅各说留得住人，留不住心，小尤现在对他避之惟恐不及。

"那又何必强求？强扭的瓜不甜。"

他紧抿着嘴，默不作声。

我乘胜追击："也许你走出去，譬如上大学，会遇到很多好女孩，咳、咳、或者好男孩，眼界宽了，就不会执着在某个人身上。"

"天鹅一生一偶，总是出双入对。当一只死了，另一只会郁郁寡欢，有的绝食殉情；有的撞墙自尽；有的溺毙而亡……这才是爱情的最高境界。"

看雅各还在做梦，我残忍地告诉他也许小尤并不认为他是那只配偶天鹅。

雅各低下头，喃喃道："小尤以前有个男友，后来回中国结婚生子了，我看过他皮夹里的相片。"

"这个我也知道，但毕竟都过去了……"

"我还看见皮夹里有另外一张相片，我猜这就是小尤犹豫的原因，他打算在世俗面前低头，去做所谓的正常人，而这恰恰不正常，所以我要把他扳回去，一旦他面对真实的自己，我才有可能被接纳。"

雅各到底在说什么？

"扣、扣、"

"Entrez."

进来的是管叔。

"马老师，妳来了。"他说。

"嗯！来看看雅各。"

管叔迳自走到点滴架前，把袋子取下换上新的。

"这袋滴完，今天的任务就完成了。"

"天天打，天天打，有完没完？"雅各抱怨，管叔听而不闻。

我很好奇雅各打的是什么？

管叔答凝血因子，是一种蛋白质，能在血管出血时与血小板一起填补血管上的漏口……

"管叔，你怎么连这个也知道？好像医生啊！"我说。

"我……噢！对了，待会儿我会去接妳男友，听说这次是收官之作。"

"嗯！他也这么说。"

管叔紧接着报料，原来华夫人的画作完成后会送给Guillaume爵士。

我听说过有人将自己的画像送人，但没听说包括裸体像。

"难道Guillaume爵士的老婆不介意？"我问管叔。

"他没老婆，第一任妻子去世后，再也没娶。"

这么说，男未娶、女未嫁，这倒是不错的结合。

没想到雅各斩钉截铁地表示他妈不能嫁爵士，她若嫁，他第一个反对。

我看见管叔脸上有欣慰的表情，难道他也不赞同？

见时间不早，我起身告辞，因为待会儿还有课。

"既然这样，你们都走吧！我想睡一下。"

雅各竟然连管叔也一并送出门。

不得不说管叔真是好脾气，他不仅不以为忤，反而催促我："马老师，我们一起走吧！让雅各睡觉。"

~

今天下午老师没迟到，我以跑百米的速度回到房间，罗宋没在那里。

放下书本，我直接上楼找他，他果然在他房里，正把随身物一一归位，像往常一样地排放整齐。

"今天老师没迟到，所以准时下课了。"我说。

"很好。"罗宋没看我。

"这两天就能把画完成吗？"

"是的。"他还是不看我。

"罗宋～"我上前拉他，"都一个礼拜了，还生气？"

罗宋无奈放下手中物，把我拉向他。

"怎么了？"我问。

"没什么，只想闻妳的味道。"

我骂他神经病！但没有拒绝。

"我宁愿不曾来华堡，不赚那£80，000，这辈子只和妳采菊东篱下，悠然见南山。"

我要他别说傻话了，£80，000是很多很多钱，有了那些钱，我们可以过得舒服点儿。

罗宋忽然态度严肃地说："依依，我……原谅妳了，如果……妳可不可以也原谅我？"

原谅？ 原谅什么？

"扣、扣、"在人敲门。

"Entrez."

来者是管叔，他说华夫人要罗宋马上到她房里作画。

我答罗宋刚刚到，东西都还没归位呢！

"没事，"我的男人叹了口气，"我去！"

"那么……今晚我等你。"我小声地说。

罗宋看了我好一会儿后，才弱弱地答："好。"

第六十章/趁虚而入

罗宋蹑手蹑脚地钻进我被窝。

"几点了？"我问。

"不知道，没看。"

他把我丝质睡袍的带子解开，嘴凑了上来。

"不行，"我推开他，"今天不是安全期。

我的手伸向床头柜找东西，罗宋阻止我："别找了，咱们生个Baby。"

"开什么玩笑？我父母还以为我是纯洁的小白兔。"

"小白兔乖乖，把门儿开开，我要进来……"

大半夜的，罗宋竟唱起儿歌，此情此景，那叫个挑逗。

"我不要。"

我的手又去拉床头柜的抽屉，但罗宋的动作比我还快，他进来了，让我措手不及……

～

"好讨厌，怀孕了怎么办？"我责怪他。

"那就生呗！早晚的事。"他的手还是不安分，到处游走。

我问他能不能正经点儿说话？

"我是很正经，明天拿上£80，○○○，我们租个小教堂结婚。"

"真的假的？"我推开他，半坐起。

"当然是真的。"他将我扑倒，手移向我的胯下。

"罗宋，刚刚才……"

我的话还没说完，罗宋又开始第二回合，而且非常奋力拼搏，似乎有用不完的精力。

～

早晨的阳光透了进来，我将腿缩了缩，晒得难受……

等等，太阳都晒屁股了，华诺怎么还没来敲门？

想起我和他的房间声气相通，昨晚他肯定听到什么，不好叫我起床晨跑，我不禁红了脸。

"罗宋，起床了。"我推了他，他蠕动一下身子又继续好眠。

我趴在他身上，嘴巴对准他的耳朵，喊着："大野狼，赶紧起床了。"

他还是不起，我随手弄乱他的头发，像看一个赖床的小孩，随之而来的却是一股香味飘散开来……

我把手往鼻子一送，皱起眉头，再低头闻罗宋的发，没错，是香奈儿五号的香水味。

这不是我的味道，我一向不喜欢太浓郁的香气，是……华夫人，她有这款香水。

我开始像侦探似地分析：即使作画时，华夫人喷上香水，那味道不会一直紧跟着罗宋，尤其是头发，惟一的解释是……他们有了肌肤之亲。

"罗宋！"我嘶吼起来。

"知道了，这就起床。"他翻身面向我，睁开半眯的眼，"怎么了？一副凶神恶煞的模样，不过是多睡了几分钟，至于吗？"

"你昨天睡了我，又睡了谁？"我虎着眼。

"谁？"罗宋睁大眼，睡意全无。

"华夫人，你睡了华夫人，Oh My God。"我跳下床，呼天喊地，"你怎能这样？！你对得起我吗？"

罗宋掀开被子向我奔来，一把抱住我："依依，冷静，冷静，冷静一下……"

"我为什么要冷静？"我推开他，"你的头发有华夫人的香水味，别想抵赖，说，你们背对着我做了几次？"

"一次也没有。"他弱弱地答。

"既然要说就说个彻底，大丈夫遮遮掩掩算什么？你他妈的全给我招了！"我气愤非常。

罗宋想了想，伸头一刀，缩头也是一刀，索性"诚实为上策"。

原来上礼拜六早上，华夫人去唤罗宋吃早餐，罗宋躺在床上说不吃，语气很消沉。

华夫人什么都没说，手轻抚罗宋的额头、眼睛、鼻子、嘴巴、喉结，接着抚摸前胸、小腹和私密之处……

"只是那样，别的真的什么都没有。"罗宋一副无辜样。

好的，就算只是抚摸，但接下来的一个礼拜，我猜想罗宋深深沉迷在华夫人的手指之间，否则昨晚的作画时间里，他不会一直心猿意马而无法下笔。

"华夫人看我下不了笔，要我坐下，又给我一杯水。我没喝，将水洒向她赤裸的身体，然后伸出舌头一一将水舔干……"罗宋说得绘声绘影，殊不知我的五脏六腑全被怒火给烧尽。

"这倒好，你成了吸水毛巾了。"我冷嘲热讽。

"如果……如果不是怀疑妳背叛，或许我能克制住，但是……所以……况且我和她只是玩，没有真枪实弹。"罗宋替自己的浪行找到借口。

"原来，原来还是我的错，是不？"我歇斯底里。

"不，不是的，我是说……我最在乎的还是妳。"

呵呵!最在乎的是我，却跟徐娘半老"没有真枪实弹"地玩，你当我傻还是笨？

"行，你走，再去找那个不要脸的骚货，我们……玩完了！"我用力把仅着内裤的罗宋推向房外，接着上锁。

罗宋又敲了几次门，见大势已去，只能黯然离去。

我不想让华夫人看见我的伤痕，还是如常地进入早餐室，然而直到东西都上齐了，还不见伊人的身影，连同罗宋也人间蒸发。

想起那如同弹棉花的手指，又想起罗宋伸出舌头吸吮华夫人身上的琼浆玉液，再想到昨晚罗宋超强的性能力，原来，原来我是华夫人的替身……

"你慢用。"我起身对华诺说。

"去哪里？"

"回房，今天的早餐难以下咽。"

实际上我奔着华夫人的房间去，不将那两人枭首示众，誓不为人。

~

我很快找到欲望之门。

站在房门口，我犹豫了一下，开了门等于彻底决裂，我不知道罗宋能不能拿到€80，○○○，反正我是不可能再待在华堡了……

我的手刚触及门把就被华诺揽腰抱住给带到楼梯间。

"干什么你！"我挣脱他。

"这话应该是我问妳。"

"我……我没干嘛。"

"还说没干嘛，一看就是打翻醋坛子的弃妇样。"

我？弃妇？

华诺说不然呢？难道是捉拿雌雄大盗的女义士？

我没回嘴，转身把即将溢出的眼泪给逼回去。

"想哭就哭，憋着干嘛？会生病的。"他说。

我把眼泪拭去，逞强地说谁想哭来着？

华诺走过来将我拥入怀里："不想哭也行，我的胸膛借妳靠一下。"

他不说则已，一说，我的泪水像决了堤的洪水，止也止不住。

"罗宋背叛我了，他怎么可以这样？呜呜呜……"

"嘘～嘘～嘘～"

华诺用嘘声代替言语安慰我，我觉得自己像是受了欺负的三岁孩童，好半天才停止哭泣。

"我想去敲华夫人的门。"我说出心中所想。

"然后呢？如果他们什么事都没做，妳就是因吃醋而乱使性子的人；如果他们做了，阻止这一次，还会有下一次，除非妳就想玉石俱焚，否则怎么做都不对。"

我说他不是当事人，当然云淡风轻。

"我也曾是当事人，当前女友在我房里和别的男人滚床单时，我关上门，走到附近的Tabac买了包烟……"

我说我不信他这么淡定。

"她又不是我老婆，即使是我老婆，我也管不住她打野食的生理需求。当然，也没有哪个女人管得住我，所以彼此彼此。"

果真法国人都浪漫成性。

"我做不到。"我摇头。

"没人强迫妳性解放，只是给妳一个思考的方向。这世界不是所有人都把性行为当神祇膜拜，人生苦短，何必作死自己？"

人生的确苦短，我也的确正在作死自己。

"那成，我不作死自己了，谢谢你的胸膛和……有意思的谈话。"

"依依～"华诺喊住我，"如果我说发泄心中不平的最好方式就是找个男人上床，妳能接受吗？"

"这个男人有没有包括你？"我慢慢地说，感觉心正在下沉。

"包括天地间所有的雄性动物……"

我直接赏给那个畜牲一巴掌："好个趁虚而入，滚，越远越好！"

他捂住脸，没有反驳。

"这个男人有没有包括你？"我慢慢地说，感觉心正在下沉。

"包括天地间所有的雄性动物……"

我直接赏给那个畜牲一巴掌："好个趁虚而入，滚，越
远越好！"

第六十一章/互别苗头

管叔说星期六下午他把罗宋送回巴黎了，因为画作提早完成。

"罗宋开心吗？"我问。

"也就那样，倒是华夫人很开心，因为罗宋把她画得美极了。"

原来世界并没有因为我伤心、难过、生气而停止运转，罗宋甚至离去前也没通知我一声，我算哪门子女朋友？比普通朋友还不如。

~

雅各身体好多了，今晚他下来和我们一起用晚餐，厨子特别煮了他爱吃的法式烤鱼和培根菠菜派。

"好吃吗？雅各。"华夫人关心地问。

"嗯！"雅各低头专心吃派。

"马……小姐，喜欢吃烤鱼吗？"华诺问我。

我又从"马依依"变回"马小姐"。

"还行。"我答。

"马老师，"雅各忽然转头问我，"小尤喜欢吃什么？"

他在这个时间点问起小尤，让人有些意外和无所适从。

我答不知道他喜欢吃什么，不过他曾带我去吃日本料理，所以我猜他对日本菜不排斥。

"那么从明天起，餐桌上一周至少有一次日本料理，我要小尤和我们一起吃饭。"

"Chéri，"华夫人唤他亲爱的，"这是不合规定的，况且今天夜里Guillaume爵士到，他会待个几天，若加个外人一起用餐……不方便。"

爵士会来？他好久没来了。

"那行，我去厨房和小尤一起吃饭，同样的，一周至少有一次日本料理。"雅各退一步。

"你何必坚持和小尤一起吃饭？他未必乐意。"华诺说。

"我想过了，如果我一直高高在上，他吃糟粕，我吃牛排，如何同舟共济？我要他和我一样，要嘛他来我这个层面，要嘛我去他的层面。"

我不看好雅各的一厢情愿，提醒他"欲速则不达"。

管叔也开口了："是啊，有些事要慢慢做，有些人要慢慢等。"

"我等不及了，"雅各态度坚决，"我有病在身，什么时候撒手人寰说不准。你们能理解最好，不能理解，我也管不了了。"

～

"扣、扣、"

我回复请进，但门一直没动静，我只好过去开门。

"Surprise!"好大一束花遮住来者的脸孔。

"你不用这样，况且我对花过敏。"我冷冷地说。

华诺赶紧将花放下，狐疑地问是真是假？

我答是真的，我对某些花香过敏，会起疹子（其实是借故拒收他的示好）。

"那可不妙，"他看着花，"这些都是野花，我边晨跑边摘的，都很美……"

"是很美，可是……"

"知道了。"他把花藏到身后，"待会儿我把花送给佣人们。"

话到这里告一个段落，我问他还有事吗？

"有，就想告诉妳，一个人晨跑很无趣。"

"So？"

"妳反正闲着也是闲着……"

"So what？"我还是假装听不懂。

"Je suis désolé，我不该对一位思想保守的东方女子讲西方的放浪形骸，先声明我是对交浅言深道歉，而非对我的言论观点道歉。"

这个歉意给得真不够诚恳。

"Well，我收到你的道歉了，还有事吗？"我问。

"有，妳也该道歉。"

我？为什么？

他答挨了我一巴掌，到现在牙关还疼。

呵呵！真够夸张……行，我马依依能伸能屈。

"Je suis désolée，我不该对一位思想和行为都放荡的法国人动粗，先声明我是对动手打人道歉，而非对我的愤怒情绪道歉。"

"说得好，我们是旗鼓相当啊！"华诺微笑，"怎么样，继续晨跑的约会？"

我想了想，既然我和他之间没有深仇大恨……

"明天早上同一时间，逾时不候。"我说。

"一言为定。"他伸出手和我握了握。

～

我一进早餐室就看到GUILLAUME爵士。

"Bonjour, young lady."他声如洪钟地跟我道早安。

"Bonjour……Bonjour……Bonjour."我给在座的爵士、华夫人、华诺各一个早安。

待我坐下，爵士笑着对我说："Long time no see."

我同意好久不见，顺便问他都忙些什么？

他答去了一趟亚洲，并且买了个美丽的中国新娘回法国。

"Really？"我太震惊了。

华夫人和华诺听了大笑不已，我才知道自己上当受骗了。

"You are a bad boy."我控诉。

"Always."他笑了，不以为意。

我数了餐桌上的人头，少了雅各，正想问为什么，那人却神情愉悦地走进早餐室，后面跟着小尤。

"Bonjour."雅各亲吻他母亲。

我目不转睛地看着雅各身後的人，他很淡定地向我走来，并且很自然地坐在我的左手边。如此一来，雅各要嘛坐在华诺和爵士之间，要嘛坐在我的右手边，反正是不能和小尤比邻而坐了。

"咳、咳、我换个位子吧！"我起身。

"妳坐下。"小尤低喝。

我转头看雅各，他一脸不高兴地在我右手边坐下，我也只好回到原来的位子上。

趁着雅各被爵士以"关心病情"留下，我和小尤吃完早餐赶紧溜。

"我以为你不会为美食而折腰，看来食堂的菜色越来越坏了。"我说。

小尤答菜色没变，只是他想一天三餐加下午茶都能见到我。

我问为什么？

"为什么？"他笑了，很是无奈，"如果一个女的听到男的说想每天都见到她，女的会问为什么吗？"

我想了想，的确不会，但凡有点儿智商的女人，都不会问这么白痴的问题，但是我和小尤不一样，我们是铁哥儿们，即使多日不见，情谊不变。

他苦笑着说也罢，铁哥儿们就铁哥儿们，能当铁哥儿们总比什么都不是要强得多，是吧？

第六十二章/女人的忌妒心

又过了一天。

早餐桌上，雅各问Guillaume爵士哪里好拍照？

他答安纳西，又附带说明它是阿尔卑斯山区最美丽的小城，它的山是青的，水是绿的，不仅景色怡人，而且生活悠闲，尤其城中有个安纳西湖，清澈的湖水来自阿尔卑斯山的冰雪，被认为是全欧洲最干净的湖。

"小尤，我们去安纳西拍照，今天就去。"雅各兴致勃勃地说。

"今天恐怕不行。"

他借机把摄影展的事说出来，强调时间紧迫，他得先把展览用的相框全订下来才行。

"摄影展是你的事，但我花钱雇你是为了雅各的学习，请不要混淆了。"

看华夫人不高兴，我只好把小尤获得摄影界最高荣誉比赛首奖一事供出，包括他接受了大大小小报章杂志的采访。

"是吗？"华夫人很是惊喜，"原来华堡人才济济、卧虎藏龙啊！"

小尤当然谦虚一番，又再三保证会把错失的课时补上，华夫人这才勉为其难地答应了。

"*€%#£¥……"爵士开口了。

"*<€£%#¥!~……"华诺也开口了。

他们两人同时望向小尤，小尤却看着我。

"What？"我问。

小尤答他们想看那幅得奖作品。

"不好吧？！"想起那是我的裸照，我皱起眉头。

"该不会得奖一事是胡诌的吧？"华夫人投来怀疑的眼神。

我赶紧否认。

"那么看一下又何妨？"华诺推波助澜。

我嗫嗫地答照片在我房里。

这真令人难为情，十只眼睛直盯着照片，我的头低得不能再低。

"Tres belle."爵士第一个发出赞叹声，两眼珠动也不动。

华诺怕我听不懂法语，直接用普通话赞美我："妳的肌肤吹弹可破，简直是天生尤物。"

我不敢居功，说这得感谢小尤，是他把我美化了。

相较于那两人的不吝赞赏，另外两人就小气多了。华夫人选择沉默，雅各则一副不开心的样子，像是心爱的玩具被抢了似的。

"€#+¥？ !*……"爵士又说话了。

这次华夫人很快做出反应，她飞快地说着法语。

爵士两手一摊，笑着回答华夫人的问话，又转头问小尤。

小尤摇摇头，说："Pas à vendre."

然后爵士说了我恰好听得懂的€100，000。

我看见小尤倒吸一口气，停了几秒钟，他对爵士说："Deal."

我站在走廊窗口看着我的大裸照被抬进爵士的加长礼车内，在门关上的前一刻，我看到车内还有那幅罗宋替华夫人画的像。

"看来Guillaume爵士把华堡最美的两个女人都纳入囊中了。"华诺站在我背后说。

"告诉我，早餐桌上发生了什么？你知道我的法语不好。"我转过头去。

华诺很快接下翻译的工作，原来爵士看了那张得奖作品后，表达了购买意愿。华夫人急急表示自己已请人画了像，正想找个时间送过去。爵士笑着说他不介意同时拥有世界上最美的两个女人，然后问小尤开价多少？小尤答那是非卖品，但爵士一开口就是十万欧元，利益当前，小尤拍板成交。

"这么说，小尤十万欧元就把我给卖了？"我不满意。

"大小姐，那是照片好吗？想洗多少张就有多少张，世界上那么多杰出的相片都乏人问津，十万欧元妳还埋怨，简直天理何在？"

我不是这个意思，再怎么样，小尤也该问问我的意见再卖，毕竟拍的是我。

没想到华诺站在小尤那一边，他说被拍者一旦同意被拍，照片便属于拍摄者，想免费送人或高价出售，任凭处置。

果然和小尤的口径一致，哎！早知道就该狮子大开口才是。

"说真的，小尤把妳拍得美极了，我都管不住自己的老二。"华诺又开始口无遮拦。

"华诺，我郑重警告你……"

"All right. All right. 我收回，这年头就是不能说实话。话说回来，我不相信那个老家伙就管得住自己的老二，别看他现在岁数大了，年轻时曾被戏称'行走的前列腺'，妳就知道他有多风流！"

不会吧？！他老得足够当我爷爷了。

"再报个猛料给妳，我阿姨单身已久，最近想金盆洗手安定下来，Guillaume爵士是第一人选。今天闹上这么一出，我认为妳该担心的不是我，也不是老家伙，而是我阿姨。"华诺感叹，"女人的忌妒心啊！可以杀掉整城人。"

看来我之前的猜测没错，男未婚、女未嫁，华夫人把自己的裸像送给爵士，果真事出有因。

"那正好，她挑逗我男人，我就吊她男人的胃口，一报还一报。"我赌气地说。

华诺很不可思议地看着我："依依，妳好可怕啊！"

"女人的忌妒心啊！可以杀掉整城人。"我模仿他说过的话，然后大笑着离开。

第六十三章／三人行

"马老师，课上得怎么样？"华夫人问我。

"还行。"

今天午餐时间少了Guillaume爵士，他该不会上非洲买新娘去了吧？！

"茶道老师说你进步缓慢，动作马马虎虎不够细腻。"

是这样的吗？在我面前，她从未给过负面评价，顶多要我再做一次。

华夫人说为师者当然不好当面打击学生的信心，但她是出资人，老师得对她的钱负责。话说回来，差就是差，难道我不会察言观色？

"对不起，我会加倍努力！"我低下头去。

"这是批斗大会吗？"小尤开口护我，"如果妳要批评人，应该私下说，当着这么多人面前很不合适。"

我阻止小尤说下去。

"管叔，"华夫人发话，那个忠心仆役立刻俯首站在她身侧，"什么时候家庭教师开始爬到我头上？"

管叔随即走向小尤和他低语几句，小尤不高兴地起身离去，雅各见状也起身……

"你去哪里？"华夫人问。

"去找小尤。"

现在餐桌上只剩华夫人、华诺和我，我们三人安静地用着午餐。

没多久，雅各回来了，他开始动手打包桌上食物。

"你这是干什么？"华夫人又问。

"我不能让小尤饿肚子。"他边说边盖上盒盖，顺便拿起小尤喝到一半的橙汁。

待雅各走远，华诺开口了："小尤真有魅力，把雅各迷得神魂颠倒。"

"别乱说话，"华夫人低喝，"他还小，分不清楚崇拜和爱，等大一点儿，自然就矫正过来。"

"呵！我不知道同性恋还可以矫正。"华诺不以为然。

"当然能矫正，以前我就曾喜欢过班上女同学，她后来嫁给律师，身材也走样了……"

"妳以前读的学校是……"我问。

华夫人答天主教女校，保守得很。

～

我躺在床上，眼睛瞪着天花板，心想："难道华夫人说的女同学是贝夫人？"

贝夫人的老公是律师，她说过她读的是天主教女校。虽然如今的身材是五短加痴肥，但学生时期的她如果瘦下来，谁说不是娇小玲珑、小鸟依人？

当我还在做任何可能性的组合时，隔壁房间传来敲门声，华诺走过去开门，寒暄一下后，很快又关上门。

没多久，我听到萨克斯风的声音，吹奏的是爵士乐，在寂静的夜里，别有一番滋味。

华诺没有放他惯听的歌剧，让我颇感诧异，更让人吃惊的是，音乐停止后，我听到女人呻吟的声音……

难道华诺正在使坏？

我只能透过声音想像那些养眼画面，整个身体无端燥热起来。可想而知，当罗宋和我……那样时，华诺肯定也坐立不安。

夜深了，性欲如脱缰野马在我身体里到处流窜，我决定出门夜跑，借以分散注意力。

～

小尤说他拍照时不小心把相机磕坏了，修理费不低，而且也难保回复到原来的状态，所以打算低价出售再买个新的，问我愿不愿意陪他去一趟巴黎。

"Sorry，我的休假还未到。"我表示惋惜。

"老实说，买机子迫在眉睫，但拍照也刻不容缓，我想利用这几天将照片拍完，还想请妳客串当模特儿……怎么办？目前能够左右华夫人的也只有雅各，而我实在不愿求他。"小尤捂住脸。

"行，我去说。"

～

雅各知道小尤的烦恼后，二话不说地答应做母亲的工作，只是附带了条件。

"我不会影响你们拍照的。"他拍胸脯保证。

于是隔天一早，我们三人兴冲冲地跳上雪铁龙，往巴黎前进。

第六十四章/安纳西之行

我对相机没有研究，小尤说蓬皮杜有卖，我们三人便浩浩荡荡地往那里奔去。

蓬皮杜位于巴黎拉丁区，其建筑物本身就是一件艺术品，空调管是蓝色的、水管是绿色的、电力管路是黄色的、自动扶梯是红色的……就像一个正在建设中的工地，这在巴黎典雅秀美的古建筑群中显得格外突兀与怪异。

趁着小尤和雅各在看相机，我独自一人参观起这个被戏称"炼油厂"和"文化工厂"的现代艺术殿堂。

逛了一圈后，发现里面的展品并不珍奇，但与其他艺术气息浓厚的博物馆比，这里更有趣，也有更多科技和抽象艺术的结合。当然，在艺术中心内见到商业行为（譬如销售相机、手工艺品、纪念T恤……等）还是让人有些许失望，我以为凡雅兴的东西皆"不食人间烟火"。

走出蓬皮杜，那里有一个小型的喷泉广场，右手边是古典的教堂，左手边是达利的俏皮表情，造成感官上的冲击，也只有法国人会做这么大胆的尝试，让人不禁莞尔。

"嘟……嘟嘟嘟……"手机响了，是小尤。

"没看到喜欢的，我们打算去Chemin vert的照相器材街看看。"他说。

"我也帮不上忙，你们去吧！我一个人没问题的。"

"那好，妳注意安全，对了，今晚……妳回罗宋汤那里吗？"

没想到小尤问了一个令我为难的问题，他不知道罗宋背叛我了。

"回，你明天一早来接我。"

我还是决定把耻辱打落牙齿和血吞，打算和罗宋坐下来好好谈谈。

"那好，明天早上7点，我们在罗宋公寓楼下见。"

小尤挂上手机。

~

我来巴黎，罗宋并不知道。

开了门，一股烟酒味迎面而来，我捂住口鼻，快步走向窗口。把窗户打开后，我转头环顾屋内，果然狼藉一片。

床上被褥乱成一团，衣服东一件、西一件，桌上有数个啤酒瓶，瓜果散落一地，而我心爱的陶瓷小碗被拿来充当烟灰缸。

我往厨房走去，水槽内的碗盘堆积如山，我甚至还看到两只小强的踪迹，胃里一阵翻腾。

推开卫浴室的门，大浴缸的水满了，上面浮着些许泡沫；马桶虽然冲了，但黄色污垢让人宁愿憋着；洗手台上方的镜子布满水渍，让我的影象在镜前水迹斑斑；擦手巾像干了的菜瓜布，皱巴巴地晾在架子上……

一转身，我拉开淋浴房的帘布，尽管地漏积满头发、洗发水倒了、霉菌丛生，但都不及晒衣绳上的红色胸罩来得震撼，它像榔头似地给我沉重的一击。

我把胸罩取下，它还湿漉漉的，前开式的设计，恰恰不是我喜欢的样式，更不用说那是F罩杯，一个我撑死了也达不到的尺寸。

我愤而将胸罩往地上一掼，快步走向大床。床头柜里的杜蕾丝还在，但搞不清楚数目是否有短少？我又去翻垃圾桶，将不相干的脏东西往外倒，果然在底部发现开了封的银色包装袋及用过的保险套……

腿一软，我跌坐在地上，久久无法言语。

什么时候罗宋已经堕落到这种程度，不再是那个爱干净、待人诚恳、对我忠心不二的实心汉子了？

我想不通是什么改变了他，难道只为了赌一口气，不惜"一报还一报"？

如果他跟华夫人那一段是一时迷失，那么跟大胸脯女人这一段又算什么？是"刻意沉沦"还是"魔鬼上身"？

我再也无法相信那个曾经许诺我一生的男人，即使相识六年又如何？人心隔肚皮，他依然有我不认识的样貌，像只披着羊皮的狼。

~

我和罗宋的"爱之窝"已经彻底成了淫窟，肮脏到不忍直视。我毫不犹豫地走到不远处的香格里拉酒店开房，又叫来Room service，点了最贵的餐点和€1，000一瓶的红酒。

当我喝到两眼无法聚焦，嘴巴念念有词时，小尤来电话了。

"我和雅各想去吃宵夜，妳和罗宋汤来不来？"他问。

"罗宋汤？哪……哪个罗宋汤？噢！那个罗宋汤……我把它喝了……喝得精光，喝……喝得碗底朝天……"我含含糊糊地答。

"依依，妳还好吗？我马上去找妳。"他的声音听起来很着急。

"别……别来，我要，我要……睡……睡觉……"

近中午才被酒店前台的一通电话给叫醒，她问我是不是再续住一晚？我答不是，然后赶紧跳起洗个战斗澡，再冲向柜台结账。

我的任性之举换来一张€2587的账单，真想当场一头撞死，连安葬费也省了。

拿出手机，我才发现小尤打了23通电话给我，我是不是昏死过去了？竟然完全听不见。

"依依，是妳吗？我担心死了……"

我一拨通，小尤急促的声音便排山倒海而来，直到我向他保证自己没事，不过是喝多了，他才放下心来，转而问我在哪里？

"香格里拉酒店。"我答。

"哇！妳和罗宋汤真豪气，到那么贵的酒店开房。"

我懒得解释，问他今天还拍照吗？

他答天气阴阴的，不适合拍照，与其白白浪费一整天，倒不如开车到Guillaume爵士推荐的安纳西，那里山、海、河、湖一应俱全，一定能拍出好照片……

"行。"我无异议。

一经敲定，我在酒店大堂点了杯黑咖啡提神，坐等小尤和雅各的到来。

第六十五章/岛宫

如果一个女孩子被人称为恐龙，意思是长得很抱歉，有诋毁之意。

学生时代的我也曾当过恐龙，倒不是上述原因，而是因为恐龙非常巨大，如果你踩了它一脚，恐怕要经过好几分钟，传导神经才会传到大脑，发出疼痛信息。

我现在就是，罗宋的堕落和背叛正一点一滴地上传至大脑，疼痛也逐渐加剧。想起以前种种，虽然贫穷却有贫穷的快乐，不像现在，手头宽裕了，人心却疏远了。

"依依，怎么了？从上车到现在，妳一直闷闷不乐。"小尤关心地问。

"没什么，例假前的抑郁，过一阵子就好。"

小尤边驾驶边看了我好几眼，我假装没看见，把头转向一旁。

~

我们进入安纳西小镇时正值傍晚时分，天边有橘红色的晚霞，太阳则成了深红色的皮球，有一半已经沉入地平线以下。

随意找了家花团锦簇的家庭旅馆住下后，我们踩着青石小路往老城区走去，因为雅各说晚餐想吃起司火锅，而贯穿老城区的小河两岸就有很多卖吃的。

逛了一圈后，发现这里提供火锅的餐厅有多家，雅各独中意只提供法文菜单的店。

"提供他国文字菜单的，多半做游客生意，为顾及大众口味，往往失去原始的风味。"小尤说。

我翻着犹如天书的菜单，很是气馁，自然而然把决定大权交给那对师生。

小尤和雅各稍微讨论一下后，很快达成共识。

待点餐完毕，我问这里的起司火锅和瑞士的一样吗？

"是一样的，只是蒜味更重些，因为法国人很喜欢吃大蒜。"雅各答。

没多久，服务员捧来一个陶瓷做的小锅和用白盘盛装的食物，有面包、水果、蔬菜、肉类等。

"吃法和中国火锅相似，只是高汤换成了粘稠的起司，筷子换成了叉子。"小尤解释。

用叉子吃火锅？这倒新鲜。

我对小尤和雅各正谈论的摄影话题不感兴趣，加上心里有事，便专心吃起来。老实说，用叉子吃火锅没有筷子顺手，所以让叉子上的面包掉进火锅也就不足为奇了。

"Oh-Oh，妳的面包掉了。"雅各坏坏地笑。

"我知道，对不起，叉子不好使。"我边捞边回答，面包屑很快"弄脏"了锅底。

“光道歉是不够的，妳得接受处罚。”

原来这是吃起司火锅的传统，如果有人不小心让面包掉进火锅，就得受到同桌人的处罚。

“处罚就处罚，放马过来。”我放下叉子，大无畏地说。

“嗯……”小尤想了想，“妳自罚三杯葡萄酒。”

小意思，我二话不说，全干了。

雅各可没那么简单，他转动着眼珠子，似乎不愿放过这个绝佳机会，打算好好惩罚我。

“妳和这餐厅里的所有男性接吻。”他说。

果然令人为难。

“雅各，别胡闹了。”小尤制止。

“没关系。”我说，然后站起身，勇气十足地走向第一张桌子……

被吻的男人一开始都很吃惊，但没拒绝，尤其我的吻非常快速，短到只有一秒钟。

然而美女投怀送抱也有失利的时候，一个七、八岁小男孩捂住嘴，硬是不肯交出初吻。我只好蛮横地掰开他的手强行接吻，惹得小男孩嚎啕大哭，他的母亲则气急败坏地用法语责骂我。

我充耳不闻地回到位子上继续吃食，倒是那对师生受到很大程度的惊吓，尴尬地彼此对望，久久无法言语。

～

吃完晚餐走出来，老城的夜晚正热闹着，广场上有不同的表演节目，如：乐队弹奏、诗歌演唱、小品表演、踩高跷、现场作画……等等。

走着走着，我看见前方有个奇怪的石头屋，昏黄的灯光打上去别有一番风情。

"那就是岛宫，今晚的拍摄地。"小尤说。

听说岛宫是以前的监狱，但真的看不出来，因为太美了。

为了拍摄，小尤走进岛宫和那里的工作人员交涉一番，得到的答复是午夜12点过后才能拍，费用€500，这包括我们三人的入场费、灯光费以及清洁费。

交完钱，我们坐在附近的咖啡馆喝咖啡及吃甜死人的糕点，静等午夜的到来。

第六十六章/落荒而逃

小尤让我穿上中世纪修道士的黑色袍子，赤脚，双手戴上手铐。

"妳是有罪之人，给我忏悔的表情。"他说。

我在空荡荡的石头屋里来回踱步，脚底很冰凉，我不知道要如何表现出忏悔的表情，于是信步走向窗口，那是真正的铁窗，上面有几根铁栏杆。

窗外的月亮很圆，街道上已了无人烟，家家户户也熄了灯，只有路灯还亮着……

我想起了罗宋，我们的第一次邂逅，他说我长得美，要帮我画像；我也想起我们的第一次，事后他问我有没有伤到我？如果有，我们马上领证；我还想起他那一丝不苟的做事态度和爱干净、喜欢井然有序的个性。当然他也宠我，能容忍我的天马行空和偶尔的坏脾气，然而这一切的一切都已然变味。

很明显，那个拿到€80，000的人开始过起纸醉金迷的生活，把一个叫"马依依"的女人抛在脑后，就像丢开一件穿腻的二手衣。

想到这儿，我的眼泪不由自主地滚落下来。

小尤咔嚓咔嚓地猛拍，殊不知我的内心起伏。

"好，休息一下。依依，妳的表现太好了。"

我听不见、听不见、听不见……

悲伤的情绪一直笼罩着我，我站在窗口，保持同样的姿势不变。

"依依，妳到底怎么了？"小尤还是走过来。

看到他关怀的眼神，我仿佛看见亲人般，忍不住恸哭起来。

"能告诉我是怎么回事吗？我早发觉妳怪怪的。"他柔声地问。

因为有第三者在场，我欲言又止，小尤只好把那个少年支开，雅各为此气愤非常。

人一走，我把罗宋的背叛和大胸脯女人的事说出。

"这家伙活得不耐烦了，看我饶不饶他！"小尤握紧拳头。

我赶紧阻止，不想再看他们大动干戈。

"依依，罗宋……罗宋根本不值得妳付出这么多。"

不值得吗？想起从前他对我种种的好，那是千金不换的记忆。

"只要他回来，我愿意重头来过。"我消沉地说。

"妳……哎！我的容忍也是有限的，希望罗宋能配得上妳的好。"

闺蜜如此关心我，总算在众多烦心事中还有暖心的事。

"我没事了，睡个觉，明天又是崭新的一天。"我给他一个勉强的笑脸。

他摸摸我的头，有些无可奈何的模样。

~

我走进餐厅，已经有些许客人在用餐，这里的早餐有熏肉、香肠、煎蛋、烤面包、麦片、果汁和牛奶，惟独没有蔬菜。

房东的女儿走过来问我要什么？我答能否给我来点儿煎西红柿？她一口答应，让我倍感温馨。

本来雅各想住连锁酒店，但我认为来到特色小镇就该住民宿，结果证明我是对的，这种平易近人的家居感和人情味才是旅行中的一大亮点。

吃饱喝足后，小尤和雅各带上摄影器材拍照去，我则挽了个马尾，穿上高腰喇叭裙，独自往安纳西湖走去。

大思想家卢梭在《忏悔录》中曾经提到他和华伦夫人的恋情，据说安纳西湖上的爱情桥就是当年他们约会的地方。直至今日，依然有很多情侣前来追悼或见证他们的爱情。

我走上爱情桥，幻想着卢梭和他的情妇会面的情景。如果有一天，我和另一半前来，爱情是否也能得到庇佑？

~

几乎把安纳西小镇全走遍了，我才回到民宿。

那对师生仍然未归，我独自解决晚餐，然后早早上床睡觉。

没想到半夜被激烈的争吵声吵醒，讲的是普通话，我怕别的房客投诉，只好去敲雅各的门。

是小尤开的门，因为雅各已经哭倒在床上。

那孩子见我登门，仿佛洪水找到发泄口，愤怒地质问："马老师，你爱小尤吗？如果不爱，请当面告诉他。"

这是什么跟什么？我无端被波及，这误会实在太大了。

"雅各，我和小尤只是很好很好的朋友，跟男女之间的情爱不一样。你和他也能当很好很好的朋友，友谊是分享的，不是独占的。"我苦口婆心。

"友谊当然是分享的，但爱情不能，妳问小尤，他把妳当朋友还是爱人？"

听他这么一说，我把眼光落在另一人身上。

小尤避开我的询问眼神，转而对床上少年喊话："你够了，别胡闹！"

"我怎么胡闹了？你不敢说，我替你说，你是双性恋者，如果不是马老师，你早爱上我了。"

小尤看情势不对，忙抓住我的手："依依，我们走，别听雅各在这儿胡说八道。"

我甩开他的手，问了一个我也曾经怀疑过的问题："你是双性恋者？"

小尤很尴尬地表示自己也不清楚。

一明白他的心思，我突然退缩了。是呀！如果不幸被雅各言中，那么我真得和小尤保持距离。

"我……我先回房了。"我转身落荒而逃。

第六十七章/剑拔弩张

我和小尤之间客气许多，也生分了许多，但该做的工作还是要做。

今天是假期的最后一天，小尤说他想拍我的"一天"。

这一天从盥洗开始，我有晨浴的习惯，也就三、五分钟。换作以前，我不会介意在小尤面前袒胸露背（毕竟裸照都拍过），但自从……这个步骤便省了。

我刷牙、洗脸、梳头、化妆……把Hello kitty的睡衣换下，穿上白衬衫及牛仔裤，然后背了個跨包来到餐厅用早餐。

房东女儿看到我，问我是否还要来点儿煎西红柿？我笑着答Yes。

"你不吃吗？"我问小尤。

从浴室开始，小尤就不停地拍我。

"吃。"他抓起croissant匆匆咬上一口。

"雅各呢？怎么没看见他？"我切下黑香肠往嘴里送。

"我让他闭门思过，因为他满嘴胡说八道。"

是胡说八道吗？

"小尤～"我放下刀叉，还是问了，"雅各说的……对吗？如果不是我，你早爱上他。"

"如果没有妳，我也不会爱上他。"

我问的是"我"，小尤却把重点摆在"雅各"，这下子我更雾里看花了。

食不知味地吃了块马芬当甜点，又把剩下的黑咖啡喝完，我从容地走出民宿。

～

小尤要我忽视照相机的存在，想去哪里、想做什么，悉听尊便。

于是解放广场有我；游艇俱乐部有我；欧洲公园有我；湖边市场有我；古老的石板路有我；露天咖啡馆有我；特产店有我……

经过这家瑞士特产店，我不由自主地停下脚步，橱窗内有巧克力、瑞士军刀、瓷盘、咕咕钟、手表……不一而足，但我的眼光还是落在一个海口碗大的牛铃上。

大概过于投入，以致小尤走过来和我一同注视它。

"罗宋说等他拿到€80，000，他要带我去瑞士玩，然后买一个最大的牛铃送我，你看那个牛铃是不是最大的？"我问。

他答不知道，也许是。

"现在我连一个小牛铃也得不到了。"我自嘲，心里发酸。

"谁说妳得不到？"

小尤拉着我的手进店，指着橱窗里那个最大的牛铃对店员说：" Je veux acheter ça."

拿着包装好的礼物，我对小尤说：" Merci."

"光谢谢是不够的，我要妳的笑，从这耳到那耳。"

从这耳到那耳？

小尤紧接着跟我讲了个笑话，话说有对夫妻结婚十几年依然没有小孩，女人每天向上帝祈求，上帝最后决定赐给那对夫妻一个可爱的孩子。祂对女人说：" 我赐给你们的孩子有卷曲的头发、圆圆的脸、清亮的眼睛和红红的嘴，from here to here。"可惜女人天生耳背，她听成"from ear to ear"，吓得痛哭流涕，而上帝还以为她是喜极而泣……

"呵呵！太好笑了，哪有人的嘴巴这么大，从这个耳朵裂到另一个耳朵？"

"对，就像这样，我希望每天都能看到妳的笑容，from ear to ear。"

望着他，我的心被撩拨了一下，赶紧转过头去，好避开那双深情且炙热的眼睛。就在那一煞那，我看到雅各了，他的粉红色倒影在玻璃窗上反射出来。

"妳怎么了？"小尤问我。

"我……我好像看到雅各了。"

"雅各？"他追随我的目光，"在哪里？"

"没什么，也许我看走眼了。"

小尤又宽慰我几句，说我太紧张了，所以草木皆兵。

我是紧张，因为倒影中的雅各充满戾气，全身像着了火似的。

~

我们一直拍到下午三点左右才收摊，因为回华堡的路程需要4～5个小时，这时候结束，刚好赶上吃晚餐。

一进民宿，我看见我们的行李箱全堆放在大厅，雅各就坐在自己的26吋Rimowa上，正在打游戏。

"雅各，你动作真快。"小尤很讶异。

而我更讶异，因为雅各身上穿的正是粉红色衬衫，原来我没看走眼。

那孩子轻巧地从行李箱上跳下来，潇洒地说："已经办好退房，现在就能走。"

"在走之前，你是否该对马老师说些什么？我们昨晚说好的。"小尤一脸严肃。

"说什么？我不记得了。"

"你……"

我深知强求的道歉没有任何意义，而且为什么要道歉？雅各不见得是"胡说八道"。

"我们快走吧！也许还来得及看少女峰的夕阳。"我阻止小尤往下说。

少女峰是阿尔卑斯山脉的最高峰，宛如一位少女披着长发，恬静地仰卧在天地之间。听说每当夕阳西下时，耀眼的霞光会笼罩着白雪，景色分外美丽。

然而我的提议并没有起到作用，那两人依旧你看着我，我看着你，剑拔弩张。

我受够了这热腾腾的杀气，拿起行李便往外走，顺手还拉上小尤："快，我可不想错过美景。"

直到小尤发动雪铁龙，雅各才心不甘情不愿地回到车上。

第六十八章/禁脔

回到华堡后才发现华夫人去了瑞士日内瓦，和安纳西不过相隔35公里。

"好可惜，与你妈失之交臂。"我对雅各说。

"不可惜，我一个人挺好的。"雅各意有所指。

"我也是，一个人挺好的。"小尤也来凑热闹。

这一路上，雅各和小尤简直是绝缘体，连个眼神交会也没有，还要靠我穿针引线，车内氛围才不致于死气沉沉，没想到晚餐桌上那两人又讲起双关语，让我疲于奔命。

"Me too, It's good to be alone."我投降了。

谁知管叔开口："马老师，今晚妳不是一个人，Guillaume爵士晚些时候会到。"

Guillaume爵士？今天不是周末，他怎么来了？"

管叔答不清楚，今天一早接到Guillaume爵士来访的通知，中午华夫人就走了，走得很仓促，只理了个小皮箱。

这就更奇怪了，他们两人是不是闹别扭？

我看到雅各嘴角有难以解释的笑容。

"雅各，你笑什么？"我问。

"因为今天的食物很美味。"他答。

今天的菜单是洋葱汤、凯撒沙拉、法式焗蜗牛、脆皮鹅肝配珍菌，甜点是烤布蕾。菜是做得不错，但绝对和雅各的笑无关。

相对于雅各诡异的笑，华诺则一脸忧戚，仿佛天要塌下来的样子。

"马老师，今晚妳得做准备。"管叔提醒我。

"准备？准备什么？"

"准备……"管叔看了一眼在场男士，"准备接待Guillaume爵士。"

Guillaume爵士还用我接待吗？这华堡是他家，他比我还熟。

"以前是华夫人接待，现在她走了，所以换妳接待。"管叔耐着性子解释。

"好啦！知道了。"

我老大不高兴，才刚风尘仆仆地回来，马上又要投入工作，真是没劲！

~

通常我不在饭后洗澡，因为听说容易有大肚腩，但是今天不同，晚点儿要接待客人，总不能一身汗臭吧？！

洗完澡，果然舒服多了。我紧接着换上LV紫色露肩小礼服，跋上银色高跟鞋，脸上化了大浓妆。

真不知为什么要这么大费周章，很可能待会儿我只是去开个车门，说声"Nice to meet you."，然后Guillaume爵士大手一挥，让我回房睡觉。

如果真能那样就好了，因为我真的好想，好想睡觉啊！

"扣、扣、"

不会吧？！说曹操，曹操就到？

一开门，我看到华诺。

"妳今晚接待Guillaume爵士？"他问。

"是啊！"我答。

华诺怎么了？管叔说话时，他不也在场？

"今晚爵士睡哪里？"他接着问。

"可能是客房，也可能是'明月阁'、'东瀛阁'、'欧风阁'或'情色阁'。"

话一说完，果然好奇宝宝又有问题要问，为了解开华诺的疑惑，我不得不把房间的具体位置告诉他，包括二楼走廊尽头、玄关桌、紫砂花盆、蓝色鸢尾花等。

就在华诺提出更多问题前，我们同时听到车子驶入华堡的声音，谈话不得不戛然而止。

~

爵士一脚跨出车外，脸上油亮亮的，看见我，很高兴地说："Bonsoir."

"Bonsoir."我也道晚安。

今晚的爵士一身全白，脖子上还系了个金色蝴蝶结，更显年轻、有朝气。

"Where is that old lady？"爵士问华夫人在哪里，用的却是"老淑女"一词。

我答她在瑞士。

爵士俯首和我低语：" I hope she won't come back too early."

他竟然希望华夫人别回来得太早，我只好哈哈两声回应。

" Well, let's go to the erotic room."爵士下令。

Erotic room？ 那是啥玩意？

管叔用普通话跟我通风报信，我才知道指的是情色阁，一个我从来没去过的房间。

这么说，爵士打算趁华夫人不在，今晚做个Playboy？

我想起了花名册，这可怎么办？ 华夫人没移交给我，

" Are you coming?"爵士问我来不来？

" Oh, yes."我赶紧小跑步跟上。

~

这就是情色阁啊！

灯光是紫红色的，墙壁上有投影片，正在放映A片，叫声非常消魂、暧昧。

我往前走，由于灯光昏暗，害我差点儿撞上从天花板垂挂下来的皮制秋千。

床是圆的，也许还有振动功能，床头柜上则放置了枷锁口罩、手铐、蜡烛、润滑油、果味保险套以及各种型号的皮鞭。

浴缸已经放好水，温度刚好，上面还浮着玫瑰花瓣……

这一切的一切，在在显示有人比我早先一步准备好，做了本该属于我的工作。

既然万事具备，那么只欠东风了。

爵士看我掏出手机，问我想打给谁？

" Sakula, She is number one."我比出"第一"的手势让他安心。

" No.No.No."爵士将我的手机取下，" I don't want Sakula, I want you."

" No.No.No."我倒退好几步，表明自己是贴身管家，不是性工作者。

" Come on, *&*+£#¥~€……"

关键时刻，爵士竟然说起法语，让我一头雾水。

想必他也觉察到与其"鸡同鸭讲"，不如马上行动，嘴立即凑了上来。

我巧妙地躲开他的吻，转身就跑，天哪！是谁把门上锁了？

" Open the door! Open the door!……"我边喊边捶打门板。

爵士从后一把抱住我，Oh！No谁来救救我？ Please～

那个色欲薰心的男人听不到我的呼救声，用力一撕，我的露肩小礼服便成了块破布，我边去拉拼命往下掉的衣服，边给了他一巴掌，他不但不生气，反而更带劲。

我跑向浴室，想躲到里面去，孰料这个浴室门竟然不带锁，即使我使尽吃奶的力气，一点儿用处也没有，男人一下子便撞开了。

我吓得往后退，一个不小心，跌进浴缸里，破碎的衣服在水中立马散开来，我遮无可遮。

爵士见状，开始动手脱衣服，我一次次想从浴缸里爬出来，都被他的大手一推，又回到水里去。

难道今晚注定我将成为爵士的禁脔？

我想起了罗宋、想起了小尤、想起了华诺，想喊却喊不出来，因为脖子正被爵士掐住，他的脏嘴向我袭来……

第六十九章/肝肠寸断

华诺一把抓住爵士，将他摔倒在地。

"*%>¥#}!+……"爵士气急败坏。

"*€%#£¥+=……"华诺正气凛然。

当那位正义使者将我从水中捞起时，我已经分不清脸上是水还是泪，抱住华诺就像抓住了救命稻草，久久不放……

我洗完热水澡走出来，华诺已经不在。

坐在床上，我把今晚的事件重新倒带一遍。

爵士早上说来访，华夫人中午就走，而且走得很仓促……雅各诡异的笑和华诺的忧戚……华诺问我爵士睡哪里……有人事先将情色阁布置好……

这么说，这是个事先安排好的陷阱，就等着我自投罗网？

我感到无比愤怒，我答应当管家，可没答应做妓！更可气的

331

是华夫人把我当块肉送给他人食用，直到被端上桌，我还浑然不知！

华诺？对，华诺一定知道什么，否则他不会忧心忡忡，更不会巴巴地赶来救我……

哼！君子报仇，一天都嫌晚，我等不及明天一早去"大闹天宫"，誓把所有涉案人员通通缉捕归案。

我特意晚了十多分钟才进早餐室，让该来的人都到齐。

打过招呼后，我从容入座。

爵士一脸平静，仿佛什么事都没发生，只是话多得让人厌烦。

"Could you be quiet? I have a headache."我请他安静点儿，因为我感到头疼。

爵士干笑两声，不再说话。

我们安静地用着餐，直到……

"睡过一觉果然不一样，敢叫爵士闭嘴，别以为自己是华堡的女主人，我妈才是！"

我老早怀疑雅各是嫌疑犯之一，听他这么一说，Bingo，罪犯1号浮出水面。

"睡过一觉怎能一样？我现在的地位和你妈齐平，都是老家伙的姘头。"

"少侮辱我妈！"

"是她侮辱自己也侮辱了别人！"

此时雅各祭出优越感，强调他们是上流社会的上等人，跟贱民是不能相提并论的。

"上流社会？呵呵！上流社会藏污纳垢的还会少吗？好比眼前这一位，"我指着Guillaume爵士，"他就是个人面兽心的衣冠禽兽，还有，指不定你就是哪个肮脏交易下的产物……"

"马老师！"管叔面色铁青地大喝一声，"请注意一下妳的言行！"

我把餐巾往桌上一扔，站起来："我注意什么言行？这华堡该注意言行的多了去，偏偏就不包括我，少在这里道貌岸然，昨晚情色阁是谁去布置的？肯定是你这条看门狗……"

"够了！"华诺站起身，"还嫌不够丢脸？！"

他拖着我离开早餐室。

华诺和我骑着马奔向一望无际的草原，在天工织就的绿色巨毯上奔跑，那种柔软而富弹性的感觉非常美妙。

"好美啊！"我赞叹。

"看到大自然的鬼斧神工，才感觉自身的渺小，所有生活中的磕磕碰碰，不过是沧海一粟而已。"华诺有感而发，让我想起小尤带我去碉堡时，他也曾经说过类似的话。

"我但愿有你的豁达，但我做不到，想到被人设计陷害，我就一肚子火。"

"雅各是不对……其实我阿姨也不愿意，毕竟她对爵士是有感情的。"

我等着华诺告诉我这个长故事……

"Well，既然妳想听，我就说给妳听。"

原来两天前华夫人接到雅各的来电，她在电话中说了十几个不，仍没有打消雅各的念头，那个熊孩子最后使出杀手锏，华夫人为了不"白发送黑发人"，勉强答应雅各的要求。

"凭良心讲，爵士没什么大过错，他以为妳的反抗是节目的一部分。"

"雅各……雅各为什么这么对我？我还是他的老师，不看在师生情谊，也不用赶尽杀绝啊！"我心伤。

"这我就不清楚了，也许妳私下问问。"

我根本不打算再和雅各有任何交集，连华堡我也不愿再待下去，再待下去，我会发疯！

"不待在华堡，妳打算投奔妳男友？"

华诺提起罗宋，让我不胜唏嘘。自从发现他不忠的事实，罗宋仿佛人间蒸发，一个电话也无，我心中有气，自然拉不下脸来，两人就这么僵着。

一听说还有个大胸脯女人，华诺很兴奋："看来罗宋这小子走桃花运了。"

我默默下马，牵起马绳往山下走去。

华诺也下马和我并肩而行。

"怎么了？生气了？"

"没有……有。"

"这样吧！我的手机借妳，妳打给罗宋，一听到声音马上挂，他也猜不出是妳打的。"

华诺把他的手机递过来，我选择不看它。

"都一个多月不联系了，也许罗宋出了车祸或生重病，也可能被劫财劫色，妳就不担心？"

他用激将法，我顺着台阶下。

"好吧！看他没有我，日子过得有多凄惨！"

我接过华诺的手机拨打，电话那头却传来语音提示，说的是法语，华诺翻译给我听，原来对方的手机已停机。

停机了？！这么说，罗宋压根儿不想再和我有任何联系，而我还做着春秋大梦。

"也许……"华诺试着缓和。

"别再替他找借口了，他做错事反而跑得比任何人还快，男人呀！都不是好东西。"

我快速上马，往马腹一踢，它便风驰电掣地跑了起来，把罗宋和华诺都遗留在脑后。

离开马房，我看见小尤正把大大小小的纸箱搬进雪铁龙的后车厢。

"这是干嘛？"我问。

"我跟华夫人请了假，打算回巴黎忙摄影展的事，照片也得手洗出来，妳知道我的公寓内有暗房。"

连小尤也要走了，这华堡还有什么可留恋之处？

"我真想和你一起回巴黎。"这是我发自内心的念想。

"依依，妳……"小尤低下头去，停了几秒钟，他抬起头来，"妳真的和爵士上床？或者这么问，妳的工作就是充当华堡贵客的玩伴吗？"

这问话像把利刃，直接捅在我的心口上，如果连小尤也不相信我，我还有什么脸面苟活在天地间？

"是雅各告诉你的？"我困难地问。

"是谁告诉我的重要吗？问题是妳做了没？"他上前一步，"告诉我，妳和妓女是有差别的。"

"呵呵……呵呵呵……"我笑得眼泪都出来了，"我和妓女当然有差别，我琴棋书画都得学，算是高级妓女，不是几百欧元能打发的。”

小尤没说话，正是那几秒钟的无声，让我确信他相信了雅各，也相信了我的反话。此时天际传来几声低沉的雷吼，乌云压境，像梵高的画作《麦田里的乌鸦》一样，那么的沉闷与不安。

“你快走吧！恐怕要下暴雨了。”

说完，我转身跑回屋內，即使小尤那一声“依依～”，听得我肝肠寸断。

第七十章/贝公馆

我向华夫人递出辞呈，她笑了笑，问我这是不是深思熟虑的结果？

"是的。"我答。

"那好，妳尽快打包，我让管叔载妳去火车站。"

这么爽快？太不真实了。

我浑浑噩噩地起身走向房门口，背后传来华夫人冷冰冰的声音："别忘了把€100,000打入我账户。"

€100,000？我问什么€100,000？

"妳该不会忘了吧？！工作做不满一年解约，得赔偿我€100,000，合同上写得清清楚楚，妳还签了名。"

是有这么一条，但是华夫人违约在先，我有权单方面终止契约，不是吗？

"马老师，看来妳的记忆力真的不行，"她走向红木书桌，从抽屉里抽出本子递给我，"第十三项第二条，妳念念。"

我很快找到那一项那一条：**甲方若与客人有身体上的接触，纯属个人行为，乙方不介入。**

甲方是我，乙方是华夫人。

"如果乙方刻意误导客人与甲方有身体上的接触，又作何解释？"我反问。

华夫人答那得看如何误导，有时说者无心，听者有意，客人怎么解读，不是她能左右。我若认为客人违反了我的意愿，那么讨说法的对象应该是客人，而非乙方……

好呀！竟然把责任推得一干二净。

我说我没有€I oo，ooo，她给的薪水我已花去大半。

"这我不管，在妳身上花的钱、精力和时间还会少吗？€I oo，ooo只能算打平。"

我心情郁闷地走出华夫人的办公室，来到草木茂盛的庭院。

"怎么了？是妳吃了我阿姨，还是我阿姨吃了妳？"华诺在我背后问。

"呵呵！华夫人道行如此之高，怎么可能被我吃？"

"那么就是她把妳给吃了，是不是连骨头也一块儿啃了？"

"没错，啃得干干净净的。"

我边唉声叹气边走向榆树，不仅为了树大好乘凉，还因为那里有个秋千，我想做回小孩，好忘记大人世界里的烦忧。

"其实妳早知道这工作是裹了糖衣的砒霜，爵士是老绅士，我一阻止，他便停下来，换作他人，妳被轮奸都有可能。"

华诺讲得露骨，我却无法反驳，因为那的确是事实。

"怎么办？"我下了秋千，"华诺，你救救我。"

华诺借机把秋千抢了去，他荡得老高老高，几乎是180度的弧度，看得我眼花缭乱。

我忽然觉得把希望放在这个花花公子兼有赤子之心的人身上，非常可笑，他能帮我什么？什么也帮不了，我绝望地转身。

"别走！"华诺的秋千渐行渐慢，觑了空，他从秋千上跳下，"我想到了，我可以借妳€100,000。"

果然让我从这坑跳到那坑。

"不用了，人情债我背不起。"我仰天长叹，"哎～即使卖了贝夫人送我的Enchanted Doll，也顶多值四万欧元，想赎身，真的好难好难。"

"贝夫人？妳认识贝夫人？"华诺扬起声。

当他知道我和贝夫人的关系后，建议让后者去说情，因为贝夫人和华夫人是闺蜜，贝夫人的老公又是华夫人的御用律师，两家走得这么近，多少会卖点儿面子。

想起贝夫人曾经说过，只要我一心一意对她，她会给我惊喜。

我不知道什么是"一心一意对她"，但我太需要惊喜了。

～

我的工作合同中有一项"保密条款"，不得将工作内容外泄，所以在电话中，我简单交待在华堡工作不开心，想提前解约，能否请她去关说一下，让华夫人把违约金降到最低……

贝夫人听完后，问我违约金是多少？我答€100,000。

她在电话那头沉默良久，让我感觉不妙，怀疑自己是不是太

"交浅言深"了？

"呵呵！如果不方便就算了，我自已搞定，很抱歉给妳带来麻烦，Bonne journée."我不忘祝她今天过得愉快。

没想到贝夫人说她很高兴我求助于她，这样她就有理由把我留在身边。

"找不到说话的人度日如年啊！妳若搬过来和我一起住，日子就不无聊了。"她又说。

本来我和贝夫人彼此看对方不顺眼，但自从那次"深入"的谈话，产生了革命情感后，感觉就不一样了。

我不讨厌她，一点儿也不，她大概也欣赏我，所以当她说一切都包在她身上时，我如释重负，因为终于可以摆脱不光彩的工作重新做人了。

华夫人果然没有为难我，不仅爽快放人，还交待管叔载我到贝公馆，一个离华堡有一个小时车程远的庄园。

我把打包好的行李搬上车，华诺过来和我道别。

"女朋友离开我，我要心伤了。"他装作一副可怜样。

我把他的领带摆正，拍拍他肩膀上的灰尘："这下子我们不用担心会吵到彼此了。"

话一说完，他忽然抓住我的手，抓得那样急，让我有些错愕。

"依依，反正我现在单着，妳也没男友，要不，我们凑成一对？"

"开什么玩笑？"我把手抽回，"我没男友，不见得就得跟你凑成双。"

"妳就那么傻？看不出我是妳的护身符？有我在，谁都伤不到妳。"

华诺说的什么话，谁会伤我？

管叔按了两声喇叭催促我，我匆匆和华诺拥抱一下便上车。

直到车子开出华堡大门，那人还待在原地对我行注目礼，一副很不放心的模样。

第七十一章/鸡蛋碰石头

庄园指的是乡村的田园房舍，包括住所、园林和农田，中世纪英、法等国的庄园宅邸甚至带有防御设施。

贝夫人的庄园位于里昂以北，是由赭黄石块建造而成的典型村庄，这种颜色与阳光相映成趣，一眼望去，非常富有活力。

"180公顷的葡萄园加住所，花了我500万欧元。"贝夫人边带我参观庄园边说。

我心算了一下，也就三千多万人民币，真的一点儿也不贵。等听到这桩买卖的附加价值时，我倒吸一口气，实在太值了，贝夫人简直是花小钱捡了个大便宜。

她告诉我，这里原是一个法国贵族的庄园，这个贵族比国王还有钱，所以国王就经常向贵族借钱，借的次数太多，国王还不起了，就假借叛乱的名义，想杀了这个贵族。贵族听到风声后，连夜掩埋大批的稀世珍宝，然后逃得无影无踪。

几百年过去了，这批财宝到底埋在庄园何处，无人知晓。

"我就是听说这个传说，才把庄园买下，而且请了勘探队寻宝。如果真能找到传说中的宝藏，我就大发特发了。”贝夫人兴奋地说。

除了传说，原主人还把酒窖里陈年的葡萄酒、屋内的几幅名画和雕塑，都白送给了贝夫人，当然，如果再把葡萄园中高品质的葡萄算进去，价值就更无可限量了。

“我家的葡萄颗颗饱满，酚类比重达到A级，被用来做波尔多玛格丽红酒再适合不过，连原来的酿酒师都被我重金留下。”她说。

“看来，我得在贝公馆多喝几瓶好酒。”

“那有什么问题？”她挽起我的手，“我们现在就喝，晚餐已经准备好了。”

～

今天的晚餐是小牛肉配蘑菇汁、法式薯泥、芥末酱烧鸡、香料羊排以及乡村面包，甜点是贝壳小蛋糕。

我吃了牛肉、尝了薯泥、啃了烧鸡、切了羊排、咬了面包，也享受了蛋糕。

“依依，别光顾着吃饭，尝尝我家的红酒，绝对让妳回味无穷，”贝夫人替我的高脚杯注入红色的琼浆玉液，“Cheers!”

她一饮而尽。

我也小呡一口：“哇！太好喝了，入口香、落口甜，我的舌头不禁跳起舞来。”

“哈！说得太妙了，不仅舌头，我的身体也想跳舞。”贝夫人抖动一下身子。

“那等什么？妳想跳恰恰、吉鲁巴还是快三步？我陪妳！”我说。

贝夫人一听，赶紧让佣人搬来留声机，放上七十年代的抒情老歌。

仗着微微的酒意，我和贝夫人举着酒杯，在餐桌旁恣意扭动身躯……

我们笑着、跳着、唱着、舞着，然后喝着美酒，一杯接着一杯，直到我不小心将酒洒在贝夫人的黑色蕾丝裙上。

"对……对不起……"我从餐桌抓来纸巾拼命擦拭。

"别……别擦……脱……脱了就好……"

贝夫人真的把裙子脱下，露出粗粗壮壮的萝卜腿，我忍不住大笑。

这笑声激怒了她，她愤而把手中的酒也洒向我，我的白色短裙瞬间开满了红色小花。

"哎呀！这……这是我最……最喜欢的裙……裙子……"我很不满。

"买！给妳买十件……二十件……一百件……一千件……"贝夫人眼神迷离地指着我，"脱，妳也脱……马上……"

我醉得躺在地毯上，不理会贝夫人的疯言疯语。

谁知她竟较起真来，过来扒我的裙子。

我的裙子是松紧腰，被她用力一扯便掉了下来，偏偏我还穿着丁字裤，大半个屁股露了出来。

"哈……哈哈哈……"这次换贝夫人乐不可支。

"疯……疯婆子！"我边骂边挣扎着起身，"还我！"

贝夫人高举着战利品，挑衅地说："来啊！抢……抢到就是妳的。"

我伸手去抢，落了个空，她索性玩起"猫捉老鼠"的游戏，害我疲于奔命。绕了几圈后，那个明显玩High的人开始转移阵地，我也只好匍匐着跟过去。

一上二楼，贝夫人溜进走廊尽头房间的这一幕，恰巧被我捕捉到。

"看妳还能躲到哪里去？！"我边想边跌跌撞撞地进入那扇白色门。

"还我！"我动手去抢裙子。

贝夫人没反抗，她躺在床上呈大字形，仰天打起呼来。

我草草穿上裙子，看贝夫人下身仅着內裤，又费了九牛二虎之力，拉来毯子替她盖好。

"贝……贝夫人……晚……晚安……"

说完，我视线模糊地往外走去，不巧和匆匆推门进来的人撞个正着，像鸡蛋砸在石头上，流了一地的蛋液。

"妳怎么了？醒醒啊！"

我听到极富磁性的低沉声音，由远而近，由近而远，飘忽不定。

第七十二章/枷锁

我用力睁开双眼，看见天花板的四个角有葡萄藤的石膏雕饰，向左望去，墙纸是粉色的，窗帘是蓝色的，墙脚有个精致的化妆台，上面有不同形状的瓶瓶罐罐；向右望去，波斯地毯上有张大理石面狮子爪矮桌，配上两人座褐色皮制沙发，算是小型会客室，边上则有个步入式衣帽间……

这是谁的房间？

我从床上坐起，看见自己的两个大行李箱被堆放在床边。

噢！想起来了，这是贝公馆，昨天我从华堡搬出来，转而投奔贝夫人，那么贝夫人呢？

又花了我几秒钟才忆起昨晚和贝夫人喝多了，两人发起酒疯玩追逐，最后跑进走廊尽头的房间內……

这么说是有人将我抱回床上，谁呢？

我记起那极富磁性的低沉男声，说的是普通话，但绝不是贝律师。贝律师的声音很细高，像开了叉的黄莺啼叫声。

$\sim$

"Bonjour."贝夫人乐呵呵地向我打招呼，"我还想着要不要差个人去叫醒妳，昨晚妳喝多了。"

"Bonjour."我的早安给了贝夫人，同时也给贝律师，后者西装革履的。

我坐了下来，赫然发现桌上竟是中式早餐，有烧饼、油条、包子、花卷、豆浆、粥和酱菜。

"我做梦都想吃这些东西，贝夫人、贝律师，你们实在太幸福了！"我兴奋地说，口水都快滴下来。

"我们的厨子是台湾来的，除了喜欢勾芡和加糖外，做的菜真心好吃，来，多吃点儿。"贝夫人帮我盛了一碗粥。

"谢谢！"我双手接过碗，关心地问，"贝夫人，妳昨晚睡得好吗？"

"很好，"她忽然掩面而笑，"我竟然跑到小朱床上睡，这孩子没吵醒我，留了张纸条给老贝，自己则跑去跟勘探队的人挤，真是不好意思。"

小猪？怎么有人会取这个名字？

贝律师解释不是那个小猪，是朱元璋的朱，全名是朱翊安，贝家的酿酒师。

"朱-翊-安-，酿酒师是中国人？"我问。

"他是法籍华裔，曾在罗纳河谷的酒庄Jaboulet工作过，后来被这庄园的前主人雇用，一直做到现在。"贝夫人解释。

原来如此。

"马老师，我很高兴妳搬过来和我们一起住，我太太很需要人陪。"

这是第一次我感受到贝律师的真情流露，以前交谈的内容都是硬梆梆的法律条文，他一向给人"高冷"的印象。

"这是我的荣幸。"我害羞地低下头去。

"既然妳开始在我家工作，合同还是得签，规范好彼此的权利义务，将来才不容易有纠纷。"

原来贝律师还是"那个"贝律师，没变。

"好的。"我答。

吃完早餐，我被叫到贝律师的书房。

我的工作从华夫人的秘书变成贝夫人的秘书，内容也从华堡客人的贴身管家，变成陪吃、陪喝、陪玩的"三陪"女。

"给妳安插秘书的职称是为了申请工作签证，和实际工作内容无关。说白了，妳的工作就是确保我太太每天开开心心，不要胡思乱想。"

为了让我更快了解贝家现状，贝律师紧接着告诉我，自从他的夫人迈入五十岁大关，情绪大起大落，给他带来很多困扰。他的工作一向很忙，最近华侨团体运作让他参加半年后的参议员选举，势必会比以前更忙，那么家的和谐及稳定就显得格外重要，他需要我安抚他太太，别扯他后腿。

"没问题，我会和她秤不离砣，砣不离秤，直到您高票当选。"我说。

贝律师难得地露出笑容："但愿如妳吉言，对了，妳对薪水有意见吗？"

贝家给的薪水和华家一样，当初拟合同时，贝律师也在场。

"没意见。"我很快地答。

"妳的违约金，我们贝家已经代付了，所以如果妳再次违约，那么代价将是双倍，也就是€200，000，这一点我必须提醒妳。"

什么？！原来我不是解了枷锁，而是上了两道锁。

见我脸色郁郁，贝律师宽慰我："以前妳得应付华堡来访的各路人马，现在只要应付一个五十多岁的寂寞女人，何难之有？"

说得一点儿也没错，何况我和贝夫人如此投缘，这次应该不会出差错。

"对不起，我太杞人忧天了。"

我大手一挥，在合同上签了名。

我一走出贝律师的书房，贝夫人便迎了上来，样子很心急。

"妳怎么才出来？签个合同要那么久？都一个多小时了。"她抱怨。

"嗯！贝律师是比较严谨的人，所以我们多谈了会儿……"

"别说了，"她阻止我，"快，马车在等我们，我们坐马车逛葡萄园去。"

"逛"葡萄园？这太有趣了。

贝夫人高兴地牵起我的手，我们向屋外走去。

第七十三章/佞臣

这是一辆欧式复古四轮马车，黑楠木的车身，鲜黄色的车轴，內有白色皮制座椅，很是漂亮。

两匹马的形体也俊美而健壮，看见我们来，颇为急躁，发出长长的嘶鸣声。

"Bon garçon."我轻轻抚摸它们的额头，说些讨好的话，马逐渐安静下来。

"还是妳有办法，小丽和小花看见我，就像过动儿似的，恨不得马蹄一踩，扬长而去。"贝夫人埋怨。

小丽和小花？呵呵！好可爱的名字。

我告诉贝夫人，自己曾经从马背上摔下来，所以有段时间对马感到恐惧，后来学到"面对恐惧才能不再恐惧"的道理，现在已经能处之泰然。

"那好，就由妳驾马车，我来当一回英国女王。"

贝夫人率先上马，我也跳上驾驶座，吆喝一声，马蹄便嘚嘚嘚地击打着地面，掀起阵阵沙尘。

～

小丽和小花迈着优雅的小方步，稳稳地拉着马车往葡萄园前进。

马车"格拉格拉"地响着，声音寂寥而单调，很快便被贝夫人响亮的声音给盖过。

"以前我和老贝住在里昂沿罗纳河的大房子里，要不是这庄园的前主人得了怪病，想到南欧休养，我们压根儿没那么好运买下这宝贝儿。妳知道的，五百万欧元算是贱卖，前两年我们买的游艇差不多就这个数。"

我发现有钱人讲起"几百万欧元"像到菜市场买斤猪肉一样寻常，不过我的注意力不在数字上，而在……

"怪病？什么怪病？"我问。

"我也说不上来，好像原本身体健壮的中年人，某天开始口齿不清、步履蹒跚，接着面瘫、手脚麻痹，然后是酣睡，可以连续睡好几天都不醒。他的家人看不行了，决定卖了庄园给他治病，听说后来搬到希腊雅典，那里的天气四季如春，物价也低。"

真是奇怪，好好的人竟然患上怪病？！

"那么你们是何时搬来的？"我又问。

她答有大半年了，顺便提及她家酿酒师的食言而肥。原来为了庆祝贝家入住庄园，酿酒师曾答应要用来自La Lagune的赤霞珠和来自Jaboulet的西哈做一个混酿，制造出一款新酒，命名为"贝中国"，将对外公开销售，每个年份大约1万瓶，可是大半年过去了，连个影子也没见着，看来是难产了。

"妳是说朱翊安答应制造新酒？"

"就是小朱！"贝夫人的神情转为严肃，"待会儿要是遇见他，我得跟他催一催。"

马车慢慢驶过黄土地，天蓝得像被水洗过，上面有几朵白云。四周围虽然偶有几株大树或灌木，但了无人烟，很难想像这是某人的产业，因为跟乡间小路无异，还好过了河便是葡萄园，景观也变得不一样。

下了马车，我和贝夫人走在藤架之间，那香味如此诱人，像把人浸在水果酒当中。

"吃，可甜了。"贝夫人从架上随意摘取一串垂涎欲滴的紫色葡萄递给我。

我拨开紫色外皮，青色的果肉硕大无比，眼看汁水就要溢出来，我赶紧塞进嘴里。

"甜，真甜，像吃了蜜似的。"我开心极了。

有个声音突然在背后响起……

"我刚测过，那株葡萄的酚类比重很高，成熟度刚刚好。"

我认出这声音，赶紧转头过去，一个头戴草帽，身着工装背带裤的男人正睁着小眼睛看我们。

"小朱，"贝夫人叫嚷起来，"怎么成了工人了？"

"今天我来看看葡萄是否适合采摘，我不信任工人的判断能力。"他答。

"这是什么？"贝夫人指着他手上一个电水壶状的东西问。

小朱解释那是多重监测枪，可以在几秒钟之内检测出葡萄的成熟度，比重越高代表葡萄越成熟。

"呵呵！又长知识了，"贝夫人突然想起什么，"对了，赶紧找出最成熟的葡萄，我还等着我的'贝中国'呢！"

"我想酿出最佳的红酒，不想一出手就搞砸，您能等等吗？"小朱注视着贝夫人，像要通过瞳孔钻进她的身体里。

"咳、咳、"那个娇羞的女人假装咳嗽，好避开他炙热的眼神，"那……也只能这样了。"

"妳还好吧？"小朱转头向我，"那晚把我吓坏了，以为自己是金钢不败之躯，让妳应声倒下。"

"我喝醉了，撞上任何东西都会不醒人事。"

"那么下次少喝点儿。"他说。

奇怪，明明是关心的话语，在我听来却缺乏诚意，像是虚应了事。还有，我也不喜欢他的小眼睛，飘忽飘忽的，好像怕人将他一眼望穿。

"小朱可厉害了，很小就学习酿酒技术，后来还到波尔多的 Universite de Bordeaux 2 Victor Segalen 进修，师从酿造学家 Denis Dubourdieu，并且在香槟获得法国国家酿酒师文凭。"贝夫人开口赞美。

法国有句名言："酒是酿酒师的孩子"，意思是有了优秀的酿酒师，才能制造出高品质的酒，其地位在法国不可小觑。

看来我的第一印象并不准，小朱不是不学无术之人。

"贝夫人过奖了，我不过是做好份内的工作，和贝律师比，我的贡献微乎其微。"

好个佞臣！我刚对小朱改观，他的狐狸尾巴又露出来，油嘴滑舌的。

"我和依依想逛逛葡萄园，你能当导游吗？"贝夫人问。

"乐意之至。"

说完，他自然而然地和贝夫人并肩而行，毫不客气地把我甩在身后，让人为之气结。

第七十四章/物归原主

中午吃过饭，我想和贝夫人出去散散步，这才发现天空下起了毛毛雨。

来到贝公馆的这几天，各种雨不知下了有多少回，奇怪的是，天气并没有因为这些雨而湿润，反而依旧干燥。

"怎么办？下雨了。"我很懊恼。

"没事，到家庭房来，我帮妳织件毛衣。"贝夫人笑嘻嘻地说。

织毛衣？贝夫人会织毛衣？

原来当年在天主教女校就读时，有位修女教她织毛衣，现在不管罗纹织还是绕挑织、绵线还是中粗线、单根针还是五根针……全难不倒她。

"我对一个人表达喜欢的方式就是帮他织毛衣。"贝夫人完全不掩饰对我的喜欢。

"那好，记得帮我织件美美的毛衣，天冷时，我要天天穿着它。"我无限欣喜地说。

~

我的双手被圈上粉红色的毛线，线的另一端，贝夫人正忙不迭用两支棒针相互交错着。

"我原本有个妹妹，两人感情甚笃，后来她因病过世，我成了独生女，老贝也是单传，"她边织毛衣，嘴巴也没闲着，"妳说，我们膝下无一儿半女，诺大的产业将来要传给谁？"

我答现在流行裸捐，他们可以把财产捐给公益团体或慈善机构。

贝夫人说她可没那个心胸去帮助路人甲乙丙丁……

"那……"

"实话告诉妳，为了保住贝家财产，我们曾尝试做试管婴儿，可惜老贝的精虫数过少，取精失败。当时没太在意，觉得做丁克族也挺不错的，没想到年纪渐长，世代传承的念头也越发强烈。我想了想，反正这辈子是不可能有自己的孩子，倒不如领养个大的，不用把屎把尿，将来也能替我们养老送终。"

说的也是，我问可有人选？

"是有啦！"贝夫人把已织成方巾大小的毛衣高高举起审视一番，然后放下，继续手中的动作，"我还没试探，不知他作何反应？"

在我的软磨硬泡下，贝夫人终于松口："我问过，他父母很早就过世，他是叔叔带大的，前两年叔叔也离世了，现在孑然一身……他有一技之长，能把我家的葡萄园打理好……虽然未婚，但我相信过两年找个好姑娘，一定能为我们贝家开枝散叶……"

等我知道贝夫人的养子人选竟然是朱翊安时，心开始往下沉……

"妳怎么了？眉头皱得能夹死蚊子。"

在这个节骨眼上，贝夫人竟然还有心情说笑？！

"没什么，我想上厕所。"我需要短暂独处一下。

"那快去，就用一楼的客用洗手间。"

我把毛线从手腕处取下，快步离开家庭房。

我的第六感一向准得吓人，在我看来，小朱并非善类，一副獐头鼠目的样子，两只眼珠骨碌骨碌地转，更别提表里不一的举止了。

我该如何向贝夫人点明这一切？

望着镜中的自己，我没有答案。

回到家庭房，眼前的一幕让我惊呆了，小朱坐在我的位子上，双手被圈上粉红色的毛线，线的另一头，贝夫人正织着毛衣。

"依依，妳上完厕所了？快过来坐，小朱刚送新酿好的酒给我。"贝夫人解释。

我望向那个猥琐男。

"我看贝夫人手忙脚乱的，便越俎代庖地做了妳的工作。"姓朱的难得把眼光落在我身上，却是一副向主人邀功的姿态。

"现在我回来了，你可以回去做你的工作了，咱们各司其职。"我下逐客令。

这次小朱不看我，转而看贝夫人："夫人，我们谈得正尽兴，要不……我走了。"

"别，别走，难得人多，我们三人一起聊天。"贝夫人开心地说，顺便让佣人准备茶点。

～

小朱话匣子一打开，和贝夫人可说是短兵相接、势均力敌，大有"相见恨晚"之意。

我冷眼旁观，更确定来者不善，他的每一句问话都带有目的性，而且一环扣着一环，不把答案挖出来誓不甘休，偏偏贝夫人听不出来，随着魔杖起舞。

此时，贝夫人已经把她家财产多少交待完毕，顺便也把家庭状况一一理清。

"这么说，百年之后，贝家财产不知要花落何处了。"小朱下结论。

"说来真是不胜唏嘘，我才刚和依依提起，想收养……"

"停～"我大喊，把在场的两位给吓住了，"对……对不起，我想说……说……噢！对了，贝夫人喜欢的电视节目就要开始了。"

贝夫人抬头看墙上挂钟，同意她喜欢的肥皂剧就快开播了。

"朱翊安先生，如果不介意的话，能否让我们这两个女生看不动脑筋的爱情片？"我问。

小朱看看我，又看看贝夫人，无所谓地说："请随意，我也有事要忙。"

他站起身，就在贝夫人转身去拿电视遥控器的当口，恶狠狠地瞪我一眼。

～

我问贝夫人，收养小朱一事是否跟贝律师商量过？

她答还没，目前只是她单方面的想法。

"我认为妳最好跟老公商量一下，毕竟这是家庭大事，况且贝律师见多识广，一定有真知灼见。"我建议。

贝律师果然不是省油的灯，一听说自己的老婆想收养小朱，马上下禁令，理由是他有更好的人选。

"谁？"我太好奇了。

贝夫人欲言又止："这个先保密，我们还需要时间观察对方，毕竟才刚接触不久。"

Well，我不管那个人是谁，只要不是小朱，猪八戒也无所谓。

趁着贝夫人午睡，我信步走向花园，沿途有几个工作人员跟我打招呼，我一一微笑答礼。

走进花木扶疏的花园，各种争奇斗艳的花卉映入眼帘，这么美的景观，偏偏夹杂着吵闹声，真是大煞风景。

就在梧桐树下，我看到小朱和台湾厨子起了争执，前者推后者一把，让他踉跄倒地。

"别欺负人，行吗？"我走过去仗义直言。

小朱看见我，很是惊慌，但马上克制住："谁欺负人了？我是跟萧师傅玩，是不？老萧。"

老萧不置一语，他站起来拍拍衣裤上的灰尘后，默默走开。

厨子老萧一看就是老实人，年纪大到可以当小朱的父亲，他怎能這樣對待一位長輩？

"听着，你若欺负人，我肯定会告诉贝夫人！"

"切，别以为自己是正义使者，凡事总有个先来后到……"

话不投机，我转身想走，却被叫住。

"喂！贝夫人想收养谁继承家产？"他问。

收养谁？反正不是收养你！

"我不知道，钱财乃身外之物，我正鼓吹贝氏夫妇裸捐。"我答。

"这世界就是有妳这种笨人!"小朱边摇头边离开梧桐树。

"渣男！"我对着他的背影骂道。

当我想返回花园继续我的视觉飨宴时，不巧看到一支体温计，就躺在厨子跌倒的地方，我把它捡起来。

这只体温计上覆盖些许灰尘，但看得出不是二手货，上面的刻度很簇新。

我又凝视它好一会儿，仍看不出个所以然，决定晚餐过后将它还给老萧。

第七十五章/暴风雨前的宁静

我和贝夫人、贝律师一起吃饭。

今天的晚餐有三杯鸡、五更肠旺、蒜苗腊肉、蚂蚁上树以及清炒苦瓜。

贝夫人把一勺苦瓜放入我盘里："天气热，多吃点儿苦瓜，去火。"

"哪里来的苦瓜？"贝律师问，顺便吃了几片。

"台湾来的白玉苦瓜，我告诉萧师傅想吃，他特地从台湾进口的，一点儿都不苦，对吧？"

贝律师点头同意。

啧啧！苦瓜不苦还能叫"苦"瓜吗？真是奇怪！反正我对苦的东西一概敬谢不敏，遂把盘子往外推了推。

"对了，马老师，雅各说有妳的明信片，请妳去取。"贝律师忽然提起。

"明信片？谁会寄明信片给我？"

“这就不清楚了，另外……华诺说他想妳了。”

“哈！”贝夫人拍手，“这就对了，我还在想这法国华人圈子里，有哪个小伙子到了适婚年纪？想来想去，竟然漏掉华夫人的侄子。华诺好，名牌大学毕业生、家境优、工作佳、人也帅，配咱家依依正好。”

贝夫人说“咱家依依”，我的心被撩拨了一下，很是感动。

“华诺就爱嘴上风流，根本不是那么回事，况且……我有男友了。”我解释。

“还是画画那一个？”贝夫人挑起眉梢问。

我抬起头来，不知该答是或否？我和罗宋没有正式分手，他却把我拉黑……

没想到我的欲言又止让贝夫人误会了。

“华夫人告诉我，她请了个美术学院的学生画像，还是妳男友，我就觉得不妥，华夫人那个人啊……”

贝律师大力咳嗽两声，贝夫人马上闭嘴。

“不是，”我立刻撇清，“他不是我男友，我们已经分手了。”

“分手就对了，老贝～”贝夫人转向自己的老公，“你也帮依依留意一下，你的律师事务所不是刚来了几名实习生？”

~

我到厨房找老萧，他正把脚翘在长桌上喝酒，嘴里哼着歌，花生壳散了一地。

“是邓丽君的《绿岛小夜曲》，我听过。”我说。

他看见我来，赶紧收了腿，样子有些错愕。

“这是什么？”我拿起桌上的咖啡色瓶子，上面贴了粉红色标签。

"那是红标米酒，不论生老病死或婚丧喜庆，台湾人都少不了它。"

这么好？我问我可以喝看看吗？

"可以。"老萧像在找什么，"杯子呢？我习惯用碗喝。"

我也注意到桌上只有碗，没有杯子。

从厨房拿来小杯子后，老萧替我斟了半杯，我一饮而尽。

该怎么说呢？这米酒闻着很香，入口时有种清新的感觉，但马上会感觉苦，到了喉咙转为辣。

"形容得太对了，的确如此。"老萧捧起碗又喝。

我提醒他米酒的酒精含量不高，但喝多了也会醉。

"没事，我把它当水喝，天天喝，醉不死人。"

此时老萧的脸颊和鼻子红通通，双眼像加菲猫，永远没睡饱的样子，他却说没事？

我忽然想起此行的目的，赶紧把体温计放在桌上："你走后，我在地上发现这个，我猜是你的。"

他死盯着体温计，像跟它有仇似的："不，不是我的，快拿走！"

"不是？明明在你跌倒的地方发现的，不是你的，会是谁的？"

那个反复无常的厨子忽然奋力把酒瓶扫到地上，发出"哐啷"一声，玻璃碎了一地。

"都说不是我的，妳……妳还啰嗦什么？……滚，快滚！"

这老人是怎么回事？翻脸像翻书似的，不是就不是，发什么火？！

我拿起体温计，扭头就走。

~

老萧说体温计不是他的，那么惟一的可能性就是朱翊安的，我回头找小朱去。

相对于老萧的"死不认账"，小朱爽快多了，第一时间就承认是他的，然后把体温计塞进裤袋内。

"你发烧了吗？用得上体温计。"我问。

"偶尔，人不是钢铁，总会生病，我这是未雨绸缪。"

原来真的是小朱的。

"我还以为是老萧的，难怪他死不承认！"

"是吗？老萧不承认这体温计是他的？"

不知为什么，小朱神情怪异，似笑非笑。

想着贝夫人正等着我，我得尽快结束谈话。

"拜了。"我说。

小朱拦住我的去路："等等，我很早就想问，妳……为什么讨厌我？"

呃！这叫我如何回答？

"大概磁场不对吧？！"我说。

"贝夫人很喜欢我，虽然我不高、不壮、颜值也一般，但有一颗柔软的心，希望有一天妳会发现我没那么令人讨厌。"

那人说得诚意十足，我也不好直接否定，暂将他列入"观察名单"内。

~

为了拿我的明信片，贝夫人不惜开一个多小时的车去华堡。

"其实不是很紧急的事……"

"怎么不紧急？华诺也说想妳。"她说完，特地看我一眼。

完了，有钱有闲兼上了年纪的女人就是喜欢乱点鸳鸯谱，这下子我有苦头吃了。

到了华堡，贝夫人很快被华夫人迎进门，两人很热络地交谈，像多年未见的老友，看不出不久前才刚见过面。

我迳自走向西翼二楼，去敲房门上带有秃鹰雕刻的房门。

"扣扣……扣扣……扣扣扣……"还是无人回应。

会不会在画室里？我踩着吱吱作响的楼梯上到三楼，圆拱门半开着，我礼貌性地敲了敲。

"Entrez."是雅各的声音。

我一推开门，Bruno就跳入我怀里，让我颇为吃惊。

抱着它沉重的身躯，我说："Bruno重了，它吃得多吗？"

"不知道，我把我的食物都给它吃了。"

"难道你什么都没吃？"

他答他不太感觉饿，偶尔吃点儿水果。

我这才注意到画架后的雅各瘦得吓人，两颊凹陷，显得眼睛大，手腕和脚踝像在骨头上糊了一层皮，皮肤也不好，既粗糙又暗黄。

"雅各，再这么瘦下去，你成了行走的木乃伊了。"

雅各冷漠的脸上忽然有了笑容："这是对我的赞美，我以为我已经瘦成一道闪电。"

看昔日学生形如槁木，我忍不住要他爱惜自己和……身边人，不是每个人都那么大度，能容忍他的任性。

我指的是这阵子他对我的恶意中伤。

"这世界是我的，我想活成什么样，别人无权干涉。"雅各又回到他的冰冷世界。

那好吧！你过你的桥，我走我的路，咱们互不相干。

"听说有我的明信片……"我没忘了此行目的。

雅各遂放下画笔走向墙角的书柜，从一堆画册里找出石田彻也那一本，翻开来，里面有数十张明信片。

"怎么现在才给我？"我问。

"想看妳着急的样子。"他毫无羞愧地答。

妈的，真想抽他两下。

"你怎能这样？如果是紧急情况，岂不错过了？"

"怎么可能是紧急情况？除了收件地址和收件人外，什么都没写。"

我也注意到了，但……

"这不能成为偷人信件的借口。"我表情严肃地说。

"我知道妳在等我的道歉，但我不会道歉，除非小尤回到华堡，否则我就要过这样的生活，既伤害自己也伤害别人，直到世界末日！"

看着眼前这个越走越偏的幼稚少年，真不知说什么好。

"小尤还是会回到华堡，他不过是忙摄影展的事。"我耐着性子解释。

雅各说那只是缓兵之计，摄影展结束后，小尤会找个借口不回华堡。

"告诉我，你觉得小尤爱你吗？"我问。

"他是爱我的，如果没有妳的话……"

"呵呵！你把我的名声搞臭了，小尤恐怕今生都不会想再和我有任何瓜葛。"

"那最好，"雅各重新拿起画笔，"省得我费尽心思。"

那孩子的冷漠无情让我心寒，连小猴子Bruno也感受到了。它跳离我的怀抱，爬到桌上，睁着大眼睛注视着我和雅各，仿佛看穿我们之间的暗涛汹涌，一时不知该向谁靠拢。

我默默开门离去，即使是暴风雨前的宁静，也足以让人窒息。

第七十六章/意外

我在喷水池旁坐下，然后把明信片拿出来，它们来自德国、瑞士、意大利、西班牙、捷克、瑞典、丹麦……几乎涵盖整个欧洲。

如同雅各所说，除了收件人和收件地址外，就只有邮戳了。

然而字是骗不了人的，明信片上的每个字母和数字都向右倾斜45度，凭着这一点，我认出罗宋的字迹。

也就是说，罗宋环游欧洲有一阵子了，这是从什么时候开始的？

我把邮戳都翻出来依先后顺序排列，发现罗宋在完成华夫人画像后的一个礼拜，人已经在德国慕尼黑了。

那么大胸脯女人又是怎么回事？难不成他有分身？

想来想去，惟一的解释是男友把房子出租出去，而且租给生活一团混乱的人，这个傻罗宋！

我一方面骂他傻，却忘了自己更傻，白白生气了这么多天。

知道罗宋无恙后，我放下心来，但很快忧郁又爬上心头，这个时间点，罗宋竟然背起行囊去旅行，课业怎么办？他是休学还是辍学？罗宋啊罗宋，我该如何说你？

我还在感伤，冷不防华诺从背后出现。

"干什么？好像天要塌下来了。"他坐在我身旁。

"没什么……罗宋给我寄明信片了。"

他把我手中的明信片接了过去："啧啧啧！这小子游山玩水，日子过得挺滋润的嘛！不过，妳怎么知道这是罗宋寄的？上面没有署名。"

我答看字迹。

"真厉害，果然是老夫老妻，"他接着问，"既然罗宋寄明信片给妳了，为什么妳还是一副愁云惨雾的模样？"

我把我的臆测和担忧告诉他，他认为我杞人忧天，只要人还在，钱还有，万事就OK了，多想只是自寻烦恼。

哎~说的对极了。罗宋目前居无定所，手机也停了，我想联系也联系不上，多想的确是自寻烦恼。

"告诉妳，我阿姨新买了两匹马，一公一母。公的叫亚当，母的叫夏娃，想不想会一会这对情侣？"华诺忽然提起。

亚当和夏娃？天地间的第一对男女。华夫人取这两个名，真有意思！

"好呀！"我爽快地答应。

~

亚当和夏娃是两匹成年马，精力正充沛，跑起步来可说是大步流星、风驰电掣。

我和华诺就这么一路无语地骑马跑过平原、越过山丘、涉过河流、穿过树林……最后竟然来到临海的碉堡。

"我来过这里，是小尤带我来的。"我说。

华诺抬头看着这栋五层楼高的褐色建筑，有些迷惑："是吗？这么隐秘的地方也找得到？"

我告诉他这是碉堡，原来作为军事用途，战争结束后，一度成为水果仓库，现在则空置着。

"那么进去看看！"他说。

我们把马拴在龙柏树干上，然后沿着螺旋状阶梯拾级而上，当看到洞口外碧蓝如洗的天空及海水时，华诺很是震撼！

"这么好的地方怎么没有游客？我应该把它拍照下来发到网上，然后在碉堡入口处卖入场券，一张一欧元，少说一天也能挣个几百欧。"

"我以为你不把那些小钱看在眼里。"我离开面海的洞口，走向另一个洞口。

"妳以为不见得是我以为，妳以为我很风流，我以为我只取一瓢饮。"

华诺的一席话，让我想起惠子和庄子的对话：

惠子曰："子非鱼，安知鱼之乐？"

庄子曰："子非我，安知我不知鱼之乐？"

"你不是我，怎么知道我以为你很风流？"我照本宣科，同时俯视洞口外的亚当和夏娃，它们正耳鬓厮磨着。

"重点不在这儿，而在我只取一瓢饮，这一瓢我正等着某人赐与我。"华诺向我走来。

"呵呵！还说不……不风流！"

我的结巴是因为看到亚当正骑在夏娃身上，前后抽搐、气喘吁吁。

华诺想必也看到了，他用力将我往回扳，此时，我和他已经靠得很近很近……

"依依，妳走后，我每天每夜地想妳。"

"我有男友了……"

"嘘～别说话，"他吻了我耳垂，又吻了我脖子及肩膀。

"他叫罗宋，正在旅行……"我提醒他。

华诺全然听不见，他将我抱起放在洞口的石台上，然后隔着衣服吸吮我的乳头。

"华诺……这是不对的，人要做对的事……"我呢喃着。

"我正在做对的事，如果哪里不对，妳告诉我……"

华诺脱下他的长裤。

～

从碉堡回来，不巧碰上正在花园里散步的华夫人和贝夫人，后者兴奋非常，开起我和华诺的玩笑。

"别乱说，没有的事。"我扳起脸孔。

"我们只是聊会儿天而已。"华诺和我同声相应。

"聊着聊着就聊出感情了，我和老贝就是这样……"贝夫人一副过来人的口吻。

～

"常来坐坐，我每天都惦记着妳。"华夫人对贝夫人说。

"会的，为了华诺，我和依依会常来。"贝夫人很开心地望向坐在副驾驶座上的我。

即使上了路，贝夫人还絮絮叨叨着华诺各种的好。我转头看窗外，想避开干扰，不料却看到华诺站在二楼窗口俯视我，似有千言万语。

啊！我又被他柔情似水的眼神带回碉堡，那令人血脉偾张的时刻……

第七十七章/不是意外

回到贝公馆，我陷入深深的自责当中，不敢相信自己这么容易就跟罗宋以外的男人做爱，虽然那滋味是如此美妙，以致在脑中不断回锅，久久不能平息……

是谁说报复男友的最佳方式就是找个人上床？难道潜意识里，我利用华诺来报复罗宋？或者因为华诺是华夫人的侄子，她抢了我东西，我就去抢她的？

想来想去，还得怪亚当和夏娃，如果它们不在光天化日之下行苟且之事，怎么会勾起我和华诺的熊熊欲火？

不行，这件事得到此为止，让日子重新回到正常的轨道。

～

"听华夫人说，华诺已经通过CFA考试，它是全世界公认的金融证券业最高认证书，很不好考啊！华诺的头脑是一等一的好……股票经纪人的工作为华诺带来每年七位数的佣金，那可是金牌中介才会有的收入……华诺的母亲是有钱人的小三，到死都没有名分，但从华诺父亲那里搜刮到不少，光房地产就十几处，股票也没少要，妳若嫁过去，就是现成的少奶奶，一辈子锦衣玉食、不愁吃穿……"

我的双手被蓝色毛线圈住，贝夫人正把蓝色小花加在粉红色毛衣上，已经织了两个多小时，我也听了两个多小时她对华诺的溢美之词。

"我……我已经有男友了……"我听得耳朵生茧，想赶快制止这类无意义的谈话。

"男友？新的？"她睁大眼睛问。

"不是，还是原来那个，画画的。"

"怎么还是画画的？！"

贝夫人很生气，然后细数所有未成名画家的罪状：一辈子穷酸、邋遢、私生活不检点、孤芳自赏、顶多是个教书匠……

我不苟同，把最近苏富比拍出的天价画作罗列出来。

贝夫人笑了，说我活在象牙塔里，画家能成名的几何？况且大部分都是死后成名，因为不会再有画作，留世的等于限量版。

"难道妳想等到垂垂老矣？"她问。

我无法反驳她的观点，因为那的确真实得可怕，但……

"我的罗宋不一样，他是有才气的。"

"才气？"贝夫人嗤之以鼻，"才气在柴米油盐的压力下，很快就会消耗殆尽，妳若打算以微薄的薪水去供养有才气的老公，然后期望有一天他在人才济济的艺术界中杀出一条血路，那不啻痴人说梦。妳呀！不为自己想，也得为下一代想，结婚是第二次投胎，得慎重啊！"

我完全理解她的想法，也感激她的直言，但贝夫人忘了一点，不是只有我选人家，人家也得看得上我才行。我虽是重点大学毕业生，但可不是北大、清华、复旦这类的名校，况且家境一般，也无沉鱼落雁之姿，像华诺这种背景的家庭最注重门第，我恐怕早已被摒弃在名单之外。

贝夫人听完，放下手中的棒针："妳說的不无道理……放心，这事交给我。"

她又重新拾起棒针，一勾一拉，织出一朵蓝色蝴蝶兰，像张开翅膀的蓝色蝴蝶，翩翩起舞。

~

贝律师到巴黎忙活，今晚的餐桌上只有我和贝夫人。

"老贝东奔西走，竞选真是天底下最能减肥的工作。"贝夫人边说边吃了几片苦瓜。

今天的厨子煮了苦瓜鸡蛋。

我注意到贝夫人很喜欢吃苦瓜，不光餐餐有，还让厨子打上汁当水喝，说是养颜美容。

贝律师偶尔也会在贝夫人的督促下吃上几片，但看样子不是他的菜；我则拒之千里外，连闻到气味都感到难受。

"贝律师这次离家多久？"我夹了一筷子的蚝油牛肉，这才是美味。

"难说，他已经在巴黎第六区租了公寓，日夜和竞选团队商议如何在排外的法国政坛占上一席之位。"

"这么说，贝公馆只剩下老弱妇孺啰！"我以开玩笑的口吻说，内心却有些担忧。

与华堡不同，贝公馆完全没有警卫。贝律师在还好，因为参加竞选，身边多了两个贴身保镖，平常也人来人往，颇有人气。现在贝律师一走，保镖、访客跟着没了，贝公馆上下除了佣人就是工人，而且住所分得很开，即使大叫也不见得听得见。

"的确只剩老弱妇孺，"贝夫人深有同感，"所以我很高兴有妳陪在身边，以前真是寂寞难耐。"

那好，从现在起，保护贝夫人成了我责无旁贷的工作，我不会让任何人欺负她！

~

我把罗宋寄给我的明信片全铺在床上，手里拿着铜板，被我扔中的那一张会被我百度一下，然后从陈述中臆想罗宋去过的地方。

这次我扔中的是意大利威尼斯，赶紧坐下来啪啪啪地打起字来。

"嘟……嘟嘟嘟……"

我正徜徉在水城威尼斯之中，突来的手机声吓了我一跳。

" Allo."

"侬侬，是我。"

竟然是华诺，我按兵不动，看他出什么招。

"我……今天天气很好。"他说。

我往外一看，是个大阴天。

"是很好。"我言不由衷。

"妳……能出来一下吗？我讲会儿话。"

有什么话不能电话里讲？真是爱折腾！

"贝夫人午睡通常不超过两小时……"我间接拒绝。

"我已经在贝公馆外的银杏树下。"

什么？！我冲向窗口，果然橙黄色的树叶下停了辆VOLVO。

"你待在车里别出来，我马上过去。"我急急地说。

"快，把车开到隐秘点儿的地方。"我一上车就吩咐。

华诺有些困惑，但没多问，发动车子便往树多的地方去。

"干嘛鬼鬼祟祟的？"一把车子停妥，他转身问我。

我把贝夫人担任媒婆的高度热情告诉他，表明不想推波助澜。

"贝夫人说得没错，我是很优秀，妳打灯笼都找不到。"华诺不忘脸上贴金。

我无法呛声，因为在众多女人眼中，他的确优秀。

"我没说你不优秀，和你比起来，我太平凡了，放在人群里马上被淹没……"

"可是我喜欢，"他抓住我的手，"遇见我的女人，总是想方设法把我带进婚姻的殿堂，只有妳不一样，敢和我平起平坐，我就喜欢这种舒服的感觉，还有……前天……我们很契合，连最后一道关卡也通过了，表示我们有继续走下去的可能。"

我挣脱他的手，告诉他残酷的事实。

"妳是说妳利用我来报复男友？"他睁大眼睛，难以置信。

"是有这个可能性，否则无法解释为什么……为什么我那么容易就和你……和你那样。"我红了脸。

" Oh ， Tu m'as fait mal au coeur." 他捂住胸口，一副痛苦的样子。

"What？"我不明所以。

华诺干脆中英文并用："You break my heart.妳伤了我的心。"

"对不起，désolée."我低下头去。

"没关系，我內心强大得很，"他苦笑，"离别前，能让我们做最后的拥抱吗？"

没想到华诺如此大度，我想都不想，转身给他一个Hug。

可是华诺要的不只是拥抱，他用力将我从座位上拔起，此时我上他下，我正压着他。

"你干嘛？"我没好气地问。

"做最后的拥抱。"

他边说边把手伸进我的波西米亚长裙里，我很吃惊，同时也气自己穿着细肩带的无袖上衣，华诺只需轻轻一扯，它便整个滑落下来……

"妳有性感的肩胛骨和坚挺的乳房……"华诺在我耳边呢喃着小尤说过的话。

此时此刻，我应该用力推开他，甚至甩他一巴掌，以华诺的绅士教养，他绝对不会强迫我，但我却什么也没做，反而在他去解裤头时，还有心思去想小尤说过的话，全文应该是："妳有性感的肩胛骨和坚挺的乳房，里面充满了乳汁。"

第七十八章/小尤的摄影展

我走进家庭房，贝夫人已经坐在那里看电视，手里揣着一把瓜子。

"妳去哪里了？我午睡起来找不着妳。"贝夫人说。

"我……我去散步了。"

贝夫人忽然直挺挺地盯着我瞧，让人很不舒服，我赶紧摸摸头发又扯扯裙子，深怕败露一点儿蛛丝马迹。

"妳的脸部潮红，头发有些凌乱，脖子上有草莓……"

什么？！华诺竟然在我的脖子上留下吻痕？我下意识用手去遮掩。

"呵呵！骗妳的。"

"贝夫人，妳怎能这样？这玩笑开得太过分了！"我很生气。

贝夫人慢慢地又啃起瓜子，一颗、两颗、三颗……啃瓜子的声音听起来很刺耳。

我不知该说些什么或做些什么，只好拿起茶几下的时装杂志随意翻了翻，终于找到话题。

"今年春夏流行的服装款式是针织衫搭配喇叭裤……"

"那辆VOLVO是谁的？"贝夫人忽然一问。

"VOLVO？什么VOLVO？"我还在做困兽之斗。

"VOLVO XC$_{90}$，SUV车型，银色四门，开天窗。"她提示。

"呃……那个……那个……"一时真找不到替死鬼。

见我辞穷，贝夫人体贴地回到原来的话题，问我今年的流行色是什么？

"流行色……流行色……"我赶紧翻杂志，"是……是黑色和白色条纹。"

贝夫人嘟囔着怎么会是斑马线？我赶紧打哈哈，把表面危机给应付过去。

~

贝夫人知道我和华诺间的私情，只是没当面点破。

躺在床上，我郁闷得要死，再一次接受华诺已经不是"报复"一说能解释得通，我是怎么了？真想甩自己两耳光。

"嘟……嘟嘟嘟……"

我拿起手机一看，是华诺，啪的一声给挂断，没想到两分钟后他又打来。

"别再打了，我困了，明天、后天、大后天也别打，我想连睡三天三夜！"我没好气地说。

"抱歉，我不知道妳想睡了。"

是小尤的声音，我马上坐起："没关系，我以为……算了，有什么事？"

"没什么重要的事，只是通知妳，明天早上十点，我的摄影展开幕，妳是模特儿，也许想看看展出。"

啊！这么快？！小尤竟然不动声色地给办起来。

"我来，给你加油打气！"我说。

小尤特别叮咛我别送花或花圈，法国不时兴这个，人来了就好。

我答知道了。

"没事我挂了，妳有话要说吗？"他问。

自从他怀疑我做妓，我俩之间就划开了一道鸿沟。

"没有，你呢？你有什么话要说？"我反问。

"我……也没有。"

"那好。"

然后是一段长时间的沉默，我们谁也没开口，谁也没挂断，直到……

"你打给谁？"电话那头是雅各的声音。

"我挂了。"小尤匆匆挂上手机。

雅各和小尤在一起？我转头看床头柜上的电子钟，21:36。

都晚上九点多了，他们两人同在一个屋檐下？

我知道小尤肯定不在华堡，除非他想凌晨五点起床，赶明天一早的展览。这么说，他和雅各现在在巴黎的公寓内？

我摇摇头，自己的麻烦事已够多，管不了谁上谁的床，何况我都管不住自己，岂能苛求别人？

～

早餐桌上，我跟贝夫人请假，说想去看小尤的摄影展。

"小尤？谁是小尤？"贝夫人问。

"他是雅各的摄影老师。"

"那正好，我今天没事，我们一起去。"说完，贝夫人拿起苦瓜汁一饮而尽。

哈！再好不过，有个现成的司机，不用坐火车了，哪~

我正兴奋着，忽看见贝夫人的眉头皱了一下，遂问怎么了？

"今天的苦瓜有点儿苦。"她答。

我笑着告诉她，苦瓜当然苦，否则就不叫"苦"瓜了。

"也对，我是怎么了？苦瓜当然是苦的，哈哈！"她又恢复往日神采。

大皇宫国家美术馆坐落于香榭丽舍大道上，是为了迎接1900年巴黎的国际博览会而建，以其高大的柱廊、丰富的雕塑闻名于世。

如今的大皇宫经常被用来举办各种艺术展览，比如绘画展、摄影展、雕塑展……等。

小尤的摄影展被安排在二楼，一楼入口处有张广告海报，那是我伫足在一家瑞士特产店前的照片，眼睛看着橱窗内的东西，样子很失落。

也只有我和小尤知道，我望着的是牛铃，想着的是一个无法兑现的承诺。

"那不是妳吗？依依。"贝夫人指着海报问。

我点头承认。

她又问我橱窗上的倒影是谁？我猛一瞧，那是个穿粉红色衬衫的少年，小尤竟然把雅各也拍进去了。

"我……不认识。"

"不认识的人也拍？太不协调了，应该找华诺拍。"她的眼光飘向远方，"……咦！那不是华诺吗？Hi，华诺，这里，我们在这里。"

贝夫人高兴地挥舞双手。

我看到停车场上那辆熟悉的老爷车，原来不只华诺，华夫人和管叔也来了。

两个老闺蜜一见面，热络得不得了，管叔则心事重重，点个头后，匆匆进入大皇宫内。

"妳来了。"华诺说着废话。

"嗯！捧老朋友的场。"

华诺说他不一样，他是来看小尤有没有把我拍成AV女优。

"你就非得亵渎艺术不可吗？"我问。

"艺术和色情只在一线间，我今天就是来鉴定的。"

我告诉他这世界有个工作很适合他，那就是"鉴黄师"，每天都能观看办案单位送来的淫秽光碟，然后根据内容开具鉴定报告。

华诺听完哈哈大笑，说这是他听过最有意思的工作。

"你们这对鸳鸯的情话说够了没？可以进去了吗？"贝夫人笑盈盈地问。

"来了。"我瞪了华诺一眼，小跑步跟上。

第七十九章/撒旦起舞

上到二楼，我看见小尤被很多闪光灯和各路记者围绕，华夫人与贝夫人也挤上前凑热闹，我识相地走开，后面跟着一个甩不掉的影子 - 华诺。

小尤的摄影展分为四个区域：一区为过去的作品、二区为大自然风景、三区为建筑、四区为人物。

"小尤拍得不错。"华诺在我身后点评。

"当然不错，他是我知道的，最好的摄影师。"

"谁说的？这张就不怎么样。"他指着右手边那一幅，"什么意思嘛？！一堆衣服有什么好拍的？"

我的视线落在这张看似生活照的照片上，车外大雪纷飞，车内冬衣下有两个交缠在一起的躯体。我认出驾驶盘上雪铁龙的logo，也认出小尤的青色大衣和我的白色羽绒服……

"也许那对男女在取暖。"我喃喃道。

"男女？谁？妳和小尤？"

"说什么？我只是瞎猜。"我快速转身，不想让华诺看见我说谎的样子。

我当然记得，为了庆祝小尤的三十岁生日，我和他不惜"逃课"，到巴黎五区吃日式鳗鱼饭，回程途中遇上大风雪，偏不巧雪铁龙抛锚，车内暖气也故障，逼得我和小尤相互取暖......

真不知这张照片是何时拍下的，一点儿感觉也没有。

" Oh my God! 快看那张得奖作品！"华诺喊道。

没想到小尤把那张教堂前的裸照洗成无数张一百厘米见方的小照片，然后像拼图似地高挂在四区的尽头。

"呵呵！这一区全是妳，看来妳就要大大出名了！"华诺环顾四周，很兴奋地说。

展厅挑高一层半，宽约十米，洗那么多张小照片得花多少功夫呀？！

我慢慢地走，一张张地看，游艇俱乐部有我、欧洲公园有我、湖边市场有我、古老的石板路有我、露天咖啡馆有我、特色小店有我......到处都有我的身影，小尤将我拍得美极了。

"妳为什么哭？"

此时，华诺伫足在一张黑白色调的照片前，照片中的我穿上修道士的袍子，双手戴上手铐面向铁窗，眼眶里淌着泪水......

"小尤说我是有罪之人，得给他忏悔的表情。"

"这人有病啊？！"华诺很生气。

我说我的确是有罪之人，背叛了罗宋，脚踏两条船......

"听妳这么一说，我岂不是更有罪？当了小三，还拼命勾引妳。"华诺摇头，"妳的负疚感太沉重，男未婚、女未嫁，何来束缚之有？"

我懒得反驳，法国人天性浪漫，没"一对一"的概念。

"Pardonnez-moi."

华诺忽然唤来工作人员，耳提面命一番后，工作人员在那张我流泪的照片右下角贴上红纸条。

"这是干嘛？"我问。

"我把这张照片买下来了，这样别人就看不到妳流泪。"

说完，他随着工作人员离开，大概缴费去了。

我又在四区逗留了一会儿，才到楼梯间休息，那里有投币式热饮，我点了杯热可可，坐在台阶上慢慢啜饮。

这里很安静，大概刚开幕，人潮都涌入展厅内。

"你昨晚在哪里睡？"是管叔的声音，来自楼上。

"不关你的事。"

"雅各，这是不对的，我和……你妈，担心了一个晚上。"

"你是谁？我还轮得到你管？不过是只鞠躬哈腰的哈巴狗……"

"啪！"

好大的巴掌声，我紧张地几乎握不住纸杯，然而接下来发生的，那才叫个"触目惊心"，因为我看见一个笨重的躯体从楼上滚落下来，发出"碰、碰、碰、"的声音。

"管叔！"我扔下纸杯爬上楼。

管叔的额头开了个口子，血涌了出来，我拿出纸巾擦拭，很快便染红，再抽出一张，依旧，直到纸巾全用光，血仍不断地往外涌。

怎么办？止不住血呀！

我抬头往上看，雅各站在那里像个木头人似的。

"雅各，快，叫救护车！"我哀求。

那小子这才慢吞吞地从裤袋内掏出手机来……

救护车一到，看到管叔的惨状，马上就地为他输液，我又看到输液包装盒上那个熟悉的字眼"Facteur de coagulationon"，这到底是什么？

"依依，妳怎么了？"华诺冲向我。

大概我的"血人"模样吓坏了他，赶紧交待自己没事，是管叔，他摔破头了。

此时他也留意到另外一个"血人"。

"好端端的，管叔怎么会摔破头？不行，我得告诉阿姨，她还不知情。"

"那快去，"他走出楼梯间，我才想起重要的事，赶紧追上，"华诺，什么是Facteur de coagulationon？"

"Facteur de coagulationon？中文应该翻译为'凝血因子'，其作用是在血管出血时和血小板粘连在一起，借以补塞血管上的漏口，多用在血友病患者身上。"

这么说，管叔也是血友病患者？难怪出血像拧开的水龙头，止也止不住。

"为什么问这个？"华诺问。

"没什么，你快去通知华夫人吧！"我催促他。

坐在台阶上，我拿出手机百度：

血友病为遗传性凝血功能障碍的出血性疾病，其特征是活性凝血活酶产生障碍，凝血时间延长，终身具有轻微创伤后出血倾向，重症患者没有明显外伤也可发生"自发性"出血。

遗传性凝血功能障碍？……遗传性？

我灵光一闪，难不成……难不成管叔是雅各的父亲？

"不是，"雅各突然出现，"管叔不是我推的，他自己不小心跌倒。"

雅各不知我内心的猜测，一昧撇清自己的罪状，我打了个寒颤，仿佛正和魔鬼对上话了。

第八十章/饮酒歌

管叔的回答和雅各如出一辙，他说是自己不小心跌倒的。

"怎么这么不小心，还好雅各和马老师在场，否则……"华夫人握紧他的手，忧心忡忡。

"没事，额头缝了几针，休息几天就好。"管叔说。

然而一个小动作还是被我捕捉到，管叔回握华夫人的手，轻轻的。

从头到尾，那个惹事精一直闷不吭声地坐在椅子上玩手机，枪炮射击的声音让人好不心烦。

"雅各，"华夫人唤他，"待会儿管叔输完液，你跟我们一起回家。"

雅各说他不回，小尤的摄影展还有两个礼拜，他得留下来帮忙。

"雅各～"管叔苍老的声音显得无力。

"别说了，再说我就消失，让你们永远都找不着！"

雅各愤然合上手机离开病房，我也跟着出去。

我没有和雅各说话，反而奔向大皇宫美术馆，已近闭馆时间，我希望小尤还在那里。

很幸运的，一上二楼我就看见他，他正和工作人员一起，看见我来，很快结束谈话。

"抱歉，今天太忙了，没招呼到妳。"

"快别这么说，摄影展很成功，来了不少人，我看见记者了，大概明后天人会更多，恭喜你！"

"谢谢！这几天忙坏了，还好首日成绩不错，卖了十五张，都是妳的照片。"

我笑说他该请客。

"当然请，现在就请，我忙了一整天，正想坐下来好好吃顿饭。"他答。

连最后一盏灯也灭了之后，小尤带我到大皇宫附近的河马餐厅用餐。

河马餐厅是巴黎的连锁牛排餐厅，经济实惠，光在巴黎就有44家分店，招牌菜是牛排和鹅肝面包。

我点了牛肉蘑菇汉堡，小尤点了七分熟的西冷牛排，另外又叫了份鹅肝面包一起食用。

待侍者走后，我把管叔在楼梯间摔破头一事告诉小尤，又说华夫人很担心雅各，希望他马上回家。

小尤解释雅各昨天到大皇宫帮忙布置场地，他很感激，他们一直忙到夜里十点，后来他送雅各到附近酒店住宿，情况就是如此。

原来他们没睡在同一张床上，看来管叔多虑了。

我告诉小尤，雅各打算待在巴黎直到摄影展结束。

"放心，我不会让他待在巴黎，今晚他会回华堡，I promise."

有了小尤的保证，我安心了。

"嘟……嘟嘟……"

是贝夫人，她问我在哪里，我答大皇宫附近的河马餐厅。

"依依，我不舒服，想回家。"

我答自己快吃完了，马上能走。

挂上电话，小尤说好可惜，他本来想邀我饭后坐船夜游塞纳河。

的确可惜，好几次我看到夜晚的塞纳河上有灯火通明的游船，想着有朝一日也要登船夜游，没想到机会擦身而过。

"下次吧！"我说。

～

我没想到司机是华诺。

"贝夫人不舒服，开车回去很危险，阿姨让我当一回司机。"他解释。

我看了一眼后座的贝夫人，她的脸色有些苍白，正沉沉睡去。真是奇怪，今天一早她还生龙活虎着。

"我猜是中暑，刚刚阿姨已经帮她刮痧了。"华诺说。

我猜也是，天气越来越热了。

上了车，华诺将头探出车窗外对小尤说："照片拍得不错，除了凌乱衣服在车内的那一张外。"

"噢！那是我很喜欢的一张，它让我感觉幸福。"小尤答。

华诺笑了笑，发动车子。

直到上了高速公路，他才说："神经病！一堆衣服也能让他感觉幸福？！"

～

贝夫人服下阿斯匹林后，没两分钟，鼾声大作。

华诺和我蹑手蹑脚地走出房间，再将房门轻轻合上。

"很晚了，回去的路上小心。"我叮咛。

"什么？！妳让我现在回华堡？！这也太不人道了，何况我是开贝夫人的车子来，难不成又把她的车子开回华堡？"

这也是问题，我陷入两难。

"我到客厅睡吧！"华诺提出解决方案，"只是不知客厅在哪里，这是我第一次到贝公馆。"

于是我带他下楼。

～

客厅在入口处的左手边，华诺一进门就能看到，他却说不知客厅在哪里，我无法理解。

扭开灯，昏黄的灯光一下子照亮以冷色为主调的客厅，瞧！灰色墙面、黑白色棋盘式地砖、月白色地毯、浅绿色沙发、灰蓝色窗帘……

华诺走过去把窗帘都拉上。

"窗外的月光皎洁，有光我睡不着。"他解释。

我微笑，的确有人见光就睡不着。

华诺接着走向客厅隔断门，用力拉上后，上锁。

"有风我也睡不着。"他又解释。

我提醒他，得等我离开后再上锁。

"为什么要离开？三人座沙发刚刚好，"他附在我耳边说悄悄话，"比VOLVO的车座椅宽敞。"

这语言上的挑逗听起来很逆耳，我愤而推开他，果断走向隔断门，却被华诺从背后一揽："去哪儿？"

"我回房睡，贝夫人不舒服，我没心情……"

没等我说完，华诺拥着我跳起舞来，嘴里哼着歌，是歌剧。

他唱得很动听，我的心慢慢沉静下来。

"你唱的是什么？"我问。

"《茶花女》中的饮酒歌。"

"我不懂意大利语，歌词是什么意思？"

于是华诺像念诗般，将歌词娓娓道来。

等他念完，我也醉了。

"我真的得走了。"我旧话重提。

华诺没挽留，眼睁睁地让我走。

"记得将门带上。"他提醒。

我走到隔断门处，只需向右扳90度就能开锁，我却开不了。

"怎么了？"他问。

"门锁坏了。"我答。

华诺走过来，轻轻一扭，门开了。

"谢谢！"

我来不及拉开门，华诺重新又将门锁上。

"怎么了？"

"我知道妳不想走。"

他将我轻轻抱起，走向沙发……

"谢谢！"

我来不及拉开门，华诺重新又将门锁上。

"怎么了？"

第八十一章/贝夫人病了

华诺说得对，在性的方面我们非常契合，正因如此，我的身心被迫分离。

我不是个朝三暮四的人，也不享受生张熟魏带来的乐趣，但遇上华诺后，我却像脱缰野马似的，怎么都把持不住自己。道德和理智告诉我要离他远一点儿，但身体却不由自主地向他靠拢，以致我一方面享受身体的快乐，一方面又内疚到不行……

"怎么了？宝贝。"华诺问。

他侧着身体好让我能平躺着，手却没闲着，他在玩我的头发。

"我是个坏女人，你心里一定这么想。"我赌气地说。

"怎么会是坏女人？"他轻点我鼻头，"妳哪里坏？"

"劈腿、没一点儿矜持，这还不算坏？"

华诺听了哈哈大笑，他说我是他见过最有趣的女人。

"不行，我得回房睡了，免得被抓现行。"

我坐起身来，顺便捡起地上的胸罩，华诺帮我将背部钩子勾上。

~

一觉到天亮。

我下楼吃早餐，楼下客厅的窗帘已经拉开，家具摆放得整整齐齐，看不出有何异样。

华诺已经走了，好个"不告而别"。

" Bonjour."我道早安。

" Bonjour."贝夫人有气无力。

睡了一觉，贝夫人的精神好一些，但仍看得出"大病初愈"的样子。

"昨天妳吓坏我们了，说倒就倒，要不是华诺，恐怕我们得留在巴黎过夜。"我说。

贝夫人答她也不知道是怎么回事，忽然就觉得胸口闷、喘不过气来，顺便指责我懒，不去考驾照，万一有事发生，只能"叫天天不应，叫地地不灵"。

我解释不是我懒，而是十八岁学开车时，不慎压死了一只狗，看狗主人伤心的模样，我内疚到不行，深怕某天又撞上甲乙丙丁……

"我知道了，妳也不用太自责，大不了我另外请人。"

贝夫人体贴我，让我的心和她又靠近许多。

"来，贝夫人，这是妳最喜欢的苦瓜汁，赶紧喝了吧！"我将杯子往她的方向挪，又将豆瓣苦瓜摆在她面前，"厨子一定知道妳无苦瓜不欢，连早餐吃粥也不忘这一味。"

" 我是应该多吃，华夫人说我中暑了，苦瓜去火，正好。"她答。

～

吃完早餐，我和贝夫人到花园散步，没一会儿，她说太阳太大，晒得难受，很快就进屋。

我记得贝夫人很喜欢阳光，她说小麦的肤色最健康……

进到屋里，贝夫人说织毛衣吧！我把羊毛线拿出来，棒针也准备好，她又说眼睛痛，不想织了，还是看电视吧！

我打开电视机，一个女人在唱歌，贝夫人马上捂住耳朵："太大声了，我头痛。"

吓得我赶紧又把电视给关了。

"我看还是躺躺吧！"贝夫人很泄气。

我扶着贝夫人上二楼，不巧和朱翊安打上照面，他正从房里走出来。

"贝夫人，妳怎么了？"小朱一副关心的模样。

"大概中暑了，躺躺就好。"贝夫人答。

小朱说天气热，的确很容易中暑，又问贝夫人有没有想吃的？他交待老萧煮给她吃。

"真是个好孩子，我没什么想吃的，只想睡个觉。"

"那么我让老萧打苦瓜汁给你喝，苦瓜退火。"他说。

"好，好。"

贝夫人边点头边往自己的房门走去，大概是真的累了。我尾随其后，把小朱撇在一旁。

～

午餐又是苦瓜大餐，搞得我只有红烧肉及西兰花可以吃，但为了贝夫人，我忍了，然而贝夫人依旧没胃口，饭扒两口就不吃了。

"贝夫人，妳还好吧？"我问。

"不好，越来越不好。"她放下碗筷。

看来，我得找家庭医生了。

贝家的家庭医生是马来西亚裔，会说一口怪声怪调的普通话。

他放下听筒，面色凝重地说："得到里昂市做个全身检查，看表征很像某种慢性病。"

什么慢性病？医生说不出个所以然，只答他会做好明天早上的预约，叮咛贝夫人得空腹做检查。

送走医生，我忧心忡忡。

"傻孩子，医生总往坏里想，没什么大不了的，估计是我太好动所引起的过劳。"她安慰我。

我请朱翊安开车送我和贝夫人上医院，他却说明天一早葡萄酒要进桶密封，是大事，他得在场监督……

不止他，贝公馆的佣人我一个也叫不动。是这样的，法国的家政服务分工很细，厨房帮工不能做园丁，园丁不能去吸地板；吸地板的不能开车……否则就是侵犯他人的工作机会，有可能被工会除名。

看来只能另外雇个司机，但临时上哪里找？

我脑筋一转，想到华诺，他肯不肯帮这个忙呢？

"我就来，晚上十点前到。"华诺很讲义气。

贝夫人一听说华诺今晚到，马上吩咐佣人把我隔壁那间客房给打扫干净。

"近水楼台先得月，我得替你们搭好平台。"她笑了，样子有点儿瘆人，大概病得不轻。

"贝夫人，妳躺好，晚餐我送上来给妳吃。"我轻声细语，然后把毯子严严实实地盖在她身上。

贝夫人闭上双眼，一副难受的样子，我的心也压上了一块大石头。

第八十二章/富过三代

华诺果然在十点前报到，看到他的VOLVO，我赶紧下楼来。

"真准时。"我说。

"准时是股票经纪人的第一守则。"他答。

我低头一看，华诺带了一只大号行李箱，让人很不解，只住一个晚上，不需要那么多行李呀！

"贝夫人说她需要司机，我便毛遂自荐了。"

不会吧？！司机能赚多少钱？一个月的薪水恐怕还不够他上一次高级餐厅。

"当然，贝夫人还承诺给我介绍几名好顾客，他们都住在里昂附近。"华诺进一步解释。

这才是主因！

我带华诺上楼，我们的房间紧挨着，都朝南，光线充足。

"为什么贝夫人的房间反而朝北？"他问。

我也曾经问过贝夫人同样的问题，她答贝律师是夜猫子，白天喜欢睡懒觉，有光睡不着……

"像你一样。"我说。

"那是骗妳的，我是借机拉上窗帘。"华诺对我俏皮一眨眼，让人连生气都觉得小题大作。

"Well，大骗子，你的房间到了，"我扭开门把，"七点吃早餐，和医院约了十点，最晚九点得出发。"

"七点吃早餐？"华诺想了想，"那么五点起来晨跑正好，我可不想和妳一样变胖。"

我胖了吗？这简直比原子弹爆炸还可怕。

华诺像施恩般："我不介意妳加入我的慢跑队，反正我肯定是要跑的，妳……随意。"

哈！这叫"欲擒故纵"。

回到房间，我马上打开衣柜，很快便决定明早穿Adidas的粉色慢跑服及Puma的气垫鞋。

~

夜深了，本该是万籁俱寂的时候，可是……

华诺没随身携带他的留声机，只好清唱，他唱的是歌剧卡门中的一段：《爱情像一只自由的小鸟》。

虽然我不懂唱的究竟是什么，但感觉实在好。

"嘟……嘟嘟嘟……"是华诺，我接听了。

他问我想不想听歌词翻译？我答随便，于是他开始念，我才知道荡妇卡门唱的是：**……爱情是消遣的东西，没什么了不起。**

听他这么一翻译，我的心喀噔了一下，这也是我必须面对的问题。显然，这个浪荡子对"性"很开放，爱情对他而言无非也是消遣的东西，没什么了不起。

"你会结婚吗？或者……你打算结婚吗？"我问。

"没打算结婚，但不知最后会不会结，"他打起太极拳，"我妈和我爸也没结，还不是过得好好的？"

这真是非常、非常不负责任的说法，不管时代如何变迁，我认为爱情必须是忠贞的，也应该有个结果，而不是像大自然的动物世界，逮到一个就做繁延下一代的事……

华诺听完呵呵笑，他说我好像是从中国旧社会里走出来的裹小脚女人，是有那么点儿异国风情在，但多了可受不了。

"我准备好了，妳来不来？"他恬不知耻地加了句。

这摆明是召妓，而且不打算付费。

"不了，裹小脚的女人现在要就寝，还有，别再唱歌，听了头疼。"我没道晚安就挂机。

～

清晨五点，华诺来敲我房门，我抚着门板，有气无力地答不去，因为昨晚没睡好。

"就因为我不娶妳，害妳整夜失眠？"

"对，就因为你不娶我，所以我失眠了，怎样？"我豁出去了。

"那走，"他拉着我的手往外，"现在就去结婚！"

我甩了他的手说他疯了，应该看医生。

"我是疯了，昨晚妳有没有失眠，我不知道，但我失眠了，因为妳没来……"

他将我往房内一推，脚一勾，门关上了。

~

原本应该华诺去慢跑，我继续睡回笼觉，然而我们却干了那件事，而且比前几次还要好。

"人每天都该有性生活，研究显示，良好的性生活能使人减少焦虑、增强免疫力，最重要的，还能延年益寿。"华诺大放厥词。

"意思是多做一次爱就能多活一天。"我揶揄。

"呵呵！差不多，所以我们每天都应该来上一次。"

我现在已经分不清是非了，现实是华诺不想娶我，只想和我做爱，而我却像个傻子似的，次次回应他的需求。

"喀呲……喀呲……"我听到屋外割草机发动的声音，知道七点了，赶紧提醒枕边人。

他站起身来穿衣，裸露的身躯像大卫雕像，充满力与美。

~

贝夫人必须空腹做检查，我没叫醒她，让她多睡会儿。

因为只有两人用餐，考虑到华诺的喜好，昨晚我已经吩咐厨子准备西式早点，所以今晨的桌上有了久违的面包、蛋、培根、香肠、……

"和华夫人家吃的差不多，不过贝家厨子好像是亚洲人。"华诺说。

我问何以见得？

"他不用奶油而用食用油。"

我咬了一口香肠，分辨不出有何不同，一样的美味。

"富过三代，方懂穿衣吃饭。"他下结论。

也许说者无意，我却听者有心，华诺的优越感处处彰显，我这株狗尾巴草只能相形见绌。

正因如此，我能预想得到Mrs.Hua一定不会是我，而是另一个"富三代"，不仅能分辨吃的，还能分辨身上的衣服来自哪个工作室。

"快吃吧！待会儿要上里昂。"我闷闷不乐地说。

华诺替我斟上咖啡、加上奶，再对我微微一笑。啊！他的笑那样温柔，像风吹过荒漠，带来阵阵凉意……

我又燃起希望，也许华诺对我是认真的，我如是想。

第八十三章/神奇的中药

吃早餐时，我隐约闻到一股中药味，上到二楼，味道愈发浓烈。

"扣、扣、"我敲贝夫人的房门。

"Entrez."竟然是朱翊安的声音。

我开门进去，没好气地质问他为什么在这里？

"我来服侍贝夫人。"他大言不惭地答。

明眼人都看得出，小朱正坐在床边一勺一勺地喂贝夫人吃药，黑糊糊的汁液，看了让人反胃，贝夫人却一口接着一口地喝。

"慢点儿。"他提醒，然后拿起手帕擦拭病人嘴边的残留液。

"小朱真有心，从台湾给我抓药来，听说还是个有名的老中医。"贝夫人一边解释一边赞扬。

接下来，那个不要脸的东西开始阐述自己有多担心贝夫人，还好老萧认识人，通过各种关系拿到了救命药。

"好厉害的中医呀！不用望诊就知道是什么病。"我揶揄。

谁知小朱竟然顺着竿子往上爬："没错，他就是这么厉害，只要描述病情就能抓药，很多东南亚的政商名流都指名找他呢！"

我懒得理油嘴滑舌的人，转身提醒贝夫人该起身到医院做检查。

没想到贝夫人说她不去，因为做检查难免扎针，针若没消毒好，可能会染病，尤其是爱滋病。

什么乱七八糟的东西？！现在的针头都是抛弃式的，哪来的消毒不消毒的问题？

小朱说这我就不懂了，很多针头丢弃后又被回收重新包装，有些人莫名其妙得病，就是这样来的，所以能少上医院就少上。

说完，他面对贝夫人："还是中药好，虽然苦了点儿，但没有副作用。"

后者点头如捣蒜，像着了魔似的。

我试着扳回劣势，却被贝夫人打了回票。

"如果中药不管用，我一定上医院检查。"她说。

事已至此，我只能垂头丧气地离开贝夫人的房间，背后传来那两人的谈笑声，听起来很刺耳。

～

"怎么了？"华诺问。

他正在房间内对着镜子打领带，即使只是去趟医院，他也力求西装笔挺。

"贝夫人不去医院做检查了。"我泄气地坐在华诺房内的椅子上。

"为什么？"

于是我把小朱的煽风点火及贝夫人的软耳根告诉他，没想到他说吃中药也行，很多西方医学没办法治愈的疑难杂症，中医却解决了，中国老祖宗的智慧还是不容小觑。

完了，完了，连华诺也站在小朱那一边，看来我孤掌难鸣，只能让"小人当道"。

"反正贝夫人也说了，如果中药不管用，她一定上医院检查，妳何不多等两天？"他说。

哎！也只能这样了，我无奈低下头。

"给。"华诺突然递给我几张明信片。

"这是……"我喃喃自语但其实已经知道寄件人是谁。

"我交待管叔，以后妳的信件一律转寄贝公馆。"他进一步说明。

那些明信片像一张张起诉书，无言地控诉着我，我找了个借口，快速离开华诺的房间。

～

隔了两个礼拜，罗宋飘洋过海到英国去了，我看到大笨钟、剑桥大学、爱丁堡……

和前几张不同，上面虽然依旧没有只字片语，但有我的肖像，喜、怒、哀、乐。

这就是罗宋，他以含蓄的方式表达对我的思念。

我如何对得起他？我已不再是我。

～

一连好几天，我特意和华诺保持距离，对于他的明挑暗逗视若无睹，打算在罗宋回来前过起修女式的生活。

"我哪里得罪妳了？"华诺边跑步边问我。

"你没得罪我，是我自己在做深刻反省。"

"反省什么？"

反省……反省为什么沉迷在他的温柔乡，把罗宋抛到九霄云外？但我不能这么说。

"反省我这些日子以来的好逸恶劳、虚度光阴。"我答。

没想到华诺正经八百地表示，他也认为我在荳蔻年华当某人的贴身丫鬟很不合适，错过了提升自己的机会。

"再怎么样，我也得做满一年，否则€200，000的罚款正等着我呢！"

我把"签了合同"一事告诉他。

华诺说即使那样，我依然能找出时间进修。

不用他提醒，我也知道学习的重要性，只是懒病发作，就这么荒废度日多时。

"你说得对，我是真的得发奋图强，尤其学习那拗口的法语，至少回国后，我还能将'法语专长'写进履历里"。

"Très bien."华诺说，"对了，那些人是干嘛的？"

我转头望去，一群工人模样的人正拿着金属探测器沿着泥土地踽踽前行。

"他们是勘探队。"我答，顺便把贝公馆的传奇故事告诉他，包括那可能会有的稀世珍宝。

"呵呵！贝夫人连这个也信？"华诺笑不可抑。

刚开始我也不信，但看过勘探队找到的残缺陶瓷及一枚镶有七粒珍珠的美丽胸针后，我开始相信传说并不全然空穴来风。

华诺投降，他说爱信者信，女人天生爱做梦。

一转弯，我们不仅看到贝公馆的黑榉木大门，还看到伫立在大门前的女人……

"看来，中药发挥神奇的功效了。"华诺说。

我没接话，快步跑向贝夫人。

第八十四章/小尤的告白

今天的贝夫人除了神采飞扬，还有些许不同，不仅难得地穿上裤装，头上还扎了条大丝巾，把自己的头发严严实实地包住。

"Bonjour，贝夫人。"我喊道，"真高兴见到妳，妳已经卧床好几天了。"

"Bonjour. 我的确赖床好久，也高兴自己终于康复了。"她满面春风。

华诺开口："看来中药奏效了。"

贝夫人马上同意，而且言谈之中对朱翊安多所肯定与依赖。

眼看伊人的心已经向小朱靠拢，这可不是好现象。

"早餐时间到了，我们进去吧！"我说。

"不了，今天小朱载我到海边玩，我和他路上吃。"

话一说完，我们同时听到排气管排放废气的声音，由远及近。

贝夫人一看见机车，兴奋得像个小女孩，跳着蹦着，奔向小朱。

"贝夫人刚刚大病初愈，你就带她去兜风，这合适吗？"我质问那个一身皮衣的男人。

"有什么不合适？人生得意须尽欢，莫使金樽空对月。"他继而问我，"杜甫说的？"

我懒得纠正是李白说的，仍试着扭转大局："贝夫人，如果妳想兜风，我们坐华诺的车去，妳、我、华诺，三个人多热闹！"

"我们的三人行还是留到下次吧！今天是我和小朱的约会。"

看着贱人得意洋洋地载着贝夫人扬长而去，我气得七窍生烟。

"生什么气？贝夫人又不是不回来。"华诺笑着进屋。

贝夫人是会回来，但她的心回不来了。

～

小尤说摄影展结束了，他想"顺路"过来看我。原来雅各多虑了，小尤最后还是选择回到华堡。

"好呀！我敞开双手欢迎你。"我说。

小尤下午四点左右到，我正和贝夫人喝着下午茶，华诺不在，因为贝夫人给他介绍个客户，就在贝公馆往南十公里处。

"快进来，我们正喝下午茶呢！"我对小尤说。

贝家的下午茶很特别，喝的是广东潮汕地区一带盛行的工夫茶，桌上的茶点也不一样，有腐乳饼、冬瓜条、云片糕及糖皮花生。

"摄影展结束了，你的下一步计划是什么？"贝夫人问。

"我已经接受意大利设计学院的聘书，去接替一位临时到美国担任客座教授的缺。"他答。

什么？！竟然不回华堡，而是去意大利？

面对我狐疑的眼光，小尤解释人总要往前行，才能看到以前没看过的风景……

我心疼小尤一路上的情感波折，贝夫人却听不出个中含义，反而拼命点头："意大利好，风景美得很。"

已近黄昏，小尤被贝夫人留下来过夜，他的房紧挨着贝夫人，朝北。

"我以为你会回华堡。"我说。

从小尤的房间望出去，我看到花团锦簇，原来朝北的风景那样美，我再也不惋惜贝夫人的房间不够亮敞。

"我不能再待在华堡，它就像只张开嘴巴的巨兽，除非我不想活，否则脚底抹油才是明智之举。"

我了解他所说的，雅各的偏执的确是颗隐形炸弹，说不准哪天就炸开，波及周边人。

"我也不应该来贝公馆看妳，太没脸面了。"

"为什么？"我问。

他接着解释不该听信雅各的话而怀疑我人尽可夫，因为从认识我到现在，我一直忠于罗宋，由此可证。

这无疑甩了我一巴掌，我羞愧地拿起桌上的书，佯装很感兴趣的样子。

"什么时候妳可以看法文原文书了？而且还是笛卡尔的《形而上学的沉思》。"

噢！老天，谁是笛卡尔？

"那个……那个……偶尔翻翻啦……不是真懂。"我心虚地答。

"依依，"他把我的书取下，放回桌上，很掏心掏肺的，"妳能原谅我吗？我不分青红皂白地误会妳。"

"快别这么说，误会讲开了就好。"

"既然罗宋汤不忠于妳，我们何不……"

我答那个也是误会，然后把罗宋离开美术学院到欧洲旅行，公寓转租给他人，以致误会他和大胸脯女人有关系一事说出。

"他每到一处就寄当地的明信片给我，到现在已有三、四十张了。"我接着说。

"那好，雨过天晴了。"小尤笑了，给人一种很不明朗的感觉。

～

华诺很讶异地发现小尤也在晚餐桌上。

"意大利设计学院对小尤伸出橄榄枝，他明天就要启身去米兰了。"我说。

"雅各知道这事吗？"华诺问了一个敏感的问题。

小尤没有正面回答，只说华夫人和管叔知道他辞职一事。

"这下子华堡岂不乱成一团？"华诺边说边去开红酒，给每个人都斟上红色液体，"Cheers！祝你一路顺风。"

我和贝夫人也举起酒杯。

小尤很豪爽，一连干了三杯。

～

晚餐很像联谊晚会，华诺不知从哪里借来一把吉他，他弹我们唱，一直闹到午夜。

贝夫人的病刚好，我一直克制她饮酒的量，所以自己喝的也不多，反倒华诺和小尤就像两个酒鬼似的，一杯接着一杯。

"不行，我得睡了，明天一早有appointment。"华诺首先投降，并且踉跄地爬上楼。

"You……"小尤指着华诺的背影，"You are a……a chicken.我……我还没喝够呢！"

我扶住走路不稳的小尤，说："别喝了，你也该上床。"

他用力推开我，反身又去找酒喝。我想着是否需要人帮忙？转头一望，贝夫人竟然趴在桌上呼呼大睡。

奇怪，她喝的不多呀！

我没来得及深究，因为小尤明显喝高了，嘴巴念念有词，在他做出更出格的事之前，我得赶紧将他塞回房间。

～

好不容易把一米七的小尤送回房，我已气弱如丝。

"依依，别走，我想吐。"他皱紧眉头。

想吐？想吐怎么办？我看到字纸篓，忙抓过来充当呕吐袋。

小尤试了几次，还是没能吐出来。

"这样吧！我帮你泡蜂蜜水，听说蜂蜜水解酒。"我放下字纸篓。

"别去，我……胃痛。"

胃痛？胃痛怎么办？我捂住他的腹部，来回抚摸，希望能减轻他的疼痛。

谁知小尤突然抓住我的手，将它搁在脸庞，闭着眼一字一句地述说对我的爱慕。

我担心的事还是发生了，小尤不再满足闺蜜的角色，他要的更多。

"谢谢你一路的支持和爱护，但……我们是不可能的，蝴蝶再怎么美丽，鲜花也不能和蝴蝶结连理，因为它们是供需关系，不是情侣关系……"我讲了很多，半天却得不到回应，原来小尤睡着了。

我慢慢抽出手，把凉被拉过来盖住他身体，再轻轻合上门。

走出房外，我忽然想起贝夫人，她还在楼下。

"得把她送回房，"我摇头，"今晚够折腾的了。"

我边抱怨边下楼去，足步声此起彼落。

第八十五章/飞舞的蝴蝶

进入餐厅，到处杯盘狼藉，贝夫人不在那里。

真奇怪，醉酒的人跑哪里去了？

我又搜寻一遍，确认贝夫人不在餐厅内。

"难不成她自己回房了？"我心想。

回到二楼，手刚触及门把就听到熟悉的声音，我僵住了，是朱翊安。

" Oui.Oui. 就 知 道 妳 喜 欢 。" 小 朱 低 沉 而 富 磁 性 的 声音泼洒开来

" Non.Non.Oh......Oui.Oui.别停～"是贝夫人。

"我来了，这次会很久很久……"

刚听到贝夫人喊No，我有开门进去的冲动，但后来她又喊Yes，还要小朱别停，我便犹豫了。

看多了法国人的浪漫行径，我已经百毒不侵，但是小朱和贝

夫人……他们的年纪相差不止一轮啊！贝夫人甚至想过收养小朱，这岂不是乱伦？

我颓然地回到自己的床上，睁眼到天明。

某些方面，华诺非常自制，比如知道隔天有约，再怎么high，他也会早早回房睡觉；又比如昨晚醉酒，今晨五点，他照样来敲我房门。

"妳怎么了？顶着熊猫眼。"

"没什么，"我关上房门，"今天我想往葡萄园的方向跑。"

葡萄园有180公顷，我没把握在吃早餐前能跑完，但看看也好，我想从一些蛛丝马迹中证明朱翊安非善类。

华诺不明所以，只是不断地赞叹架上垂涎欲滴的葡萄，它们颗颗饱满、晶莹剔透。

"妳说我们把这排架上的葡萄全吃完再走，没人会发现吧？！"华诺伫立在葡萄架前。

"大概不会，你想吃就吃。"

我心不在焉地答，因为看到小朱正在前方约两百米处和勘探队交头接耳，一副鬼鬼祟祟的模样。

"那我不客气了。"华诺摘下一串紫得发亮的果子，就地吃了起来。

"勘探队为什么清一色是亚洲人脸孔？欧罗巴人都上哪儿去了？"我自言自语。

华诺代答："欧罗巴人都领社会救济金去了，这种劳力活，跪下来请人干，人家还不乐意呢！"

昨晚的失眠不是白失眠，因为小朱和贝夫人那样了，让我如临大敌，把前因后果想了数遍，发现勘探队很可疑。

小朱是酿酒师，和"寻宝"根本不搭嘎，他却和他们走得近，我甚至听过他们用土话交谈，非常滑稽古怪！

华诺说我想多了，不过是交个朋友，哪有什么高低贵贱之分？

"不是这样的，绝不是交朋友那样简单的事，虽然我不知道小朱的真正用意，但野心肯定是有的，否则以贝夫人的五短身材，加上徐娘半老，一点儿也引不起男人的'性趣'，何以小朱会鞍前马后，甚至做起男妾？"

"他奶奶的，没想到贝夫人临老入花丛……"

"别使坏了，贝夫人又没惹你。"

法国人很少谈论别人的床上事，我一摆脸色，华诺便结束这个话题，转而催促我快走，因为吃完早餐，他还得拜访客户呢！

～

早餐桌上没看到小尤，让我心情郁闷，他怎能不告而别？

"他留了纸条，说学校催得紧，他又不识路，还是早点儿上路为佳。"贝夫人解释。

因为昨晚的放浪形骸，贝夫人今晨风情万种，仿佛吃了神仙妙丹，皮肤好得掐得出水来。

"昨晚睡得好吗？"华诺问那个春情荡漾的女人。

我在桌面下踢了他一脚，深怕他说出什么不得体的话来。

"睡得很好，谢谢，你呢？"贝夫人反问。

"也好，只是依依睡得不好。"

没想到华诺打了我一记回马枪。

贝夫人看着我，等我解释。

"那个……晚上有蚊子，所以没睡好。"

"不应该呀！有纱窗。"

我只好佯称自己忘了拉上。

"下次记得拉上，夏天的蚊子很凶猛，妳别染上登革热才好。"贝夫人关心地说。

回到房内，我闻到一缕花香，那是来自楼下花园的三色堇，此刻被放进一个注了水的空酒瓶里。

我走向书桌，酒瓶底下压着一张纸条，原来小尤不只给贝夫人留言。

看完纸条，我走向窗口，雪铁龙早已不知去向，我还天真地以为起码能看到一个小黑点。

别问我小尤写了什么，因为他什么也没写，只是画了两只蝴蝶，在繁花似锦中翩翩起舞……

第八十六章/声东击西

我和贝夫人在家庭房织毛衣，她正给粉红色毛衣加上白色荷叶边领，应该很快就能大功告成。

"这件毛衣织完，是不是也该为小朱织一件？"我存心问。

"小朱？"贝夫人抬头看我，"为什么是小朱？"

为什么是小朱？这还用问吗？你们夜夜笙歌。

"我觉得妳喜欢小朱胜过我。"我改打苦情牌。

"呵呵！连这个也忌妒。"贝夫人笑了，像从春天里走出来的小姑娘。

华诺说得没错，人每天都该有性生活，不仅能改善身心状态还能延年益寿。瞧！贝夫人的脸色红润、眼睛发亮、精神抖擞……当然，左侧脖子上那个不大不小的吻痕也多少做了贡献，它让年过半百的她显得风情万种。

"依依呀！妳最近的状况不太好，皮肤粗糙，整个人看起来很消沉，这是怎么回事？妳也二十好几，该重视保养了。"贝夫人把矛头指向我。

真是的，我缺的是男人，又不是缺保养。

我没回答"保养论"，反而问起贝律师何时回家？

"不知道，"她的眼神有些闪躲，"竞选的行程说不准的。"

~

贝夫人每晚都和朱翊安乱来，我总能听见床撞击墙壁的声音，要不就是在房间内大玩追逐游戏，小朱想啃贝夫人的脖子。

我的心因此烦躁不安，偏偏华诺在隔壁房间大唱歌剧，越唱越起劲，把贝公馆当成歌剧院。

这是个陷阱，他就等着我去敲门，好借机共赴巫山云雨……

我偏不上当！

拿上钥匙，我冲出贝公馆，打算等里面的战役都结束再进屋。

~

听见有人唱邓丽君的《小城故事》，我寻声找到在大树下纳凉的老萧。他坐在板凳上，手里摇着蒲扇，正喝着米酒配花生。

"我发现你很喜欢邓丽君的歌曲。"

"她和我同年，我从小听她的歌声长大，台湾人都爱她。"他答。

我说我也喜欢邓丽君，她的嗓音富有磁性，声音很纯净，时而醇厚，时而温婉。

"说得好极了，给，"他抓起一把花生，"奖赏妳！"

我收下花生，边剥边和他唠嗑，从天气谈到国家大事，再从台湾美食谈到中药。

"听说你认识一位台湾老中医，厉害得不得了，贝夫人前阵子病倒就是靠他的药帖子活过来的。"

"什么老中医？"老萧喝了一大口米酒，抱怨，"我已经很久没和家里联系了，每次联系就是要钱，钱、钱、钱，除了钱，什么都不是。"

那么黑色汤药是怎么回事？总不会是天上掉下来的吧？！

老萧答有一天小朱拿来几包中药要他煎，搞得厨房都是中药味，三天三夜都去不掉……

这么说，中药是小朱拿来的，没有所谓的"神奇老中医"，他为什么要说谎？

我又想起小朱说过的土话，哪里来的方言？

老萧听完呵呵呵地笑，我才知道小朱和勘探队都是越南华侨，他们说的是越南话，不是土话。

呵！真出乎意料。

"那么他是法籍、在香槟获得法国国家酿酒师文凭，这总没错吧？！"我问。

"即使不是法籍，也肯定有居留卡，否则无法在法国待那么长的时间，至于有没有酿酒师文凭？我不清楚，会酿酒倒是不假。"

嘘～总算还有一些真实的地方。

没想到老萧马上给我沉重的一击："小朱的压力不轻，越南的父母、老婆、孩子都指望他。"

"什么？！他不是孑然一身的孤儿吗？怎么跑出来这么一大家子？"

"五个，"老萧伸出五个指头，"他有五个小孩。"

呵！这小朱太太还真是头母猪！

知道这个天大的秘密后，我迫不及待想将此事禀告贝夫人，免得她上当受骗（即使成为我最痛恨的"告密者"也在所不惜）。

∽

回到二楼，不巧碰见小朱正从贝夫人房里走出来。

"我帮贝夫人按摩，她全身酸痛。"小朱解释。

我瞪他一眼，话懒得说一句。

"妳怎么了？最近怪怪的，是不是哪里得罪妳了？"他接着问。

我答不是得罪我，而是得罪贝夫人，虽然她的年纪大到能当他妈，但半夜三更的，他也得避避嫌。

"我可不是主动请缨，而是呼应贝夫人的需求，体力活也是很累人的。"他往前跨一步，"如果妳也想按摩，我两肋插刀，在所不辞。"

怎么听小朱说话就像听到污言秽语，全身脏得难受？

"不用了，把你的精力留给越南的家人吧！"我转身回房。

早餐又回到苦瓜，还好有豆浆、油条可吃。

"贝夫人，我能吃块烤面包吗？这早餐……很不合我胃口。"华诺可怜兮兮地说。

真难为他了，吃了好几个礼拜的中式早餐，其中有3/4还是苦瓜料理。

"我也要，加草莓果酱。"我支持华诺。

贝夫人不以为忤，反而叫来厨子，叮咛他以后也得替两个年轻人准备合宜的菜色。

老萧唯唯称是。

"老萧，你还好吧？！"我问。

之所以这么问是因为他的嘴角及鼻头有大片乌青，奇怪，贝夫人和华诺好似看不见。

老萧臭着脸答好，然后快速闪人。

我的毛衣织好了，粉红色底加蓝色小花，领子是白色荷叶边。

穿上后，我原地打转："怎样？好看吗？！"

"真好看，很有少女气息。"贝夫人边说边拿出墨绿色毛线。

"这是……"

她笑了："我也给小朱织一件。"

啥？贝夫人没替贝律师织、没替华诺织、没替华夫人织……反替自己的男妾织，这是哪门子道理？

我决定掀开谎言："小朱太太会帮他织，不劳妳费心。"

"什么小朱太太？他还没娶亲呢！"贝夫人笑答。

我把老萧说过的话原原本本道出，原以为她会暴跳如雷，没想到她气定神闲地表示小朱早告诉她，老萧和他有过节，一定会黑他，这不，撒了个弥天大谎。

"何以见得是谎言？"

"我有证据，老萧不是说小朱有五个孩子？呵呵！怎么可能？连续生也要生五年，那时小朱还在学校学习，难不成每次都算好老婆的排卵日再飞回越南行房？”

我答这也不无可能啊！但是贝夫人听不进去，反而言语当中透露想炒了老萧。

"不，不，不，"我把头摇得像波浪鼓，"我喜欢吃台湾料理，再说了，老萧一走，谁煮那么好吃的苦瓜给妳吃。"

贝夫人想了想，不无道理，遂放下炒人的念头。

这次风波就这么让小朱全身而退，而我……一败涂地。

我已经陆续收到罗宋的明信片，管叔果然把我的信件都转寄到贝公馆。

这一天，佣人又递给我邮件，只是这次不是明信片而是挂号信。

我三两下拆开信封，深怕是罗宋的紧急通知，没想到它来自小尤。

读完信，我发呆好久，原来"意大利设计学院"子虚乌有，是小尤特意制造的烟雾弹，目的是声东击西。

当雅各追到意大利时，小尤已经坐上法航飞回中国了。

"……和妳约好了下辈子，如果有一天妳看见一个酒窝男孩冲着妳笑，那一定是我，请不要吝惜给他一个拥抱。"小尤在信末写道。

我的心像被无数辆坦克车碾压过……

"怎么了？是中国沦陷还是法国投降了？看妳一副忧国忧民的样子。"华诺一进门就看到我的惨状。

"小尤寄信给我了，他……不太开心。"

"他有什么不开心？我阿姨才不开心呢！"

华夫人为什么不开心？没等华诺给出答案，我们同时听到雅各的声音，他在屋外粗声粗气地喊着："小尤，你他妈的给我滚出来！"

我赶紧往外走，华诺尾随在后。

第八十七章/雅各的葬礼

虽然我再三表示小尤不在贝公馆内，雅各仍执意进屋检查，我只好让开身来。

把上下两层都翻了个遍后，雅各没好气地质问："你们把他藏哪里去了？"

"你不也看到了，小尤不在贝公馆内。"我答。

华诺也支持我的说法，并且指出一条明路："小尤到意大利设计学院任教了。"

"我刚从那里回来，该学院没有一个中国籍教师。"雅各笃定地说。

我本想告诉他小尤回国了，但转念一想，搞不好那孩子会立即启身去中国，所以话到嘴边又咽下。

"小尤，你去哪里了？"雅各颓丧地坐下来，双手捂住脸，我不知他哭了没？

虽然这时说教并不讨喜，但我还是告诉他《伊索寓言》中"北风和太阳"的故事。

"妳说的没道理，北风除了吹还能怎样？它不是南风，南风还带热气，北风是冷的，再怎么吹，路人还是不可能脱衣服。"雅各说。

"所以北风只能接受失败的命运。"

"不对，如果北风更使劲地吹，吹开路人衣服上的钮扣，还是有可能吹掉整件衣服。"

这就是雅各的逻辑，我无语了。

华诺不参与我们的"鸡同鸭讲"，他转而问雅各是怎么来的？

"我开母亲的车子过来。"他答。

"你有驾照吗？"

"没。"

华诺皱了皱眉头，说："等我一下，我去换件衣服，待会儿载你回华堡。"

他一上楼，雅各马上跟我讨水喝。我从冰箱拿来Evian矿泉水时，他已不在客厅。

"雅各呢？"华诺问。

"跑了。"

华诺抱怨几句，跳上他的VOLVO一路追赶。

华诺一直开到华堡还是没赶上雅各，因为雅各根本没回家。

华夫人急得像热锅上的蚂蚁，出动华堡上下寻人。

雅各早关机了，惟一的联系管道也断了。

"昨天他打电话回家，说人在米兰，管叔马上飞过去，现在雅各已经回到法国，为什么还不回家？"华夫人很担心。

华诺安慰她，也许雅各散心去了，因为小尤不在米兰，让他很失望。

"再怎么说，也应该来个电话，天色那么晚了，他一个人在外面，我很不放心。"

华夫人接着说她的眼皮在跳，心疼得慌。

华诺把所有能想到的积极面都掏空了，仍无法让她释怀，还好此时管叔进门了，华夫人仿佛抓住救命稻草，转向管叔絮叨着她的恐慌。

莫泊桑说："埃特尔塔海岸像一只大象把鼻子伸进了大海。"

谁也没料到雅各就从这只大象的头顶一头栽进大西洋里。

当打捞队把老爷车从海里打捞上来时，华夫人已经泣不成声。

"雅各，我的儿啊～"华夫人哭喊着去拥抱那具冰冷的尸体。

雅各的身体弓起来，已经僵硬了。

当救护车哇呜哇呜地开走后，华夫人早已哭倒在管叔怀里。

"为什么？为什么那孩子要自杀？我给他创造那么好的环境，要什么有什么？他还有哪里不满意？若不是为了他，我何必强颜欢笑，做自己不想做的事？早知如此，还不如待在穷乡僻壤过平淡的日子。"

管叔抱着华夫人，在她耳边低语……

夕阳西下，埃特尔塔海岸被橘红色的彩光笼罩着，单调的海涛声不绝于耳，更显孤寂。

与华夫人所说的自杀不同，我认为是道路不熟加上驾驶不当导致雅各的死亡，因为言谈之中，雅各打算作长期的困兽之斗，没道理寻短见。

"哎！真相再真也挽回不了性命，没必要再深究下去。"华诺低头找车钥匙，"我先把阿姨载回家再去殡仪馆，妳能陪我去吗？"

"嗯！"我用力点一下头。

~

"我阿姨问妳能不能转告小尤，让他参加雅各的葬礼？"华诺说。

我也想啊！但小尤给了我一个假地址：**中国黑龙江省哈尔滨市依依区思念路永久街1314号520室，**叫我如何联系？

手机早停了，邮箱、QQ也关了，真是决绝得彻底。

~

华堡的小教堂挤满了参加葬礼的人，华夫人头戴黑色带纱礼帽，身着同色斗篷裙坐在前排。她的左手边坐着GUILLAUME爵士，右手边竟然坐着管叔。按理说，仆役在这种场合是没有位置的，更不用说坐在前排。

我看见贝氏夫妇被安排坐在第二排，贝律师逢人就递上名片，拉票的意图很明显，让人说不上哪里不对劲。

当人员都到齐后，神父开始做告别式，雅各的棺材就放在祭坛前，棺口打开，他像睡着了似，非常安详。

仪式一结束，我们依序上前和死者道别。我握了一下雅各的手，很冰凉。

"你冷吗？雅各。"我和他阴阳对话。

"冷死了，"华诺在我耳边低语，"这冷气不要钱的吗？"

我睨了他一眼，快步走开。

跟中国葬礼的呼天喊地不一样，雅各的葬礼很庄重，这是出于对死者的尊重与怀念，即使最伤心的华夫人，也顶多拿着白手绢不停地拭泪。

"如果有一天我死了，妳会不会哭？"华诺问。

"也许我会像庄子一样鼓盆而歌。"我答。

"那么记得唱歌剧《罗密欧与茱丽叶》，我挺喜欢那一首的。即使不会唱，用留声机放给我听也行。"

我笑说"好人不长命，祸害遗千年"，他一定能长命百岁。

华诺不苟同，他说他的家族都活不长，华夫人算异数，活到五十一岁。

我静下心一想，的确，华诺的爸是遗腹子，代表他爷爷早逝，至于华爸华妈也在四十几岁时撒手人寰，再说雅各，他连十八岁生日都没来得及过。

"放心，你不一样。"我安慰他。

"哪里不一样？"

"你有我呀！我是福星，我们马家个个都很长寿，奶奶甚至活到九十几岁，我不介意分点儿福气给你。"

"谢谢，"他笑了，"谢谢，谢谢。"

一连道了三次谢，我笑他是个傻子，他不以为忤，反而笑得很开心。

第八十八章/怀孕疑云

因为参加雅各葬礼的缘故，贝律师难得地回到家，我以为这将会是温馨时刻，没想到却爆发前所未有的战火。

贝夫人歇斯底里地咆哮着，把所有能砸的东西全给砸了，贝律师则铁青着脸，丢下一句："竞选后再谈！"，扬长而去。

"怎么了？贝夫人。"我小心将她扶起。

"白眼狼，没有我家的资助，他还是山沟里的穷小子！"贝夫人愤恨地说。

"快别生气了，贝律师竞选压力大，脾气难免不好。"我让贝夫人在沙发上坐好，"我倒杯水给妳喝。"

贝夫人忽然抓住我的手，问："依依，妳说雅各会不会是老贝的儿子？"

天哪！贝夫人怎会这么想？

"不会的，他俩长得不像。"我宽慰她。

"那么凭什么华夫人跟老贝要一百万欧元？说是以雅各的名义捐给法国血友病基金会。"

呃！为什么？这倒很可疑。

我问贝律师怎么说？

"他说我目光如豆，又说妇人之见不可取。"

我赶紧灭火："贝律师这么做一定有他的道理。"

此时朱翊安走了进来，看见客厅一片狼藉。

"这是怎么回事？"话是对两个人说，他却把眼光投向我，大有"男主人"的架势。

"你没长眼睛吗？刚打完架。"我答。

他问谁那么大胆，敢和贝夫人对打？

"还会有谁？当然是这家的男主人，男－主－人－"我特别强调。

朱翊安撇开脸，不屑与我交谈。

"贝夫人，"他蹲在那个怨妇跟前，"我看妳的精神不佳，小朱朱帮妳按摩一下，可好？"

真是恶心透了，自己喊自己"小朱朱"。

贝夫人没回答，反倒抬起头来看着我。

"我到花园采几朵花进来。"我借故离开。

~

我采了风信子、紫罗兰、栀子花、月季、迷迭香……抱着满怀的鲜花，像在身上洒满了香水。

回到客厅，小朱和贝夫人早已不知去向，倒是佣人忙着收拾地上碎片及做吸尘的工作。

我把花分别放进景德镇变裂纹红花瓶及欧式浮雕玻璃花器内，手里还剩下两朵白色栀子花。

该放哪儿呢？对了，送给华诺吧！他应该会喜欢这种淡雅的香气。

"扣、扣、"

没人应门，我正想走开，门却咿呀地打开了。

"我以为没人，送……送你，"我把花递上去，"放……放在衣柜里，比芳香剂好用。"

"谢谢。"华诺收下花。

我之所以说话不利索是因为注意到华诺不仅双眼红肿，连鼻子和嘴唇也红了，说话带有严重的鼻音，显然哭过。

"还好吗？"我问。

"好。"

"那我走了。"

华诺叫住我，问："如果我答不好，妳是否会留下来陪我？"

～

"雅各死了，为什么我的亲人都一一离我而去？如果连小姨也……华家就只剩下我一人了。"

华诺趴在我的小腹上娓娓述说，我边安慰边试图将他的一头卷发捋平。

"以前我认为结不结婚无所谓，但看到雅各冰冷的尸体，我想到了家族荣誉，不能让华家到我这一代戛然而止，我得承先启后。"

我说他的责任重大，但我爱莫能助。

"可以的，妳完全可以，只要怀上宝宝，我们华家就有后了。"

"什么？！"我用力推开他，"我可不是你们华家的生子机器。"

华诺一把将我扑倒，问我知不知道贝夫人天天和小朱做爱？难道不觉得全身欲火难耐？

"这是两码子事，他们做他们的，我……纹风不动。"我答。

好死不死，贝夫人的房间此刻传来床撞击墙壁的声音，一次大过一次，而且频率加快。

"依依～"华诺的语气转为温柔，"好不好？"

"不……"

他很快堵住我的嘴，手也不安分起来。

我的反抗意识在爱抚中逐渐减弱，当华诺脱下我衣物时，我已不再挣扎。

不久，华诺的房间也传出床撞击墙壁的声音。

~

我们三人安静地用着晚餐，贝夫人的脖子上有了新的吻痕，但我假装看不见。

今天的餐点除了苦瓜大餐外，还有英式炸鱼和薯条，让人颇感惊喜，看来老萧很上心。

"年轻孩子就喜欢油炸食品，我不喜欢，我喜欢清淡。"贝夫人说。

"那太好了，各取所需。"华诺将雪白的鱼肉纳入口中。

我用叉子叉起薯条，扑鼻的油炸味让我一阵恶心，忽然觉得想吐。

"妳怎么了？"华诺问。

"没什么。"我捂住嘴。

"该不会是怀孕了吧？"

我好不容易才将胃里冒出的酸气压下去，谁知贝夫人的一句问话让我又想吐了，赶紧离座冲向洗手间。

贝夫人的猜测很合理，华诺和罗宋不一样，他从不戴套，觉得那像是戴上手套打游戏，非常的不舒服。

"那么我怀孕的事分分钟都有可能发生，怎么办？"望着镜中的自己，我没了主意。

第八十九章/华诺的软肋

我的双手被圈上墨绿色毛线，贝夫人正在织毛衣，她织的是男式高领羊毛衫。

"华夫人是不可能再生育了，雅各这一走，诺大的产业交给谁？还不是华诺？别再三心二意了，集中火力将他拿下才是正道。"贝夫人将织好的部分举起来审视，"再说，妳不也怀孕了？这是个很好的机会，奉子成婚。"

她不知道当天夜里华诺就拿来验孕棒（也不知是从哪里买来的），我们死盯着那根白色的棒子，当检测结果为阴性时，我松了一口气，华诺则不然，他很失望，垂头丧气的。

"那个……没怀孕。"我小声地说。

贝夫人放下棒针，直挺挺地看着我，让人很不舒服。

"我希望某个人娶我是因为爱我，而不是因为家族使命或其他。"我辩解。

贝夫人听了摇头，她说我稚嫩、还说我满脑子不切实际的想法，有一天会后悔云云。

"华诺不是不好，只是目的性太强，想做爱是因为身体需要；想结婚是因为家族得承先启后，况且……况且他从未说爱我，即使是两情缱绻时……"

贝夫人重新拿起棒针，若有所指地说结了婚还是可以找乐子，什么情啊爱啊，通通可以获得，别傻傻分不清……

她这是在说自己吗？一边拥有拿得出手的老公，一边还有个惟命是从的性奴。

我可不想和贝夫人一样粗鄙！

夜深人静，我躺在床上，隔壁传来暗号声："扣……扣扣……扣……扣扣……"

华诺说了，如果他想做爱会敲击墙壁，一长声两短声。我若回复一长两短，代表我去他那里，如果我想要他来我这里，那便是一长三短。

"如果两者都不想呢？"我问。

"抱歉，没有这个选项。"他答。

此时一长两短声不绝于耳，我用枕头捂住耳朵，又钻进被子里，它依旧穿墙而入。

"Tais-toi！"我把枕头扔向墙壁大喊"闭嘴！"。

华诺停了一会儿，又开始击墙："扣……扣扣……扣……扣扣……"

老天！我愤而推开棉被，赤足跑去敲华诺的门。

"妳忘了暗号，想来我这儿是一长两短声。"他抚着门板厚颜无耻地说。

"谁跟你说这个？我要你别再敲墙壁了，半夜三更的，还让人睡觉不？"我怒火冲天。

华诺没回答，反倒一直往我的胸口盯，我低头一看，天啊！刚才翻来复去，扣子松了，我又没穿内衣，两个月球呼之欲出。

我慌忙捂住胸口，骂道："华诺，你这个色……"

没等我说完，华诺一把将我抱起，脚一勾，我被华诺的房间吞进肚里去。

～

"妳怎么不哭？我以为女生被强迫后，会呜呜呜地哭泣。"华诺问。

"你说的是清末民初吗？现在都什么时候了？我还没付你男公关的费用呢！"我离开他的怀抱，"再说，哪次不是你强迫我？"

华诺嘿嘿嘿地笑，他要我别逞强了，哪次我不是积极配合？

这也是我痛恨自己的地方。

"没错，明知道你不够爱我，我却次次投怀送抱，真他妈的贱！你的心里一定是这么想的，对吧？"

"别糟蹋自己了，我怎么不爱妳？"他吻了我额头，"我只是故作潇洒，这样才能在失去时不那么痛。"

然后他告诉我，从小到大，只要他在乎的，很快就会失去，譬如牧羊犬、乌龟、画眉鸟、小兔子、金鱼……要嘛走失，要嘛一命呜呼。

我说那些都是小动物。

"也包括人啊！爷爷奶奶就不说了，近的譬如：我爸、我妈、我的历史老师、雅各，还有……Celia。"

"Celia？"

"我的前女友，"华诺苦笑，"我们一行人去爬圣米歇尔山，她被雷击中了，好笑不？这么多人，偏偏击中她？"

一点儿也不好笑，我没想到华诺的命运这么悲惨！

"放心吧！说过了我是福星。"我指着大腿上一个约二十公分长的疤痕，"看到没？被藏獒咬的，藏獒是什么猛兽你也知道，很多人都说我性命难保，还不是照样活下来？"

"这么说，我可以放心大胆地爱妳了？"华诺稚气地问。

"放马过来！"

他一听，兴奋地往我身上扑，一连给了我几十个吻，遍及所有裸露的地方……

"我爱妳，依依～"他呢喃着。

～

我从华诺房间走出来，不巧遇见朱翊安，他刚离开贝夫人的房间。

"Bonne nuit."他向我道晚安。

我不动声色，只想快点儿回房。

"没想到妳的动作也挺快的。"他说。

"什么意思？"

"床上功夫啊！"说完，他做了个猥亵动作，让人作恶。

我答我们怎能一样呢？我和华诺男未娶女未嫁，正正当当地交往，不像他，都五个孩子的爹了，还出卖皮肉。

"贝夫人今天宠你，明天指不定就将你束之高阁，你永远见不得光。"我继续落井下石。

"呵呵！马依依，我记住妳了，给我等着！"他笑着离开，连空气都带有令人窒息的气味。

贝夫人怎会看上这样的人？

我边摇头边走回自己的房间。

第九十章/最毒妇人心

贝夫人给华诺介绍一位法籍韩裔客户，就住在索恩河的尽头。他回来时吹着口哨，神情很愉悦。

"恭喜！"我说。

"恭喜什么？"

"成交了不是吗？"我反问。

华诺说我鼻子灵，成功的气味也闻得出来。

"给。"他递给我一个约1公升的塑料罐，"韩国妈妈做的，外面买不到。"

我低头一瞧，这不是韩国辣白菜吗？太好了，就好这一口。我立马打开盖子，一股辛辣的味道扑面而来，华诺马上捂住口鼻。

哎！真不懂得欣赏，这是韩国的至尊国食，韩国人顿顿少不了它。

我套上塑料手套，抓起一条色白带红的辣白菜入口，果真辣、脆、酸、爽，美味得不得了。

看我吃得痛快，华诺传话："韩国妈妈说了，她每年都要做上好几十斤的辣白菜，在异乡，没有什么比这道凉菜更能抚慰游子的心。"

我笑答自己虽然不是韩国人，但韩国辣白菜也能抚慰我的心灵。

"那妳吃吧！我不吃辣。"华诺坐下来，随手拿起《Les Echos》，那是法国著名的财经报纸。

"什么味道？"贝夫人皱着眉头走进来。

"韩国辣白菜，"我把一条辣白菜举在贝夫人面前，"张嘴，可好吃了。"

和我想像的不一样，贝夫人看到辣白菜非但没有惊喜，反而作恶。

"拿开，"她推开我的手，"闻着难受。"

我赶紧盖上塑料罐，但为时已晚，贝夫人捂住嘴往洗手间跑。

不会吧？！反应这么激烈？

"听说有些孕妇不能闻泡菜的味道，一闻就想吐。"华诺翻了一页报纸说。

孕妇……不能闻……想吐……孕妇……孕妇……难不成……

我冲向洗手间，贝夫人正蹲在马桶边，样子有些狼狈。

"贝夫人，那个……妳停经了吗？"我问。

"我也不清楚，"贝夫人按下马桶冲水钮，站了起来，"已经两个月没来月经了。"

糟了，该不会……

她望着镜中人，慢条斯理地摸摸自己的鱼尾纹，又顺了顺头发："中奖也好，我们贝家总算有后了。"

"可是……贝律师会怎么想？我不认为他会心甘情愿地抚养别人的孩子。"

"谁说是别人的孩子？当然是老贝的，"贝夫人忽然发现一根白头发，对着镜子拔了下来，"现在也只能赖他了。"

～

贝夫人坐上自己的座驾，风尘仆仆地开往巴黎，打算和贝律师缠绵数日，好顺理成章地赖上他。

"啧啧啧！最毒妇人心。"华诺躺在床上有感而发。

我翻了个身，问："你想，小朱知不知道自己又当爹了？"

"我不关心他，"华诺腻了上来，"我只关心自己能不能当爹。"

贝夫人这一去，三、五日都不会回来，华诺当上山大王，逮到我就做爱做的事，每天变着花样做。

"罗宋回来怎么办？"我问了个煞风景的问题。

华诺顿时没了力气，草草了事。

"能怎么办？看妳的选择啰！"他好似事不关己。

我们沉默了一会儿，还是我先开的口："听说爱尔兰人多是橙红色的头发、灰绿色的眼睛，加上满脸的雀斑。"

"没研究，不过听起来很像动画片里的人物，为什么突然提这个？"他问。

为什么提这个？当然是因为我又收到罗宋的明信片，知道他到了爱尔兰。

"没什么。"我翻身仰面，裸露的乳房，小山也似的高。

"妳不应该引诱我，这是不对的，每次都这样……"

我动手去拉毯子，华诺粗鲁地将毯子扔到地上，人也爬了上来。

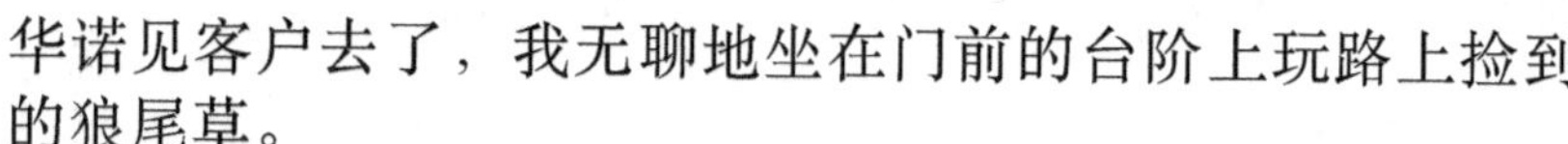

华诺见客户去了，我无聊地坐在门前的台阶上玩路上捡到的狼尾草。

"贝夫人去哪里了？"朱翊安没好气地问。

"能去哪里？找老公去了呗！"我看都不看他一眼。

"马依依，少在这里给我摆架子，不过是个臭婊子，还扮清纯，切！"

"说什么你？！"我猛地站起身。

"说的就是妳，烂婊子！等我当了家，第一个轰的就是妳。"

我和小朱积怨已深，早看对方不顺眼，但他那么毫无忌惮地羞辱我，倒是头一回，感觉像是被黄袍加身了。

"你当什么家？旁边纳凉去！"我嗤之以鼻。

"嘿嘿！当什么家？当然是贝公馆这个家，贝夫人已经口头承诺收养我，我将会是贝家惟一合法继承人。"

什么？！贝夫人昏头了吗？竟然收养小朱？！

等等，我想起贝夫人怀孕一事，当时的允诺肯定是在没有孩子的前提下，现在贝夫人就要当妈了，小朱的美梦无疑竹篮子打水一场空。

"噢！是吗？那恭喜你了，"我把狼尾草往地上一扔，"希望贝夫人的巴黎之行不要太浪漫，否则怀上Baby，到时不知该谁当家了，你说是吧？！"

在小朱错愕的表情下，我昂首进屋。

第九十一章/生父和养父

这天下午，贝夫人和贝律师手拉着手进门，样子很甜蜜。

"贝律师，好久不见。"我说。

他推了推鼻梁上厚重的眼镜，承认的确好久不见，还说了些客套话，不外因为竞选一事，疏忽了家庭，还好有我陪伴他老婆，很是感谢云云。

"哪里，这是我应该做的……二位想喝茶还是咖啡？"我的职业病发作，把在华堡当贴身管家的那一套挪过来用。

贝律师答咖啡，贝夫人则说两者都不要，给她来杯牛奶。

我忽然想起孕妇要远离咖啡因的饮品，忙说没问题。

晚餐桌上，我们四人其乐融融。

贝律师讲着竞选其间发生的趣事；华诺也描述所遇见过的各种奇葩客户；贝夫人则把方圆五百里内哪家母猪生了小猪仔，哪家佣人最偷懒，一一交待。

我没什么话好说，随意问起家里的葡萄都卖给了谁？

"我们不卖葡萄，而是把葡萄酿成酒，一部分自饮，另一部分会有酒商前来收购。"贝夫人解释。

那么那辆货车是怎么回事？

我和华诺晨跑时，曾经看到一辆橙色货车从葡萄园驶离，上面有成箱的葡萄，其中几串还因为行驶颠簸滚了出来，皮开肉绽的，让人好生惋惜。

华诺证实我的说法。

"老贝～"贝夫人喊。

贝律师又推了推他厚重的眼镜，说："没事，我来处理。"

晚饭过后，贝律师把小朱叫进书房里。

听说贝律师给朱翊安小鞋穿，因为葡萄收成及酿酒的量严重不符，若不是贝夫人在旁说好话，小朱早被炒了

这两天就见那个倒霉鬼臭着一张脸，仿佛跟谁都有仇似的。

贝律师在家待了两天又走，临行前和贝夫人有讲不完的情话、做不完的亲昵动作，连空气都弥漫着蜜糖的味道。

我心想，如果迟暮之年，我和另一半也能像贝家夫妇一样你侬我侬，该有多好？！

"九次，"贝夫人送走老公，一进门就嚷嚷，"我和老贝干了九次，次次工夫做足，老贝这回跑不掉，一定得认账。"

幻想从空中刷地回到现实，像张爱玲说的，华美的袍子上爬满了虱子。

~

贝夫人正织着毛衣。

"怎么腰酸背痛的？"她放下棒针，揉揉脖子又动动自己的身子骨，"真想找人按摩按摩。"

我自告奋勇，却被贝夫人一口回绝，她说女人力道弱，揑着不舒服。

"要不……我叫小朱来？"我试探性地问。

"也好，这贝公馆的男人，就他比较清闲。"她答。

知道贝律师前脚刚走，贝夫人后脚就唤他，小朱仿佛从挫败中站了起来："嘿嘿！告诉妳，贝夫人不能没有我。"

然后的然后，又是干柴烈火、巫山云雨、鱼水之欢……

~

今天的下午茶喝的是大吉岭红茶，吃的是玛德琳、火腿黄油三明治及栗子蛋糕，都是上乘之选，然而我和华诺却食不知味，因为……

" Oh, Oui.Oui……啊～嗯～……Oui.Oui……Vite……Vite……"

贝夫人的行径越来越大胆，以前还会刻意小声，现在却是不顾颜面的恣意喊叫，如入无人之境。

"不行，"我站起身来，"贝夫人怀有身孕，她这样放浪形骸，很容易流产，我得提醒她。"

"坐下，"华诺低喝，"这时妳上去，想挨揍吗？做母亲的不在乎，妳着什么急？"

也对，我又坐了下来。

我们沉默了一会儿后，华诺问："那事是真的吗？怀孕不能放浪形骸？"

我答怀孕前期子宫比较敏感，同房会使子宫收缩，容易引起流产。

华诺听完仰天长叹，说他没办法忍那么久，要不，找个代孕妈妈代替我？

我将桌上的纸巾揉成团扔向他："有病啊你！"

他揉揉被击中的脑壳，笑得很无辜。

~

贝律师捐钱给法国血友病基金会一事被炒得沸沸扬扬，他被形容成悲天悯人的慈善家，因为朋友孩子的亡故，爱屋及乌，把爱心捐献给同样受此病折磨的可怜人……

原来这就是贝律师布的线，区区一百万欧元就买下数家报社的头条，真心便宜。

"还是老贝聪明，"贝夫人放下报纸，"既让华夫人欠下人情债，又上了报纸头条。"

这次的选举，华裔只有一人参选，加上报纸的大肆宣传，贝律师入主参议院无疑胜券在握。

~

没想到贝律师还是落败了，树倒猢狲散，他灰头土脸地回到家中。

贝夫人难掩失望的神情，但仍打起精神强颜欢笑。

由于对手的深扒，贝律师曾经"教唆证人做伪证"也被起底。大选过后，律师公会停了他的牌照，声明在调查结果出炉前，不得从事律师工作，可说是雪上加霜。

"没事的，贝律师已经忙了这么久，该休息一下，你们老俩口正好利用这段时间去外头转转，享受甜蜜时光。"我说。

"我也想啊！"她抚着微突的小腹，"可是最近吐得厉害，怕禁不起路上折腾。"

我目测贝夫人已有三、四个月身孕，但她本来就胖，腰腹一直自带游泳圈，怀孕反而不易察觉。

"贝律师知道妳怀孕了吗？"我问。

"不知道，老萧说台湾有个习俗，怀孕不满三个月不能讲，否则容易流产。"

这么说，"生父"和"养父"都还蒙在鼓里？

"贝律师很消沉，如果妳告诉他这个好消息，他肯定会振作起来。"我提议。

贝夫人说不用我提醒，她早有打算。

贝律师还不知情，小朱却已收到消息，他兴冲冲地奔向贝夫人。

"亲爱的，听说我当爹了。"朱翊安当着我的面问情人，一点儿也不避讳，反倒有互别苗头的意味。

"不是你的，是老贝的。"贝夫人斩钉截铁地答。

"怎么可能是他的？你们在一起那么久，要有早有了。"

小朱的"死缠烂打"让我不得不介入，当然话就说得不那么好听，把他气得吹胡子瞪眼睛。

"绿茶婊滚一边去！这是我和贝夫人之间的事，妳插什么嘴？"

我想反击，被贝夫人的眼神制止住，她要我去厨房拿些核桃给她。

核桃含有亚油酸，能促进胎儿血管生长和发育，所以最近贝夫人把它当零食吃。

"好，这就去。"

临走前，我瞪了小朱一眼，转身把诺大的客厅留给他们。

夫人把它当零食吃。

"好，这就去。"

临走前，我瞪了小朱一眼，转身把诺大的客厅留给他们。

第九十二章/幸福来得太快

"老萧，核桃在哪里？"我一进门就嚷嚷。

老萧正在洗手做羹汤，两个炉灶齐开，烤箱里有一只鸡，水槽里还有条鱼。

听见我的声音，老萧拉开厨房中岛的抽屉，从里面拿出一个玻璃罐递给我，同时叮咛核桃中的脂肪含量很高，吃多容易发胖，间接影响孕妇的血糖、血脂和血压，所以每天三、四个足矣……

"你怎么知道是给孕妇吃的？"我问。

老萧答前两天贝夫人问起他老婆怀孕时的征兆，他一瞄她的小腹就知道怀的是男孩。

"什么？！这也看得出来？"

"怀男孩，肚子是尖的；怀女孩，肚子是圆的。"他说。

敢情小朱就是从老萧这里得到的情报？

"你没告诉小朱，贝夫人怀的是男孩吧？！"我边问边将小刀插进核桃缝里，用力一旋转，核桃被撬开了。

"我告诉他了，他很高兴，因为越南那一个生的全是女孩。"

核桃仁很硬，简直在考验我的牙齿功力，一咀嚼完毕，我赶紧扼止流言："孩子跟小朱一点儿关系也没有，他高兴个啥？"

"不是他的？"老萧抓抓半秃的头，"这就奇怪了，小朱一直吹嘘他和贝夫人之间的亲密关系……"

"有些人就爱往脸上贴金，贝夫人是什么身份？你说可能吗？"我拿起核桃罐，冷冷地丢下一句。

回到客厅，朱翊安已经走了，贝夫人抚着肚皮，样子很落寞。

"给，"我把核桃递给她，顺便传达老萧的叮咛，"顶多一天吃四个，吃多容易胖，到时就不好生了。"

贝夫人收下罐子，却没有吃的打算。

"怎么了？谈判破裂？"我问。

她说没破裂，小朱答应闭上嘴。

"这不是很好吗？"

"不好。他要葡萄园、一张无上限的信用卡副卡以及对孩子的探视权，这叫我如何向老贝开口？"

小朱果然狮子大开口。

我思考了一下，说："在法国，任何人都能对亲子检测说不，意即只要一口咬定孩子是贝律师的，小朱根本提不出有利的证据去证明自己是孩子的生父，要考虑的是如何让他安静地、平和地走开。"

贝夫人同意我的看法，也知道不可能轻易打发掉小朱，所以一开价就是一百万欧元，只要他离开贝公馆。

一百万欧元相当于七百五十万元人民币，够小朱、小朱太太以及五名子女在低消费的越南过上优渥的生活，只可惜贝夫人还是太低估朱翊安的胃口。

"依依，我该怎么办？"她把脸埋入手掌心，很无助地问。

当贝夫人纵容自己时，早该想到天下没有白吃的午餐（或许她也曾经想过，只是没想到午餐会如此昂贵）。

"没事，我去谈判。"我把贝夫人的麻烦一肩扛起，谁让我是她的智囊团？

"真的？"她兴奋地抓住我臂膀，"妳真的愿意？"

这不是个好差事，尤其对象是我的死对头，但我依旧用力地点一下头，大有"风萧萧兮易水寒，壮士一去兮不复还"的气概与魄力。

葡萄采摘工人说酿酒师在地窖里。

依着工人的指示，我很快找到洞口，外观有点儿像山西窑洞，不同的是它不是由土、石、砖砌成，而是由木头加上水泥所建造的现代化建筑。

进到地窖内，首先映入眼帘的是平躺着的橡木桶，它们被高高堆起，像叠罗汉似地一字排开。空气中既有酒香，还有香草、可可和咖啡混合的味道。

我徘徊在橡木桶之间，开始怀疑自己是否迷了路？

"妳在找我吗？"

原来小朱就站在编号为G的尽头，我走了过去。

"要不要品尝G110桶的新酒？"他摇晃着高脚杯问。

换作平日，我会损他一、两句，但今天我是带着目的前来，不说胯下之辱，区区一杯酒算得了什么？我拿起杯子一饮而尽。

"新酒比较酸涩、生硬，为了使它的口味变得柔和、顺口，几乎所有高品质的红酒都得经过橡木桶的培养。"他解释。

虽然我不认同朱翊安的人品，但他的专业知识的确让我折服。

"那么你现在在做什么？"我问。

"上个月刚做第二次发酵，我来确定是否发酵完毕。"他转而问我，"妳找我有事？"

我们谈话时，身边不时有几名法国工人在走动，人多嘴杂，我不认为这是谈话的好地方，即使说的是普通话。

见我欲言又止，他说："到我办公室来吧！"

朱翊安的办公室在地窖外，我们往外走，还没走出地窖，经过编号F，那里有一扇门，我差点儿以为那是办公室。

"那是冰冻室，为了将香气和风味最大化，葡萄酒都要经过冰镇的过程，通常喝之前先冻个10-20分钟最佳。"他答。

小朱的办公室约二十平米大，里面像极了七十年代的领导办公室，我甚至还看到越南总理的肖像。

"坐。"他指着红皮沙发，上面的廉价皮革早褪了色，感觉血迹斑斑。

我小心地坐下来，也小心地把来意表达清楚。

"我不要贝夫人的钱。"他答。

"一百万欧元可以了，很多人一辈子也赚不到。你开的条件，贝夫人不是做不到，而是无法跟贝律师交代。"我仍试着游说。

朱翊安说我误会他的意思了，他不仅不要钱，连其他的条件
也取消了。

情势急转直下，让人摸不着头绪。

他接着解释，之所以狮子大开口是因为贝夫人的绝情，让他
的自尊心受损，但冷静过后，他想通了，孩子跟着贝家夫妇
总比跟他好，没必要打破这种平衡。

"那……那个……小朱……谢谢你。"我的心情因突来的变化，一
时无法转换。

"不用谢，应该的。"

幸福来得太快，让人感觉很不真实。

我浑浑噩噩地走出办公室，一时竟分不清东西南北。

第九十三章/赶鸭子上架

贝夫人也觉得匪夷所思，但她没我想的深，反而自责错看了情人。

"我得赶紧把毛衣织出来，它代表我的一份心意。"

此时的贝夫人像个孩子似的，单纯得可爱，但有时……我不得不说，邪恶得可怕。

什么？！要我举例？好吧!就说说"怀孕"这件事。

"无后"一直是贝氏夫妇的心病，加上医生说男主人的精虫数过少，等于给"传宗接代"判了死刑。

没错，贝夫人后来是放浪形骸、淫乱无度兼恬不知耻，然而这何尝不是"死马当活马医"、"置死地而后生"的无奈之举？

朱翊安无疑成了贝夫人手中的一枚棋子，他的"狮子大开口"在我看来也情有可原，反倒他的"一分不取"让我心生警惕：**他该不会有更大的阴谋吧？！**

"侬侬，妳怎么还在这里？快去拿毛线。"贝夫人喊。

"噢！好。"我跳起来，往杂物间跑去。

~

"真的？妳真的怀孕了？"贝律师很惊喜。

贝夫人不停地点头，眼眶泛着泪水。

这真是个温馨时刻，两个年近半百的中年人因小生命的来到而喜极而泣，如果不是因为知道隐情，我或许也会跟着胡乱感动一把。

"贝律师、贝夫人，恭喜你们喜得贵子。"我不忘说场面话。

贝律师走过来握紧我的手，说我是贝家的福星，不仅贝夫人不再抑郁，连他们贝家也有后了……

"哪里，这是你们的福气。"我不敢居功。

贝律师接着表示得把这个大好消息跟贝公馆上下分享，不仅每位工作人员都能分到一打的自制葡萄酒，还额外收到一个特大红包。

"太好了，我代表全体工作人员向你们致谢，希望好事成双，明年再添个宝宝！"

说完，我看见贝夫人的神情有异，这才发现自己说错话了，难道要贝夫人"再度"红杏出墙？真想甩自己两耳光。

还好贝律师不疑有他，依然呵呵呵地笑得很开心。

~

华诺拎着酒到我房里开派对，他的酒加上我的酒，总共24瓶。

"今天就让我们醉死在酒精里。"说完，他剥的一声开了瓶，一边就着嘴喝，一边将酒倒进浴缸里。

"干嘛呀这是？"我问。

"洗–鸳–鸯–浴–"

接着他猛力喝了一大口酒，含住，在我还没搞清楚状况前，喷得我一身都是。

"你有病是不？"我怒火中烧。

"别气，"他的嘴巴冒出葡萄酒的气味，"我帮妳换。"

他动作轻柔地拉开我连身裙的拉链，解开胸扣，又脱下我的蕾丝丁字裤……

大功告成后，他坐在浴缸边缘，色咪咪地看着我："妳……是上帝的杰作，上下身比例为5：8，符合黄金分割定律。身高虽不高，但三围匀称，尤其是乳房，啧啧啧！既坚挺又有弹性，让男人无法自拔。"

"谢谢你的点评，鉴定完毕了吗？"我反问。

华诺一身笔挺，我却光着身子，这画面真的很滑稽、可笑。

"还没，"他站起身，开始解衬衫上的扣子，"现在换妳鉴定我。"

~

华诺的性感来自于他优渥的生活以及无以伦比的自信，他从未流露过一丝自卑情绪，即使是困难时刻，也会被他无可救药的乐观态度一笔带过。

我和他沐完浴，身上仍带着浓浓的酒味，谁叫我们浸在酒缸里近一个小时？

"待会儿用餐，贝律师或贝夫人若问起，看你怎么回答？"我睨了他一眼。

"实话实说呗！就说我们洗了鸳鸯浴，用的是他们送的葡萄酒。"

~

"怎么一股葡萄酒的味道？"贝夫人像狗一样耸动她的鼻翼。

我看着华诺，等他出丑。

"我和依依喝了点儿酒，庆祝贝家有喜，不小心让酒溅到身上，已经换了衣服，没想到酒味还是那么浓。"华诺给了不同版本的解释。

"没事，酒的香气很好闻，"贝律师手持着酒瓶问，"你们还要来点儿餐酒吗？"

华诺说他还能喝点儿，我答不了，自己没那么大的酒量。

于是那两个人把酒言欢去，我则和贝夫人说起悄悄话。

"妳和华诺刚刚做完坏事，我闻到了。"贝夫人压低声音说，"有非常强烈的荷尔蒙味道。"

我赶紧低头闻自己的衣服和手臂，奇怪，除了酒味，什么也闻不出来，贝夫人的鼻子也太灵了吧？

"你们两位在说什么？神神秘秘的。"贝律师好奇一问。

我正想答"没什么"，贝夫人却抢先一步，她说我有恨嫁之心，抱怨华诺不主动求婚……

"没想到你们已经发展到这种程度，华诺，这就是你的不对，难道要依依先开口？"贝律师责问。

对于贝夫人的瞎起哄，我早司空见惯，然而华诺却小题大作，不仅承认自己的不是，还发话这周末就带我回华堡，正式向华夫人禀告此事。

"太好了，依依。"贝夫人很欣喜。

贝律师则拍拍华诺的肩膀，给予肯定和鼓励。

我看着华诺，呆若木鸡，他却举起酒杯，隔空敬了我一杯。

第九十四章/小倩

车子一直开到华堡，我还是臭着一张脸。

"妳确定不进去？"华诺再一次问我。

我索性趴在车门上，看着窗外的风景发呆。

华诺下了车，感觉得到他的不悦，关门的声音带着怒气。

我在车里等了约两小时，华诺才重新回到车内发动引擎。

"华夫人说什么？"我问。

"能说什么？"华诺来个九十度转弯，"她说会帮我介绍个好女孩。"

"真的？"我问。

华诺不吱一声，很专心地开车。

~

贝夫人知道我爽约，气不打一处来，说好好的一件喜事被我搅黄了。

"妳该不会还在等那个穷酸画家吧？！"

贝夫人提起罗宋，让我很心虚，他现在在维京海盗的故乡—北欧。

见我沉默，贝夫人甩担子不挑了，她要我好自为之。

贝夫人不理我、华诺也不理我，这个家只有贝律师对我还算和颜悦色，但他最近的气色很不好，蜡黄蜡黄的，而且说话有气无力。

"贝律师，你还好吧？！"我关心地问。

"不太好，头痛，吃不下饭。"他答。

自从参选失败加上被律师公会冻结执照，贝律师每天除了打打高尔夫球外，算是闲赋在家。有时见他无聊至极，竟然蹲在地上看蚂蚁搬食物。

"我把面包撕成小块，不一会儿蚂蚁大队便全员出动，很是浩大……"他笑对我说。

那么贝律师的"病"是不是太闲所致？听说有种"退休病"就是因为工作强度下降，压力减轻，一时无法适应而造成的。

为了"救"贝律师，我建议他参加我和华诺的晨跑队，他无可无不可地答应了。

隔天一早，我去敲他房门，是贝夫人开的门，她压低声音说贝律师不去了，想多睡会儿。

我笑笑表示理解，刚开始晨跑的人总有一大堆借口拖延，贝律师的行径不算离谱。

～

"你也太离谱了，都这么多天了，一句话都不吭。"我边跑边问。

华诺已经和我冷战多日，虽然他依旧敲我房门与我一同跑步，但一切都变得不一样了。

贝夫人生我气，好歹对我的问话还做简短回答，华诺则不同，他像个瞎子、聋子兼哑巴，不仅对我的发问充耳不闻，而且索性当我是空气。即使我死皮赖脸地主动敲击墙壁给暗号，一长三短，他也不会猴急地跑来与我温存，十足的柳下惠。

"华诺～"我挡住他去路，害他煞车不及一头撞上。

"妳有病是不？"华诺坐在地上抚着膝盖问。

我也好不到哪里去，跌跤时，擦伤了左手臂。

"我流血了。"我可怜兮兮地说。

华诺忘了他的膝盖，爬着过来。

"得上药，最好是碘酒。"他说。

～

"啊～啊～你能轻点儿吗？"华诺帮我擦碘酒，我痛得眼泪直流。

他摇摇头："女人因为愚蠢而善良……"

"什么意思？"我问。

"我说妳很善良。"

这岂不是绕个弯说我愚蠢？

"我的确是笨女人，你该庆幸没娶我。"我赌气地说。

华诺同意我笨，毫不客气地数落我，说我再也遇不到像他这样优秀又爱我的男人……

挨了骂，但我找不到话反击。

"这礼拜六，小姨帮我安排相亲，妳若没事，欢迎到场观礼。"华诺扔给我重磅炸弹。

贝夫人喋喋不休地介绍华诺的新欢，殊不知我这厢已忌妒到不行。

"华夫人介绍的是华人商会白会长的女儿，学的是时装设计，身材却不输模特儿，现在在CHARLES FREDERICK WORTH工作室工作，年薪五十万欧元……"她说。

"富家女都难侍候，我看华诺这回有苦头吃了。"我的酸葡萄心理开始作祟。

没想到贝夫人的回答直接打我脸，她说白小倩是个性情好的姑娘，上得了厅堂，下得了厨房，她儿子若有这等福气，她铁定要了这个儿媳妇。

贝夫人照过超音波，如同老萧所说，怀的是男孩。

"那好，恭喜华诺！"我言不由衷。

贝夫人看了我一眼，没说什么，又低下头织准备送给小朱的毛衣。

星期六吃完早餐，我一直魂不守舍，耳朵竖起来听华诺的一举一动，当他下楼发动VOLVO时，我适时出现。

"你去哪里？"我问。

"华堡，和我小姨吃饭。"

果然是和女鬼小倩相亲去了。

我问他什么时候回来？他答不知道，反倒问我想不想跟他一块儿去？顺便给点儿意见。

给什么意见？意见就是这女人是狐狸精兼扫把星，华诺能滚多远是多远。

"我很忙，没空。"我高傲地拒绝。

他笑着踩上油门扬长而去，连再见也没说。

我很受挫，把地上的石子踢得老远，还差点儿击中VOLVO的车屁股……

给什么意见？意见就是这女人是狐狸精兼扫把星，华诺能滚多远是多远。

"我很忙，没空。"我高傲地拒绝。

他笑着踩上油门扬长而去，连再见也没说。

第九十五章/贝律师病了

华诺直到第二天清晨才进门，我刚跑完两圈就看到他的VOLVO停在贝公馆前，引擎盖还冒着热气。

忘了我还得跑八圈，直接进屋，华诺就坐在客厅里，翘起二郎腿看报。

"这么快就跑完了？"他问。

我没回答他的问话，像抓到夜不归宿的孩子："你昨晚没回来睡。"

华诺问我为什么要告诉他已经知道的事实？他自己有没有回来睡能不清楚吗？

"你在哪里睡？"我转个方向问。

"床上。"他翻了一页报纸，很悠哉地回答。

"你犯傻了吗？我问的是你睡小倩的床还是小倩睡你的床？"

华诺索性合上报纸，站起身来："马小姐，会不会觉得自己管太多了？"

在我还没来得及反应前，他已经上楼去了。

今天早餐我们喝粥，有肉松、酱菜、花生米、油条、荷包蛋加上两样炒青菜。

贝夫人不再吃苦瓜，因为苦瓜已经不是当季蔬菜。

"来，老贝，这是你最喜欢的苋菜。"

她挟了一筷子的蒜蓉炒苋菜到贝律师碗里，贝律师吃得津津有味，他已经连续吃了十几天。

我以为贝夫人也爱吃苋菜，没想到她碰都不碰。

"苋菜的茎部纤维很粗，咀嚼时会有渣，怪不舒服的。"她解释。

不只苋菜让人不舒服，我觉得所有的蔬菜都让人不舒服，其中还分等级，贝夫人喜欢的苦瓜及贝律师喜欢的苋菜都被我列入"巨难吃"之首，连闻到气味都难受。

在食物的选择上，华诺和我同出一辙，我们都是无肉不欢的"肉肉家族"。

"好想吃肉啊！"华诺道出我的心声。

贝夫人把肉松往我们的方向挪，我和华诺只好噤声。

讨论完今年贝公馆的葡萄收成及市政府的新税收政策后，贝夫人突然问起小倩这女孩如何？

华诺答不清楚，因为没见着面。

原来小倩在往华堡的路上，车子不知怎的滑进山沟里，额头破了相。

"这也太晦气了，人还没见着就有血光之灾，实在不吉利。"贝夫人摇头。

也就是说，华诺压根儿就没见到小倩，我心中暗自窃喜。

"我小姨也说不吉利，直接把小倩除名，不过没关系，她已经放出消息，估计所有的法国单身华裔女子都会前仆后继而来……"

听华诺这么一说，我像刚上岸的小狗又被一脚踢进水里。

"依依，妳怎么了？很不开心的样子。"贝夫人问，听起来有些虚情假意。

"哪有？"我拿起筷子夹了颗花生米，"我在想华诺大概觉得相亲很烦。"

哪知那个没心没肺的人马上否认，他说能过一把"帝王选妃"的瘾，何乐而不为？

我闷不吭声地把花生米丢进嘴里，一颗、两颗、三颗……直到盘底朝天为止。

~

贝夫人终于织完情夫的羊毛衫，她让我送去给朱翊安。

"告诉他，这是我的一份心意。"贝夫人叮嘱。

我把墨绿色套头羊毛衫折叠好，放入一个漂亮的纸袋內。

~

"给，"我把袋子递过去，"贝夫人特地为你织的，大热天的，看她织得很辛苦。"

朱翊安打开袋子，把衣服拎起来，很轻蔑地说了一个字："切！"，然后扔到椅背上。

我感觉受到极大的侮辱，虽然那个"切"字未必针对我。

"我以为即使不喜欢，你也可以表现得不那么低俗。"我说。

"低俗？！"他扬起声，"妳以为谁低俗？贝家的财产是怎么来的？不过是大发国难财，把当时党部的钱卷走一大半，什么是低俗？这个才是真低俗！"

都那么久远的事了，还拿出来论是非？

我懒得争辩，加上话不投机，很快拍拍屁股走人。

"小朱喜欢那件羊毛衫吗？"贝夫人问。

"还……还行。"

我的双手被蓝色毛线圈住，贝夫人这次要替娃儿织，织上蓝色小帽、蓝色手套加上蓝色袜子。

"蓝色让我联想到大海，海纳百川，我希望儿子有像海一样的伟大胸襟……"她说。

啊！每个母亲都一样，对子女有深切的期盼与祝愿。

"她姓蓝。"

"什么？"我一时丈二和尚摸不着头脑。

"这礼拜的相亲对象姓蓝，单名星。"

蓝星？蓝色的星星？

贝夫人话匣子一打开，怎么可能只八卦一点点儿？于是我知道蓝星是个歌剧家，在歌剧界闯荡多年，最近刚在《西贡小姐》中获得一个小角色，初露光芒。

"别小看她现在是个小演员，父亲可是大名鼎鼎的法国投行Benoit & Associés的合伙人。"

噢！又一位富家千金，不过这次倒是投华诺所好，他喜欢歌剧，自己也能唱上几句。

"华夫人给了华诺《西贡小姐》的入场券，今晚七点那一场，看完歌剧刚好可以吃宵夜。"贝夫人继续报料。

~

晚餐桌上果然不见华诺，我的心蒙上一层阴影。

老萧今晚难得煮了酸菜鱼，汤鲜味美、酸辣可口，尤其他选用的是黄花鱼，肉质紧密且嫩滑，用来做酸菜鱼再适合不过。

"老萧说他用的是台湾酸菜，带点儿甜味，但我觉得酸菜鱼还是得用四川泡菜才够味，对不对？老贝。"

贝律师没说话，低头扒饭，面前有一盘水煮苋菜，汤竟然是血色，看着吓人。

为了炒热场面，我马上找话："还吐得厉害不？"

贝夫人答早不吐了，最近胃口大开，把以前吐的全吃回来……

我转向一旁无声的男主人，开玩笑地说："贝律师，看来你的儿子是个大胃王。"

贝律师还是不吱声，但样子有些怪异，他将筷子伸向苋菜，好像电影里的慢动作，不是一气呵成。

"贝律师，你还好吧？！"我问。

"好……好……好……"他竟然口吃。

我和贝夫人面面相觑，在还没反应过来前，贝律师手中的碗筷掉了，发出"哐啷"一声，人也像泄了气的皮球似地瘫在椅子上……

第九十六章/过山车

就这么巧，当我和贝夫人慌了手脚，不知该如何是好时，朱翊安一脚跨进来，手里拎着一瓶酒。

"怎么了？"他将酒往桌上一搁，人走到贝律师跟前。

"不知道，忽然就这样了。"我急急地答。

小朱观察一下眼前人，然后用拇指压在他的鼻唇沟$1/3$处往顶推了几下，又走到贝律师身后按摩他的头部，这样来回数十次后，贝律师终于回过神来。

"老贝，你还好吧？"贝夫人很着急。

"不知怎的，脑子忽然一片空白。"贝律师答。

小朱解释这是气虚，用中药调理一下就好。

贝夫人马上同意，她说前阵子自己大病一场，就是靠台湾老中医的神奇妙方给治好的。

"没问题，我马上让老萧联系。"这时的小朱和善得不得了，是天使的化身。

面对恩人，贝氏夫妇称谢连连。

小朱大手一挥说："小事一桩，不足挂齿。对了，拿来的酒是灵芝酒，它是由灵芝和白酒浸泡而成，适当喝些灵芝酒有补肝肾、益精血的功效，同时让肤色和气色更好，也能抗衰老。"

送走朱翊安，贝律师和贝夫人都为逃过一劫而庆幸，只有我忧心忡忡，总觉得有哪里不对劲。

华诺哼着歌剧开门又关门，听不出心情好坏。

我望向床头柜上的电子钟，23:15，他大概和蓝星吃过宵夜了，吃了什么？

此时墙壁传来一长两短的敲击声，代表华诺想和我做爱。我回复一长三短，没多久他来敲我房门。

"今晚的宵夜你吃了什么？"我好奇一问。

"宵夜？没吃宵夜。"华诺躺在我床上。

"没吃宵夜怎么近午夜才进门？看完歌剧和蓝星上哪儿去？牵手了吗？亲嘴了没？……"

"要不要我打份报告给妳？"他问。

我噤声了。

华诺看我可怜，拍拍他旁边的空位，我柔顺地靠过去。

"我想娶妳，妳不愿意；看我和别的女人约会，妳又不乐意。不带这样玩的，妳太孩子气了。"他摸摸我的头。

华诺说得没错，我的确太孩子气了。

"我想和罗宋说清楚后再决定，况且……我不认为华夫人会同意我们的婚事，两家背景太悬殊了。"我是弱势方，考虑的当然会比较多。

华诺答他会给我时间让我和罗宋说清楚，至于他小姨同不同意我们的婚事……她只有建议权，没有决定权，毕竟要结婚的人不是她。

虽然华诺给我吃定心丸，但我还是不放心，因为他没交待看完歌剧后和蓝星做了什么。

"给我从实招来！"我比出枪的手势，抵住他的胸口。

"什么也没做。"

见我不相信，他接着解释，原来蓝星的角色是一名妓女，那么多妓女在跳着舞着，偏偏就她一人从舞台上摔下来……

华诺后来还跟着去了趟医院，剧团经理问起他和蓝星的关系，他一时答不上来，结果被当成粉丝给轰出去了。

"我总觉得是妳施了魔法，让我的选妃之路困难重重，"他压着我，"说，是不是这样？"

我答不是，他不相信。

"古代女巫身上都带有标志，我需要验明正身。"

说完，他脱下我的鹅黄色丝质睡衣，紧接着又脱下红色半透明胸罩……

"我是不是女巫？"我问。

"不知道，还没检查完毕。"

他的双手沿着我的臀部曲线往下滑，我的蕾丝丁字裤被退至脚踝……

"这一次，我会让妳快乐到极致……"他说。

～

贝公馆又弥漫着挥之不去的中药味。

尽管我告诉贝夫人"台湾老中医"完全不存在，老萧已经作实小朱的谎言，但她却嗤之以鼻，认为应该让事实说话，事实就是贝律师的身体越来越好了。

的确如此，服了几帖中药后，贝律师的气色好多了，人也有了精神。

"这不就好了吗？不管是台湾老中医还是非洲巫医，只要能治好病就是硬道理。"贝夫人笃定地说。

可惜没高兴几天，贝律师眼瞅着又不行了，他伛偻着背，连走路都困难。

"这如何是好？还是得找个家庭医生看看。"我说。

自从那位马来西亚裔医生失去贝夫人的信任后，已不再上门。贝夫人对找新医生也兴趣缺缺，尤其中医治好她的病而非西医，后者便被她打入冷宫，这下子我连打给谁都没了主意。

"小朱已经在联系了，马上会有消息。"贝夫人很有信心。

老中医这次开了新药方，换上更难闻的中药，现在贝律师每天都要喝上五大碗"墨汁"，看他皱起眉头的样子，很是辛苦。

这一天侍候完贝律师吃中药，我问他苦不苦？他面无表情。

此时一只绿头苍蝇正嗡嗡嗡地到处乱飞，我打了几次都没打着，最后它竟然停在贝律师的脸颊上。

"贝律师别动。"我说。

没想到他等不及我动手，自己打了自己一巴掌，轻轻的，这怎么可能击中？

看苍蝇得意洋洋地飞走了，我只能说笑："看来今天是苍蝇的Lucky Day。"

贝律师没笑，脸上像戴了面具似的。

我也注意到当苍蝇停在他脸上时，他的脸部肌肉完全没反应。

"贝律师，来，笑一个给我看。"我说。

他仍是冷漠表情。

我轻轻拍打他脸颊，他定如泰山，我再加重力道，他依旧纹风不动。

天哪！贝律师竟然面瘫了！

"妳……妳……打……打……我……不……不……像……话……"贝律师口齿不清地指控我。

我吓傻了，转身跑去找贝夫人。

第九十七章/窦娥冤

贝律师的病情已经不是几帖中药能搞得定，我告诉贝夫人一定得送医院，而且还是大医院。

"没用的，"贝夫人哭丧着脸，"这是咀咒，谁也逃不过。"

原来前几天朱翊安告诉她这庄园的秘密:当年国王还不起债务，打算借叛乱的名义杀了贵族，贵族听到风声后连夜逃跑，临走前下了咀咒，谁拥有这庄园，将承受身体的疼痛直至死去……

"这是什么跟什么？无聊的传说也信？"我扬起声。

"不，不是空穴来风，这庄园的前拥有者不也得了怪病？"

我想起贝夫人曾经说过的可怜人，某天开始口齿不清、步履蹒跚，接着面瘫、手脚麻痹，然后是酣睡，可以连续睡好几天都不醒……

把他拿来和贝律师对比，症状相似得惊人，我的心喀噔了一下。

"妳现在想怎样？难道把庄园卖了逃到希腊，像前屋主一样？"我问。

贝夫人捂住脸，拼命摇头："我也不知道，这事我得和小朱商量。"

和小朱商量？小朱是什么人？何德何能？

看贝夫人手抚着圆滚滚的肚皮，我恍然大悟，她是想跟孩子的爹商量，贝律师已经这样了，她能依靠的也只剩下小朱了。

~

"怎么办？贝律师一定得送医院。"罗宋不在身边，我只能找华诺商量。

他思考了一下，果断地说："我们送他上医院吧！"

意思是"先斩后奏"。

我赶忙换上外出服，然后下楼找贝律师，然而即使我把整个房子给掀了，还是遍寻不着一个行动不便的人。

贝律师上哪儿去了？我和华诺面面相觑。

是急促的敲门声打破沉默。

华诺开门，外面站着一位亚裔人士，我认出是勘探队其中一员。他操着生硬的法语，话说得很慢，大意是有人死了……

华诺问在哪里？那人手指着葡萄园的方向。

~

贝夫人不停地用手绢拭泪，样子很伤心，朱翊安则站在窗口，脸朝外，看不出内心起伏。

目光回到小朱办公室，贝律师坐在轮椅上，双手自然下垂，头侧向一边，眼镜就快滑落。他睡得很沉，我喊了几声，他完全没反应。

"别喊了，"朱翊安转过身来，表情很冷默，"他死了。"

"怎么会？两个小时前还好好的。"

"'阎王要你三更死，绝不留人到五更'，别说两小时了，就是两分钟也会要人命。"小朱答。

我不否认人的性命犹如风中之烛，但贝律师不在贝公馆內好好待着，反而死在小朱的办公室，怎么说都说不通。

还是贝夫人解开谜团："小朱说百年老宅难免有鬼魂，做个法事就没事，没想到道士才把法器拿出来，老贝……老贝就不行了。"

她梨花带雨。

真不知说什么好，贝夫人好歹也是大学毕业生，这种江湖术士的把戏，她也信？

还是华诺机警，他说这件事很离奇得报警，最好做个尸检。

"不，不要尸检，死了还让他挨刀子，太残忍了！"贝夫人双手护住贝律师的身体嚎啕大哭起来。

小朱见状把华诺带到一旁耳语，没想到一切逆转。

华诺打电话给殡仪馆，没有通知警察。

"你不觉得奇怪？贝律师竟然就没了？"回到华诺房內，我迫不及待地质问他，因为他的不作为。

华诺答他也觉得事有蹊跷，但是……

原来道士作法前，照例要了被施法者的生辰八字及亲属名单，道士随口问起贝夫人肚里的孩子是不是也是亲属？贝夫人答是。于是道士要求她离场，因为怕作法时误伤了未出世的亲属，没想到贝夫人想待在现场想疯了，竟改口称肚里的孩子不是贝律师的。贝律师一听，急怒攻心，加上他口齿不清，旁人不知他要表达什么，结果活活给气死了……

原来背后还有这么一段故事，简直太吓人了！

"事情一旦追究起来，贝夫人肯定有过失，两害相权取其轻，以目前看，'保持沉默'的伤害最轻。"他说。

我还是觉得不妥。

华诺转而说服我："这世界有一半的人活在假相里，为什么？因为真相太可怕，活在谎言里不见得全是坏事。"

我想起罗宋，如果当时他死咬着跟华夫人无半点儿关系，我不也信了？也许现在我们早已步入婚姻殿堂……

"死亡证明怎么开？又不是寿终正寝。"我忽然想起重要的事。

华诺要我别担心，贝夫人有认识的人可以帮忙。

真替贝律师感到难过，他死得不明不白，死前还得知自己被戴绿帽，简直比窦娥还冤！

我望向窗外，夏天的木棉花花絮正在空中飞舞，不细看，还真以为下了一场"六月雪"呢！

第九十八章/越南厨子

这庄园的前任主人M.Mollet现住在希腊雅典面海的大公寓里，我决定去拜访他，惟有如此才能解开怪病疑云。

"非亲非故的，妳就这么飞过去找他，不被当成神经病才怪！"华诺泼我冷水。

"我可不是冒冒失失就上门的野蛮人，我已经和M.Mollet联系上，他欢迎我随时拜访他。"我答。

这都得感谢贝夫人把前朝遗臣全留下，我稍微一打听便拿到电子邮箱地址。靠着翻译机的帮助，我写下至少"达意"的法文信，因为M.Mollet显然看懂了。

华诺说我是"行动派"，他赶不上我的速度，然而当我上飞机时，他也递上了登机牌。

"这是怎么回事？"我问。

"就凭妳那蹩脚的法语，想把老先生给急死吗？"他对我一眨眼，"妳需要个翻译先生。"

～

诗人荷马曾经形容爱琴海醇厚得像蓝色的酒。

蓝色的酒？多美呀！

偏凑巧，M.Mollet居住的那普良小镇就浸在蓝色的酒里，瞧！海是湛蓝的，天是湛蓝的，连远方岛屿的住宅门窗也被漆成一色的蓝，害我和华诺一路微醺地开往目的地。

那普良小镇分为新城区与老城区，新城区是商业购物区，老城区则相对无华些，它位于突向爱琴海的半岛上，我们要拜访的M.Mollet正居于此。

踩着青石板砌成的小径，我们蜿蜒来到这栋蓝白相间的豪华公寓外。

按下门铃，一位有着纺锤体体形的希腊妇女前来应门，显然她早已获知我们会到访，微笑着请我们入内。

客厅很大，延伸出去有个阳台，阳台外是无垠的海景，主人翁就坐在阳台的藤椅上，看见我们来，他起身欢迎。

此时阳光正好，海涛声不断，远处的海鸟嘎嘎嘎地叫，在这么静谧的时刻，我们却谈论着严肃的话题。

M.Mollet听说贝律师死了，很是难过，他说当时的他也很迷惑，一向健朗的身体为什么一天天地衰弱下去？仿佛体内住着寄生虫，每天啃他一点儿肉、吸他一点儿血……

华诺问他的身体是何时变差的？之前有无异样？譬如生活习惯的改变等等。

M.Mollet答买下庄园不到一年，他便开始觉得喘不过气来，人也特别容易疲倦，至于生活习惯的改变……不知道中药算不算？他有过敏性鼻炎，Julian说中药能治好，可惜他吃了三个月的中药，不仅鼻炎没改善，人反而越加虚弱。

Julian？谁是Julian？

这位有着贵族气质的男人答Julian是他雇用的酿酒师。

原来Julian就是朱翊安，难怪，除了他还有谁会提供"中药"呢？

"＊+£%¥<!......"M.Mollet飞快地说着法语。

我望向华诺，等他翻译。

"M.Mollet说后来虽然停了药，可是他的病情依旧加剧，到了必须坐轮椅的程度，人也迷迷糊糊，呈半昏迷状态。"华诺解释。

"不对，一定还有别的，譬如食物......他都吃了些什么？"我锲而不舍。

M.Mollet又是一长串的法语，他说没吃什么特别的，只是每天固定要吃蔬菜沙拉，又因爱吃洋葱，总爱在沙拉里拌入洋葱，这和家人的喜好不同，所以沙拉一向由他独享。

"赶紧问他厨子是谁？"我着急问，因为只剩下一层窗户纸了。

"Lucie."M.Mollet答。

Lucie？这显然是女人的名字。

我很气馁，原以为答案会是老萧，那么就可以断定怪病的祸源来自小朱和老萧，是他们联手让前后任屋主染病，但现实却成胶着状态，一切又回到扑朔迷离当中。

华诺转而问M.Mollet搬来希腊后身体可好？他答好得不能再好，不仅能骑自行车，偶尔还能驾船出航......

我为他感到庆幸，如果贝律师早一步搬离贝公馆，也许就能避开咀咒、逃离厄运。

M.Mollet说他也听过这个传闻，不过他一笑而过，倒是Lucie深信不疑，害怕得不得了，他只好把她带到希腊，毕竟她的法国菜做得好。

这么说Lucie就在这栋公寓里？我把眼光投向屋內厨房。

男主人答她不在厨房里，今天镇上有市集，她采买去了，应该很快会回来。

~

我和华诺站在公寓外，没多久，一位皮肤黝黑的瘦小女子提着菜篮子走过来，嘴里哼着歌。

她有长及腰际的发，眼睛很小，鼻梁不高且颧骨突出，猛一看，像是女生版的朱翊安。

" Pardonnez-moi……"

听到有人说法语，那女子吓了一大跳，菜篮子没拿好，蔬果滚了一地，我和华诺赶紧蹲下身帮忙捡。

" Merci."她答，然后快速转身开门。

" 等等，"华诺阻止她关门，" 能和妳谈谈吗？我们从里昂来，有些事想请教妳。"

没想到她直挺挺地看着我们，仿佛听不懂似的，华诺只好把刚才的话用法语再复述一遍，谁知那女子竟说起越南话，并且在我们做出反应前，匆匆关上大门。

" 看着像是朱翊安的妹妹或表妹。"我缓过神后说。

" 她为什么害怕？"华诺不解。

我也想知道答案。

" Well，"华诺摊开双手，" 这就是我们希腊之行的结果—无功而返。"

我不认同"无功而返"一说，至少我们知道M.Mollet在离开庄园后壮得像头牛，还意外得知朱翊安的亲属曾是庄园的厨子……

"说到厨子，我饿了，赶紧走吧！也许还来得及吃下午两点的午餐。"华诺伸出手，我把手递给他。

我们手牵着手踩着青石板路往新城区走去，踏踏踏的脚步声在空旷的小径上回荡，显得既孤单又响亮……

第九十九章/抉择

我们一回到贝公馆，华诺便拿上车钥匙。

"去哪儿？"我问。

"有新客户，在Chambéry。"

Chambéry？它离贝公馆有一个小时远，而现在已经夜里九点多了。

华诺答没办法，Mlle de Gaulle明早飞美国，等她回来，变数可多了，今晚他得将她拿下……

"Mlle de Gaulle？戴高乐小姐？是个女的？"

华诺没回答我，匆匆离去。

他一离开，我把行李放下后便去敲女主人的门。

"C'est qui？"贝夫人问。

"是我，依依。"

"依依，我困了，有什么事明天再说。"

贝夫人怀着孕，老公又撒手人寰，我刚出了一趟门，回来就
想确定她安好。

"那妳睡吧！我不吵妳，晚安。"

我对着门说话，贝夫人没回应，让我有些失落，再怎么累也
可以回复"晚安"才是。

~

我躺在床上，把收集到的资料在脑中做归纳：

1、**M.Mollet**在买下庄园约一年后开始发病；贝夫人稍
早，约七、八个月的时候；贝律师和**M.Mollet**一样，也
是一年左右。

2、三人都吃过中药。

3、三人都有特别爱吃而旁人不喜欢的食物，如：**M.Mollet**
的蔬菜洋葱沙拉、贝夫人的苦瓜、贝律师的苋菜。

4、发病症状都类似。

5、**M.Mollet**离开庄园后，所有不适也跟着消失。

6、中药是朱翊安拿来的，前后任厨子也和他有关系。

箭头指向朱翊安、老萧以及Lucie这三人。

我不可能去问朱翊安，他道行太高，怕没问出个所以然反而
打草惊蛇；我也不可能去问Lucie，她的拒人千里之外，早已
说明她内心的恐惧。

看来只剩下老萧了，想解开谜团只能从他下手。

"扣、扣、"

这么晚了，谁敲我房门？

门一打开，竟然是朱翊安。

"有什么事？现在很晚了。"我没好气地说。

"贝夫人不舒服，妳去看一下。"

贝夫人哪里不舒服？我撇下小朱，往她的房间奔去。

贝夫人躺在床上，胸部很大，肚子也很大，我问她可好？

"腰酸背痛，很累却睡不着。"

"宝宝长得真快，妳肯定不舒服，我帮妳揉揉背吧！"

贝夫人转过身去，我动作轻柔地帮她按摩。

"舒服多了。"她说。

"那就好。"我继续手中的动作。

"依依，"她停顿了一会儿，"能不能帮我擦药？"

擦药？我问她哪里受伤了？

"我……我有痔疮。"贝夫人很尴尬地答。

我以为擦痔疮有专门的药，她却递给我一管挫伤软膏，让我很迷惑。等到贝夫人脱下内裤，我才恍然大悟，不禁怒火中烧。

"依依，我太对不起老贝了，有时管不住自己啊！"她流下眼泪，不知是因伤口疼痛还是真的忏悔。

我怒气冲冲地走向小朱的房间，刚把手举起来，有个声音

叫我别冲动。是呀！一个巴掌拍不响，贝夫人若不愿意，小朱也无法强求。

放下手，我像只战败的公鸡，垂头丧气地回到自己的房间。

～

01:00华诺还没回来

02:45猫头鹰咕呜咕呜地叫

03:18我起床上厕所

04:50载肉类蔬果的货车从贝公馆驶过，开向厨房

05:05 VOLVO驶入

05:10华诺进房间

05:12华诺晨浴

05:30华诺敲我房门

"准备好了吗？"他身着慢跑服，浑身是劲。

"把Mllede Gaulle拿下了？"我抚着门，一语双关地问。

"拿下了，还花了我好大的功夫。"

"恭喜了。"我言不由衷，顺便将门关上。

"扣、扣、"华诺又敲门。

隔着门，我告诉他自己来例假了，今天不晨跑。

没多久，我听见足音远去的声音。

～

吃早餐前，我特意又去了趟贝夫人的房间，帮她再上一次药。

"怀孕期间得留意，那样大动作，对宝宝不好。"我说。

贝夫人穿好衣裤，斜躺在床上，样子很憔悴。

"我帮妳化化妆吧！人精神了，看什么都顺眼。"我提议。

"依依，小朱……小朱跟我求婚了。"一大清早的，贝夫人就丢来重磅炸弹。

我问她怎么想？

"我也不知道，好像太快了，老贝才去世没多久，"她看了我一眼，琢磨该坦白到什么程度，"小……小朱说希望孩子出生后能名正言顺地喊他爸爸。"

呵呵！什么叫做"名正言顺"？难不成贝公馆得改成"朱"公馆了？

我表明这不是我能决定的，不过婚前协议肯定得签，在双方财产如此悬殊的情况下，采取财产分割制对贝夫人最有利。

"什么是财产分割制？"

"说白了就是AA制，妳的是妳的，他的是他的。"

"好是好，可是小朱会同意吗？"贝夫人问。

~

小朱当然不同意，他说协议可以签，但得采取全部财产共有制。

这可万万使不得，哪天离了婚，财产立分为二，又若不幸贝夫人先撒手人寰，贝公馆可真的成了"朱"公馆了。

当两人正为财产问题争论不休时，我忽然想到一个重要的问题。

"小朱先生，结婚得有单身证明，你有吗？"我问。

朱翊安恶狠狠地看着我："我会有的，等着瞧！"

他走后，贝夫人心力交瘁地瘫在椅子上，我说了很不中立的话："这婚还能结吗？还没结他就惦记着妳的财产。"

"依依呀！"贝夫人很无奈，"老贝走了，我太害怕孤单一人，只要小朱一心跟着我，我不介意用钱买他。"

好个用钱买他，这得花多少钱啊？！怕就怕肉包子打狗，有去无回。

～

"例假结束了吗？"我在花园里采花，华诺在我背后发问。

"还没，也许永远也不会结束。"

"那怎么办？我等不及了。"

华诺是我见过最不会掩饰自己生理需求的男人，讲起自己的饥渴像口渴了想喝水、肚子饿了想吃饭一样自然。

"也许再找一位女性客户，她能解决你的问题。"我出口讽刺。

华诺问这可是我这几天阴阳怪气的原因？我没回答，反问他做了没？

"做了。"

我没想到华诺那么快就承认，而且理直气壮地表示那天客户心情不好，刚和男友吵完架……

这是理由吗？要不要我颁发一个爱心奖杯给他？

华诺说我得讲讲道理，我和他没有婚约，即便结了婚，偶尔偷吃一下也是可以的，他认识的已婚男女都有偷吃记录，婚姻一样维持得很好。

"那要婚姻做什么？不结婚岂不痛快些？"

"结婚是为了能在关键时刻受到法律全方位的保护，但这个制度并不符合人类的生理及心理需求，瞧！古代原始人就不这样，逮到一个是一个，这才是动物本能……"

好个动物本能，我问那么何不回到蛮荒时代，做只茹毛饮血的人猿？

"当人猿其实挺不错的，每天游山玩水，好不惬意……"

华诺跟我抬杠，我一点儿都高兴不起来，随便采了几朵花，转身回到屋內。

华诺有什么错？他很诚实地表达自己的性爱观，哪天他若想换妻或找人三P，那也是我咎由自取，谁让我找了个"性开放"的男人？

"依依，有妳的明信片。"我正把花插进客厅的花瓶里，贝夫人从屋里走出来，"今天的这一张跟以前不一样。"

接过明信片，我定眼一瞧，正面是埃菲尔铁塔（难不成罗宋回巴黎了？），背面除了收受人的地址和姓名外，我还意外发现几行字：

我回来了，依依。

如果妳肯原谅我，请于八月十五日晚上八点在埃菲尔铁塔下等我。

依然爱妳的罗宋。

罗宋回来了？他真的回来了？

虽然这个画面在脑中曾经出现过无数回，但真的发生时，我还是感觉如同做梦般的不真实。

"罗宋回来了，华诺就要拉警报了。"贝夫人坐下来，肚子鼓得大大的，像只鼓气的青蛙。

是呀！该来的总会来到。

面对两个男人，一个浪子回头，另一个花心大萝卜，我要如何抉择？

我没有答案。

第一百章/自作多情

贝夫人说想吃梨子，我二话不说到厨房拿。

"记得啊！挑黑一点儿的。"她不忘叮咛。

"知道了。"

法国梨呈上小下大的葫芦状，颜色是浅绿带点儿褐色，通常褐色斑块越多的越甜，难怪贝夫人说要挑"黑"一点儿的。

我一进厨房就觉得老萧不对劲，他卷缩着身体坐在角落，像个行乞者。

"你若想打个盹儿，何不回房睡？"我边说边往厨房后面的储藏室走去，那里堆满蔬菜水果，我挑了几个看起来汁多味甜的梨。

等我回到厨房，老萧仍保持原来的坐姿没变，我定眼一看，噢！不，他在发抖，抖得很厉害，额头上有斗大的汗珠。

"怎么了？"我蹲下身，关心地问。

"快，给我白冰糖！"他喘着气说。

白冰糖？我上下搜寻一番，终于在中岛的抽屉内找到，它紧挨着核桃和脯果。

我把白冰糖递给老萧，他没拿，反而将它扫到地上。

"不是这个……小朱有……"

他边说边抚着身子，好像很冷的样子，尽管现在是秋老虎发威的时候，天气闷热得很。

"你等等，我先把梨子拿给贝夫人。"我说。

想到又要见到那个讨厌的人，心中真有万般的不愿意。

朱翊安不在办公室，也不在葡萄园里，连他的房间和贝夫人的房间我都找过，没人。

真是奇怪！

我又踅回厨房，没想到这回老萧像没事似的，正精神抖擞地准备今晚的餐点。

"老萧，你好了？刚才真吓坏我了，以为你吃了什么脏东西。"我说。

老萧笑而不语。

我看见水槽里有条鳝鱼，问："又吃鳝鱼？"

"嗯！孕妇常吃鳝鱼可防妊娠高血压和不消化，我媳妇怀孕时就经常吃这个，她挺喜欢的。"老萧答。

想起贝夫人喜欢吃的苦瓜，我问他孕妇能吃苦瓜吗？

老萧一听到"苦瓜"两个字，像万针刺心。

我乘胜追击："或者……孕妇可以吃苋菜吗？"

他听到"苋菜"二字，像万蚁啮骨。

我心里有谱了，遂说Lucie现在在希腊和前庄园主人一起，那个快死的人现在活蹦乱跳着……

"谁是Lucie？我不认识；什么前庄园主人？我是后来才来的。"老萧努力撇清关系，但神色慌张。

我吓唬他，说人冤死后会有鬼魂，他们会在加害人的四周游荡，搞不好我们在谈话的同时，贝律师正坐在前面的这张红椅子上看我们……

"够了，够了，"他歇斯底里，"贝律师不是我害死的，我什么都没做，是小朱，小朱把菜端走又端回，我不知他在里面加了什么。真的，我什么都不知道，人不是我害死的，跟我一点儿关系也没有……"

果真是食物的问题。

我安抚好他后，顺便问起最近朱翊安有没有在贝夫人的食物里加些什么？

"这倒没有，他反而还会关心贝夫人吃得够不够营养，提醒我得炖些花胶、燕窝等补品。"

嘘~还好，贝夫人暂时安全了。

我低下头去，不巧看到中岛枱面上有些许白色粉末。

"这是什么？"我用食指在枱面上划过，"面粉吗？"

"是……是的。"老萧有些窘迫。

我凑上前一闻，面粉竟是醋酸味？

"你唬我，这不是面粉！"我大声喝斥。

"拜托，别告诉贝夫人，她会炒了我。"老萧吓得腿软，"我不吸了，真的，这是最后一次。"

我不过是佯装很懂的样子，压根儿没想到"白冰糖"就是"白粉"，也想不到老萧一大把年纪了，竟然是个吸毒者。

"这就是你对小朱惟命是从的原因？"我问。

老萧说刚开始他也抗拒过，但"寂寞"是个隐形杀手，渐渐地，他爱上那种无忧无虑的快感，以致越陷越深……

在老萧的央求下，我答应不将此事禀告贝夫人，但他得当我的线人，把朱翊安的可疑行径通通告诉我。

"放心，我早对小朱有意见，揭发他能让我一吐心中怨气！"老萧答。

我和华诺冷战了好多天，连贝夫人都看不下去。

"情侣吵架很正常，但哪像你们？都快一个礼拜还没和解，你们受得了，我可受不了。"她说。

也难怪，以前餐桌上笑声连连，现在则是如丧考妣，安静得出奇。

可惜听完女主人的抱怨，我和华诺依然对峙着，谁也不愿先开口，贝夫人决定先炸开锅。

"那个……依依呀！明天就是八月十五日，妳怎么会罗宋？妳又不会开车。"

"罗宋？"华诺看看我，又看看贝夫人。

结果贝夫人这个大嘴巴，当仁不让地把事情全交待了。

"妳去见他吗？"华诺问我。

"不知道。"我低头扒饭。

贝夫人说如果我决定去会罗宋，等于跳入火坑，从此万劫不复了……

华诺不理会贝夫人，他问我约的是几点？

"晚上八点在埃菲尔铁塔下。"我如实回答。

"那么明天下午见过客户后，我载妳过去。"

贝夫人听了来气，喋喋不休地数落："你这个傻孩子，依依这一去，还有你华诺的位置吗？"

看华诺挨骂，我感到心疼。

"你不必如此，我可以请人载我去火车站。"一走出餐厅，我对着华诺的背影说。

他转过头来："别介意，我乐意载妳去。"

华诺用了"乐意"两个字，让我很迷惑。

"你知道我和罗宋会面的意义吗？那代表我原谅他，想和他重修旧好。"

他答他知道。

看来是我自作多情，华诺恨不得早点儿摆脱我。

"好，你载我去，一定准时送到啊！我不想要罗宋等。"

"嗯！一定！要不要打勾勾？"

华诺伸出手来，我却迅速跑开，不想让他看见我流泪的样子……

第一百零一章/变化

埃菲尔铁塔矗立在巴黎塞纳河南岸，它是巴黎最高的建筑物，由很多分散的钢铁组成，看起来就像一堆模型的组件，被法国人戏称为"铁娘子"。

华诺一路无语地从贝公馆开到埃菲尔铁搭附近的Anatole Route。

"19:45，没迟到，妳走过去就是。"他说。

我往车窗外探去，艾菲尔铁塔上灯光璀璨，平添了许多浪漫色彩，无怪乎入夜后，这里更加人声鼎沸、热闹非凡。

打开车门，华诺却叫住我。

"依依，妳能站在那家冰淇淋店前面等吗？"

我往华诺手指的方向望去，塔脚下的确有家冰淇淋店，通火通明着。

"为什么？"我问。

"这样我坐在车里也能看到妳，如果罗宋没来，我载妳回贝公馆，不然今晚妳要落脚何处？"

我心想罗宋肯定来，他的担心是多余的，但仍向他道谢。

下了车，总感觉芒刺在背，一直走到冰淇淋店前，我都不敢回头望，怕看到华诺的眼神。

~

21:45，罗宋没来，我已经等了两小时。

虽然知道罗宋的手机号，但因为某种尊严在作祟，我不愿打电话催他。见面是他提的，他不应该爽约才是。

可气的是，我不打给他，他也没打给我，连个短信也无，这不是在捉弄我吗？

此时我听到背后车门打开的声音。

"依依～"

我转过头去，华诺立在车旁对我微笑。不知为什么，看见他笑，我有想哭的冲动。

他做了个请我入座的手势。

也罢，罗宋今晚是不会来了。

我正要走向华诺，背后却传来熟悉的声音……

"依依～"

罗宋快速向我奔来，一把抱住我："太好了，妳没走掉。"

"你……"我说不出话来。

"地铁又大罢工，我从1区跑到7区，跑死我了。"

"罗宋你……"

"我没事，呵呵！手机欠费，两小时前才知道，否则早通知妳了。"他没心没肺地说。

我看着罗宋，有些迷茫。他的头发长了、皮肤黑了、肚子有了小肚腩，如果再仔细瞧，他的抬头纹很明显，发鬓竟有些许白发，只有眼睛没变，依然精神着。

"依依，妳完全没变，还是我记忆中的样子。"他高兴地说。

我不敢答他变得太多，像是中年版的罗宋。

"妳怎么来的？"他问。

我转过头去，VOLVO已发动，也许我多心，车子呼啸而去的声音听起来很凄凉。

"华诺载我来的。"

"人呢？"

"走了。"

"那我们也走吧！回我们的家。"他牵起我的手，"学弟把公寓搞得乱七八糟，我收拾了两天才恢复原状。"

~

公寓果然被罗宋收拾得窗明几净，连被褥都折得整整齐齐、有稜有角的。

"玻璃杯被打破两只，羊毛地毯不知被什么东西糊得一塌糊涂，我跑了两条街才买到一模一样的……"罗宋和我话家常。

"什么味道？"我问。

空气中有蛋糕的香气，我一进门就闻到了。

罗宋答他烤了个蛋糕，可能不会很好吃，因为家里没有电动打蛋器，他是手打的，效果差了点儿。

我看到厨房的烤架上果然有个像比萨斜塔的海绵状物，像是戚风蛋糕，表面没有任何装饰。

"算了吧！下次烤好一点儿再请妳吃。"罗宋看着自己的"杰作"，很懊恼地说。

“不，我想吃。”

他有些讶异，但仍沏了壶茶，切了一片看似比较完好的蛋糕片到我盘里。我咬了一口，不难吃，有蒸蛋糕的感觉。

“好吃吗？”他问。

“好吃。”

他的手指划过我的嘴角，一脸爱怜，原来蛋糕渣糊了我一嘴。

“我的吃相很难看吧？！”我问。

“不难看，我喜欢。”他俯首给我一个吻，轻轻的，像纱掠过，“蛋糕很甜。”

原来他吃到我嘴唇上的蛋糕渣。

“下次糖的分量可以减半。”我建议。

“好，听妳的，什么都听妳的。”罗宋一副傻呼呼的模样，像极了小熊维尼。

我低下头继续吃蛋糕，他的眼睛眨也不眨地看着我。

“怎么了？”我问。

他答在过去的几个月里，他天天想我，现在终于见上面，就想多看我几眼……

我笑他傻，他承认自己真傻，否则也不会把华夫人给的八万欧元全给花费怠尽，一切又回到原点。

“当时很压抑，觉得一定得离开巴黎。本来只想出去一个月，但时间到了，我依然没能原谅自己，所以继续流浪，直到把钱都花光了。”他进一步解释。

“你现在原谅自己了吗？”我问。

罗宋答只有我原谅他，他才有可能原谅自己。

其实我早原谅他了，因为我知道"迷失"的滋味。好比现在，我坐在罗宋面前，心却还系着那辆远去的VOLVO。

" 我把床上用品都换新了，是妳喜欢的ELLE DELCO牌子，全棉的。"他小心地说。

我看了一眼双人床，果然被铺上了水湖蓝四件套。

" 我……来例假了。"

" 没事，就想抱着妳睡。"他说。

当清晨的第一道曙光洒进来，我蹑手蹑脚地起床到厨房倒水喝。

罗宋睡得正沉，微微地打起鼾来。

我没来例假，只是数月没见，感觉罗宋像个陌生人似的，我无法和他马上有亲密行为。

打开手机，华诺没给我留言，让我有些失望，但他又能说什么？他什么也说不了。

不知怎的，心里无来由感到一阵悲伤。

为了赶走一早起来的坏情绪，我决定到浴室冲澡，经过储藏室时，发现里面的小灯还亮着。

我推开门，眼前是小山也似的画，有层峦叠翠、有花团锦簇、有草长莺飞、有烟波浩渺……无一例外的，每幅画里都有一名女子的背影，光看发形和身形，我已认出是我。

罗宋这个实心汉子用一种含蓄的方式表达对我的思念。

啊！但愿我能给得起他要的幸福，尽管我知道微妙的变化已在我俩之间悄然而生……

第一百零二章/情欲

罗宋说因为没赶上秋季开课，他得等明年年初开学，中间有四个多月空出来，希望能及时赚到房租及生活费。

"我这里有，你可以拿去用。"我说。

"不，那是妳的私房钱，我不能动。"

为了让我安心，他说他找到中国餐厅二厨的工作，只是这次负责炸物，光站在油锅前就能将人烤熟。至于闲暇时，他打算重新背起画架到圣母院帮人作画，只是听学弟说，隔了半年，作画的人更多，价钱也被压得很低，有时坐一天也招不来一位客人，何况天气越来越冷，冬天将至……

"没事的，一切都会好的。"我安慰他。

此时我和罗宋坐在餐桌前，阳光正好，茶热着，罗宋做的火腿三明治很可口，是一个很温馨的清晨。

"我也这么认为，尤其妳又回到我身边，没有什么比这个更激励人心的了。相信我，我会给妳幸福的生活。"他握了握我的手。

我对他笑笑，但心一直处于低靡状态。

"瞧我，尽说自己的事，妳呢？这些日子以来可好？"他关心地问。

我告诉他，自己已离开华堡，现在当起贝夫人的丫鬟，又把新近发生的事做个简单交待。

"没想到雅各死了，贝律师也去世，还好贝夫人怀孕，贝家总算有后。"他感慨地说。

我很想告诉他，贝夫人肚里的孩子不是贝律师的，但以罗宋不会转弯的脑子，这消息显然太骇人，所以我选择沉默。

说完别人的事，他问我今天想做些什么？我答随便，但傍晚前得离开巴黎，因为我是请假出来的。

"那么陪我上菜市场吧！秋天的鸭子很肥美，蘑菇正当季，刚好做顿好吃的。"他说。

我对吃的要求一向不高，况且罗宋厨艺了得，我从来不担心他会做出难吃的菜。

当我们准备就绪，临出门前，罗宋却说还是先把衣服洗了再走，回来刚好晒上，中午阳光烈，下午肯定干。

家务事他一向做得比我好，我从来不担心他会错过什么，但……人生除了柴米油盐外，一定还有别的，否则我不会在听了这些之后，感到索然无味。

我不会做家务，华诺也不会，但他的薪水却是罗宋的十几倍甚至更多；华诺的身高比罗宋高，人也长得体面，这不全然是衣着的原因，还包括内在散发的高贵气质；华诺的情商……

糟糕！无形当中我已经把他们两人摆在一起做比较，并且一边倒的倾向华诺，这不是个好现象。

"怎么了？表情怪怪的。"罗宋问。

"没什么。"

看他一副怀疑的样子，我只好佯称自己不喜欢吃蘑菇。

"这样啊！怪可惜的，法国的蘑菇有巴掌大，用奶油和大蒜煎一煎，美味不输顶级牛排。"他想了想，"那么芦笋好吗？芦笋刚上市，贵了点儿，但我到常去的蔬果摊买，老板会给折扣。"

我不忍拂他意，遂答："好。"

吃完罗宋精心制作的午餐，他送我去火车站。

"到了里昂，妳怎么回贝公馆？"

"别担心，我有办法。"

罗宋又说开学前他得努力赚钱，可能没办法经常去看我。

"没关系，我也有事情要忙。"我宽慰他。

听到火车进站轰隆隆的声音，罗宋再也忍不住，他低下头给我一个长长的吻，舌头伸进我嘴里，接着又亲吻我脖子，气喘吁吁的……

"罗宋，这里是火车站。"我提醒他。

好不容易他才克制住自己，让我离开他的怀抱。

"到了贝公馆，给我来个电话。"他说。

我对他挥挥手，火车很快驶离站台。

我一走出里昂火车站就听到叭的一声。

"怎么来的？"我难掩兴奋之情。

"妳不是打电话给贝夫人说坐下午三、四点左右的火车吗？我已经在这里等妳一个多小时了。"

华诺来接我，多少感动我，有哪个男人会如此大度地接别人的女友？

车子上了高速公路后，华诺忽然提起贝夫人今天早上见红了，他请了医生到家里来，医生说贝夫人年纪大，体重又过重，怕引发各种併发症，所以勒令她得躺在床上养胎，直到生产结束为止。

其实这早在我的意料之中，不说贝夫人的年纪已经五十好几，一百五十五公分的身高，体重却达一百八十斤，这无疑是高危孕妇。

"我知道了，我会好好照顾她。"我答。

说完贝夫人，华诺还是提起我不愿讨论的人。

"罗宋好吗？"

"好。"

"他胖了。"

"嗯！"

"看得出很爱妳……"

我问何以见得？

他指指我的脖子，我把遮阳板扳下来，就着化妆镜察看，原来罗宋留给我一个指甲盖大小的吻痕。

"那个……"

"不用解释，男人会给女人留下吻痕是在宣誓主权，这是一种不自信的表现，我就从来不留痕迹。"

华诺这是在炫耀自己"阅人无数"吗？

"我知道你是万人迷，有些人天生有撩人的魅力，有些人没有，强求不来。"我冷冷地说。

华诺忽然方向盘一转，开出了高速公路。

"这是干嘛？走捷径吗？"

他没回答我，默默把车子开上小丘，目测方圆五百米没有任何人烟。

"来不来？"他问我做不做爱？

"不来。"

他下车，面向空旷的山谷大声吼叫Je t'aime（意即"我爱妳"），一遍又一遍。

这是发哪门子神经？

我怒气冲冲地下车走向他，被他伸手一揽："妳才真的撩人，昨晚我一直想妳，妳是否也想我？"

"一点儿也不。"我答。

华诺说有没有想他，立马见分晓。

太阳下山了，月亮和星星也出来了，我和华诺在天地间做着原始的交媾，和1400万年前的人猿无异。

啊！情欲当前，我又再次被欲望牵引而无法自拔……

第一百零三章/失而复得

"到贝公馆了吗？"罗宋问。

"还……还没。"

"火车误点吗？"他又问。

"……嗯！"

其实火车没误点，但我很难解释两个小时的车程，为什么三个小时后我还在路上？

罗宋转而问我现在在哪里？我答在华诺的车里。

他要我把手机递给华诺，我听见华诺在电话里嗯嗯呀呀的。

"罗宋问你什么？"通话结束，我忙不迭问。

"他说谢谢我送妳回贝公馆，又说找时间请我吃饭。"

果然是罗宋的行事方式。

我不知道华诺是怎么想的，但我心里特难受，再次背叛罗宋已成了习惯，尤其数小时前才和他道别离。

"罗宋人不错，很关心妳。"

"你呢？你关心我吗？"我问。

华诺说他当然关心我，因为我是他的性玩具……

听完，我脑袋轰的一声，原来我的角色和充气娃娃无异，是华诺泄欲的工具。

见我脸色大变，他改口自己说着玩的，但为时已晚，我愤而打开车门。

"干嘛妳？"他紧急刹车。

我不理会他，马上跳车，在空旷的公路上奔跑起来……

"依依，上车吧！我为刚刚的不当言论道歉。"VOLVO低速跟在我身侧，华诺打开车窗对我喊。

我听而不闻，继续往前奔去，华诺又试了几次，我依然故我，最终他放弃了，将车子加速，扬长而去。

看着远去的车子，我慢下脚步，原来，原来在华诺心中我没那么重要，所以他能放我一个人在深夜里独行。换作罗宋，他绝不可能如此狠心，宁愿下车和我一起跑步，也不会弃我而去……

我跌坐在地上恸哭起来，不知是哭罗宋还是哭自己，只知道心好痛，犹如万箭穿心。

"啊～"我对着明月和星光嘶吼起来，"罗宋，你在哪里？"

～

我破例没去贝夫人房间探视她，心情太糟糕，怕牵怒他人。

回到房间，我将门重重甩上，即使睡死的人，也会从梦中惊醒。

躺回床上，我辗转难眠，想起自己千辛万苦才跑回贝公馆，华诺你倒好，睡得四平八稳的。

奇怪的是，从进屋到现在，隔壁房间就没发出过一丁点儿声响，倒像没人住在里面似的，这隐藏的功夫也太好了吧？

也罢，我如何苛求一个把我视为性玩具的人在乎我的喜怒哀乐？

我把毯子盖住头，靠着数羊，一点一滴将自己逼入梦乡……

"扣、扣、"

我从毯子里探出头来，床头柜的电子钟显示o5:3o，是华诺，他来唤我晨跑。

哼！我偏不理他，又钻进毯子里。

"扣、扣……扣、扣……扣、扣扣……"

敲门声像魔咒般刺激着我，想起他昨晚的决绝，今晨他倒好意思扰人？

我愤而下床，把门一开，打算骂他个狗血淋头，没料到外面站着的却是园丁Bādìsīté。

"*€+£？ #%……"他急急地说，手指葡萄园的方向。

" Qu'est-ce que."我一头雾水。

Bādìsīté这次放慢语速，一字一句地说，我听到"Bonnot"，那是华诺的法文名。

华诺怎么了？我赶紧追随园丁而去。

华诺的VOLVO撞上冬青树，前车厢凹进一大块，安全气囊弹了出来，华诺的头深陷其中。

我惊叫出声，想飞奔过去，却被Alicia抱住，她是贝公馆的清洁工，此时的她正对着我说起优雅的法语。

"听不懂、听不懂，你们怎么不说普通话？"我失去理智地喊叫，并且用力捶打那个可怜的法国女人。

混乱当中，我听到救护车由远及近的声音。

医护人员小心地将华诺放在担架上，我看到他脸色苍白，额头上有大片血迹，嘴唇撕裂，鼻骨貌似骨折了，乌青乌青的。

我唤他，他好似听不见，气息也很微弱。

"Is he ok？"我问急救员。

法国人一向高傲，对我的"英语"问话不屑一顾，我只好跟着跳上救护车，一路哇呜哇呜地奔向医院。

~

看华诺终于醒来，我哭得像个泪人似的。

"哭什么？我又没死。"他气若如丝地说。

"我以为……以为你再也醒不过来了。"我抽抽答答地答。

华诺说他刚去死神那里报到，死神表示他还没跟依依道别，所以把地狱之门给关上了。

"你咋不上天堂？"我抓到把柄。

"因为我说错话，惹妳伤心，所以被判入地狱……妳一定是女巫的化身，离开妳，我没有一天舒心，连吵个架也换来血光之灾。"

"知道就好，"我抹去眼泪，"看你下次还敢不敢和我对立？！"

华诺答再也不了。

我俯身抱住他的躯体，失而复得的心情很复杂。他抚摸我的发，低下头亲吻它们。

"看妳如此担心我的安危，让人很感动，亲人也不过如此。"他的语气转为温柔，"下次……下次找个机会，我和罗宋当面说清楚，男人和男人间的对话，他懂的。"

我不认为罗宋会轻易放开我，但没说打击的话。

此时无声胜有声，难道这就是传说中的"小确幸"？

闻着华诺的体味，我感到分外的幸福。

第一百零四章/毁约

华诺说那天和我赌气，他真的一路开回了贝公馆，只是一直心神不宁，没多久又拿上车钥匙，打算回去找我，然而车子刚发动不久，他便看到一辆货车神神秘秘地往葡萄园开去，要知道，这土地是贝夫人的，闲杂人等不得闯入。

于是他尾随货车，想警告一下对方，谁知竟让他发现了惊人的秘密。

"貌似勘探队发现了什么，我看到货车打开时，里面满满的炸药。"华诺说

炸药？

华诺解释炸药分民用和军用，现在不是战时，所以后者可以排除，而民用炸药通常用于开山洞或挖掘地道。贝公馆的庄园内无山，那么最有可能的就是挖掘地道。为什么要挖掘地道？因为他们发现了有价值的东西……

"什么有价值的东西？"我问。

"不知道。当时看那帮人凶神恶煞的模样，我认为还是别以

卵击石，先撤退再谋略才是上策。谁知天色昏暗，一个不留神就出事，人也昏了过去。"他答。

我心想，既然勘探队发现了宝贝，那么贝夫人知不知道此事？

"华诺好点儿了吗？"贝夫人躺在床上问，肚子小山也似的高。

"好很多了。"我边削苹果边答。

贝夫人说还好华诺命大，不然华家就要无后了，吧吧拉、吧吧拉……

我不得不掐断她的长篇大论，提到此行的目的："勘探队最近有没有新的进展？"

贝夫人答除了一开始的别针和残破瓦罐外，一直没有进展，她还持续付他们薪水，简直就是个无底洞，吧吧拉、吧吧拉……

我想起买炸药需要钱，问勘探队是否额外申请了费用？

"什么费用？他们已经许久没和我见面了，更谈不上说话。"

这样看来，勘探队有意私下挖掘，为什么？因为东西值钱，否则谁会自掏腰包做无益自己的事？

贝夫人见我忽然提起此事，怀疑勘探队出了什么乱子。为了不让孕妇担心，我谎称没事，不过是随口说说而已。

"妳随口说说，我也随口说说哈！妳可别在那个穷酸画家身上做梦，爱情是有保鲜期的，一旦错过就不新鲜了。"贝夫人咬了一口我递过去的苹果，"记不记得蓝星？从舞台上摔下来的那个。她伤了脚踝，有一阵子不良于行，现在康复了，她提出要和华诺二次会面。"

什么？！好没羞耻心的女人啊！竟然毫不害臊地投怀送抱？

贝夫人说她把华诺车祸的消息告诉蓝星，意即会面时间得延后，没想到她马上表示要到医院探视受伤的人……

"马上？"

"嗯！"贝夫人转头看墙上挂钟，"估计现在已经在医院了。"

我火烧屁股似地冲向医院，大老远就听到爽朗的笑声，一男一女。

"扣、扣、"我还是表现出该有的礼貌。

"Entrez."竟然是女的声音。

我一进去，四只眼睛直盯着我瞧。

"我以为妳傍晚才会来。"华诺说。

所以你可以放心大胆地和别的女人"谈情说爱"？

"咳、咳、贝夫人让我来问你，撞坏的车是送修还是买辆新的？她有认识的售车员。"我随便找了个借口。

没想到那个不要脸的女人竟抢在华诺前面说："别修了，买辆新的吧！我父亲和Ferrari代理商很熟，Bónǔwǎ会帮你找辆好车。"

"开跑车不合适吧？！"我马上泼冷水，"华诺是股票经纪人，太张扬容易给人浮华、不实在的感觉。"

蓝星笑咪咪地说Ferrari也有高级轿车，譬如250GT2+2以及后来的FF系列，但四人座的跌价快，不如二人座的跑车保值……也难怪，贝夫人家的女佣是不会懂这些。

不等我反击，华诺代我说明我的身份。

"呵呵！Désolée.没想到贝夫人现在雇了私人秘书，害我误会了，妳可别往心里去啊！"

面对贱人的虚情假意，我一时拿捏不好分寸，只好暂时休兵，另辟战场。

"华诺，刚刚男护士说了，待会儿他过来帮你洗澡，房间得清场。"我说。

蓝星听出我的话中话，马上起身："我也该走了，和你谈话很有意思，明天再来看你。"

他们两人行贴面礼道别，看得我怒火中烧。

待蓝色的星星走远，我酸溜溜地说："不错嘛！在病房中相亲。"

华诺直指我在吃醋，我"当然"否认。

"我没想到她是我的小学同学，以前的她戴着厚重的眼镜，人也胖成球，加上用的是艺名，难怪我没认出她来。"

"女大十八变，越变越骚。"我下了结论。

华诺又说蓝星之所以从舞台上摔下来是因为认出他来，一时兴奋，不小心踩空了……

"眼力真好。"我不忘讽刺。

"这跟眼力无关，而是我有无聊时用手指敲击膝盖的动作，正因为这个小动作，坐实了蓝星的猜测。"

这么说来，又是个两小无猜，长大后重逢的老掉牙爱情故事……

华诺笑我太有想像力了，他俩是不可能的，蓝星就是个女汉子，两人称兄道弟还差不多。

话说得简单，但人是会变的，经过二十年，谁敢担保当年的女汉子不会柔情似水？

"明天你要我来吗？"我放手一搏。

"为什么这么问？"

我答因为他的青梅竹马要来和他叙前缘。

"来，为什么不来？我还希望你们能交上朋友呢！虽然我和蓝星许久未见，但她豪爽的个性没变，日子久了，妳会喜欢上她。"

是吗？怎么我一见到蓝星就觉得她表里不一？也难怪，演员出身，假假真真，有时连自己也分不清是现实还是虚幻……

"咦！男护士怎么还没来帮我洗澡？"华诺故意问。

"那个……也许他现在忙。"

华诺笑了，他说知道我在说谎，不过他会原谅我，只是我得接受惩罚。

"什么惩罚？"我问。

"罚妳和我洗鸳鸯浴。"

没想到人都躺在病床上了，还色心不改。

"这是医院。"我冷冷地说。

华诺不理会我的"明拒"，他要我将墙上的红色按钮按上，那表示不想被打扰。

我不肯，他只好亲力亲为。

"好了，这下子没人会闯进来，妳的顾虑消除了。"他得意洋洋地说。

拜托！这根本就不是症结所在好吗？华诺还没痊愈，脑震荡虽被排除，但鼻梁骨折、右手和左脚有挫伤……

我说得有理有据，却被他的一番谬论给搞迷糊了。

"健全的人身心都需要健康，既然身体已经不健康了，那么就得求心理健康。如果妳连这个小小的愿望都不能满足我，我宁愿打开窗户往外跳，因为没有什么比压抑性欲更残忍的了。"

这是什么跟什么？简直一派胡言！

"可怜可怜我吧！"他眼露祈求。

"我能帮你洗澡，仅此而已。"我退一步说。

"行。"他答。

于是我们走向浴室。

对于言行不一的华诺而言，毁约再正常不过，即使受了伤，他依旧勇猛，我很快又被征服……

第一百零五章/毒瘤

一回到贝公馆就听到楼上吵架的声音，我三、两步上到二楼。

"花在妳身上的时间和精力还不够多吗？哪次我不是尽心尽力？捐精还有营养费，我图了妳什么？不过是要求扩充酒厂设备，说到底是为妳好，妳怎么这么不爽快？！我还是妳肚里孩子的爹呢！"

贝夫人嘤嘤嘤地哭泣，说她不是不给，而是钱买了基金和股票，现在卖不划算。还有还有，贝公馆上下人口这么多，每个月的开支也是不小的负担……

"说到人口多，佣人、园丁、工人我就不说了，马依依和华诺是怎么回事？家里就养着两个闲人。"

然后小朱开始用各种狠毒的话数落我和华诺，在他的绘声绘影下，我们两个就是一对把贝公馆当成淫乱乐园的狗男女。

这个下作的小人！他和贝夫人干的风流事还会少吗？竟然做贼的喊抓贼？！

还好贝夫人为我和华诺护航："他俩男未娶女未嫁，若能结连理，也是好事一桩……"

刚开始朱翊安还勉强听着，等到贝夫人提到付了我"那么多那么多"的薪水后，他不淡定了。

"我认识几个会讲华语的越南妹子，个个都是解语花，又乖又听话，价钱还不到马依依的1/10。"

"可是……"

"把她辞了吧！华诺也该回华堡，如此一来，扩充酒厂的钱不就有了？"

我听见贝夫人哼哼呀呀地不置可否，小朱突然改口要帮她揉背，突来的寂静，倒让人浮想联翩。

~

贝家请来的营养师为贝夫人制定了特殊的食谱，以营养、低卡、高钙为原则，显然这份食谱奏效了，因为贝夫人的气色越来越好，体重增长也慢了下来。

这一天，我把老萧准备好的孕妇餐端到她房里，有苹果鲫鱼汤、胭脂冬瓜球、核桃玉米奶、虫草花猪蹄汤及一小碗糙米饭。

我小心将贝夫人扶坐起，又把塑料餐架架好。

"依依，妳来法国也有一段日子了，想家不？"贝夫人边喝鱼汤边问。

想，当然想。我想起那个细雨纷飞的悠然城市，也想起迷人的西湖景色、疼我的爸妈以及我最爱吃的葱包桧儿和猫耳朵。

贝夫人说那么该回去看看才是。

"我也想啊！可是妳生产在即，我不能离开妳呀！"我一表忠心。

"咳、咳、……对了，我得雇个有经验的保姆照顾宝宝，因为我是第一次当妈妈，完全没概念，当然更不能仰赖妳，妳还是未出嫁的小姐，育儿方面一片空白。"

"那么我只好陪妳聊天或者跟小Baby玩。"我笑说。

贝夫人转而向我大吐苦水，说贝律师死了，家里的经济来源也断了，现在就靠着几分薄田和几间铺子的租金过活，加上贝公馆的日常开销大，她又想吃好、穿好、用好，将来宝宝出生后，花费可多了，少进多出的结果，就算金山银山也会用光怠尽……

我以为贝家人就算躺着，三代也不愁吃穿，没想到贝夫人还得未雨绸缪。

"小朱说想把酒厂规模加大，我想想也是，法国红酒举世闻名，贝家的葡萄又是公认的极品，若照他说的做专业生产，倒不失为一项重要的收入来源……"她接着说。

这下子我总算听明白了，小朱煽风点火成功，让贝夫人把钱投资在酒厂上，并且缩减其他开支，尤其裁掉一些可有可无的人，譬如……我。

"成，这几天我就打包走人，祝您生产顺利，生个白胖小子。"

我作势走人，被贝夫人唤住。

"坐，坐，年轻人这么沉不住气可不行，我有个完美计划，能制造双赢。"

"双赢？"

"没错，从现在起到预产期还有40天，只要妳在这40天内和华诺成亲，婚房自然设在华堡，妳也能堂而皇之地留在法国。再往深一點兒講，雅各死了，华夫人正愁孤单一人，如果妳能快点儿怀上宝宝，她肯定将妳像菩萨一样供起来，因为能不能延续华家烟火，对她至关重大。"

呵！这可不是我说了算，虽然华诺多次表达娶我的意愿，但现在杀出个程咬金（蓝星），一切都扑朔迷离了。再说，罗宋还以为我仍是他的小红帽，我还没做好撕开面具的心理准备。

贝夫人反问我要什么心理准备？打他手机得了，告诉他既定事实，几分钟就能解决的事，还拖泥带水？

我答没带手机，贝夫人说用她的，现在就打，她还可以从旁帮我出谋划策。

在雇主的催促下，我拨打了，但手机响了一声就被我匆匆挂断，不行，我不能这么伤害罗宋。

"哎！"贝夫人叹息，"妳这是要拖到花儿都谢了吗？"

我也知道拖不能解决问题，但想不了那么多了，能拖一天是一天。

贝夫人以婉转的方式炒了我。

虽然我从没打算长期待在贝公馆，但被炒和自动请辞意义不一样，前者大大伤害我的情感，让我郁闷不已。

"别放在心上，大不了我养妳。"华诺很有担当地说。

我没告诉他有关贝夫人的"完美计划"，但有他这句话，我受挫的心多少得到慰藉。

"不管如何，我得待到贝夫人生产完再走。"我答。

"那正好，到时妳可以跟我回华堡。如果不想待在华堡，回我的家乡尼斯也成，我父亲留了一座庄园给我，妳可以帮忙打理。"

华诺也有座庄园？像贝公馆一样大吗？有壮硕的马儿吗？有低头吃草的乳牛吗？有满山遍野的鲜花吗？有饱满多汁的葡萄吗？……

我来不及细问，蓝星已经推门进来，她好像不知道敲门是基本礼貌。

"华诺，看，我给你带来什么好东西？"蓝星将一沓报纸递给他，"这几天各家报纸的游戏通通在这里。"

"真的？"华诺的眼睛发亮。

我没想到华诺也爱玩这个。

法国报纸通常有一版填字游戏，一版数字游戏，法国人只要抓住机会就低头填写，这是打发时间的好法子。

蓝星从她的包里翻出一支笔，然后跳上床和华诺一起填写，一点儿也不忌讳。

"不是beauté，而是beauty，因为纵行是Yves。"那个妖女提醒华诺。

"嘘～别吵我，让我专心填写。"

看看眼前这两位，华诺穿着病号服，松垮垮的像睡衣；蓝星则穿着黄衬衫加黑色A字裙，衬衫的第一和第二个扣子没扣，两个月球呼之欲出，隐隐约约还能看见肉色乳贴。

法国女人都不爱穿胸罩，认为那玩意儿会带来不舒适的感觉，但看在我眼里简直就是引诱犯罪，连我都忍不住瞟上几眼。

"咳、咳、"我咳嗽两声。

"错了，是72，不是70，亏你还成天和数字打交道。"蓝星吐槽。

华诺很无辜地表示离开计算器，好比上战场的勇士少了捍卫的武器，这不能怪他。

"咳、咳、咳、"我又多咳嗽一声。

"妳感冒了吗？"蓝星注意到我。

我只好答有点儿。

"那快走吧！免得传染给我们。"她像刺猬般，刺得我鲜血直流。

我多希望华诺能开口挽留我，甚至赶走那个小骚货，没想到他头抬也不抬地说："快回去吧！路上小心。"

"那……我走了。"我只好硬着头皮演下去

没人理睬我。

"Idiot."蓝星呵呵笑，敲了一下华诺的脑袋瓜，骂他笨蛋。

看他俩有说有笑的，我像一只丧家犬，默默夹起尾巴走人。

虽然不愿承认，但蓝星真像日益长大的毒瘤，我开始感到疼痛与威胁，而那个没心没肺的华诺却还有兴致和蓝星玩起暧昧游戏，让我独自一人面对和品尝爱情的苦果……

第一百零六章/好男人

吃完晚饭，我回到房内，椅子还没坐热就听到车子驶入的声音，由远及近。

我走向窗口往外探去，黑暗中只看到车灯以及车顶上亮着的TAXI字样。

没多久，一个人影下了车，看着眼熟，但月色朦胧，我只能看到大致的轮廓。

来者应该是第一次到贝公馆，因为他对周遭环境很不熟悉，左顾右盼的，直到发现伫立在窗前的我。

我的屋子亮着灯，那人站在黑暗处，我看不清楚他，他却能将我看得一清二楚。

这太恐怖了，我下意识往后退……

"依依～"竟然是罗宋的声音。

我惊讶到说不出话来，他是怎么知道这个地址？又为什么忽然到访（连个通知也无）？我有太多问题想问。

"依依，妳下来，我想见妳。"罗宋在楼下喊，我赶紧飞奔过去。

还没走近，罗宋一个箭步上来拥抱我，大概有几十秒之久才放开。

"我原谅妳了，以前是我不好，妳惩罚我，我没有怨言，让我们回到从前，重新开始。"他急急地说。

罗宋到底在讲什么？原谅我什么？我又惩罚他什么？

等他解释过后，我才知道全完了。

原来中午用餐时间，我用贝夫人的手机打给罗宋，后来虽然挂断，但手机內已保存手机号，然后的然后，我的雇主便自作主张地帮我戳破那层窗户纸……

"妳上去理个箱子，我们现在就回巴黎。我已经跟司机说了，他愿意等，但计时收费，所以动作请快。"他说。

"什么？！我为什么要回巴黎？不，我不走。"

"依依，只有离开华诺，妳才有可能不再沉沦。"他握紧我的手，"放心，我不会秋后算账，还是会一如既往地对妳好。"

"罗宋，我……我没想过伤害你，一切发生得太快，我控制不住自己……"

罗宋要我别说了，他也有错，如果不是跟华夫人有那一段，加上后来的不告而别，我也不会迷失。

说到"迷失"，一开始也许是，但是后来……已经不能再拿这两个字当借口，因为我深深迷恋在与华诺的性爱之中，无法自拔。

我没告诉罗宋实情，只表达今晚肯定不回巴黎，我得等贝夫人生产完再走。

他绝望地看着我，似有千言万语，我以为他会说出什么骇人的话，没想到他只是转身和出租车司机说了几句，然后塞给他两张票子。

出租车走了，罗宋却留在原地。

"我等妳一起回巴黎。"他还是讲出骇人的话。

我把罗宋带进我房里，他不仅极目搜寻，还动手乱翻我东西。

"华诺住隔壁，我们不住在同一间房。"我冷冷地说。

罗宋被我瞧见心里的秘密，脸刷的红了起来。

"他出了车祸，现在在医院里。"我顺便打消他想和华诺谈判或决斗的念头。

"放心，"罗宋坐在我床上，"我不会像打小尤一样地打他，文明人有文明人的作法，打架只能泄愤，解决不了问题。"

我想起罗宋曾经怀疑我和小尤有染而暴打对方，让小尤挂了彩。

"很好，有进步。"我说。

"妳过来，"他拍拍旁边的位子，"我们谈谈。"

我怀着戒心走过去，瞬间被他扑倒在床。

"我以为我们有话要谈。"

"是有话要谈，但在那之前，让我们先用身体交谈。"他边说边将手伸进我的裙子里。

"别……我没心情……"我避开他的吻，顺便推开他不安分的手。

罗宋很懊恼，双手捂住脸："看来，真如贝夫人所说，妳爱上那个花花公子了。"

我爱上华诺了吗？老实说，我傻傻分不清是爱上他的人，还是恋上他的床？

"很抱歉，我需要更多时间去厘清。"我说。

"厘清什么？"

我答厘清我爱谁，想和谁白头偕老？

"妳和华诺已经干柴烈火好几个月了，还不够让妳厘清吗？"他痛苦地问。

我听出他的弦外之音，那是一种控诉，和他在楼下说的"不会秋后算账、会一如既往地对我好"大相径庭。

"你是不是还想问我，你们两人之间，哪个性能力更强些？"我把头伸出去，就等他一刀砍下。

罗宋的嘴唇在颤抖，他慢慢地将手举起……

"想打我吗？"我的心在淌血。

没想到他非但没打我，反而自己扇自己耳光，啪、啪、啪……一声大过一声。

"你别这样。"

我抓住他的手，但还是被他挣脱。他将自己往死里打，我只好拿身体当盾牌护住他，他舍不得打我，只好放下手来。

"妳……妳不爱我了，我……我们六年的感情化……化为乌有了。"罗宋泪流满面。

此时的他，两颊有数个红手印，嘴巴红肿，眼泪和鼻涕直流……

想起他之前对我种种的好，即使自己饿肚子，也要让我吃饱、穿暖。天哪！我对这个好男人做了什么？惹得他如此伤心、难过。

"罗宋，我爱你。"我有感而发。

"真的？"

"真的。"我给他一个吻，轻轻的。

罗宋很快反手将我压在底下，并且动手掀开我的裙子，我没有反抗，默默闭上眼睛……

第一百零七章/失眠夜

罗宋没有带换洗衣物，我只好让他裸体躺在床上，自己到洗衣房洗衣兼烘干，再到厨房端走贝夫人的特别早餐，等她吃饱喝足后，衣服也洗好了。

我抱着暖烘烘的衣服回房，没想到一上到二楼，就听到两个男人在对话，颇有山雨欲来之势，我赶紧躲到楼梯口。

"我把话撂下，依依是我的人，昨晚……你知道的，我们的感觉又回来了。"罗宋赤裸着上身应门，腰部以下裹着床单。

"那……恭喜了。"华诺的声音听不出情绪，"如果依依回来，请转告她，我有两张《弄臣》歌剧的票，七点那一场。我四点来接她，请她穿正式一点儿的服装。"

罗宋呲牙裂嘴地问华诺，这样公然挑逗他的女人，是不是不把他看在眼里？

"言重了，这不过是正常的社交活动。"

"的确是正常的社交活动，但得看跟着的是什么人。别以为我不知道，你就是那种周旋在女人堆里的纨绔子弟，失去祖先的庇佑，啥也不是。"

华诺反问人有资源何错之有？他若处在同样的位置，会对财富、权力说不吗？还有，不只依依，但凡有头脑、有思想的女性，都不会选择一个小鼻子小眼睛的乡愿。

"你说什么？！"罗宋涨红了脸，上前揪住华诺的前襟，连床单滑落至地上也毫不在意。

眼看一场打斗将无可避免，我赶紧现身。

"这是怎么回事？"我把烘干的衣服塞给光身子的人，"也不怕难为情？快把衣服穿上!"

罗宋还想说什么，被我推进房内，此时走廊上只剩两人。

"我出院了，是蓝星送我回来的。"华诺说，像小学生跟老师做报告。

"恭喜!"

华诺又说蓝星获得吉尔达的角色，虽然戏份不多，却是男人戏中的红花，前途看好。

我甩出第二个恭喜。

"想和我一起去看演出吗？"他问。

虽然我不喜欢蓝星，但放华诺单独赴约等于羊入虎口，我极想跟着去，但……

"罗宋来了，我……想陪他。"我几乎能感觉到罗宋正贴紧门板偷听我们的谈话。

"那好，妳陪妳的男朋友，我陪我的女……朋友。"

我怔在原地，女朋友？谁是他的女朋友？蓝星吗？

华诺不理会我渴望知道答案的表情，挥挥衣袖，潇洒走人。

～

我推说身体不舒服，拒绝和罗宋再行周公之礼，他很体贴，没有勉强我。

华诺不知是几点回来的，反正进房间时的声音特别响亮，就算睡死的人也会从梦中惊醒。

我很怕他吵到贝夫人，没想到下一秒钟，我的身体便像石头般坚硬起来，因为华诺不是一个人，那个不要脸的骚货也在他房里。

他们两人不仅大声谈笑，还时不时对唱歌剧，也不管夜深人静，多数人正好眠着。

"太不像话了，我去警告他们。"罗宋被吵醒，一肚子火。

"别去，"我趴在罗宋胸膛，"大概过一会儿会停。"

他只好一动也不动，好让我睡得安稳些。

没想到那对奸夫淫妇非但没有闭嘴，反而演起春宫戏，床架摇晃的声音让人担心会不会就此解体。女的也没闲着，叫床的声音好比杜比3D音效，让人如入其境、想入非非……

我不知道罗宋心里是怎么想的，也许他正在想：**侬侬总算看清楚华诺的本质了。**

我想的就复杂多了，虽然明知道自己不是华诺的第一个女人，也不会是最后一个，但他如此豪放地召告全天下他的猎艳行径，简直无耻下流到了极点！

好不容易等到隔壁战役停歇，我才找到机会翻身背对罗宋。

啊！我多想找个无人的地方独自舔舐伤口。

罗宋不明所以，从背后拥抱我，边吻我的肩膀边呢喃："依依，我爱妳，forever."

痴汉对我一往情深，我理应感动，但他越"以德报怨"，我越被打脸。原来过去几个月，我为了华诺这个人渣放浪形骸，以为遇到了真爱，其实不过是春梦一场。

我用力闭上双眼，感觉想死的心都有。

"我的指导教授说下学期……"

此时此刻罗宋竟然还有闲情逸致讲十万八千里以外的事？！

"快睡吧！明天得早起。"我不带感情地说。

"那好，晚安，老婆。"

罗宋拥着我，没多久便传来打鼾的声音，而隔壁那两个大战方休的人想必也同样沉沉入睡了吧？！

整个贝公馆，大概只有受尽屈辱的我，一夜无眠……

第一百零八章/失踪的华诺

领教过华诺的风流和任性妄为，全贝公馆的人大概都等着看我笑话，我不认为自己还有脸面继续待在这里。

"你先回巴黎吧！贝夫人说等到保姆人选一确定，我可以先行离开。"

罗宋匆匆至此，连件换洗衣物也没带，再想到没事先和打工餐厅请假，老板现在恐怕急得跳脚，所以我的建议一提出，他没多做考虑就答应了。

他之所以如此爽快，想必知道华诺已深深伤了我的心，胜券在握，所以能放心离去，而华诺这边呢？

自从昨晚和蓝星共赴巫山云雨后，到现在连个鬼影子也没有，也许他们已经转移阵地继续快活逍遥了吧？！

"哎～"贝夫人已经连续叹息好几声，"多好的姻缘啊！就这么错过多可惜。"

"没什么好可惜的，只能说我因此更看清楚华诺邪恶的本质，这是好事，如果婚后才发现，岂不是叫天天不应、叫地地不灵了吗？"

"邪恶的本质？"贝夫人投来凌厉的眼神，"别告诉我，妳没和罗宋上床。"

呃……是啊！和华诺在一起后，我又和罗宋上床，自己有错在先，如何苛责他人？

如果这就是邪恶的本质，那么我的内心一定住着一位娼妇，夜夜需要性爱的刺激。

见我不言语，坐实了贝夫人的猜测："所以啊！妳和华诺势均力敌，谁也别笑话谁。"

～

我站在花丛里，阳光正好，各种花香迎面扑来，蝴蝶蜜蜂齐飞，好一幅怡人的自然景观，可惜我一直无法融入眼前这美丽的画面中。

"依依，原来妳在这里，害我好找。"华诺气喘吁吁地奔向我。

我面无表情地看着他，想从他身上发现一丝一毫出轨的痕迹，譬如眼神、肤色、发型……

可惜眼前的这个男人和平常无异，看不出任何偷吃的痕迹，可见是只道行很高的狐狸。

"妳怎么了？表情怪怪的。"华诺左顾右盼，"罗宋呢？"

"回巴黎了。"

华诺说罗宋怎么那么快就回去？话说得好像不愿他回去似的。

我沉默以对，华诺只好另起炉灶："猜猜我发现什么了？小朱他……"

"小朱、小朱、小朱……小朱干我何事？就算他死了，我也不会掉一滴泪。"我歇斯底里地喊着。

华诺问我怎么了？来例假了？还是更年期前的躁郁症？

他自以为说了笑话，我却笑不出来。

"没错，我是更年期到了，蓝星大概还没吧？！我猜她正处于蜜桃成熟期，分分钟让你欲火焚身，是不？"

华诺听了闷不吭声，反倒勾起我的怒火。

"昨晚很销魂吧？！也许到现在你还在想她。哼！做演员就是有这等好处，能把你们这些臭男人都玩弄于股掌间。"

华诺问我讲完了没？讲完了换他讲。

我把时间留给他。

别看他外表斯文有礼，损起人来一点儿也不手软。他说我正是孔老夫子口中"惟小人与女子难养也"中的女子，过于宠溺就恃宠而骄，不理我又心生怨气，简直不可理喻到了极点！真不知当初是怎么看上我的……

他边说边摇头，把我仅存的一点儿傲气全踩在脚底下。

果然新人处处好，旧人万般皆不是。

"既然这样，何不去找蓝星那个可人儿？"我赌气地问。

"妳说得对，我这就去找她！"

待他走远，我才发现自己把事情弄拧了，这不是我要的。

事情原本没那么糟糕，华诺看着也有意求和，我却气走了他，真是天下无敌大傻瓜！

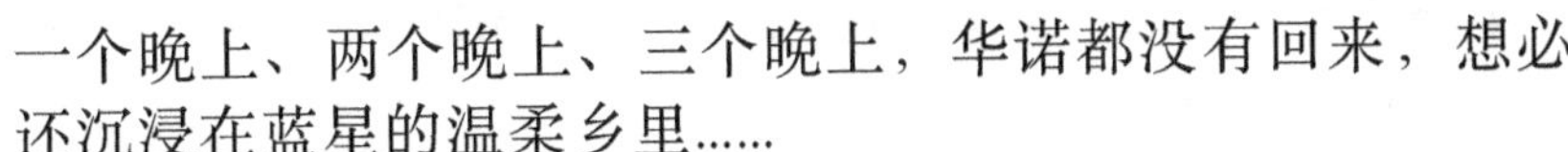

一个晚上、两个晚上、三个晚上，华诺都没有回来，想必还沉浸在蓝星的温柔乡里……

"妳把华诺叫过来，我有个好姐妹想介绍个优质客户给他。"

我正陪贝夫人喝下午茶，她随口提起。

"华诺……不在。"我嗫嚅地说。

"不在？"贝夫人咬了一口黄油饼干，饼干屑掉了一身，"什么时候在？让他来找我。"

我答不知道他何时会在，他已经消失三天了，今天是第四天。

"怎么，小俩口吵架了？"

我无奈承认。

贝夫人说情侣吵架宛如下西北雨，来得快，去得也快。

是这样的吗？确定只是下西北雨而不是狂风暴雨？

"把手机给我，"她拍拍前襟上的饼干屑，"我这个姐妹是急性子，我得把话带到。"

我把手机翻出来递给她，她一键拨打给华诺。

"奇怪，停机了。"贝夫人很迷惑。

"也许……蓝星知道他在哪里。"

贝夫人对我投来异样的眼神，让人很不舒服。

"哎！多角关系真心看不懂。"她感叹，转而拨打蓝星的手机号。

"没有，"贝夫人挂上手机，"蓝星说他们已经好几天没联系了，她也在找他。"

华诺不在蓝星那里，会去哪里？

贝夫人又拨给华夫人以及任何跟华诺有接触的人，一样毫无所获。

尽管心急如焚，但首先我得安置好孕妇。

"妳快躺下，我去找华诺。"

扶贝夫人躺下后，我第一时间冲出房外。

说要找华诺，但他的朋友圈除了蓝星，我一个也不识，商场上的伙伴就更别提了，完全隔绝，加上我不会开车，连边开车边找人的念头也被迫打消，这如何是好？

我冲进华诺房间，想从一些蛛丝马迹中找到答案，然而……

他的房间还是一贯的整齐、干净，带着一丝香气，看不出有何不同，但我还是在书桌上发现一块鸡蛋大小的石头。说是石头，跟一般的石头还是有些许差异，它的外表呈灰白色，皮质很厚，摸起来有冰凉感。

我把石头拿起，端详了半天，仍看不出个所以然，遂将它放下，这才发现桌上还留着一张A$_4$纸。

既然是在华诺房间里发现的纸，我便大胆假设图是他绘的。也许华诺对钱和数字敏感，但他的画画能力还停留在幼儿园，三、两笔带过，简直不知所云。

好吧！让我告诉你华诺画了什么。

他在纸的右上角画了一栋二层楼的房子，从大门延伸出去一条弯曲小路直到纸的左下角，那里有一串葡萄。葡萄右侧有个长箭头（上面写着1000m）指向一棵树，树下有一只猫……

什么跟什么嘛！我泄气地放下纸张。

原以为能在华诺的房间里找到他失踪的原因或去向，显然一切都徒劳无功，我只能无奈离去……

第一百零九章/私家侦探

又是一天过去了，华诺依然无半点儿消息。

华夫人报了警，没多久两名警察便上贝公馆了解情况，所有人都做了笔录，我是最后一位和华诺见面的人，所以被盘查得特别仔细。

"*€%#¥……"警察A问我。

我转头看朱翊安，他翻译："妳和华诺是什么关系？"

"朋友关系。"我小声地答。

小朱的"中翻法"惹得两警察发出暧昧的笑声，我老大不高兴，他肯定没照我说的翻译。

警察B接着问我最后和华诺见面时有否争吵？若有，为了什么？

这叫我如何启齿？我能说因为别的女人，打翻了一坛醋吗？

朱翊安听完我的陈述后大笑，直呼大快人心，正要翻译时，我不干了，起身就走，后来还是清洁工过来喊我，我才知道换人了（原来警察也想快点儿交差，尤其报案的还是黑白两道通吃的华夫人）。

少了小朱的不怀好意，笔录进行得果然顺利多了，只是难为了贝夫人，挺着个大肚子还得居中翻译。

送走警察后，贝夫人忧心地说："华诺可不能出事啊！华家就靠他传宗接代……"

我也暗自祈祷华诺能平平安安，倒不是为了什么"承先启后"的伟大包袱，而是……他是我的情人，一个不卑不亢、放浪不羁又有迷人风采的潇洒男人。

又过了两天，还是无消无息，于是华夫人派了私家侦探前来。

据说八〇年代巴黎曾发生连环杀人案，连警方都束手无策，当时靠的就是这位侦探的火眼金睛才得以告破，我不禁寄以厚望。

没想到来者是一位不修边幅的老者，随便往路旁一搁，活脱脱就是个流浪汉或行乞者。

他一来到就集合全贝公馆的人员说话，无非要求大家配合他办案，话锋一转，竟然点名找我。

"妳就是马依依？"他改用普通话问。

见我点头，他马上清场，仿佛他是贝公馆的主人，连佣人过来问我们要喝点儿什么，也被他大手一挥给赶走了，好个没礼貌的家伙！

"我姓姜，大家都叫我姜师傅，妳和华诺是什么关系？"

"最后见面是什么时候？"

"有没有争吵？"

"为什么吵架？"……

和警察的问话如出一辙，我顿时失去信心，这个侦探……可靠吗？

"妳是不是在想我到底有没有两把刷子？"他问。

被人瞧见心里的秘密，我有些难为情。

"一切让证据说话，不是每个案件到最后都能侦破，这得天时、地利加上人和。如果破不了，那也是当事人的命。"

怎么说得好像是起命案似的？

"也许华诺只是不告而别，现在正周游列国。"我想起曾消失一阵子的罗宋。

"这也不无可能，如果他不需要护照或者使用了假护照。"

原来姜师傅已经查过华诺的出入境记录。

这么说，华诺既没上飞机到他国，也没坐邮轮或国际长巴，换言之，他要嘛还留在法国，要嘛……我简直不敢想像。

"现在带我到华诺的房间！"他下令。

～

姜师傅在华诺房间里像只猎犬似的，把东西的秩序全打乱了。

我心想华诺回来看了，肯定不开心,所以当姜师傅的魔掌伸向书桌时，我主动交待桌上的石头及画作，省得他再翻找。

他拿起石头，上下左右端详一番，然后从裤袋里掏出一个小型手电筒，像个宝石鉴赏家似地仔细察看。

"初步判断为金绿猫眼石，只是不知成色如何？这得打磨出来才能得知是每克拉1000美元的淡绿猫眼，还是每克拉十万美元的蜜蜡黄真猫眼？"姜师傅喃喃自语，"但是法国不产猫眼石，华诺是如何得到原石的？"

此时"一休和尚"动画片的主题曲忽然响起，姜师傅拿起手机接听。

一个六、七十岁的老人竟然用儿歌当手机音乐，真是出乎意料，难怪有人说"老小孩"。

"华夫人要我马上过去，这个……"他举起手中的石头，"我带走。"

"等等，如果……如果华诺没离开法国却无端失去联系好几天，这代表什么？"

姜师傅说来贝公馆之前，他已询问各大医院，确定无类似华诺的人入院，加上没有绑票勒索电话，他认为失踪人恐怕已凶多吉少。

如果言语能杀人，我早已被姜师傅的回答给开肠破肚、肝脑涂地了。

相较于我的万念俱灰，眼前人则平静到近乎冷血，明知道我和华诺的关系不一般，他却丝毫无同理心，反而让我交待厨子煮素食。

"让厨子别轻举妄动，哪怕是零点几毫克的肉末，我也尝得出来。"他语带威胁地说。

此时此刻的我哪有心情关心吃什么，但对方身负寻找华诺的重任，是黑暗中的曙光，我不希望它灭了。

于是我意兴阑珊地走向厨房，即使双腿有千斤重……

第一百一十章/不是恶梦

"怎么了？一副天……天要塌下来的样子。"老萧问我。

"华诺失踪了。"我坐下来，拿起老萧喝了一半的台湾米酒一饮而尽。

这个台湾厨子利用午休时间喝酒，已经喝到两眼迷离，竟然还不忘提醒我小心喝醉。

"醉了好，醉了就想不起烦心事。"我赌气地说。

"妳来……来这里是……是为了喝酒？"他问。

我忽然想起此行目的，赶紧转告他贝夫人请来的私家侦探吃素，千万别参杂荤食在其中，他吃得出来。

"哼！吃得出来？水银他肯……肯定吃……吃不出来。"

水银？什么水银？

老萧说将体温计里的水银滴几滴到食物里根本吃不出来。

根据我微薄的化学常识，水银就是汞，汞中毒也就是重金属中毒，会引发癌症或死亡。虽然很多悬疑故事里都提到利用水银杀人，但口服水银致死其实很难，因为消化道对汞的吸收率非常低。

老萧笑了，他说偶尔吃几滴是不会死，但吃一个月试试，包准慢性汞中毒，不仅头发掉光光、走路像钟楼怪人、说话也会不清不楚……

难道这就是小朱的杀人计划？靠着一支一欧元的体温计赶走了前庄园主人、让贝夫人生病、甚至毒杀了贝律师？

"人……为财死，鸟……为食亡，别以为贝公馆最……最值钱的是土……土地和葡……葡萄，错！最值钱的宝贝在地……地底下，得挖……挖出来才知道。"他继续报料。

地底下的宝贝？那是什么？趁着老萧半醉半醒，我得赶紧套口供。

"猫，"他指着葡萄园的方向，"小朱说贝……贝公馆的地底下有……有猫……"

猫？我想起华诺画的图，树下有一只猫。

"老萧，你说仔细一点儿，什么猫？在哪里？"我试着唤醒趴在桌上的老萧，可惜他已经呼呼大睡，甚至打起鼾来。

我转身回华诺房里，把那张看了无数遍的图找出来。

那栋二层楼的房子应该指的是贝公馆，从大门延伸出去一条弯曲小路直到纸的左下角，那里有一串葡萄，正好是葡萄园的方向，从葡萄园往右1000m，箭头指向一棵树，树下有一只猫……

也就是说，我只要往葡萄园右侧走去，不出意外会看到一棵树及那只猫。

事不宜迟，我从马房里挑出一匹最健壮的马，跨上后，我风驰电掣地往葡萄园的方向奔去。

～

找葡萄园不难，因为我已经来过好几次，但往右1000米却出现了问题，华诺没画出正确的经纬度，不知他指的是冬青树、梧桐、白桦树还是其他不知名的树。

我骑着马来回奔波，仍无一点儿头绪，急得如热锅上的蚂蚁，但是……等等，那是什么？

阳光下的泥土地发出银光，一闪而过。

我下马来，弯腰拾起地上物，那是一块如同华诺房间里的石头，不同的是，上面有些许银粉，像是被人刻意洒上的，否则尘土一片，我如何发现？更令人不解的是，相隔五十米远的地方又有一块类似的石头，然后是第三个、第四个……直到我发现第十三个，它就在雪松下。

没有迟疑，我踩着厚厚的黄色落叶走过去。奇怪，雪松是常绿乔木，树叶呈深绿色，怎么它的落叶却是黄色？没等我想明白，也没等我触及那第十三块石头，我的腿像被什么东西夹到，疼得我撕心裂肺，惨叫的声音响彻云霄。

"啧啧啧！不作死就不会死，"朱翊安蹲下身来，"好好的女孩子瘸了一条腿，多可惜！"

那个闪着寒光的捕兽夹正夹住我的右小腿，鲜血直流。

"你在贝公馆设捕兽夹经过贝夫人同意没？快，叫救护车。"我来不及掉眼泪，赶紧自救为上。

小朱说他没带手机，我忙把口袋里的手机递给他，谁知他非但没拨通电话，反而像丢铅球似地掷向远方。

"你这是干嘛？那是我的手机。"我气急败坏。

"妳不再需要手机，华诺也不需要。"他盯住我的腿，"妳伤的是右腿，华诺伤的也是右腿，不同的是，妳的情人没有惨叫，连一颗眼泪也没掉。"

朱翊安粗鲁地押着我往前走，也不管我受伤的右小腿行动不便，疼得我一路哀叫。

我多希望我的不寻常表现能引起关注，可惜除了勘探队不怀好意的眼神外，葡萄采摘工人一个也无，像是闹空城计似的。

"工人都被我辞退了，这里只有我的人。"小朱得意洋洋地说。

我当然知道"我的人"代表什么意思，也就是说，即使我喊破喉咙也无人施救。

"华诺还好吗？他受伤的腿上药了没？"我还关心着他。

朱翊安说我是泥菩萨过河，还有余力想别人？他若是我，早哭自己了。

我耐心地解释华诺是贝公馆的客人，迟早要走，和他没有任何利害关系，他找错对象了。

"我本来也想放过那小子，谁知他来了一次又来第二次，这是他自找的，怪不得别人。"

我问他到底在进行什么不法的勾当？神神秘秘的。

"哈！本来我以为华诺倒大霉，原来妳更是背到家，什么都不知道却跟着陷入泥沼里……"

"倒了什么大霉？你把华诺怎么了？"我着急问。

小朱嘿嘿嘿地笑，说我待会儿就能见到心上人，何不亲自问他？

真的？我待会儿就能见到华诺？那个我朝思暮想的人儿。

这次我不再拖拖拉拉，在小腿受伤的情况下，尽最大的努力迈开步伐。

～

小朱带我来到酿酒的地窖里，经过编号F，他打开一扇门，那是冰冻室。朱翊安曾说为了将酒的香气和风味最大化，葡萄酒都要经过冰镇的过程，所以需要一间冰冻室。

"进去！"他用力推我一把。

"你骗人！你说要带我见华诺。"

"少啰嗦！这一路被妳吵得头疼，我劝妳待会儿可别乱叫，叫了也是白叫。"

我试着阻止他关门，但没用，门很快关上并且上锁。

"开门，开开门，"我拍打门板，"让我出去，我要见华诺。"

果真如他所说，即使喊破喉咙也无人应睬我。

我颓然地坐在地上，万念俱灰。

冰冻室很冷，好处是我受伤的右腿因此麻痹，疼痛减轻不少；坏处是我只着单薄的一件衬衫加七分裤，此时冷得打哆嗦。

不只温度低，室内也伸手不见五指，我寻思着若有光源，也许能找件暖身的衣服穿穿，于是沿着墙壁摸索再摸索，皇天不负苦心人，几分钟后，我终于找到开关。按下后，突来的光亮让我紧闭双眼，再睁开时，眼前的景象让我惊叫出声。

【致《法兰西情人》的读者们】

感谢你们对此书的关注，由于部分读者反映希望看到 HAPPY ENDING，所以从第111章起，将出现"原味版"及"甜味版"供读者选择。（注："原味版"不见得悲剧收场，只能说是作者的"不忘初心"。）

第一百一十一章（原味版）/好奇害死猫

我看见一个像华诺的娃娃坐在地板上，他的头、他的发、他的脸、他的身体都被洒上一层薄薄的白霜。

是充气娃娃吧？！原来现在的技术已经可以做到以假乱真，可是……为什么他身上穿的衣服和那天拂袖而去的华诺一模一样？（他穿了华诺的衣服，那么华诺穿什么？）

我怀着戒慎的心走向"他"。

那个"他"靠墙而坐，头往下垂45度，双手搁在大腿上，右小腿肿胀，裤脚处有撕裂的痕迹。

我慢慢蹲下去，他的侧脸像华诺一样俊美，眼半开着，睫毛长且密，脸颊像陶瓷娃娃，只是少了血色。我把手盖在他的手背上，他完全没反应。听说好一点儿的充气娃娃是用硅胶做的，摸起来像人肉，可是眼前的他，手背硬梆梆的，完全没有弹性，可见是质量差的货色。

我正想起身，不巧瞄到充气娃娃脖子上的痣，不可能啊！没有人会把充气娃娃做得这么逼真，连痣的位置也一毫不差……

我灵光乍现，华诺，是你吗？我捧起他的脸，脸颊上的些许胡髭告诉我这是个如假包换的真人。

噢！不，不是你，不会是你，华诺……

我拒绝相信残酷的事实，心中仍怀抱希望，也许华诺尚有一丝气息，遂快速将他扑倒在地，又是心脏按摩，又是人工呼吸，直到意识到自己在做徒劳无功的事，这才抱紧华诺的躯体嚎啕大哭起来。

"你怎么可以这样？"我击打他，"你一声不响就走了，叫我怎么办？怎么办？……"

冰冻室里回荡着我的哭声，我不知是哭华诺还是哭自己，也许两者都有吧？！

原来我的好运气也不过尔尔，不但没能扭转华家人早逝的厄运，连自己也搭进去，朝不保夕。

∽

我感到越来越冷，像无数只虫子在我身上咬。受伤的右小腿已呈黑紫色，我猜想保不住了，但我不在乎，因为在天堂里，我和华诺各有一双翅膀，想飞到哪儿就飞到哪儿。

爱情不过是一种普通的玩意儿，一点也不稀奇。

男人不过是一件消遣的东西，有什么了不起？

什么叫情？什么叫意？还不是大家自己骗自己。

什么叫痴？什么叫迷？简直是男的女的在做戏……

我轻轻哼起歌剧《卡门》中的一段，这是我惟一会唱的歌剧，因为有中文版本。

· · ·

是男人我都喜欢，不管穷富和高低；

是男人我都抛奔，不怕你再有魔力……

唱着唱着，我看见天堂的门打开了，上帝亲自过来迎接我们。

祂的背后有不自然的灯光，我以为会是自然光，所以有点儿小失望，但……Whatever，我和华诺就要离开这个纷扰的世界到无忧无虑的天堂，有什么比这个更振奋人心？

"华诺，上帝来接我们了，我们一起走，嗯？"我亲吻他的脸，他躺在我怀里，像熟睡的婴儿。

"马依依，吓傻了？"上帝开口，看着像是姜师傅，"真服了妳，生死关头还唱得出来？"

难道是幻觉？听说在生死过渡期间会有幻觉出现。

"@%，^%+¥€？……"上帝竟然转头对背后的人说起法语。

看来我不只出现幻觉，还出现幻听，一会儿普通话，一会儿法语。

直到穿白大褂的人走进来将我和华诺分开，我才意识到自己回到现实，并且获救了。

"你们把华诺带到哪里去？"我躺在担架上喊，那两个金头发完全不理睬我。

"孩子，"姜师傅走上前来，"那男人死了，他们送他上太平间。"

"不，"我拼命摇头，"他还没死，赶紧送急诊室。"

姜师傅说该送急诊室的是我，那条腿恐怕保不住了。

我还想说什么，医护人员已经抬着我离开冰冻室。

~

手术前，医生洋洋洒洒地对我吐出一长串的法语，表情严肃，我以为他正准备截肢……

"医生说妳的腿应该保得住，但是……"姜师傅居中翻译，此时的他停顿了一下，"妳怀孕两、三周了，如果手术打麻药，孩子恐怕保不住，再不济也会造成胎儿畸形。"

我怀孕了？我竟然怀孕了？难道这是上天的安排？

"告诉医生别打麻药。"我斩钉截铁地答。

"很疼的。"姜师傅提醒我。

我苦笑着说再疼我也经历过，这点儿皮肉痛算得了什么？

姜师傅投来崇敬的眼神，那是给予一位初为人母的敬意，但我不觉得有什么特别之处，做妈妈的不都是把孩子摆在第一位吗？

经过数小时的手术，我的腿终于保住，那真是剥肤之痛，但一想到孩子安全了，痛苦也甘之如饴。

~

姜师傅说我命大，要不是跑回贝公馆的马儿烦躁不安，一直原地打转，他不会心生警惕来到华诺的房里一探究竟，当然更不会发现那张画以及……我不见了。

"如果我晚到一个小时，别说腿了，妳恐怕得和华诺共赴黄泉。"他接着说。

的确，当时的我已经出现失温现象，不仅动作协调性差、身体也出现不由自主的抖动……

我诚心向救命恩人致谢。

"不用谢，那是我的工作。"他稍作停顿，"其实华诺的画不难理解，只可惜当时的我一门心思在猫眼石上，错过了这张画。"

事情都过去了，我毫无追根究底的精神，但姜师傅还是自顾自地说话，把前因后果都交待了。

原来贝公馆所在的庄园底下有猫眼石矿，就在萄萄园附近，朱翊安盯这个宝贝盯很久了，没想到前庄园主人M.Mollet有意将葡萄园夷平改建教堂，这下子人来人往岂不坏了他的计划？于是小朱在M.Mollet的食物里每天滴上一滴水银，造成他慢性汞中毒，再后来M.Mollet把庄园卖给贝氏夫妇，小朱遂一不做二不休地故技重施。

本来朱翊安的目的是杀人夺物，但贝夫人意外怀孕，让他有了"以子为贵，合法拥有庄园"的念头，所以铲除贝律师成了刻不容缓的事。

"口服水银不是致死的原因，小朱在中药里加入了砒霜……"姜师傅揭开谜底。

天哪！我难以相信这么骇人的谋杀就出现在眼皮底下。

至于华诺……姜师傅说华诺是"好奇害死猫"，他并不在小朱的"死亡名单"内，可惜华诺发现小朱的"所罗门王宝藏"，后者不得不杀人灭口。

"猜猜贝公馆的猫眼石矿若全部开采出来值多少钱？"姜师傅问我。

我摇头表示没概念，于是他报了一个数字，据说比当今英国女王的财产还要多。

"贝夫人一定很开心。"我说。

姜师傅答那肯定是，不过她现在最开心的是儿子终于诞生了……

贝夫人生了？我感慨总算在一连串恶耗中还有值得庆幸的事。

"的确是件喜事。"他接着解释，"贝夫人本来想在贝公馆生，无奈婴儿头上脚下，助产士建议上医院生产，现在她和孩子正在楼上VIP病房内。"

原来我和贝夫人近在咫尺。

"华诺呢？他在哪里？"我小心地问。

"他已被华夫人接走了。"

听到华诺已离我远去，悲伤的情绪一下子涌上心头，我不禁流下泪来。

"请节哀顺变，"他站起身，"我让护士给妳换药。"

姜师傅走了，我的情绪仍没能转换过来，一样的凄凄惨惨戚戚……

第一百一十一章（甜味版）/好奇害死猫

我看见一个像华诺的娃娃坐在地板上，他的头、他的发、他的脸、他的身体都被洒上一层薄薄的白霜。

是充气娃娃吧？！原来现在的技术已经可以做到以假乱真，可是……为什么他身上穿的衣服和那天拂袖而去的华诺一模一样？（他穿了华诺的衣服，那么华诺穿什么？）

我怀着戒慎的心走向"他"。

那个"他"靠墙而坐，头往下垂45度，双手搁在大腿上，右小腿肿胀，裤脚处有撕裂的痕迹。

我慢慢蹲下去，他的侧脸像华诺一样俊美，眼半开着，睫毛长且密，脸颊像陶瓷娃娃，只是少了血色。我把手盖在他的手背上，他的手挪动了一下。

"华诺，是你？"我喜出望外，"原来你一直在这里，害我们好找。"

他抬起头来注视我良久，仿佛不认识似的。

"华诺，是我，我是依依。"

"依依？"他一脸茫然，"我这是在做梦吗？"

我告诉他不是梦，我确确实实存在，他这才松了一口气。

"妳怎么在这里？"他忽然想起。

"为了救你，我被小朱抓到这里。"

他看了一眼我的腿，心中了然。

"我伤的也是右小腿，"他苦笑，"今天才从小朱的办公室移监到这里，就是因为伤腿已经发出恶臭，让小朱受不了了。"

"没事，"我安慰他，"等我们出去，医生能把你的腿治好，我们还能一起晨跑、骑马。"

他摇头表示已不抱任何希望，在诺大的庄园里，谁会想到我们被关在一个小小的冰冻室里？很快我们便会因身体失温而死亡。

"不会的，你一定要有信心，我们会出去、会结婚、会生一堆小孩天天围着我们打转……"我哽咽了。

"依依，"他拥我入怀，"我猜自己出现了幻觉，妳并不真实存在，但我很高兴死前还有妳作伴，不致孤独地死去。"

别，别死，我开始搓揉他的身体，想让他暖和起来。

"华诺，唱歌给我听，快，我想听《罗密欧与茱丽叶》。"

碍于我的请求，他有气无力地唱着，在空荡荡的冰冻室里更显悲凄……

～

我感到越来越冷，像无数只虫子在我身上咬。受伤的右小腿已呈黑紫色，我猜想保不住了，但我不在乎，因为在天堂里，我和华诺各有一双翅膀，想飞到哪儿就飞到哪儿。

. . .

爱情不过是一种普通的玩意儿，一点也不稀奇。

男人不过是一件消遣的东西，有什么了不起？

什么叫情？什么叫意？还不是大家自己骗自己。

什么叫痴？什么叫迷？简直是男的女的在做戏……

我轻轻哼起歌剧《卡门》中的一段，这是我惟一会唱的歌剧，因为有中文版本。

华诺已经唱不动了，他气若如丝，只好由我唱给他听。

是男人我都喜欢，不管穷富和高低；

是男人我都抛奔，不怕你再有魔力……

唱着唱着，我看见天堂的门打开了，上帝亲自过来迎接我们。

祂的背后有不自然的灯光，我以为会是自然光，所以有点儿小失望，但……Whatever，我和华诺就要离开这个纷扰的世界到无忧无虑的天堂，有什么比这个更振奋人心？

"华诺，上帝来接我们了，我们一起走，嗯？"我亲吻他的脸，他躺在我怀里，像熟睡的婴儿。

"马依依，吓傻了？"上帝开口，看着像是姜师傅，"真服了妳，生死关头还唱得出来？"

难道是幻觉？听说在生死过渡期间会有幻觉出现。

"@%，^%+¥€？……"上帝竟然转头对背后的人说起法语。

看来我不只出现幻觉，还出现幻听，一会儿普通话，一会儿法语。

直到穿白大褂的人走进来将我和华诺分开，我才意识到自己回到现实，并且获救了。

"你们把华诺带到哪里去？"我喊，那两个金头发完全不理睬我。

"孩子，"姜师傅走上前来，"你们两个都得送急诊室。"

我还想说什么，医护人员已经抬着我离开冰冻室。

手术前，医生洋洋洒洒地对我吐出一长串的法语，表情严肃，我以为他正准备截肢……

"医生说妳的腿应该保得住，但是……"姜师傅居中翻译，此时的他停顿了一下，"妳怀孕两、三周了，如果手术打麻药，孩子恐怕保不住，再不济也会造成胎儿畸形。"

我怀孕了？我竟然怀孕了？难道这是上天的安排？

"告诉医生别打麻药。"我斩钉截铁地答。

"很疼的。"他提醒我。

我苦笑着说再疼我也经历过，这点儿皮肉痛算得了什么？

姜师傅投来崇敬的眼神，那是给予一位初为人母的敬意，但我不觉得有什么特别之处，做妈妈的不都是把孩子摆在第一位吗？

经过数小时的手术，我的腿终于保住，那真是剥肤之痛，但一想到孩子安全了，痛苦也甘之如饴。

姜师傅说我命大，要不是跑回贝公馆的马儿烦躁不安，一直原地打转，他不会心生警惕来到华诺的房里一探究竟，当然更不会发现那张画以及……我不见了。

"如果我晚到一个小时，别说腿了，妳恐怕得和华诺共赴黄泉。"他接着说。

的确，当时的我已经出现失温现象，不仅动作协调性差、身体也出现不由自主的抖动……

我诚心向救命恩人致谢。

"不用谢，那是我的工作。"他稍作停顿，"其实华诺的画不难理解，只可惜当时的我一门心思在猫眼石上，错过了这张画。"

事情都过去了，我毫无追根究底的精神，但姜师傅还是自顾自地说话，把前因后果都交待了。

原来贝公馆所在的庄园底下有猫眼石矿，就在萄萄园附近，朱翊安盯这个宝贝盯很久了，没想到前庄园主人M.Mollet有意将葡萄园夷平改建教堂，这下子人来人往岂不坏了他的计划？于是小朱在M.Mollet的食物里每天滴上一滴水银，造成他慢性汞中毒，再后来M.Mollet把庄园卖给贝氏夫妇，小朱遂一不做二不休地故技重施。

本来朱翊安的目的是杀人夺物，但贝夫人意外怀孕，让他有了"以子为贵，合法拥有庄园"的念头，所以铲除贝律师成了刻不容缓的事。

"口服水银不是致死的原因，小朱在中药里加入了砒霜……"姜师傅揭开谜底。

天哪！我难以相信这么骇人的谋杀就出现在眼皮底下。

至于华诺……姜师傅说华诺是"好奇害死猫"，他并不在小朱的"死亡名单"内，可惜华诺发现小朱的"所罗门王宝藏"，后者不得不除之而后快。

"猜猜贝公馆的猫眼石矿若全部开采出来值多少钱？"姜师傅问我。

我摇头表示没概念，于是他报了一个数字，据说比当今英国女王的财产还要多。

"贝夫人一定很开心。"我说。

姜师傅答那肯定是，不过她现在最开心的是儿子终于诞生了……

"贝夫人生了？真是太好了。"

"的确是件喜事。"他接着解释，"贝夫人本来想在贝公馆生，无奈婴儿头上脚下，助产士建议上医院生产，现在她和孩子正在楼上VIP病房内。"

原来我和贝夫人近在咫尺。

"华诺呢？他在哪里？"我小心地问。

"和妳在同一层楼里，不过他的腿已坏死，医生不得不截肢。"姜师傅告诉我恶耗。

想到华诺是多么热爱运动，没了右小腿，他会多伤心、难过，我不禁流下泪来。

"没什么比能够活下来更值得庆幸的了。"他站起身来，"我让护士给妳换药。"

姜师傅走了，我的情绪仍没能转换过来，一样的凄凄惨惨戚戚……

第一百一十二章（原味版完结篇）/久别重逢

我坐上轮椅上到五楼，VIP病房有100多平米大，会客室、卧室、陪护室、厨房、卫浴……一应俱全。

贝夫人正在喂奶，两个乳房肿得非常大，小家伙很结实，鼓着腮帮子拼命吸吮。

"五官很清秀，将来会是个美男子。"我说。

眼前的婴儿不过是个皮肤皱成一团的小动物，但我还是应景地说了赞美的话。

"很会吃，一个晚上哭三、四回，我都睡不好。"贝夫人嘴里抱怨，但欣喜之情溢于言表。

"取名字了没？"我问。

"取了，叫贝中越，中国的中，越南的越。"

听她这么一答，我无语了。

"等他父亲一出来，"贝夫人把娃儿竖起来拍背，以免呛奶，"我们一家就团圆了。"

我不得不说这是全天下最残酷的话语，害人的朱翊安还活着，而我的华诺却再也回不来，贝夫人竟当着我的面描绘一家团圆的温馨画面……

我心快快不已，贝夫人忽然叫来护士，嘱咐几句，后者抱着婴儿离开。

"刚刚是说给儿子听的，给他一点儿希望，妳别往心里去。再说，法国虽然没有死刑，但朱翊安罪证确凿，被判终身监禁几乎已成定局。"

哼！即使终身监禁也难除我内心的愤怒与不平。

"我知道妳肯定不好受，但事情已经这样了，妳只能往前看，然后把孩子抚养成人……"

"姜师傅传话的速度可真快，这世界还有秘密吗？"我很无奈。

"说到秘密，那孩子……是华诺的吗？"

贝夫人一出拳，果然击中要害。

"我……不确定。"我低下头去。

医生说孩子有两、三周大，时间往前推，那时我分别和华诺及罗宋都上了床，所以……

"要我是妳，绝对一口咬定是华诺的，妳想华夫人知道了会有多高兴。华诺这一死，等于断了华家的命脉，妳肚里的孩子来的正是时候。"

孩子若是华家的，那自然是，但如果不是华诺的呢？

"不是华诺的也赖他，依据我对华夫人的了解，即使孩子长得不像华家人，她也会假戏真做，否则华家诺大的产业难道要捐出去或拱手让人？"

贝夫人想得实际，我却认为有失厚道。

"哎！"她叹了一口气，"妳的毛病就是太优柔寡断，如果当初不管罗宋，直接和华诺成亲，一切变得多简单。”

是啊！如果当初我没到华堡任家庭教师，就不会认识华诺；如果当初我没醋性大发，就不会把华诺气走；如果当初华诺没被气走，就不会又回到猫眼石矿区；如果当初华诺不自投罗网，就不会被小朱逮个正着；如果当初……他现在还生龙活虎着。

我陷入深深的自责当中。

回到病房，我看到一个熟悉的背影。

“你……怎么来了？”我问。

“妳的手机停机好几天了，我只好上贝公馆了解情况，佣人告诉我，妳在这里。”

我将轮椅驶向床边，罗宋扶我上床。

“刚刚妳去哪里？”他问。

我告诉他贝夫人生了，也在这家医院。

“噢！”罗宋无话可说。

我也保持沉默。

“要吃苹果吗？”他忽然想到话题，“来时的路上经过水果店，我买了几个……”

“不，我不想吃。”

看他有些失望，我遂改口想吃。

罗宋很认真地削苹果，想和从前一样，削出一条完整不断的苹果皮，这恰好给我机会，把说不出口的话说出来。

“华诺……死了，我……怀孕了，不知道孩子该姓华还是罗……我的脚保住了，但不可能像以前一样，也许会跛脚……”

罗宋听了不动声色，但却失手让苹果皮断了好几次。

他把削好的苹果递给我："吃，苹果含有锌、镁及钾盐，专家说孕妇每天都该吃三个苹果，这是今天的第一个……"

"罗宋，你听到我说什么吗？"我急了。

"听到了。"他开始削第二个苹果，"只要是妳的孩子，我视如己出；我也不在乎妳跛脚，能走就好。"

罗宋越"有容乃大"，我越"自惭形秽"。

我告诉他别再来找我，我想静一静，也许三、五个月，也许更久。

"我是不是说错话了？"他痛苦地问。

我答不是，正因为他没做错事，所以我更不应该利用他的善良。

"我……爱上华诺，虽然他已不在人世，但我的心里都是他，容不下别人……"

说着说着我哭了，罗宋把我拥入怀里，好不容易我才停止哭泣。

"答应我，要好好的，我不再打扰妳。如果有一天想起我，请记得给我一个电话，我的手机号永远不变。"

我抬起头来，罗宋对我微笑，那是理解的笑容。

7月28日，我产下热情的狮子座女儿，为她取名马双双。

半年后我和女儿搬进华堡，因为DNA鉴定显示女儿是华家人，于是"马双双"成了"华双双"。华夫人视她如天上星辰，含在嘴里怕化了，捧在手里怕摔了。

在单调而重复的日子里，我爱上了插花，因为只有在美丽的国度里，我才能忘却生活里的不美丽；我也爱上了歌剧，请了老师到家里教我唱，学会了，我只唱给一个人听，那个人静静地躺在不远处的教堂墓园里……

罗宋信守了他的诺言，一次都没打扰我。

双双六岁时，我带她到巴黎最好的L'EXPERIENCE DE L'ECOLE小学面试，因为华堡附近没有好学校。

面试完毕，我们沿着塞纳河踱步而去。

"妈咪，那是什么？"双双指着前方的哥特式建筑问。

"宝贝儿，那是圣母院，钟楼怪人住的地方。"

双双觉得很新奇，非要进去瞧瞧，我遂了她的意。

圣母院多年后依旧没变，连烛台摆放的位置也丝毫不差。听说几年前曾有宵小入侵，破坏了几片玫瑰窗，经修复后，从外观上完全看不出异样。

走出圣母院，前面的广场已见三三两两帮人画像的摊位，让我想起了罗宋，他……还作画吗？仍留在法国吗？结婚了没？

信步走上爱之锁桥，它就在圣母院旁。此时桥上到处是成双成对的情侣，为了一个浪漫的传说，纷纷在桥上挂上连心锁，以为这样就能生生世世地锁住彼此。

"妈咪，快来看，这里有一个好大的铃铛。"双双喊着。

我走过去，认出那是瑞士牛铃，足足有一个小皮球大，是我看过最大的牛铃。

"双双，那是牛铃，给牛戴的铃铛。"我解释。

女儿蹲在牛铃前，说："这里还有字，什么马……一天……的。"

我教双双中文，她现在会写自己的名字还有我的名字，所以认出我的姓氏"马"。

我在她身侧蹲了下来，发现牛铃挂在一把琵琶造型的铜锁上，上面有小刀刻的一行小字：**罗马不是一天造成的。**

这……这不是当年我和罗宋的连心锁吗？那么牛铃是怎么回事？

我努力回想，终于想起罗宋曾经夸下海口，他说一拿到华夫人给的做画钱，会买一个最大的牛铃送我……

原来这就是当年的承诺。

我带双双上十三区的中国城吃中国饭，好久没来，不知哪家好吃，正当我犹豫不决时……

"妈咪，那里有妳的名字。"双双指着前方的银色招牌，上面写着"依依小厨"。

我牵着双双的小手走过去，那是家非常雅静的广东菜馆，有白色桌布、黑色沙发以及带花小窗，和传统中国饭馆的大红大绿兼吵杂景象有所不同。

"夫人，用餐吗？"门口那个好有礼貌的男孩问。

我答是。

男孩推开像海一样蓝的玻璃门，我听到清脆的铜铃声，原来门上挂了一个小巧的牛铃……

我吃着好味道的广式菜肴，像回到了从前，曾经在巴黎的小公寓里，有一个男人为我洗手做羹汤……

我把侍应生叫过来，问："厨子是从中国来的？"

“是的。我们的老板是法国留学生，他本身就是餐厅主厨，每天一大早到市场采买最新鲜的食材，我们的'依依小厨'已经连续三年获得巴黎最佳中国餐厅的美誉。”他骄傲地答。

我忽然有股冲动，想进后厨见那位法国留学生一面，但最后还是被理性克制住，也许"不见"才是最好的安排。

~

买单走出"依依小厨"，我的脑子还浑浑噩噩，感觉很不真实。

" Pardonnez-moi."我听到熟悉的声音。

噢！不，别回头，回头又是千丝万缕的牵绊。

双双却回头了，她小声地说：" 妈咪，那是我的 Hello Kitty。"

哎！一定是匆忙间把玩偶遗留在餐厅内。

"乖，妈咪另外买一个给妳。"

我牵起她的手，想做脱逃的士兵，然而背后的足音还是急促地向我走来，难道这是命运的安排？

" Pardonnez-moi."这次我清楚地听见是罗宋的声音。

我放慢了脚步，心像钟摆，摇摆不定。

踌躇了一会儿，我终于握紧双双的小手转身过去……

"是妳？依依。"罗宋拎着Hello Kitty站在风中。

"是我，罗宋。"我答。

罗宋对我微笑，那是久别重逢的笑容。

《完结》

第一百一十二章（甜味版完结篇）/幸福满溢

华诺刚截完肢，需要观察24小时，我坐上轮椅滑向走廊尽头的观察室。

护士告诉我，患者正在上药，至少得等半小时，于是我轮椅一转上到五楼。

VIP病房有100多平米大，会客室、卧室、陪护室、厨房、卫浴……一应俱全。

贝夫人正在喂奶，两个乳房肿得非常大，小家伙很结实，鼓着腮帮子拼命吸吮。

"五官很清秀，将来会是个美男子。"我说。

眼前的婴儿不过是个皮肤皱成一团的小动物，但我还是应景地说了赞美的话。

"很会吃，一个晚上哭三、四回，我都睡不好。"贝夫人嘴里抱怨，但欣喜之情溢于言表。

"取名字了没？"我问。

"取了，叫贝中越，中国的中，越南的越。"

听她这么一答，我无语了。

"等他父亲一出来，"贝夫人把娃儿竖起来拍背，以免呛奶，"我们一家就团圆了。"

我不得不说这是全天下最残酷的话语，害人的朱翊安还四肢健全，而我的华诺却少了一条腿，贝夫人竟当着我的面描绘一家团圆的温馨画面……

我心快快不已，贝夫人忽然叫来护士，嘱咐几句，后者抱着婴儿离开。

"刚刚是说给儿子听的，给他一点儿希望，妳别往心里去。再说，朱翊安罪证确凿，被判入狱已成定局。等他出来早已物是人非了。"

哼！即使终身监禁也难除我内心的愤怒与不平。

"我知道妳肯定不好受，但事情已经这样了，妳只能往前看，然后把孩子抚养成人……"

"姜师傅传话的速度可真快，这世界还有秘密吗？"我很无奈。

"说到秘密，那孩子……是华诺的吗？"

贝夫人一出拳，果然击中要害。

"我……不确定。"我低下头去。

医生说孩子有两、三周大，时间往前推，那时我分别和华诺及罗宋都上了床，所以……

"要我是妳，绝对一口咬定是华诺的，妳想华夫人知道了会有多高兴，妳肚里的孩子来的正是时候。"

孩子若是华家的，那自然是，但如果不是华诺的呢？

"不是华诺的也赖他，这事只有妳知道，妳不说，谁会怀疑孩子的生父是谁？"

贝夫人想得实际，我却认为有失厚道。

"哎！"她叹了一口气，"妳的毛病就是太优柔寡断，如果当初不管罗宋，直接和华诺成亲，一切变得多简单。"

是啊！如果当初我没到华堡任家庭教师，就不会认识华诺；如果当初我没醋性大发，就不会气走华诺；如果当初华诺没被气走，就不会又回到猫眼石矿区；如果当初华诺不自投罗网，就不会被小朱逮个正着；如果当初……他现在也不会少了一条腿。

我陷入深深的自责当中。

我想轻轻地走过去，不吵醒紧闭双眼的他，然而轮椅滑动的声音还是太大，华诺睁开了双眼。

"妳来了。"他说。

"嗯！你好吗？"

"很好，"他苦笑，"除了少了一条腿。"

我怕华诺有负面情绪，赶紧告诉他南非有个著名的残疾运动员 Oscar Pistorius，他被誉为"刀锋战士"，是残奥会赛跑冠军，跑步速度之快，连正常人也望尘莫及。还有，听说现在最好的假肢是钛合金做的，既轻便又灵活，除了没有触觉，其他几乎和正常的肢体一样……

"好，就用它，我等不及跑步、骑马及做其他运动。"他答。

我大松一口气，原以为骄傲的华诺会从此一蹶不振，没想到他乐观得很，让我又燃起了希望。

"妳的腿好吗？"他转而问我。

我答很好，因为手术及时，腿总算保住了，只是没打麻药，当医生切开皮肤时，我还能感受到骨和肉分离的滋味……

"为什么不打麻药？"他问。

"因为……"我抬眼看毫不知情的华诺，不知该不该诚实回答。

"怎么了？"

我摇头保持沉默。

"浩劫归来，没有什么承受不住。"华诺给我吃定心丸。

于是我告诉他—我怀孕了。

他听了很开心，但见我一脸愁容，聪明如他，心中必是了然。

"他是我们的孩子，不论……我视如己出。"

噢！华诺，你如此大度叫我如何是好？

他亲吻我额头，说："在冰冻室里，我曾暗自发誓，只要能活着出去，我要和妳白头偕老，不管沧海桑田……"

我拥住华诺的躯体，感动得无以复加。

啊！我的确是上帝的宠儿，遇上这么优秀又爱我的男人。

回到病房，我看到一个熟悉的背影。

"你……怎么来了？"我问。

"妳的手机停机好几天了，我只好上贝公馆了解情况，佣人告诉我，妳在这里。"

我将轮椅驶向床边，罗宋扶我上床。

"刚刚妳去哪里？"他问。

我告诉他贝夫人生了，就在这家医院，华诺也在这儿，他刚截完肢，所以我分别去探望他们。

"噢！"罗宋无话可说。

我也保持沉默。

"要吃苹果吗？"他忽然想到话题，"来时的路上经过水果店，我买了几个……"

"不，我不想吃。"

看他有些失望，我遂改口想吃。

罗宋很认真地削苹果，想和从前一样，削出一条完整不断的苹果皮，这恰好给我机会，把说不出口的话说出来。

"我……怀孕了，不知道孩子该姓华还是罗……我的腿保住了，但不可能像以前一样，也许会跛脚……"

罗宋听了不动声色，但却失手让苹果皮断了好几次。

他把削好的苹果递给我："吃，苹果含有锌、镁及钾盐，专家说孕妇每天都该吃三个苹果，这是今天的第一个……"

"罗宋，你听到我说什么吗？"我急了。

"听到了。"他开始削第二个苹果，"只要是妳的孩子，我视如己出；我也不在乎妳跛脚，能走就好。"

罗宋越"有容乃大"，我越"自惭形秽"。

我告诉他别再来找我，我想静一静，也许三、五个月，也许更久。

"我是不是说错话了？"他痛苦地问。

我答不是，正因为他没做错事，所以我更不应该利用他的善良。

"我……爱上华诺，虽然他少了一条腿，但我的心里都是他，容不下别人……"

说着说着我哭了，罗宋把我拥入怀里，好不容易我才停止哭泣。

"答应我，要好好的，我不再打扰妳。如果有一天想起我，请记得给我一个电话，我的手机号永远不变。"

我抬起头来，罗宋对我微笑，那是理解的笑容。

～

7月28日，我产下热情的狮子座女儿，为她取名华双双，我们全家视她如稀世珍宝。

在单调而重复的日子里，我爱上了插花，让家里花海一片；我也爱上了歌剧，请了老师到家里教我唱，学会了，我唱给华诺和小Baby听。

有时华诺也会和我对唱，双双便在旁咿咿呀呀地应和着……

罗宋信守了他的诺言，一次都没打扰我。

～

双双六岁时，我和华诺带她到巴黎最好的L'EXPERIENCE DE l'ecole小学面试，因为华堡附近没有好学校。

面试完毕，我们沿着塞纳河踱步而去。

"妈咪，那是什么？"双双指着前方的哥特式建筑问。

"宝贝儿，那是圣母院，钟楼怪人住的地方。"

双双觉得很新奇，非要进去瞧瞧，我们遂了她的意。

圣母院多年后依旧没变，连烛台摆放的位置也丝毫不差。听说几年前曾有宵小入侵，破坏了几片玫瑰窗，经修复后，从外观上完全看不出异样。

走出圣母院，前面的广场已见三三两两帮人画像的摊位，让我想起了罗宋，他……还作画吗？仍留在法国吗？结婚了没？

~

我们带双双上十三区的中国城吃中国饭，好久没来，不知哪家好吃，正当我们犹豫不决时……

"妈咪，那里有妳的名字。"双双指着前方的银色招牌，上面写着"依依小厨"。

我教双双中文，她现在会写自己的名字还有我的名字，所以认出"依依"二字。

我们牵着双双的小手走过去，那是家非常雅静的广东菜馆，有白色桌布、黑色沙发以及带花小窗，和传统中国饭馆的大红大绿兼吵杂景象有所不同。

"您好，用餐吗？"门口那个好有礼貌的男孩问。

"是的。"我答。

男孩推开像海一样蓝的玻璃门……

~

我吃着好味道的广式菜肴，像回到了从前，曾经在巴黎的小公寓里，有一个男人为我洗手做羹汤……

我把侍应生叫过来，问："厨子是从中国来的？"

"是的。我们的老板和老板娘是法国留学生，老板还兼主厨，每天一大早到市场采买最新鲜的食材，我们的'依依小厨'已经连续三年获得巴黎最佳中国餐厅的美誉。"他骄傲地答。

我忽然有股冲动，想进后厨见那位法国留学生一面，但最后还是被理性克制住，也许"不见"才是最好的安排。

~

华诺到柜台买单，我看到收银员是个气质绝佳的女性，她的小腹微突，似有身孕。

"几个月了？"我问。

她抚着突起的肚皮，答："才三个月，老公不让我收银，怕动了胎气。"

我说她有个好老公，她同意。

"我老公是美术学院的高材生，这餐厅就是他设计装修的，连我们贷款买的小公寓也是由他一手包办，朋友们都说他让老房子重生了。"她满心欢喜地答。

知道罗宋有了美丽的妻子和幸福的生活，我內疚的心终于可以放下。

"怎么了？从餐厅出来，妳的脸上一直带着蒙娜丽莎式的微笑。"华诺问我。

我笑而不语，原来这就是蒙娜丽莎之所以微笑的原因，我无意间解开了历史悬案。

"爹地，"双双趴在宠物店的玻璃窗上，"能不能给我买只小狗？"

玻璃窗內是只黑白相间的法国斗牛犬，体型很小，大概只有几个月大，表情非常逗趣，正冲着我们全家摇头摆尾。

"买吗？ maman。"华诺跟着双双喊我"妈妈"。

想到华堡有数十匹骏马当我和华诺的宠物，双双却没有。

我对女儿说，只要她答应不会因为跟狗玩而忘了写作业，她就能带走一只。

双双欢呼一声，冲进宠物店里……

~

夕阳西下，我们一家人坐在VEYRON里，往华堡的方向驶去。

CD Player传来欢快的旋律，后座的双双正抱着新买的小狗说稚气的话。

华诺自信地开着车，钛合金做的右腿非常灵活地踩着踏板，一点儿也没有违和感。趁着等绿灯的空档，他用手指轻敲驾驶盘，一长两短，代表今晚他想和我做爱。

我看了一眼后座的双双，她正和小狗玩得愉快，没注意到华诺的暗号。

"可以吗？"他小声问。

"嗯！"我红了脸。

华诺对我微笑，那是幸福满溢的笑容。

《完结》

【看不够吗？**B**杜的《东瀛之爱》正等着您，以下是前六章，先睹为快。】

《东瀛之爱》

第一章/本田家

"さようなら"我和花野真衣、刘培伟站在机舱口跟乘客道别。

此时，我服务的头等舱客人林先生走了过来，他刻意放缓脚步，我对他鞠了个躬，他踌躇一会儿后，走了。

飞机从上海起飞，座舱长给了我们三人一份名单，让我们在头等舱客人上机前熟背他们的姓氏及座位号。

我清楚地记得，用完午餐没多久，坐在9C的林先生便推说头疼，问我有没有阿斯匹林？我答空服员不能随便给乘客药物，即便是头痛药也因人而异，譬如儿童、孕妇、肝病及哮喘病患者就不适合服用阿斯匹林。

"如果您不介意的话，我可以帮您刮痧，通常刮痧过后，头痛现象会减轻许多。"我建议。

"好的，麻烦妳了。"

我请他移驾到空服员的专用座位上，以免影响到别的乘客。

林先生松了领带和前三个钮扣，我用刮痧板沾水，开始在他的脖子和肩膀部位刮痧。

刮完痧，我问他觉得好点儿了吗？

"好很多了。"他扣上钮扣说。

我把刮痧板和水放回厨房准备间，出来时发现林先生还留在原地打领带，一直打不好。

"领带一向是旁人帮我打的，我老打不好。"他有些羞涩地解释。

"我来帮您打，可好？"我问。

他点头同意。

这条领带是黄色丝质面，上面绣了几匹正在奔腾的红色小马，我认出是日本中央竞马会俱乐部的领带，只有马主人才有资格配戴。

"秋季天皇赏又开始了，林先生的马匹是否也参赛？"我边打领带边问。

林先生很惊讶我的未卜先知，我指指他的领带，他恍然大悟。

"嗯！我家的'爱神丘比特'也参赛了，是这期的大热门。"他答。

~

上海飞东京只有三个小时的航程，广播中传来机长的谈话声，他简短介绍飞机所处的高度及东京现在的时刻和天气，并且提示飞机正在下降中，预计三十分钟后会降落成田机场。

机长谈话完毕，我看见9C座位上的红色小灯亮起，花野小姐上前服务，没多久便往厨房准备间的方向走去。

她一走开，9C座位上的灯又亮了，我赶忙向前："林先生，有什么可以效劳的？"

"能告诉我名片上写什么吗？"

这是一张东京香格里拉酒店的名片，上面用日文写着地址、电话及邮址，背后是地图。我注意到地图的空白处写着一行小字：**今晚总统套房等妳，林桑。**

日文中桑（さん）是敬语，林桑就是林先生的意思。

我正想回绝，花野小姐回来了，手中拿着Evain矿泉水。

"妳拿好，别搞丢。"林先生快速丢给我这句话，然后转头向花野真衣道谢，日本话说得挺溜的。

我把名片塞进粉红色的花围裙口袋内，转身回到空服员的专用座位上。

我和同事拖着行李箱排队出闸口，刘培伟插队站在我身侧。

"那个老色鬼有没有对妳图谋不轨？"他问。

"什么老色鬼？"

刘培伟要我别装了，任何人都看得出来，从上飞机起，9C的客人就对我目不转睛，眼珠子都快掉出来了。

虽然林先生给我酒店的名片，让人浮想联翩，但他是个外表体面、谈吐有礼的中年男士，和印象中的猥琐男有很大的出入。

"太夸张了，他是客人，我是空服员，如此而已。"我答。

刘培伟嘿嘿嘿地笑，让人很不舒服。

"並んでください、良いですか？"排在我后面的人还是对插队者提出抗议。

我赶紧要刘培伟乖乖排队去，他耸耸肩，拉着行李箱走到队伍后面。

~

走出成田机场，我没坐地铁回到我东京的小公寓，而是走向停在停车场的别克轿车。

"道中ご苦劳さまでした"老司机说我一路辛苦了。

我赶忙答这是我的工作。

他又客套几句，我也说些无关痛痒的话，然后福山先生放我休息，毕竟从成田机场到京都约有三、四个小时的车程，我又刚下飞机，正需要休养生息。

没多久，在车子的摇摇晃晃中，我迷迷糊糊地进入梦乡。

~

京都位于日本西部近畿京都府南部，是一座内陆城市，由于坐落在盆地内，夏天炎热且潮湿，冬天又非常寒冷，偶尔还会下雪。

自公元794年，桓武天皇迁都至此，京都一直都是日本的首都。长年的历史积淀使得京都拥有相当丰富的历史遗迹，也是日本传统文化的重镇之一。

母亲经营的"本田家"日式温泉旅馆正位于京都金阁寺附近，除寺庙本身是有名的古刹外，赏枫和泡温泉也是游客来此一游的原因。

别克车绕过外墙全是金箔装饰的舍利殿后，沿着小径往里开，经过一座石桥,石桥两旁有许多青翠的竹子，微风吹来，竹叶摇摇摆摆像一波又一波的绿色浪涛。

我把车窗打开，闻到了竹叶的清香，真令人心旷神怡。

约莫一刻钟后，车子在一栋典型的日式桧木建筑物前停了下来，一位身穿浅紫色和服的女性站在门口，领子和袖口都镶有金线，脚上套着白色的丝质足袋（即二趾鞋袜），踩着木屐走上前来。

我问福山先生，今天"本田家"是否有贵客临门？他答佐藤桑一早即来到，是他到关西机场接的机。

原来是佐藤秀中，难怪母亲会穿上昂贵的和服。

"杉杉，班机晚了？"母亲问。

"是的，上海有大暴雨，晚了两小时才起飞。"我下车。

福山先生把行李从后车厢拿出来，小雪接了过去，带进屋里。

"快进来，"母亲带笑说，"秀中等妳很久了。"

这一季，佐藤秀中改飞欧洲航线，我们已经很久没在同一个航班上。

"我先进房梳洗一下。"我答。

长途旅行，脸色一定很不好看，见客前总得重新上妆。

母亲点头表示赞同，在这方面她比我还慎重。

"穿上那套新做的银色福字和服吧！秀中喜欢。"母亲说。

佐藤秀中不过是提过那么一回，说他喜欢看女性穿和服，谁知母亲从此便牢牢记住了。

"好的。"我没有反对。

第二章/佐藤秀中

日本和服有多种类型，依场合及婚姻状况而有不同的选择。

我和佐藤秀中不是第一次见面，但也不是亲密的朋友，母亲要我穿上银色福字和服，也算合乎礼节，毕竟它是付下和服，花纹虽有特定位置却没有真正的绘羽图案，是介乎日常衣着和礼服之间的服装。算一下时间，母亲应该是要我和佐藤秀中共进晚餐，那么这种和服的选择算贴切的了。

母亲派小雪来服侍我穿和服，和服是层层叠上去的。我把衣服脱光，穿上一件薄的衬衣，然后在腰上围上一条毛巾，接着穿上会露出领子的粉色衬衣，系上一条窄的腰带后，再绑上一块板子在腹部，最后才穿上外衣及绑正式腰带。

外衣是母亲选的带有福字图案的银色服，所以腰带我便选择比较鲜艳的深紫色，另外加上一条黄色串珠。

一旁的小雪将我的腰部勒得很紧，因为和服的美就是把身体弄成一个没有曲线的长方型。如此一来，走路姿势必得抬头挺胸，蹲身起步也要小心翼翼，真难为日本女性了。

穿完和服，小雪问我想扎什么样的发型？我答简单一点儿的，因为我是下午五点多才进的门，花在沐浴及穿和服的时间又过长，现在已是晚上七点半，我怕客人等太久……

于是小雪快速帮我侧扎了花苞头，为了符合时尚感，还用珍珠发饰做点缀，提升了优雅气质。

"谢谢妳，小雪。"我诚心道谢。

"哪里，这是我应该做的。"她对我点个头，然后拉开障子门走出去。

～

"本田家"为木造的两层式建筑，创建于18世纪初，约有300年的历史，至今仍保留着古老的日式风情，几乎所有的客房都能欣赏到庭园和池塘景色。

母亲特意选了最大的客房招待佐藤秀中，房间宽敞漂亮，墙上挂着浮世绘，有着浓浓的东洋味。

因为已经错过晚餐时间，小雪奉上绿茶和热毛巾后，马上交待厨子上菜。

"本田家"的餐点采用了四季应季食材的怀石料理（原为在茶道中，主人请客人品尝的饭菜，现已不限于茶道，反而成为日本常见的高档菜色），所用的餐具则是日本佐贺县有田町出产的"有田烧"瓷器，厚重而朴实。

由于传统的怀石料理一定得照顺序上菜（依序为七点前菜、碗盛、生鱼片、扬物、煮物、烧物及食事、甜食），所以小雪先呈上七点前菜，附带月桂冠的日本清酒，让我们在等待主食到来前能放松心情，边喝边聊。

"这次休假几天？"母亲问佐藤桑。

"客机飞行员通常飞几天就休息几天，这次我飞四天，所以能休息四天。"他毕恭毕敬地答。

我将清酒倒入客人的小陶瓷杯里，佐藤秀中向我点头道谢。

"杉杉呢？"母亲转头问我。

我答我只有两天假期，还是和同事对调的，明天晚上得回东京，否则赶不上隔天一早的班机。

"なるほど～"

母亲感叹一声，并且将尾音拉长，好让佐藤桑能接话，果然他开口了："杉杉，明天晚上我们一起回东京吧！我恰好要拜访朋友。"

母亲马上眉开眼笑："那正好，同行有个伴。"

我沉下脸来，母亲太激进了，我怕佐藤桑误会，但嘴巴没说反对的话。

我和佐藤秀中是前后期进入全羽空航空的，偶尔碰个面也仅限点头微笑。有一次我们被分派到同一班机飞北京，我听到他对中国人讲普通话，顿时好感倍增。坐下来时，我问他在哪里学的汉语？他答他是北大的留学生。

"失敬，失敬，北大可是中国的顶尖学府呀！"我赞扬。

"哪里，哪里，我是关公面前舞大刀。"

呵呵！他这是在赞美我吗？

他的谦虚态度和超乎想象的中文能力让我眼前一亮。

后来他约我出去吃过几次饭，我提到母亲在京都经营旅馆，他说他过几天到京都办事，也许会登门拜访，问我有没有东西需要他托带？

日本人很会说场面话，如果他们邀请你上家里坐坐，通常是礼貌用语，不一定心口如一，所以当佐藤桑说要拜访母亲时，我认为他不过是嘴上说说而已，并不当真，没想到那个周末，他真的上京都了。

母亲后来告诉我，那男人拜访的用意很明显，就是请求她让我和他交往。

"我对杉杉是认真的，是以结婚为前提的交往。"佐藤桑非常诚心诚意地说。

当天母亲并没有给出答案，只说如此重大的事，她必须和老公商量。

谈起父亲，我已经有十多年没见过他，想当年他把家产赌光，母亲便绝然地与他离婚，一人只身到日本居酒屋当服务员，一干就是五年，等到还清人贩子的中介费及攒够我的机票钱，才将我从外公外婆身边接走，如今她却说我的交往大事要和父亲商量，我问这是哪门子道理？

"那不过是缓兵之计，我总得查查这个人的家世背景再做定夺。"母亲解释。

本来母亲对于民航飞行员身份的佐藤秀中不太上心，在她的想法里，婚姻是家族振兴的机会，再怎么样，也得把我往"锦衣玉食"的道路上送。

没想到母亲的人身调查竟查到惊天秘密，佐藤桑不单单只是个飞行员而已，他还是日本最大房地产公司老板的嫡长子（有钱人娶个三妻四妾很正常，除了秀中这一支正室外，他还有很多同父异母的兄弟姐妹）。

知道佐藤秀中的显赫家世后，母亲一改以往的态度，不仅同意我和他交往，而且摇旗呐喊，深怕男方改变主意。

"妳要好好抓住佐藤桑，这是妳改变命运的契机。"母亲对我耳提面命。

和母亲的"唯物论"不同，我看中的不是家世背景，而是人品。佐藤秀中待人谦卑有礼，对我"发乎情，止乎礼"，是个值得深交的朋友。

～

吃完由红豆、砂糖和葛粉混合蒸制的羊羹后，怀石料理算是功成圆满地结束了。

"杉杉，妳带佐藤桑到庭院里走走，让我和小雪把这里收拾一下。"母亲对我说。

于是我打开障子门，带秀中到花团锦簇的院子里。

此时已是夜里十点，我知道母亲整理完杯盘狼藉后，必是铺好床铺，让客人回来后能倒头就睡，所以不急不徐地和他在院子里散步，顺便消化一下吃撑的肠胃。

"妳母亲好像很赞同我们交往。"佐藤桑忽然说。

"不好吗？"我反问。

"好，"他笑了，"我还怕她反对呢！过了丈母娘这一关，什么都容易了。"

我不高兴他把我的意向排在母亲后面，闷不吭声地把摘下来的竹叶一一扔进池塘里。

"妳怎么了？"佐藤秀中发现不对劲。

我问他怎么从来没怀疑我不喜欢他？

"真的吗？妳不喜欢我？"

看他一副天要塌下来的模样，我忍不住噗嗤一笑。

"就知道妳骗我。"他松了一口气，走过来握住我的手。

我没有拒绝。

第三章/金阁寺

母亲并没有事先告诉我佐藤秀中会来访，只说金阁寺这几天做法会，希望我能回来一趟，上柱香祈求平安，所以当我知道佐藤桑在家中时，是有那么点儿措手不及。

隔天一早，母亲将我唤醒："杉杉，该起床了，早餐就在佐藤桑的房间里吃，吃完陪我上金阁寺。"

我很快梳洗一下，因为要上寺庙，所以特意选了端庄的白领套装，又在头发上系上香槟色发带，总算有不太死气沉沉的样子。

~

母亲开的是日本民宿，建筑又是自江户时代就有的古屋，想当然尔不会有人想在东洋味浓厚的旅馆里吃面包当早餐，所以"本田家"的厨子四点钟就得起床准备日式早餐，光煮 okayu 粥就得花两个小时以上，它是以鲣鱼、干贝、江鱼仔等熬制而成，看似简单，吃起来却很惊艳。

"私は始動させます"佐藤桑双手捧着筷子说他要开动了。

此时长条矮桌上除了okayu粥外，也有白米饭，渍物则有白萝卜泥、紫菜、鲣鱼干、菠菜、腌萝卜等，当然还少不了用豆腐、蔬菜以及海鲜熬的煮物及每个季节都会有的玉子烧，至于烤鱼和味噌汤……那是日式早餐的必备品。

佐藤桑没有先食用粥，反倒在白米饭上加入纳豆，再打入一颗生鸡蛋，滴几滴酱油拌着吃。

母亲看了很欢喜，她强调"本田家"的鸡都是散养的秋田比内土鸡，下的蛋拿在手中发沉，蛋黄轮廓清晰，颜色呈橘黄色，用来拌饭再合适不过。

"嗯！"佐藤桑用力点一下头，"的确新鲜好吃。"

和他的饥肠辘辘不同，昨晚的我吃多了，今早不想吃硬梆梆的米饭，所以吃了点儿粥和酱菜，又在母亲的督促下，吃了烤鱼。

"秀中，待会儿吃完早餐和我们一起上金阁寺祈福吧！"母亲对他说，并且很自然地把称谓从"佐藤桑"改成"秀中"，亲密度上升一级。

我以为只有我陪她上金阁寺，没想到还包括客人。

佐藤桑很高兴地答应了。

~

金阁寺建于1379年，原为足利义满将军的山庄，后改为禅寺，因其外观以金箔装饰，又被唤作金阁寺。1950年，金阁寺被蓄意纵火烧毁，现在看到的金色建筑是修复过的。

整个金阁寺不大但非常有日本庭院的风格，既小巧又精致。院里的镜湖池水清冽，身影华丽的金阁倒映其中，成为京都的代表性景观。

在"御手洗"净身（意即用木制的长条勺子在水池里舀水漱口及洗手）后，我们进到寺内，法会已开始，穿黑袍的日本僧人拿着法器，口中念念有词地祝祷。我们先击掌两下，再双手合十，请求神灵保佑。

祈福完毕，我们三人在院里散步，边走边聊，经过院中的不动堂，发现那里有神签可供占卜。

"妳和秀中各抽一支签吧！"母亲说。

拗不过母亲的坚持，我们各抽了一支，交给旁边的解签人。由于来金阁寺的中国游客很多，寺里还请了会说普通话的人解签，我以为母亲会找日本人解签，没想到她来到中国人的摊位上。

"求的是什么？"那个戴眼镜、有着大肚腩的男子很有威严地问。

"姻缘，求的是姻缘。"母亲抢答。

"如果求的是姻缘……"那男人看完我的签，又看佐藤秀中的签，"女的是百年好合，男的是天作之合。"

母亲很高兴地道谢，并且给了不菲的香火钱。

"太好了，你们是天造地设的一对，连老天爷都这么说。"母亲显得很开心。

"不是这样的，解签人的意思是我和佐藤桑各有好姻缘，没说我们永结同心。"我赶紧纠正。

"杉杉，这还用明说吗？秀中到哪里找像妳这么好的女孩？"

我开始对母亲的"司马昭之心"感到厌烦，佐藤桑一定也感觉到那种无形的压力，我不希望他有"非买单不可"的想法。

"对了，什么时候带杉杉去见你父母？"母亲忽然问那个无辜的男人。

这下子我炸开锅了："妈！八字都还没一撇呢！妳这样问会让佐藤桑为难。"

面对我的反抗情绪，母亲不以为意，反而转头向佐藤秀中求证："是这样的吗？我让你为难了？"

佐藤桑解释他和我确定恋爱关系的时间虽然不长，但他很喜欢我，只要时机成熟，他一定会禀告父母，并且带我回佐藤家。

"打铁得趁热呀！喜欢我家杉杉的人很多，我怕夜长梦多。"母亲语带威胁地说。

金阁寺内出售的抹茶冰淇淋名闻遐迩，佐藤桑买了两个，一个给我，一个给他，母亲早已借故离开。

我们边走边吃，周围的游客很多，日语、普通话、韩语齐飞，偶尔还夹杂几句英语。

"妳母亲说的可是真的？有很多男人追求妳？"佐藤桑还是没忍住。

这叫我如何回答是好？打从大学毕业，母亲便马不停蹄地为我安排相亲，几乎每周都有一次，直到最近认定佐藤秀中才停了下来。

"相了那么多次，没有喜欢的吗？"他又问。

这更让人难以启齿了，母亲一早就订下高门槛，学历至少得大学毕业、家世背景要好、有房有车、年收入还不能低于两千万日元等，惟独对外貌没要求。可想而知，来的人不是满脑肠肥就是尖嘴猴腮，一个个面目可憎得很。

偶尔有那么两个斯文相貌的，吃过几次饭后却不了了之，所以我压根儿不明白母亲所说的"打铁趁热"之意。

听了我的解释，佐藤秀中松了一口气，但随即又紧皱眉头，看他吞吞吐吐的样子，勾起我的好奇心，我鼓励他说下去。

"民航飞行员的年薪不到两千万日元，我怕妳母亲并不知情。"他答。

我很想告诉他，两千万日元是针对无祖上庇佑的人，至于他……不适用此条款。

"我母亲既然答应我们交往，一定是经过深思熟虑，你大可不必担心。"我安慰他。

下午五点钟，吃过简单的轻食，福山先生载我和佐藤桑回东京。

我问他在哪里下？他反问我的公寓在何处？我答在地铁犬吠站附近。

"这么巧，我朋友也住那儿附近。"他说。

于是福山先生将车停在我的公寓小区前。

下了车，我和佐藤桑各拉着行李箱对望，我以为他会跟我道别，但他只是含情脉脉地看着我。

"那个……很晚了，"我有些窘迫，"你确定你朋友还没入睡？"

"杉杉，没有什么朋友要拜访，妳就是我回东京的理由。"

我的心跳得好快，问他这话是什么意思？

"我的意思是想看看妳的房间是什么样子。"他对我微笑。

我遂带他回公寓，但我们没在客厅里待很久，也来不及喝上一口已泡好的大麦茶……

第四章/名人后代

我赶一大早的飞机飞广州，等我从广州回来，门后的一切让我眼前一亮。

秀中把屋子整理得井然有序，地毯吸了、桌子抹了、浴缸刷了、碗盘洗了、连厨房水槽也被他擦得雪亮雪亮的。

走进卧室，东西各就各位，被褥不仅像海平面一样平整，上面还搁了一朵长茎红玫瑰。我拿起来嗅了嗅，淡淡的玫瑰香气像甘梅的味道，酸甜酸甜的。

我注意到玫瑰长茎的底部还系上一张纸条，打开一看，不禁莞尔。

物思へば澤の螢もわが身よりあくがれいづる魂かとぞ見る

秀中写了俳句，那是日本的一种古典短诗，由"五—七—五"，共十七字音组成，以三句十七音为一首，首句五音，次句七音，末句五音，规格的要求非常严格，受"季语"的限制（即句中必须出现恰好一个能代表季节的词语）。

把秀中写的俳句翻译成白话文便是：**心里怀念着人，见了泽上的萤火，怀疑是从自己身体里出来的梦游之魂。**

这真是一种含蓄的示爱表现。

我把秀中的纸条重新折好，放进我最心爱的珠宝盒里，然后找一个漂亮的水晶长杯，把玫瑰养在里面。

～

说起这件事，的确有些尴尬，日本女孩多半很早就有性经验，我已经25岁了，在这方面却仍是白纸一张，那是由于我的性格保守及母亲管我甚严的缘故。

我听说日本男孩很怕碰到处女，因为处女往往过于看中第一次，一旦惹上很难脱身。再往深一点儿讲，二十几岁还没有性经验，在日本人看来，多半是个性出了问题，所以引不起异性的兴趣。

可想而知，当秀中脱下我衬衫时，我是多么的害怕，不仅背对他，还把身体卷缩成一团。

"怎么了？杉杉。"秀中的声音充满了恐惧，"是不是……是不是我伤害了妳？"

我忍不住嘤嘤嘤地哭了起来，羞愧地承认自己还是处女。

"なるほど～"秀中感叹地说，然后开始帮我穿上已脱下的衬衫。

原来……原来他真的害怕了，我呜呜呜地哭了起来。

秀中这下子急了，像只无头苍蝇。

"杉杉，妳能告诉我，我做错什么了吗？"他显得手足无措。

我抽抽答答地告诉他，母亲管我甚严，我又太内向，所以到现在还没有性经验，但不代表我的个性有瑕疵……

秀中听了，仓皇的脸色舒缓了下来，过了几秒钟，他噗嗤一笑："如果我告诉妳，我还是处男，这会不会让妳好过些？"

听他这么一说，我也笑了。

然后他第二次脱下我的衬衫，这一次我没背对他，也没将身体卷缩成一团。

～

下个月的排班表出来了，我瞄了一眼，一次头等舱、一次商务舱，其余都是经济舱。

老实说，我比较喜欢服务头等舱和商务舱的客人，他们通常比较有礼也很少找麻烦，反倒有些经济舱客人会做过分的要求，也不太友好。

"杉杉，这次飞哪里？"赵秀雯拖着行李箱走过来。

"武汉，妳呢？"

"香港，刚好可以上莎莎买化妆品，妳需要什么，我帮妳带过来。"

我告诉她不用了，我一向用S牌。

"S牌是上了年纪的人用的，妳应该用K牌或A牌，那才适合二十几岁的女人。"她说。

我听了笑而不语。

我家的S牌化妆品泛滥成灾，都是套装，我不敢想像会有用完的一天。

"哎！不管妳了，皮肤好用什么化妆品都好看。"她感慨，"我可不行，脸上老爱长痘痘，卸了妆还得赶紧再擦护肤品，脸都快成调色盘了。"

赵秀雯的皮肤的确不行，每次上班都得顶着大浓妆，细看之下，还能瞧见厚粉下的黑头粉刺。

此时空服员端木百惠戴着黑超走过来，样子有些怪异。

待她走远，赵秀雯呵呵呵地笑出声来，我问她怎么回事？

"告诉妳，端木百惠和飞行员井田上二搞在一起，被井田太太发现后，啪啪啪地左右开弓，听说小三的眼睛现在成了熊猫眼了。"

端木百惠和井田上二？这怎么可能？他们看起来根本不搭嘎，女的高佻艳丽，男的却像哆啦A梦里的胖虎，聚餐时两人还隔着老远坐着，比陌生人还陌生。

"再告诉妳，别和飞行员谈恋爱，他们想和谁上床，几乎都是手到擒来，因为女人天生难逃'制服诱惑'。"

面对赵秀雯的专家口吻，我心有不服，不是每个飞行员都是花花公子，纯情专一的大有人在。

我抬起头来，一架飞机刚离地飞向天际，我想起身在荷兰的秀中，他是不是正准备飞回东京？

~

我从武汉回来，两小时后佐藤秀中也抵达成田机场。他一下飞机就打电话给我，我答自己正在泡大麦茶，他很高兴地挂上手机。

我预估秀中大概一个半小时后才会到，便想为他洗手做羹汤，但做什么好呢？

打开冰箱，冷藏室有根茎类蔬菜，冰冻层有雪花牛肉片，灵机一动，我决定做凉拌牛蒡丝及寿喜锅，这两样都是日本人的大爱，不会错的。

~

秀中敲门时，我正把所有食材放进火锅里，牛蒡也已经用芝麻、香油及糖拌好，饭锅里的饭正热着。

"回来了。"我把他的行李箱接过来，

"什么味道？好香。"他的脸上带着惊喜。

我告诉他，自己做了寿喜锅及凉拌牛蒡丝，马上可以开动了。

～

吃完晚餐，我又泡了大麦茶，留声机里传来三弦琴的音乐。

"过来。"秀中唤我。

我走过去把大麦茶放在茶几上，秀中伸手将我一揽，我跌坐在他的大腿上。

"我想我得了一种叫做'相思'的病，在飞机上，我不停地想妳。"他说。

"我没让你想我，这是你自找的。"我睨了他一眼。

他不以为忤，反而问我想不想他？

我端起大麦茶喝了一口，避开他的问话。

"嘟……嘟嘟……"他的手机响了。

我回自己的位子上坐好，同时听到他带着敬畏的声音说话，简短的答话让人觉得事有蹊跷。

放下手机，秀中解释："我母亲打来的。"

富贵人家总带有那么点儿传奇色彩，尤其八卦新闻中，秀中的父亲还拥有庞大的后宫团，让我不禁对佐藤家族感到好奇。

"杉杉，"他的表情转为严肃，"我要告诉妳一件事，妳得有心理准备。"

看秀中如此慎重其事，我有了不妙的感觉，难道……难道他有女友，甚至结了婚、有了孩子？

"我是佐藤龙井的儿子，他是ZT集团的总裁，东京塔和富士电视台都是我家盖的……"

"噢！"

见我反应冷淡，他有些语塞，原以为我会大吃一惊。

其实他说的早已不是新闻，母亲已经一五一十地全告诉我，甚至比他说的还要详细。

我坦荡荡地告诉他，他的原生家庭造就了他，这不影响我们交往，我爱的是他的灵魂，和他是谁的儿子无关。

"噢！杉杉，"他拥住我，"就知道妳是我在找的人，我已经厌倦别人老把我当成某人的儿子，我只想做回我自己。"

我了解名人后代的压力，所以再次表明，在我眼中他就是佐藤秀中，如此而已。

秀中听了拥我更紧，让我几乎喘不过气来。

"那个……你还没喝大麦茶，再不喝就冷掉了。"我试着转移他的注意力。

"等会儿喝，"他吻我，双手去解我长裤的裤头，"让我再试试，上一次……我没做好。"

我嘴巴说不，但在沙发上平躺好，秀中见状，赶紧松了他的领带……

第五章/恶耗

今天早班机飞杭州，同机的刘培伟借机蹭到我身边："请我吃饭！"

"为什么？"我正把报纸分门别类排好。

"我看到他了。"

"他？谁？"

刘培伟说还会有谁？那个老色鬼呗！从东京飞回上海的头等舱上，那人特意问他为什么我不在头等舱服务？他答空服员的排班说不准的，除始发地固定外，其余都不好说。老色鬼听了很伤心，好像世界末日来到……

我把它当笑话一则，转身到厨房准备间煮咖啡。

"喂！他还问起妳的名字。"刘培伟像橡皮糖似地粘过来。

"你没告诉他吧？！"我把咖啡粉倒入机器内。

"说了，我告诉他，妳叫吴杉杉，他晦暗的眼神突然有了光彩。"

我难以置信地望向这个告密者，他怎能这样？

"没事的，我没告诉他，吴是口天吴，杉是木字旁加三撇，所以'吴杉杉'可以是任何组合，他没那么好运气全猜对。"

我瞪了他一眼，转身到后舱，话懒得说一句。

其实我本来叫"白杉杉"，父母离婚时，我被判给了母亲，母亲对父亲怀着怨气，立马带我上民政局改成她的姓，所以我成了"吴杉杉"。

"杉杉，生气了？"飞机抵达杭州，刘培伟又跟了过来。

"没，交友不慎。"我快步疾走。

刘培伟要我别那么小家子气，陪他上星巴克喝咖啡，他请客。

我问他机上的咖啡还喝不够吗？他反问我机上的咖啡是人喝的吗？连流浪汉也不屑一喝。

"没时间。"我不假辞色。

"反正开往酒店的小巴故障，要一个小时后才会有，机上就只有我们两个是中国籍，我才不和小日本喝咖啡！"他又说。

什么时候小巴故障了？该不会是骗我的吧？！

刘培伟说天地良心，飞机下降时，座舱长就用日语告知全机组人员，我心不在焉的，当然听不见。

我顿时红了脸，因为同机的日野香穗子说两天前她临时被派去飞国际航班，机长是佐藤秀中，非常温文儒雅，她没想到机长会那样年轻还未婚……

听到有人提起秀中，我的心小鹿乱撞，做什么都恍恍惚惚。

"怎么，去不去？"刘培伟问。

我想了想，与其在巴士等候区苦等一小时，倒不如上星巴克喝我爱喝的抹茶拿铁。

～

"说真的，我未娶，妳未嫁，全羽空的中国籍男空服员又寥寥可数，妳何不考虑考虑我？"

刘培伟动不动就开玩笑，我不确定他这次是否认真了？

"你忘了，赵秀雯很喜欢你，老欧巴欧巴地喊，你何不考虑考虑她？"我说。

刘培伟听了做呕吐状，他说他不想娶有月球表面脸孔的女人，还说全羽空航空应该规定凡容貌容易让人受惊吓者，一律不予录用。

我说他太刻薄，赵秀雯很活泼可爱，别让外表给蒙骗了。

"反正我是外貌协会会员，不在'娶妻娶德'的队伍里。"

我喝了一口抹茶拿铁，不想与他争辩。

"对了，告诉妳一个秘密，咱们的飞行员中，有一个不折不扣的富二代，他是ZT集团总裁的公子，妳大概没见过，飞国际航线的。"

听刘培伟这么一说，我的心喀噔了一下。

"噢！叫什么名字？"我明知故问。

"佐藤秀中。"他还是说出答案。

虽然很想知道旁人对秀中的评价，但我纹风不动，怕泄露了我和他之间的恋情。

"听说佐藤的妈现在正积极帮他物色对象，也难怪，都三十好几了，ZT集团也该开枝散叶。"

佐藤的妈现在正积极帮他物色对象？秀中完全没提及，这是怎么回事？我不禁怀疑起刘培伟话里的真实性。

"是真的，日本的八卦杂志早已传得沸沸扬扬，因为名单里还包括C女星，那个哈佛毕业的学霸。"

我听了，顿时像泄了气的皮球。

"怎么了？妳好像不太舒服。"他关心地问。

我推说头疼，大概是中暑了。

"那走吧！小巴应该快到了。"

我起身，他过来扶我，我巧妙地避开，快步走向巴士等候区。

第六章/心痛

"佐藤的妈现在正积极帮他物色对象"这句话一直萦绕在我耳边。

秀中没说，所以我一直以为他的母亲知道我的存在，只待时机成熟，秀中便会将我介绍给他的家人，没想到……

"杉杉，今晚我回父母家吃饭，下礼拜再到妳家。"秀中打电话给我。

"好的，没问题。"我故意发出高昂的声音。

挂上电话，我像吃了黄莲，有苦说不出。

知道秀中从布拉格飞回来后有三天休息时间，我特意和同事调班，好不容易有了三天假期，没想到他要回父母家，还说下礼拜再到我家，意思是这三天都不会和我见面，我的心跌落至谷底。

"与其待在东京自怨自艾，倒不如回京都，现在正是秋季赏枫时节，也许看看漂亮的枫树能够转换心情。"我转念一想，马上收拾行李。

～

在夜巴上睡了一觉，当清晨的阳光洒进车内时，我知道京都不远了。

下了车，我坐出租车回本田家，是小雪开的门，她很惊讶我这个时候回来。

"忽然想看枫叶就回来了。"我解释，转而问，"我妈起床了吗？"

小雪听闻后，面有难色："老板娘她……"

"我知道了。"我阻止她说下去。

本田英树一个月总有一、两次上我们家来，正确地说，他是回自己的家，这个旅馆是他的，母亲只是代为经营，说得好听是老板娘，说得难听就是个打工仔，每个月有固定薪水，年底也有分红，除了这些，还有堆积如山、用也用不完的S牌化妆品。

没错，本田桑就是S牌的创始人。

"小姐，赏枫季节到了，本田家都客满了，本来……妳看住阁楼可好？"小雪试探性地问。

阁楼的楼高只有一米八，加上窗户小，采光不好，非常有压迫感。本来在房间客满的情况下，我会和母亲同住，但现在大老板来了，母亲得服侍他，我自然没理由和他们挤，住阁楼成了无可避免的选择。

"那就住阁楼吧！"我没为难小雪。

～

母亲来自云南偏远山区，在那个小村庄里，真要追究起来，每个人都有血缘关系。小雪就是我家的远房亲戚，今年十八岁，初中文化。她被母亲带到日本后就一心一意地做着打杂的工作，算一算，她还得再做两年才能重获自由身，因为母亲付给她家一笔为数不多却能大大改善家境的买身钱。

小雪将我的行李搬到阁楼后，问："小姐，早餐想在这里吃还是庭院里吃？"

我想了想，不愿在阴暗的阁楼里用餐，遂说在亭子里吃吧！顺便还能欣赏日式庭园。

~

我正吃着饭，看见本田英树从旅馆的温泉澡堂走出来，后面跟着母亲，我赶紧低下头去。

待他们走远，我偷瞄了一眼，母亲亦步亦趋、诚惶诚恐的样子让我不禁悲从中来。

说穿了，母亲只是个表面光鲜的卖淫女罢了，从居酒屋的女服务员爬到旅馆老板娘的位置，靠的就是不断地更换男人。那些男人们在不同时期为她提供了不同的帮助，代价是得到母亲的陪伴，直到本田英树出现，她才不再频繁换床，算是安定了下来。

在母亲的计划里，她打算用"牺牲"换来我公主般的生活。

来日本后，我一路读的是昂贵的私立女校，连大学进的也是女子大学。平时在校住宿，周末和假日才回到母亲身边，如果恰逢母亲必须"工作"，我便理所当然地进入夏令营或冬令营……

当别人问起我的父亲和母亲时，我总感到自卑，因为父亲是赌徒而母亲是妓女。当然，我感念母亲的奉献精神，但无法甩掉身上的包袱，它像个印记，时时提醒自己身份的卑微。

所以当秀中把目光打在我身上时，我仿佛是穿上水晶鞋的灰姑娘，顿时觉得前途一片光明；母亲也是，她幻想着有朝一日我会走入佐藤家，然后挤身上流社会，把之前的种种不堪一扫而光。

虽然我和秀中交往时，也曾担心"门当户对"的问题，但秀中给我的关爱让我侥幸地以为他会为我排除万难，让他的父母张开双手拥抱我这个平凡无奇的儿媳妇，然而事实真的如此吗？

~

母亲交待厨房做三个便当，她打算早餐过后"全家"上岚山赏枫。

岚山四季分明，自平安时代起就一直是王宫贵族相当喜爱的度假胜地，其中尤以春天赏樱和秋天赏枫最受青睐。

作为京都郊外最知名的赏枫胜地，岚山的游客总是络绎不绝，每年的红叶季，红枫、黄杏、绿松、翠竹各领风骚，透过山间朦胧的雾气将秋天的气氛推至最高点。

除了自然景观，岚山山脚下还遍布着大大小小的古迹寺院，在古寺和园林的衬托下，为此地的枫叶增添了一份清灵的意境。

本田桑的司机在岚山站放我们下车，我们步行穿过著名的嵯峨野竹林，再经过有着乡间风情的田园农舍，约20分钟后抵达岚山红叶名册榜上赫赫有名的常寂光寺。

这个以红叶闻名的古寺位于小仓山麓，四周是静寂蓊郁的绿林，入口处有一条百级石阶的参道，红叶覆盖了整条通往山上的石梯，相当壮观。

"なんと美しいのだろう"本田英树驻足赞叹着。

"はい"母亲应和。

常寂光寺枫叶的色彩比京都其他寺院更丰富，此时秋高气爽、天空湛蓝，的确是赏枫的好时节。

我们随后坐在寺前的石椅上吃厨子精心准备的便当，任谁都
会以为我们是幸福的一家人。

"キミと佐藤秀で聞いて交際"本田英树咬了一口饭团
后对我说。

我抬头看了一眼母亲，母亲故意视而不见，反而强调我和佐
藤秀中的交往非常顺利，没多久就会谈婚论嫁……

"妈～别说了。"我忍不住说普通话，希望母亲适可而止。

没想到她当着本田英树的面要我别害羞，男大当婚、女大当
嫁，秀中也算大龄青年，家里正着急，闪婚也不无可能。

本田英树听完不动声色，母亲又推了几把，他终于松口，说
会找时间和佐藤龙井喝茶，探探他的口气。

作者介绍

在异国的背景下加入缠绵悱恻的爱情故事是B杜小说的一大特点，她的文笔清新、笔触诙谐、画面感很强，读完小说有种看完一部爱情偶像剧的感觉，特别适合怀春少女及对爱情有憧憬的女性阅读。

B杜创作了一系列异国恋情N部曲，包括《法兰西情人》、《东瀛之爱》、《新西兰之恋》、《英伦玫瑰》、《爱在暹罗》、《情定布拉格》、《狮城情缘》、《爱上比佛利》、《梦回枫叶国》……等作品，欢迎关注。

ALSO BY B杜

法蘭西情人（繁體字）Love in France （traditional character version）

《新西兰之恋》Love in New Zealand

《东瀛之爱》Love in Japan

《英伦玫瑰》Love in England

《爱在暹罗》Love in Thailand

《情定布拉格》Love in Prague

《狮城情缘》Love in Singapore

《爱上比佛利》Love in Beverly Hills

《梦回枫叶国》Love in Canada

www.ingramcontent.com/pod-product-compliance
Lightning Source LLC
Chambersburg PA
CBHW070334170726
48291CB00001B/44